福建文艺评论

2018年 第一辑

陈毅达 主编

海峡出版发行集团
海峡文艺出版社

目　录

闽派文论

在建设中国文学理论话语的历史使命面前

孙绍振

20 世纪 80 年代以来，大规模引进西方文论，冲击了我国现代文学理论机械唯物论和狭隘功利论的封闭性，僵化的文学理论获得新的生机，呈现出兴旺的局面。其话语之纷纭、流派之多元、价值之新异、思维之深邃，使中国文论在短短的三十多年间，从补课到追踪，跨过了欧美文论一两百年的历程。中国文论弯道超车不觉进入世界文论的前沿，其水平的提升，堪称五四以来之最。其业绩无疑将在中国当代文学理论史上留下光辉的一页。对于这一点，业内人士可能并无太大的分歧。

但是，像一切外来文化的引进必然带来副作用一样，此番引进，不能例外，由于引进的规模空前宏大，所发生的问题也特别触目。最明显的是，处于弱势的本土话语几乎为西方强势话语淹没，中国文学理论完全失去了主体性。季羡林先生指出："我们东方国家，在文艺理论方面噤若寒蝉，在近现代没有一个人创立出什么比较有影响的文艺理论体系。"[①]这就是说，中国文学理论民族独创性完全丧失。身在美国常春藤院校、学贯中西的余英时先生说得更加痛彻：

中国学人跟着西方调子起舞，就是坠入魔道……今天读中国

孙绍振，福建师范大学文学院教授、博士生导师

书最怕的是把西方的观念来穿凿附会,其结果是非驴非马……20世纪以来,中国学人有关中国学术的著作,其最有价值的都是最少以西方观念作比附的……中国知识界似乎还没有完全摆脱殖民地心态,一切以西方的观念为最后依据。甚至"反西方"的思想也还是来自西方……特别是这十几年来,只要西方思想界稍有风吹草动(主要还是从美国转版的),便有一批中国知识分子,兴风作浪一番,而且用之于中国书的解读上面,这不是中西会通,而是随着外国调子起舞,像被人牵着线的傀儡一样。[②]

也许余先生的"坠入魔道""穿凿附会""非驴非马""殖民地心态""兴风作浪""傀儡一样"用语比较刺耳,但是,其文化视野之高远,文化主体自信之坚定,不能不令人肃然。对以抢占西方话语作为文化制高点的新常态,对文化自信、自尊沦落的现状,可谓苦口良药。

其实,二十多年前,曹顺庆先生就有了中国文学理论完全"失语"的反思:由于根本没有自己的文论话语,"一旦离开了西方文论话语,就几乎没办法说话,活生生一个学术'哑巴'"[③]。

引进西方文论的目的,本该是以自身文化传统将之消化,以强化自身的文化机体与西方文论平等对话,以求互补共创。五四时期,胡适在《"新思潮"的意义》一文中就提出"输入学理"的目的是为了"再造文明"(1919年12月《新青年》第七卷第一号)。要改变这种现状,就得重建中国文论话语。曹顺庆认为,目前"关键的一步在于如何接上传统文化的血脉",与钱中文先生提出"中国古典文论的当代转化"异曲同工。

但是,二十多年过去了,口头响应者实属寥寥,实际践行者似乎绝无仅有。一味"以西律中",对西方文论的迷信,有越来越猖獗之势。这种迷信有时显得很是幼稚可笑。例如,对于俄国形式主义的盲目推崇,此论出于20世纪初,其核心范畴"陌生化"主要是词语的陌生化,与情感无涉。其实"陌生化"作为一个学术范畴的内涵是贫困的、片面的,远不及早于他们半个多世纪的别林斯基的"熟悉的陌生人"来得全面而深邃,也根本经不起俄国文学经典诗作的检验,如普希金的《假如生活欺骗了你》,最精绝的结尾:"一切都是暂时的,一切都会消逝;而逝去的又使人感到可爱。"(Все мгновенно,все проидёт;Что проидёт,то будет мило.)戈宝权译为:那过去了的一切/便会成为亲切的怀恋。词语都在通常意义上,根本就没有陌生化的影子,至于拿中国诗歌经典来检验更是风马牛不相及:"犬鸣深巷中,鸡鸣桑树颠。"(陶渊明)"田家秋作苦,邻女夜捣寒。"(李白)"大漠孤烟直,长河落日圆。"(王维)艺术性全在以熟悉化的词语,表现了情感的独特性。至于和中国古典小说(史家春秋笔法,寓褒贬的叙述为传统)比照,就更不成话。如林黛玉临终对贾母说"老太太,你白疼我了"。贾母也说"真是白疼她了"。两"白疼"是《红楼梦》悲剧艺术的高潮,根本与语词的陌生化无涉。同样鲁迅《祝福》中的祥林嫂捐了门槛,鲁四奶奶还是不让她端福礼,说了一句很有礼貌的话:"你放着吧,祥林嫂。"她就从精神到肉体崩溃了。不用什么理论的自觉,只要有起码的常识就足够对之加以颠覆。如果一定要上升到理论,则苏轼的"反常合道"(释惠洪《冷斋夜话》卷五)要全面、深邃得多。到了晚年(20世纪七八十年代)斯克洛夫斯基看到绝对强调陌生化,导致流派更迭过速,产生了先锋派的各种文字游戏,乃多所反思。他反复申说:"放弃艺术中的情结,或是艺术中的思想意识,我们也就放弃了对形式的认识,放弃了认识的目的,放弃了通过感受去触摸世界的途径。"④"艺术的静止性,它的独立自主性,是我,维克多·史克洛夫斯基的错误。"⑤"我曾说过,艺术是超于情绪之外的,艺术中没有爱,艺术是纯形式,这是错误的。"⑥虽然如此,令人大惑不解的是,仅据超星阅读器搜索,国内期刊以陌生化原则为前提的论文竟多至三千四百八十七篇。没有一篇是对陌生化作系统批判的。

要建构中国文论独创话语,其前提就是对西方文论作系统批判和分析。批判之所以未能进行,除了文化主体自信的阙如以外,根本缘由在于对理论的局限性缺乏清醒的认识。理论要成立,其大前提应该是普遍的、周延的,涵盖面无所不包的。从严格意义上说,人类认知和经验的有限性和理论所需要的无限性是一对永恒的矛盾,何况西方权威理论家缺乏对中国文化历史的必要的知识,加之理论在进行抽象,形成观念系统的过程中,必然要超越感性经验,但是越是超越感性经验,越是难以避免脱离实际,因而其理论不可能是放之中国而皆准的。

中国现代文论话语要建构,固然要对西方文论持开放态度,不可抱残守缺,但是,从不同文化传统产生的理论,不可避免地存在着经验基础和基本概括的错位,因而引进异国文论,不能不对其空白和错位,进行校正、填充和改造。引进具有强势文论,是需要某种勇气的,这意味着某种艰巨的、痛苦的搏斗,这既是对自身的封闭性的,又是对异文化的霸权。在这个双重批判的过程中,我们要理直气壮地和他们对话,在互补和互斥中获得新的生命。这是需要一个漫长曲折的过程的,对于西方文论却是轻浮地拿到鸡毛当令箭,幼稚地否定自己的传统,实际上是文化自虐,这是当前最大的障碍。

批判的第一步就是要提出问题,起点就是和本民族的文化传承相比照。

作为西方语言诗论基础,诗到语言为止,诗的任务就是探索语言的可能性,绝对排斥人的心理,如此单因单果的线性思维被视为天经地义,乃是造成我们失语的原因之一。相比起来,中国传统诗论要丰富得多。《文心雕龙·附会》有"情志为神明,事义为骨髓,词彩为肌肤"。白居易《与元九书》有"根情,苗言,华声,实义"。叶燮有"幽渺以为理,想象以为事,惝恍以为情"(《原诗》内篇下)。稍稍比对一下,比之西方的线性的语言论,我们自己的话语是多维的。我们陷于失语,不是因为我们没有话语,而是因为我们屈从西方文论,舒舒服服地进行自我剥夺。在创作上,把诗歌弄成文字能指和所指的游戏,在文本阐释上,长期依照西方文论进行张江先生所说的"强制性阐释"。

在中国文化土壤中生长起来的经典文本,用西方文化土壤中生长起来的理论来阐释,必然显得贫乏,此时本该突破、颠覆以建构新的理论。但是,由于西方强势文论具有不言自明的神圣的权威性,造成迷信,心甘情愿地顺从霸权成为思维定式,必然产生以权威理论硬套其所不能涵盖的文本。这种现象在人类历史上,并不仅仅发生在人文学科,而且发生在自然科学。先入为主的惯性思维,往往使发现真理者陷于孤立,面临的选择很有限,要么勇敢地颠覆,面临围剿;要么扭曲自己,成全权威。当托勒密的地心说雄踞霸主,坚持日心说的布鲁诺选择了在火刑柱上献出生命。当燃素论,面临铁燃烧后而变重的现象,为了成全燃素说,强制性阐释为某种"负燃素"。18世纪英国普利斯特里和瑞典化学家舍勒实际上已经发现氧气。本该颠覆燃素说,却为"燃素说"所拘,把氧气称之为"失燃素""火空气"。真理已经碰到鼻尖,却与之失之交臂,这是迷信权威的必然结果。而法国的拉瓦锡却在鼻尖有感觉之时,做了科学史上著名的"二十天实验"得出了燃烧是氧气消耗的结果。由于这个发现,他把炼金术变成了化学,成为现代化学的奠基者。

从这个意义说,理论的创新,不可回避的前提,乃是用新的经验批判旧的权威理论。对于中国文论建构来说,首要的任务就是对西方文论,特别是前卫文论作历史的批判,进行话语的清场。

伊格尔顿的《二十世纪西方文学理论》号称文学理论,却以否定文学的存在。乔纳森·卡勒的《文学理论导论》公然宣称文学理论不能解决文学本身的问题。最近希利斯·米勒则大言不惭地宣称西方有很多套批评方法,包括解构主义,但是,没有一套方法能够提供"普遍意义的指导"。他的结论是,"理论与阅读之间是不相容的"。⑦他也作文本解读,将有机统一的文学文本"拆成分散的碎片或部分,就好像一个小孩将父亲的手表拆成无法照原样再装配起来的零件"(参阅朱立元:米勒《小说与重复》的前言。天津人民出版社 2008 年版)。他在解读哈代的《德伯家的苔丝》中将其重复到红色的地方(女主人公的红头巾/炉火/雪茄烟头上的火)联结起来,作任意性的穿凿性解释,还作为样板来推荐。毛宗岗在《读三国演义法》中针对重复情景,提出"犯"与"避"的范畴,妙在"善犯"与"善避",也就是艺术的生命在于同中有异,他形象化表述为同树异枝,同枝异花。火烧新野,火烧赤壁,火烧藤甲,火烧连营绝无雷同。周瑜死于多妒,关公死于多傲,曹操死于多疑,诸葛亮死于多智而不能自救,各不相类。《红楼梦》中,八个美女之死,悲剧性相同,但是其逻辑和人物反应不同。鲁迅笔下八种死亡,悲剧性、喜剧、无悲无喜性、荒诞性天差地别,这样的解释,要比米勒的重复论要系统、严密得多,揭示艺术奥秘也有效得多。西方当代文论的烦琐而武断,其弱势暴露无遗,并不妨碍一些前卫学人将米勒以奉为圭臬。

批判西方文论所以刻不容缓,原因不仅在其强势话语的武断,而且在于其强势话语中隐含着思维方法。正等于我们说"饭我吃了",隐含着汉语不同于英语,主语"饭"并不是施事,而受事,是天经地义的。当我们接受西方前卫文论文学存在虚无的观念,实际也接受了思想方法上的绝对的相对主义模式。伊格尔顿说,文学(literature)本来并不是文学而是出版物,成为文学是近三百年浪漫主义思潮以后的事,未来几百年后,也许文学(如莎士比亚)可能又变成非文学。是的,一切都是在变化着的,但是在一定条件下具有相对的稳定性,而这种稳定性决定事物的性质。我们不能因为喜马拉雅山脉原本是海洋,未来也许再度变为海洋,而否认喜马拉雅山脉的存在。

其实,他们的这种武断,包含着内在的悖论,只要用西方辩论术中的"自我关涉",或者用中国传统的以子之矛攻子之盾,就不难看穿他们非常致命的穴位:他们的前提是一切都是相对的,世界上没有过绝对的东西,相对性是无所不包的,没有例外的。但是,当他们说,相对主义却是无所不包的,没有例外的,不言而喻,他们想的相对主义就成了绝对的。解构主义不但可以解构文学,而且可以解构一切,但是解构主义要彻底,则应该也是可以解构的。解构的结果则是走向反面,转化为建构。德里达为文说"作者死了",但是,作为作者的德里达却是例外。罗格说真理不是发现的,而是制造的,因而真理是没有的,但是,真理是制造的本身这一命题却在暗中成了颠扑不破的真理。西方前卫文论的锋芒是向外的,隐含着自我排除,其法门是解构你的大前提,也就是剥夺你的话语权。你要跟我讲文学吗?对不起,文学不存在。你要跟我讲真理吗?对不起,真理是制造的,不算数的,但是,他们的真理是制造的,却是真理,算数的。他们只可以完全不顾真理不是随意建构的,而是经历史实践检验,随着人类文明进步而不断提升的。

要获得中国文论自己的话语权,批判局限于西方前卫文论是不够的,同时也包括传统的西方经典理论。就以接受面最为广泛的现实主义而言,其标准定义是典型环境的典型性格。但是,随机取西方的经典文本来核对,往往是讲不通的。如托尔斯泰的《复活》,贵族公爵要主动把田地分给农奴,是普遍的还是例外的?贵族公爵作为陪审员,发现妓女嫌犯正是当年的女仆,是自己使其怀孕而遭到驱逐,沦落为妓,被诬为杀人犯。这位陪审员,就主动忏悔,到监狱里去向她求婚,遭到拒绝。这是典型的、普遍的,还是极其罕见的呢?再如《红楼梦》,在中国古代等级森严的男权社会中,一个公子哥儿,把女性(包括丫鬟)看得比男性更纯洁、更高贵,这是普遍的,还是绝无仅有的?经典著作显示的与其说是典型环境的典型性格,还不如说是例外环境的例外性格。

早在20世纪30年代周扬和胡风就为人物的共性和个性争论不休,这是注定没有结果的,这不是文学的特点,一切事物都有共相和殊相、特殊和一般。二者的范畴同样是静态的。如果我们摆脱这种黑格尔式的思路,从文本中直接概括,小说中人物是动态的。一切情节皆源于人物被打出常轨,进入例外环境,例如从顺境进入逆境,从逆境进入特别的顺境,在此过程中,常态的人格面具的脱落,内心深层奥秘的突现。故托尔斯泰在《复活》中说,人变得不像自己了,可他更是他自己了。中国《水浒传》中的"逼上梁山",就是这样把手拿折扇的、逆来顺受的林冲逼成义无反顾的提着血淋淋的仇家的人头的林冲。打出常规的人物与人物之间的关系发生变化,本来志同道合的发生感知、情感和行为发生错位。唐僧师徒四人西天取经九九八十一难，最令人难忘的不是他们在妖魔面前同心同德，而是在白骨精面前，感知和行为逻辑发生错位，因而猪八戒、唐僧、孙悟空都有了个性。用这种方法和被吹得神乎其神的格列玛斯的多至三十一种的模式，德里达把一篇小说分成五百六十一个烦琐的阅读段，是不是更符合爱因斯坦科学的真简美的原则，更有阐释的普适性，甚至更有操作性？

　　我们往往把最大的精力花在对西方文论知识谱系的梳理上，严格地说，这种从理论到理论的演绎，是有局限性的。因为一切文论，很难直接从经验归纳，往往要从前代继承的思想资料，前代的资源难免不存在历史的民族文化的空档。要建构民族的文学理论就是要对这种空档加以填充。欧美浪漫主义是强调激情（passion）的。郭沫若在五四时期感情的"自然流露"（郭沫若田汉宗白华《三叶集》，亚东图书馆 1921 年出版，第 45 页），这是从英国浪漫主义诗人华兹华斯 1800 年《抒情歌谣序》中"强烈感情的自然流露"那里来的。⑧如果仅仅和中国古典文论比照，则诗大序的"情动于衷而形于言，言之不足故长言之，长言之不足，故嗟叹之，嗟叹之不足，不知手之舞之足之蹈之也"，二者在表现激情/强烈的感情上是息息相通的。但是，光是停留在这一点上，中国文学理论可真是要失语了。可贵的是中国诗论并不只有激情的抒发，在司空图《诗品》还有与"雄浑"相对的还有"冲淡"。所谓"落花无言，人淡如菊"，即使是"形容"也是"绝伫灵素，少回清真。如觅水影，如写阳春。风云变幻，花草精神。海之变幻，山之嶙峋，俱似大道，妙契同尘"。中国古典诗歌很大部分，致力于把情感渗透在事物景观之中。情景交融，一切景语皆情语，之所以成为经典命题，就是因为其中有中国诗歌抑制激情，尽可能避免直接抒发。这就产生了中国独有的诗学范畴"意境"。意境说的要害不是激情，也不是俄国形式主义的陌生化，也不是美国新批评的反讽、悖论，与他们把焦点聚集在局部的语词上，在修辞上相反，中国传统的诗论着眼于整体，故有"不着一字，尽得风流"（司空图《诗品·含蓄》）之说。更有甚者,陶渊明的最高境界是"此中有真意,欲辩已忘言"。

理论不是凭空产生的,而是从创作实践和阅读实践中产生,而且要受到创作实践和阅读实践检验的。理解中国的特殊话语,不能光从理论上去反思,还要从文本进行核对。冲淡的意境之杰作,比比皆是。如王维《鸟鸣涧》的"人闲桂花落,夜静春山空。月出惊山鸟,时鸣春涧中";李白的"众鸟高飞尽,孤云独去闲。相看两不厌,只有敬亭山"。其实,欧美诗歌也并非仅仅是强烈感情的强烈抒发,相反的不强烈的情感的表现,也有极其经典的杰作。例如歌德的《浪游者之夜歌(一)》:"一切的峰顶/沈静,/一切的树尖/全不见/丝儿风影。 /小鸟们在林间无声/等着罢:俄顷/你也要安静。"但是,欧美诗论并未概括出意境的范畴来。把强烈感情的自然流泻引到中国来,自然产生了郭沫若、闻一多那样的激情之经典,但是,像徐志摩《再别康桥》那样的并不强烈,而是潇洒,戴望舒的《雨巷》的缠绵的意境之作,因为西方诗论对之在理论上的阙如,我们就长期为激情自然流露理论所拘,失去了话语的创造力。所谓失语,不仅仅是失去传统的话语,而且是失去创造新语的能力。

直接从文本进行原创性概括当然是最理想的。但是,这需要不世出的天才。我们最实际的办法是把直接概括和中国古典诗话词话的中的精华结合起来,则不难看出西方文论的缺陷在于孤立地讲情感/审美价值。而我国的诗话则把情放在种种关系中研究。如情与感的关系、诗与散文的关系,我们17世纪有吴乔、贺裳等的诗酒饭之说,也就是实用散文,好比把米做成饭,米的形状和质地基本不变,而诗则是把米酿成酒,形、质和功能(饱和醉)都变化了。在西方差不多一百年后,浪漫主义者雪莱才意识到"诗使它触及的一切变形"。仅仅是变形,而不涉及变质和功能。我国诗话在论及诗情的时候,总是把它和散文、和历史联系在一起比较,在诗与画的比较中,不惜以长达千年的功夫进行辨析。值得珍惜的是,我国传统诗论还将情感与理性的关系加以研究,17世纪贺裳(1681年在世)和吴乔(1611—1695)

做出"无理而妙""痴而入妙"的学说。事实上,揭示了情感在逻辑和价值上与理性的不同。当然最重要的是"意境"所强调的情的宁静与情感的承转起伏,也就是静与动的关系。最为神异的是,不是情动于衷,而是无动于衷,也成为杰作。如"结庐在人境,而无车马喧。问君何能尔,心远地自偏"。不管外部环境多么喧哗,就是充耳不闻。至于柳宗元的《江雪》"千山鸟飞绝,万径人踪灭,孤舟簑笠翁,独钓寒江雪",对于严酷的外在环境,就更加无动于衷了。这里表现的是天人合一,有禅宗的理念。隐含着非抒情的智性奥秘。

古人没有将之作为对立统一的关系联系起来,创造新的范畴,当真理碰到鼻尖的时候,摆在我们面前的历史任务就是不为康德的审美价值所拘,而是从审美衍生出一个新的范畴:"审智"。这是我在2000年和米勒等三十位理论家的学术讨论会上提出的,中文稿《从西方文论的独白到中西文论的对话》刊载在《文学评论》2001年第1期。⑨建构了这样的系统范畴,我们就不但可以像他们那样解读古典文本,而且可以解读"放逐抒情"以后的反浪漫的现代派,乃至后现代从感知超越情感直达智性的文本。有了这样的本钱,我们不但不会失语,而且可以一改对他们洗耳恭听的自卑、自虐的心态,以足够的文化自信,在历史的制高点上,看到他们的危机,以一种宽容的心态俯视他们在文本阐释方面徒劳的挣扎。

当然,理论的民族创造性、原创性、亚原创性,不能指望成就于一时,是几代人才能完成的课题,印度禅宗经过数百年才和中国的儒家和道家结合转化为中国成熟的禅宗。对于建构中国文论话语的历史使命我们应该有更大的耐心,但是,一改当前文论界挟洋自重的风气则是当务之急。

注释:

①《东方文论选·序》,载《比较文学报》,1995年10月。

②见《百度学术》,2017年4月7日。

③曹顺庆:《文论失语症与文化病态》,《文艺争鸣》,1996年第2期。

④史克洛夫斯基：《弓弦——论似中之不似》，莫斯科，1970 年，第 12 页。

⑤史克洛夫斯基：《两卷集》第一卷，莫斯科，1983 年，第 3 页。

⑥史克洛夫斯基：《散文理论》，莫斯科，1983 年，第 73 页。

⑦J.希利斯.米勒：《致张江的第二封信》，《文学评论》2015 年第 4 期。

⑧自然流露中的自然，原文有点自发(spontaneous)的意味。郭沫若忽略了华兹华斯的强烈的情感是从回忆中聚集起来（it takes its origin from emotion recollected in tranquility），而且是在沉静（disappears）中"审思"（contemplation）的。

⑨孙绍振：《新的美学原则在东方崛起》，福建人民出版社，2015 年，第 25—31 页。

文学批评:八个问题与一种方案

南　帆

一、小引:问题的症候

文学批评的必要性已经不言而喻。如今,人们反复听到的呼吁是,必须提供更高质量的文学批评。许多人的心目中,不满的议论如同文学批评甩不下的尾巴——虚伪,肤浅,迁就人情,资本指使之下的商业宣传,对于种种新型的文学动向一无所知,一副晦涩的学术腔调无助于改善社会生活,如此等等。相对于文学史或者文学理论研究,文学批评的学术含量稀薄。通常,人们对于文学批评的期待仅仅是"说真话"。何谓"真话"?"真话"是真知灼见的必然保证吗?相当多的批评家没有兴趣卷入进一步的思辨。必须承认,浅尝辄止的理论应付很大程度地限制了文学批评的潜力。例如,一种普遍的想象是,文学批评的左边是文学作品,右边是文学理论,批评家的工作无非殷勤地将各种文学理论命题引入作品解读,或者归纳作品的若干规律赋予理论的命名。陷于二者之间尴尬的夹缝,文学批评的原创性时常遭受重大怀疑。因此,文学批评的文化阶序不得不位于文学作品与文学理论之后,甚至常常被轻蔑地视为二者的寄生物。

或许,现在是改变这种想象的时候了。事实可以证明,文学批评的功效

南帆,福建省文联主席,福建社会科学院院长,研究员、博士生导师

远远超出了文学作品与文学理论之间的狭小地带。人们可以在一个更大的文化场域将文学批评塑造成为一个活跃的角色。现今的文化场域包含了各种话语类型复杂而频繁的互动。经济话语、政治话语、科学话语、社会管理、宗教信仰或者意识形态，某种话语类型的急速膨胀可能占有更多的份额，继而引起另一些话语类型的连锁回应，甚至形成整个文化场域的结构性调整。这个意义上，20世纪之后文学批评的表现不同凡响。无论是社会历史批评学派、符号学派还是阐释学、精神分析学，文学批评逐渐汇成若干人文学科的联结、交织和相互依存的领域；文化研究的跨学科特征表明，文学批评开始成为文化网络内部一个能量超常的节点，这个领域开启的多向对话制造出种种令人瞩目的理论漩涡。这时，文学批评试图突破学科乃至学院的围墙，介入各种复杂、隐蔽的社会历史脉络。

然而，文学批评的扩张加剧了隐约的不安。若干积压已久的问题仍在持续发酵，另一些新型的问题接踵而至。如果这些问题始终处于模糊状态而无法获得正视，它们的外在症候必将长期地干扰文学批评的质量。现在，我愿意简单地勾勒这些问题的轮廓，指出内部隐含的各种理论冲突，并且在结论部分简要地表述我的观点。

二、当代文学与经典

文学批评通常与当代文学联系在一起；相对地说，文学研究的对象是经典，例如唐诗、宋词或者明清小说。两个术语的微妙差异显明，文学批评更多地表现为坐标模糊的理论探险。当代文学尚未进入稳定状态，众多文学作品的探索和开拓尚未纳入文学史谱系给予衡量和定位，因此，批评家的阐述必然包含相当程度的试探性，带有种种个人趣味主导的印象主义联想。如果说，经典的历史地位业已公认，那么，文学研究相对客观、中性，各种见仁见智的优劣评判遭到了大幅度压缩。相对而言，当代文学未经历史检验，文学批评的各种结论无法完整地享有学术的威望。许多时候，这甚至构成诟病文学批评的理由。文学研究的范式被视为楷模之后，文学批评的褒贬以及伴随的激情无形地成为浮夸或者独断的表征。

当然，人们可以听到来自文学批评的反驳。概括地说，批评家的辩护词包括两个方面的内容。首先，所谓的"历史检验"不能想象为历史的自动演算，仿佛真正的标准答案将在未来的某一天突如其来地降临。历史检验是一个内容充实的伸展，包含了历代批评家持续的对话、辩驳、声援或者抵制。经典的确认毋宁是这种伸展的阶段性沉淀。事实上，历史检验不可能截止于某一天，从此一锤定音。即使面对公认的文学经典，种种细微的校正从未彻底停止。所以，文学批评与文学研究之间不存在无法逾越的隔离带；二者的学术性质具有维特根斯坦所说的"家族相似性"。其次，当代趣味并非文学批评的软肋。文学批评力图表述的重要内容即是，一部作品如何拓展当代文化空间。例如，谈论鲁迅的《阿Q正传》或者普鲁斯特的《追忆似水年华》，批评家关注的是这些作品为20世纪文化增添了什么。所谓的"当代文化空间"，不仅包含那个时期的社会制度、经济状况、意识形态结构，也包含那个时期普遍的叙述、修辞或者文学类型。许多时候，各种因素之间的相互呼应构成了当代的某种边界模糊的总体性。如果没有文学批评表述当代的声音，所谓"历史检验"的起点又在哪里？

尽管如此，文学研究的辖区仍然构成特殊的压力——文学批评必须意识到经典的分量。事实上，绝大多数作品只能获取短暂的存活期，仅有极为少量的经典由于未来历史的铭记而赢得了不朽。换言之，经典隐含了大部分当代文学并不具备的特殊性质，这种性质有助于作品跨越当代所标志的文化季节。藏之名山，传诸后世，我的作品等待的是未来的读者——这一类宣言的前提即是以经典为归宿。对于文学批评说来，当代趣味与经典之间始终存在某种紧张。如果意识到当代文化空间的历史渊源，那么，经典犹如当代趣味的压舱石。

按照T.S艾略特的著名观点，现存的众多经典构成了某种总体秩序，犹如矗立于文学史地平线的一道栅栏。一部新的作品只有携带足够的能量才能击穿既存秩序,占据一个属于自己的空间。双方的相持包含了文学批评的角逐——用艾略特的话说,这将是"新与旧的适应"。显然,双方的相持必将涉及批评家的视角选择:注重尖锐的当代趣味,还是服从经典象征的坚固秩序?

三、审美与历史

对于文学批评说来,审美与历史构成了由来已久的抗衡。

现今,放弃审美的文学批评遭到了普遍的非议。审美是文学不可替代的神秘魅力,绕开了审美的文学批评不啻舍本逐末。尽管如此,文学批评的实践并未就审美的考察焦点达成共识。一些批评家热衷于复述诗文之中的良辰美景,一些批评家擅长分析的是文学人物的性格与内心幽微;若干批评家试图论证作者与读者共享的无意识机制如何造就相似的心理波澜,还有大量批评家将语言符号、叙述模式以及形式结构视为揭开审美秘密的入口。总之,审美的名义没有进一步转换为一致的理论主张,众多批评家的共同之处仅仅显现为:反抗庸俗社会学的泛滥,拒绝将文学视为各种社会学观念的简单例证。

历史的确是社会历史批评学派的中心词——正如弗·詹姆逊所宣称的那样:"永远历史化!"①然而,庸俗社会学很大程度地败坏历史分析的名声。许多人对于庸俗社会学粗陋的基本公式耳熟能详。批评家援引历史教科书的各种现成结论证实作品的故事情节,仿佛后者仅仅是前者的形象翻版;如果二者之间存在某种距离,批评家通常会向文学发出傲慢的诘问:"生活难道是这样的吗?"庸俗社会学封锁了作家对于历史的独特探索,历史已经被事先想象为没有任何杂质的现成原则。

"永远历史化"的一个基本观念是,根据各种具体的历史语境,分析诸多事物的历史脉络及其依赖的社会条件,预言它们的未来命运。马克思主义批评家心目中的历史内部存在某些决定与被决定的重要关系,例如生产力决定生产关系,经济基础决定上层建筑。双方的失衡与再平衡构成了历史持续运动的基本动力。社会历史批评学派从不否认审美的存在,批评家力图证明的毋宁是:审美并非从天而降的神秘事件;作为历史运动的产物,审美是一种可以解释的文化现象。哪些对象进入审美的视野?民族共同体、教育程度、文化阶层、意识形态乃至经济状况如何充当审美的各种参数?这些问题无不可以追溯到某一个时期历史结构提供的社会条件。例如,风景什么时候成为审美对象?从空间环境的文学再现、戏曲或者电影的抒情性气氛组织或者山水诗的崛起,文学对于风景的发现、接纳和审美聚焦包含了一系列历史条件的复杂运作。

社会历史批评学派通常包括两个方面的考察:第一,文学作品再现的社会历史——既定的历史构造如何铸成各种人物性格,设置一系列悲欢离合,那些人物命运的演变背后隐藏了何种历史性的巨大冲动;第二,文学作品赖以产生的社会历史——那些惊世骇俗的作品诞生于何种文化土壤之中?无论是作家的文化基因、读者的接受心理还是文学类型、修辞风格、叙述视角,批评家试图从众多文学元素背后发现必然的历史原因。也许,文学与社会历史的关系不像镜子的隐喻那么简单。没落的历史阶段可能出现巨著,例如《红楼梦》;现代社会仍然存在神话的土壤,例如各种科幻文学。尽管如此,文学与社会历史之间的联系从未消失,社会历史批评学派恰恰必须在众多中介物背后揭示这些联系的痕迹与形态。相对地说,第二个方面涉及的内容及其复杂程度远远超过了第一个方面。

然而,我还想指出的是,文学批评没有理由忽视另一个相反的命题:审美如何观照历史。激情、欢愉、悲伤、惆怅、憎恶——审美并非简单地为感性争回一席之地,而是隐含了独特的价值评判。这个世界业已拥有无数的理念和观点,这时,审美制造的那些内心波澜或者长吁短叹还有什么意义?如果说,哲学话语、政治话语、法学话语或者经济学话语仅仅将审美视为无足轻重的附加值,那么,批评家有义务证明,文学所依赖的审美提供了另一种分解、想象、重组以及评判历史的方式。相对于"存在""本体""国家""民族"

"资本""法理"等种种社会科学擅长的重磅概念,文学关注的是这一切如何植根日常生活,进入普通人生的琐碎细节,与个人的命运、内心的悲欢有机地联系起来。这时,日常生活与普通人生是种种重磅概念无法化约或者覆盖的历史单位。因此,文学批评对于审美的肯定亦即对于日常生活与普通人生的价值认可。

社会历史批评学派的文学解读往往征引作品证实各种社会科学命题,审美对于个别、具体、形象的注视可能与社会科学的普遍性产生某种差异乃至冲突。如果说,审美图像的高分辨率与审美视野的狭小是同一个硬币的两面,那么,文学批评没有理由坚持审美的独断。某些时候,审美观照必须考虑乃至接纳社会科学的修正。文学史资料可以证明,那些作家亦非时刻充当审美的虔诚信徒。进入社会生活,他们乐于遵从经济学或者法学的指示,精确地计算稿酬收入,或者依靠法庭索回版权的损失。因此,这种问题会一次又一次地冒出来:如何决定文学批评的前提——如何决定审美与历史的主从关系?

四、内部研究与外部研究

众所周知,内部研究与外部研究的区分主要来自 R·韦勒克与沃伦的《文学理论》。某种程度上,内部研究与外部研究的冲突令人联想到审美与历史的冲突。韦勒克与沃伦认为,文学和传记、文学和心理学、文学和社会、文学和思想以及文学和其他艺术均为外部研究,谐音、节奏、格律、文体、意象、隐喻、象征、神话、叙述模式和文学类型才是内部研究的内容。

韦勒克与沃伦显然倾向于内部研究。外部研究这个术语仿佛表明,批评家仅仅徘徊于文学的外围或者边缘,不得其门而入。韦勒克与沃伦对于外部研究的异议是:"这样的研究就成了因果式的研究,只是从作品产生的原因去评价和诠释作品,终至于把它完全归结于它的起因(此即'起因谬说')。""研究起因显然绝不可能解决对文学艺术作品这一对象的描述、分析和评价等问题。"②韦勒克与沃伦基本接受了英伽登的现象学描述,将作品分解为声音、意义单元、意象和隐喻、象征系统和神话、叙述模式五个层面,继而聚合为各种文学类型。他们看来,内部研究分门别类地考察作品的各种构成元素,这才是合格的文学批评。

必须承认,起因仅能有限地解释事物的存在状态。土壤成分和气候条件的总结并不能完全解释一棵树的生长。作家的生平或者社会、思想、心理并非文学本身。然而,一部作品与一张桌子、一台机器或者一本数学教材不同,它往往与某个时代的文化场域密切互动。从社会、政治、生产方式、意识形态到作家协会、稿费制度、文学评奖以及电影或者电视肥皂剧的兴盛,文化场域的众多因素无不可能介入乃至干涉作品的各个层面。反之亦然——一部作品愈是成功,作品的主题将愈是广泛地分布于社会、思想、心理。如果聚焦于文学的审美主题,人们可以清晰地看到,象征、神话或者某种叙述模式的结构并非审美的全部根源。事实上,作品的各种构成元素必须依赖一个社会的心理机制或者思想气氛才能产生真正的审美成效。删除外部研究无异于将后者置入盲区。

提出内部研究的背景是,外部研究如此强大,以至于作品本身成为一个无足轻重的配角。然而,放逐了外部研究之后,孤立的文本仅仅是一个僵死的文字结构。如何重组内部研究与外部研究的辩证关系,文学批评再度开始意识到这个问题。

五、文本中心主义与理论霸权

所谓的"内部研究"拒绝赋予作者某种超常的意义。韦勒克与沃伦的观念是,批评家必须坚守的阵地是作品的文本内部。

通常的想象之中,文学批评的基本工作是解读作品,分析和评判文本。然而,这种工作很快会延伸到作者。《孟子·万章下》曰:"颂其诗,读其书,不知其人,可乎?是以论其世也。"19世纪西方的浪漫主义文学批评十分注重考察作家的个性——批评家力图解释,那些奇异的天才为什么能写出如此惊人的作品?然而,20世纪之初,这种主张开始遭到文本中心主义观念的抵制。新批评倡导细读,专注于文本的条分缕析,来自作者的各种信息遭到了贬抑,例如,意图谬误即是新批评的一个著名论断。此后的俄国形式主义、结构主义乃至解构主义无不保持了相似的观念。考察文本结构的同时,罗兰·巴特甚至宣称"作者已死"。总之,文本的语言结构——而不是作者或者哪些外在的内容——才是批评家精耕细作的领域。

尽管如此,另一个现象引起了一些批评家的不安。他们察觉到,文学批评正在将愈来愈密集的理论术语倾泻到文本之中,大额的理论含量似乎超出了文本的负担限度。从精神分析学的压抑、无意识到结构主义的能指、所指,从那个玄奥的存在再到互文、复调、他者,众多概念纵横驰骋,甚至遮蔽了文本本身。某些批评家的文本分析深奥晦涩,难以卒读,例如罗曼·雅各布森和莱维·施特劳斯的《波德莱尔的〈猫〉》,罗兰·巴特的《S/Z》,或者拉康《关于〈被窃的信〉的研讨会》。

20世纪被称之为"理论的时代",众多理论学派纷至沓来,全方位地覆盖各个领域。许多时候,理论描述远非仅仅提供一种归纳、一种具体的诠释,而是意味了一个深度的发现,甚至带来新型思想空间的建构。尽管如此,理论遭受的反弹与日俱增。如此之多陌生的理论术语开始折磨人们的心智,文学批评突然成为毫无乐趣的思辨。

苏珊·桑塔格公开表示,反对文学批评演变为乏味的理论压榨。在她看来,这种理论霸权再度显现了作品外部的粗暴干预——文学批评的阐释犹如强迫作品的形象体系变异为另一种形态:"阐释的工作实际成了转换的工作"。她具体地描述了理论代码如何引诱作品拐入另一个轨道:"阐释者说,瞧,你没看见 X 其实是——或其实意味着——A?Y 其实是 B?Z 其实是 C?"这时,文学批评的作品解读可能被比拟为谜面的破译。批评家负责向读者通报,兔子与乌龟赛跑的故事其实是骄兵必败的主题,《离骚》的香草美人象征的是诗人的高洁情怀,"床前明月光,疑是地上霜"隐喻思乡之情,《哈姆雷特》不仅是一个王子复仇的故事,主人公多疑的性格背后或许隐藏了恋母情结，如此等等。总之，"阐释于是就在文本清晰明了的原意与(后来的)读者的要求之间预先假定了某种不一致。而阐释试图去解决这种不一致" ③。从某种无意识症状、阴险的政治意图到符号结构隐含的主从关系、民族或者性别歧视，理论代码事先预设了各种解读的寓意指南。见月忽指，得鱼忘筌，文学批评抛出结论之时，亦即作品本身蒸发之日。这再度让人想到了柏拉图的观点：文艺与真理相隔三层；文艺提供的各种表象不可信赖，文学批评的解读如同掠开各种表象设置的干扰，顺利抵达真理的码头。

苏珊·桑塔格声明，她并未谴责一切阐释——令人厌恶的是那种伪智性的学院腔调。这是对于艺术力量的不解、不满或者不安。苏珊·桑塔格主张恢复感觉，推崇透明而清晰的艺术，"我们的任务是削弱内容，从而使我们能够看到作品本身"④。

六、作品的有机整体原则

尖锐、犀利、深文周纳、鞭辟入里的独到之见，文学批评愈来愈多地显现出居高临下的理论姿态。从精神分析学到解构主义，许多批评家批示的奇异结论显然逾越了常识，甚至遭到作者的激烈反驳。这时，人们多半会迅速地联想到一个命题："过度阐释。"从《红楼梦》的索隐、《老人与海》的象征到精神分析学对于梦以及各种无意识症候的解释，过度阐释时常成为文学批评再三遭遇的苦恼。显然，目前的阐释学无法提供一个简明的图表：所谓的"度"在哪里？"度"是一个固定的数值，还是一种历史性的文化建构？

迄今为止，以片面换取深刻构成了许多文学批评的策略。无论是精神分析学、解构主义还是后殖民理论，批评家不惜肢解作品，挑选某些片段大做文章，无视这些片段与作品整体的衔接、联系。由于批评家的解读和阐述，这些片段的意义急剧膨胀，以至于无法重返作品整体。如果仅仅依据"后妃之德"解读"关关雎鸠，在河之洲"，按照严世蕃的生平考据《金瓶梅》的西门庆，或者在《红楼梦》之中穿凿附会清世祖与名妓董小宛的平生事迹，如果仅仅援引精神分析学的"阉割焦虑"分析卡夫卡小说或者劳伦斯的

《儿子与情人》，那么，作品之中的另一些片段可能无所适从。这时，作品的有机整体即将遭受破坏乃至毁弃。

当然，并非没有人对于这个传统原则表示疑问——作品的有机整体仍然是一个必须维持的界限吗？⑤事实上，审美是坚持这个传统原则的首要原因。可以从苏珊·桑塔格的表述之中察觉，审美感觉必须以作品的有机整体为前提。尽管医学可以将身体理解为众多器官系统分而治之，但是，感觉接受的是一个人物的整体。钦慕一个人物或者厌恶一条狗的时候，感觉接收的是整体信息而不是一条胳膊或者一根尾巴。不论众多批评学派制造出多少理论仪器，解剖刀下找不到灵魂。作品或许仍然是理论时代无法彻底分解的一个实体。无论是一首诗、一部小说还是一幅绘画、一支乐曲，深入人心的审美震撼来自作品整体而不是文学批评摄取的若干片段。这个意义上，苏珊·桑塔格所说的"作品本身"包含了顽强抵抗理论代码解构的内聚力。

如果说，理论代码时常抽空作品的躯壳，擅自赋予另一个灵魂，使之皈依某种强大的理论学说，那么，另一种劫持作品的力量来自文学史。一部作品的价值并非自明，它必须纳入众多他者构成的文学史谱系获得评价。这部作品的独创、开拓或者沿袭、因循守旧只能在文学史谱系之中显现。当然，文学史并非一个固定实体，拥有某种不变的标准性质。从《诗经》《三国演义》《阿Q正传》到《伊利亚特》《堂吉诃德》《尤利西斯》，这些作品入选文学先贤祠的理由远为不同。因此，文学史对于一部作品的综合评估包含了来自众多他者的多向视角。作为文本之间的相互衡量与相互参照，互文性最大限度地敞开了各个文本的边界：没有哪一个文本是真正独立的，所有的文本都在相互映射。某种程度上可以说，这时的文学史整体再度从外部剥夺了个别作品的独立价值。

另一些时候，文学史的特殊主题甚至将文本的自足性视为必须摧毁的障碍。一些批评家按照布罗代尔和华勒斯坦关于世界体系的理论模型建构世界文学体系,力图发现世界文学内部中心与边缘的分布以及隐秘的权力机制。如此宏大的主题必须摆脱众多细节的纠缠。因此,批评家甚至提出放弃文本的直接阅读。他们奇异的批评策略是间接的二手阅读:仅仅借助他人的文学作品概述综合文学史的概貌。为了换取一个宏大的战略视野,批评家毫不惋惜地牺牲众多文本的独特性。⑥

耐人寻味的是,遏制文学史谱系强大吸附的能量同时存在。可以察觉一个有趣的现象:这一段时间,"事件"突然成为许多批评家叙述文学史的关键词。⑦他们不仅提到了伊格尔顿的《文学事件》一书,同时还提到了齐泽克、巴迪欧对于事件的定义。不论是齐泽克将事件想象为"超出了原因的结果"还是巴迪欧"对可能性的创造","事件"一词无不包含了自足的意味。这时,批评家倾向于恢复事件现场的诸多因素,注重这些因素的聚合作用,注视一个又一个分散的事件单位本身。这种考察削弱乃至阻断了文学史内部脉络的关联和连续,重现文学作品为中心的独立性质。尽管目前还无法证明"事件"一词拥有多大的理论潜力,然而,这个动向至少表明,作品本身以及隐含的内聚力构成了启动和展开文学批评的一个活跃单元,它或显或隐地制约各种理论霸权的长驱直入。

七、文学批评是科学吗

文学批评是科学吗?提出这个问题的意图是,为批评家的个性谋求一个恰当的位置。

时至如今,"科学"是一个公认的褒义词。如同一个护身符,科学保证了各种结论的合法性。只要有可能,人们总是尽量将自己的工作与科学联系起来。当然,多数人心目中,科学的范本是自然科学。物理学、化学、医学、生物学——自然科学不仅提供了各种正确的认识,而且提供了各种正确的认识方式。实验、数据、归纳和演算,如此等等。然而,尽管科学享有崇高的威望,科学研究拒绝接纳个性。科学家不能因为迁就自己的个性而修改观察或者演算的结果。科学的客观性源于大自然的基本特征。大自然的演变不依人的意志为转移,各种人为的文化设计或者意识形态规定无法改造大自然的既定运行规律。众多物质的分子式不会因为不同的国界划分而改写,重力加速度公式也无须针对不同的族群而重新推导。个性通常意味了独具一格的视角、处理方式、感受力和表述风格,科学的结论并没有为这些因素留下空间。创立一门个性化的物理学或者根据个人风格设计医学,这显然是一些可笑的念头。科学史的许多事例可以证明,某些科学家曾经以一己的观点推翻了盘桓多时的成见,但是,这并非个性的胜利。科学必须不断地调整大自然的认识。尽管各种再认识的突破口多半选择某些杰出而幸运的科学家,他们的个人风格不是新型结论的必然构成。事实上,各种新型结论之所以赢得公认,仍然依赖科学家公共遵循的认识方式:实验、数据、归纳和演算。

相对地说,声称写出一部个性化的文学史或者艺术史似乎不是那么奇怪。当然,质疑不可避免。个性化的观点有没有权利认定莎士比亚是最为拙劣的剧作家或者《红楼梦》仅仅是一部三流的作品——换言之,个性化拥有公信力的天然保证吗?尽管见仁见智并不意味了接受一切观点,但是,文学批评赢得的个性空间肯定远远超过了科学。批评家时常振振有词地为自己的独到之见辩护:那些激动人心的阅读享受远比各种众所周知的理论术语真实。因此,他们愿意纵容自己带有体温的独特经验,哪怕牺牲科学的名义。面对一个又一个与众不同的作家,文学批评又有什么理由如同一个拘谨的冬烘先生?

然而,只要文学批评保持分析与评判两个主题,批评家不得不依赖思辨和逻辑具有的普遍意义征服他人。换言之,文学批评从未真正脱离理论范畴而成为仅仅为自己负责的冥想。因此,文学批评必须解释自己的特权:为什么比科学享有更多的个性?

现在,我试图对真理与共识做出区分。当人们共同接受某种真理的时候,真理与共识合二而一。尽管如此,二者并非必然一致。真理不依人的意志为转移；某些时候，真理仅仅在少数人手里。即使多数人茫然无知，真理并未改变性质。相对而言，共识的基础是大多数人的认可。共识有可能偏离真理，大多数人接受谬误之见的例子比比皆是。真理与共识的区分有助于进一步分辨科学内部的两个脉络。通常，自然科学的正确结论适合于称之为"真理"，这些结论没有理由因为接受的人数以及不同的社会条件而改变；社会科学的许多观点适合于称之为"共识"。共识不依个人的意志为转移，但是，大多数社会成员的意志可能对共识曾经认可的观点做出修正乃至完全颠覆。例如，某些机构可以代表大多数社会成员废除过时的法律条款，或者修订某种社会主张。在我看来，二者不存在高下贵贱之分，只不过后者的认识对象之中更多地包含了认识主体的自身构成。不言而喻，许多接受修正的共识并非由于错误，而是由于社会条件的改变。这个意义上，社会科学的众多结论具有历史性特征。逾越相对的历史语境，合理的命题可能产生负面作用。历史语境是否正在发生转换？这往往是社会科学不得不事先完成的一个判断。

文学批评显然置身于共识范畴。多数批评家没有兴趣考察作品的自然性质——字数，线装书、铅印还是激光照排，纸张的质量，一册书的重量，如此等等；文学批评的关注范围及其种种结论无不追求更大范围的呼应。陶渊明是一流诗人还是三流诗人？李白与杜甫孰优孰劣？《红楼梦》之中的通灵宝玉象征了什么？陀思妥耶夫斯基的心理分析为什么令人战栗？反讽为什么成为现代主义文学的基调？这些论述的终点是最大面积的认可，而不是界定某种客观、恒定的性质或者规律。

共识为批评家的个性留出一席之地——共识不像真理那般精确无误，不容置疑，强大的个性可能挑战共识保留的各种话语，开拓一片自己的思想空间；另一方面，共识对于批评家的个性质量具有苛刻的要求——观点的独特并非全部，重要的是以独特的观点扭转人云亦云的成见，甚至改变承传多时的共识。这时的个性将会显现出耀眼的意义。

八、作家与批评家

作家与批评家犹如一对 "欢喜冤家"。他们共同集聚于文学的旗帜之下,或者相互激赏、相互崇拜;或者相互调侃、相互憎恶。某些时候,他们发出由衷的赞叹:再也没有什么比滚滚红尘之中的知音更为可贵;另一些时候,他们公然表示既看不上对方的文学才能,也看不上对方的人格。这种状况已经延续了相当一段时间,近期似乎没有多少改善的迹象。

传统的意义上,作家与批评家往往被视为不同的话语集团。他们使用不同的工作语言。当然,二者之间的差异同时包含了等级的区别:"无上的创造者与低微的侍从,二者都是必需的,但应该各就各位。"但是,罗兰·巴特认为,这种等级划分不过一个"陈旧的神话"。在他看来,如今的批评家已经"成了作家"。他们都在扮演语言的探索者,后者没有必要仍然保持低三下四的姿态。⑧

此外,作家与批评家还有哪些不同?作家通常觉得,批评家依赖他们的作品维持生计——批评家犹如作家身上的虱子。这些言辞乏味的家伙时常自不量力,居然企图充当作家的教练,谁会认真地听取那些无聊的说教?批评家多半感慨丛生:某些作家真是忘恩负义的人。他们初出茅庐之际的确谦恭地将批评家视为教练,并且由于后者的隆重推荐而声名大噪。现在,他们翻脸不认账,时刻想将自己装扮成凌空而降的天才。为了塑造一个天生的高大形象而涂改真实的成长历史,这种策略怎么可能瞒过批评家呢?

多数时候,这些观点仅仅是一些无关痛痒的腹诽或者花边新闻,不足为训。作家与批评家的真正分歧更多地出现在阐释与评价作品的时候。一部作品的寓意或者象征是什么?如何评价某个文学人物性格?这部作品是否拥有一个恰当的叙事方式?当然,许多分歧无不汇聚到一个关键问题:人们面对的是一部杰作还是三流作品?许多作家愿意对自己作品的主题发表意见:透露写作的意图,回忆写作的甘苦以及各种轶事,这一切仿佛暗示了作家对于作品拥有的特殊解释权——当批评家发表不同意见的时候,作家手中的特殊解释权可以轻易地兑换为否决权。

如果说，作家的威信曾经让批评家唯唯诺诺，那么，现在的情况发生了很大的变化。阐释学的转折带来了重大的观念转折。首先，阐释被视为作品的意义再生产。作家保证了作品的诞生，然而，批评家的阐释保证了作品的生命延续。对于文化史的构成说来，阐释的贡献必须获得重估。作品的诞生仅仅是一个起点，阐释决定一部作品能够走多远。作品的数量是有限的，阐释可以再造无限的意义。这时人们可以说，文化史的大部分内容与其说是经典，不如说是经典的阐释。

阐释学的另一个观念是，不再追求一个阐释的终点。阐释不是披沙拣金，千方百计地搜索某种一锤定音的标准答案，从而结束漫长的理论跋涉。即使某个时代的读者达成了评价一部作品的共识，另一个时代的阅读又可能催生不同的观点。文学阅读的发现毋宁是期待视野预设的兴趣。现代阐释学不仅肯定了期待视野的合法性，并且揭示了每一个历史阶段意识形态结构如何造就不同的期待视野。这个意义上，阐释构成了历史持续展开的一种形式。阐释是开放的，正像历史不存在终点，阐释的意义再生产亦无终结之时。这极大地削减了批评家对于作家的依赖，他们的理论远征没有必要时刻返回起源。如果说，多数作家不仅倾向于认可一个阐释的圆心，而且有意无意地将自己设置为这个圆心，那么，这种观念已经被许多批评家抛弃。批评家的阐释不再考虑作家的意图表白，不再尊重作家的作品解释权——当"创造性的误解"成为一个堂皇的概念时，他们的理论冒险再也不必提交作家审核批准了。

批评家的权力会不会太大了？他们的阐释会不会发生谬误？如何限制各种理论冒险？——能否随心所欲地断言《西游记》乃是皇权之争而《包法利夫人》是一个同性恋事件？面对这些疑虑，阐释学不得不卷入众多复杂的问题，例如相对主义，何谓客观，逻辑与论证技术形成的公约，学派立场，视野的融合，如此等等。相对地说，作家更为关心的是，如何以及多大程度地索回作品之父的特权？作家的意图必须在阐释之中占有多大的权重？显而易见，作家的不满溢于言表——他们与老对手批评家的争论很快就会进入一个新的回合。

九、精英主义的困境

相对于作家，批评家通常从属读者阵营。批评家的职责之一是，向作家转达读者对于作品的观感。然而，近期的情况开始出现变化。从电视连续剧、电影到MTV、网络小说乃至网络游戏，众多新型的艺术门类不仅延伸了文学的地平线，同时使读者阵营产生了分裂。大众读者迅速地成为各种通俗性大众文学的拥趸，传统的批评家遭到了孤立。他们势单力薄、面目可憎，他们的观点无人问津，各种费解的专业术语或者喋喋不休的经典复述令人生厌。总之，这些批评家陷入了精英主义的困境。

这些批评家已经拥有一个稳定的文学评价体系。不论是"道""气""韵味""诗教""意境"还是"母题""形式""主体""现实主义""后现代"，众多源远流长的文学理论概念构成了这个评价体系的后援。然而，现今另一些以数据为中心的概念正在涌现，并且开始构筑另一种评价体系，例如收视率、点击率、多少亿的票房、一个作家的年度纳税额、谁在富豪排行榜上位居第几，等等。这些数据并非客观的事实描述，而是包含了强烈的价值倾向。市场无疑是新型评价体系的基础，种种市场手段——诸如资本运作、商品广告宣传、销售量或者产品价格——的意义绝不亚于人物形象的塑造或者巧妙的情节设置，公司经济账本上的高额利润似乎标志了卓越的文学成就。对于许多批评家说来，这些数据带来的震慑远远超过了预料。例如，那些网络小说的经济收益时常让批评家大惊失色，继而钦佩不已，他们甚至不知道这一批小说写了些什么，是否值得如此肯定，以及如此流行的深刻原因。利润即成功，这个原则已经不知不觉地开始产生衡量的作用。

的确，这些批评家再也不想坚持精英主义的骄傲了。他们愿意在市场之中洗心革面，诚恳地接受货币的判断。当然，他们不会公开地向拜金主义投降,而是动用理论语言将货币的判断包装为"文化民主"。大众自愿地购买自己喜欢的文化产品,难道不会比追随几个专家居高临下的训诫更为民主吗?这时,批评家几乎遗忘了一个事实:如今的市场已经如此成熟——推销某种商品的时候,商人的巧妙叙述一定会让消费者觉得,他们的选择发自内心而不是听从外部的灌输。

"文化民主"是一个富有魅力的词汇,往往与革命联系在一起。传统的叙述之中,追求"文化民主"的大众通常拥有革命者的身份。大众的革命对象是什么?文化上的陈规陋习?官方钦定的标准?隐藏于渊博或者考究背后的贵族趣味?以典雅面目出现的僵化、矫揉造作与保守主义?总之,这一切将决定精英主义与大众之间分庭抗礼的具体内容。然而,现今的大众往往以消费者身份出现。不论市场形式的"文化民主"如何实践,经济获利是一个诱人的结局。这时,遭受大众抛弃的精英主义常常如同一个不识时务的形象遭受嘲笑。作为革命者的大众曾经以摧毁资本主义市场为己任,充当消费者的大众巩固了商品关系的再生产,如此巨大的转向之中,精英主义始终只能充当历史的配角。

文化研究的兴盛包含了对精英主义的贬抑,所谓的"高雅文化"犹如一批知识分子自以为是的炫耀。批评家终于察觉到底层的声音,"沉默的大多数"宁可消费帝王将相或者才子佳人而对教授们的高头讲章没有兴趣。一些批评家甚至将通俗的大众文化叙述为令人尊敬的民间文化。然而,如果说民间文化的运作机制植根于乡村或者社区、街道的传统人际关系,那么,通俗的大众文化依托于发达的市场机制。作为另一种新型的社会组织方式,市场拥有远为强大的宣传机器、动员手段和组织能力。相对于民间文化简朴的惩恶扬善或者种种忠告、教训,通俗的大众文化更多的是欲望化装的白日梦。如此多元的文化结构之中,精英主义——那个以专业、经典、学院为正统的文化部落——究竟拥有哪些存在的意义?

十、结论:历史化方案

从当代文学与经典、审美与历史到精英主义与大众文学,这些概括远非完备;还可以罗列若干性质相近的二项对立,或显或隐地投射于文学批评的实践。例如抒情与叙事、古典与现代、文学先锋与艺术成规,等等。

相信多数人愿意接受如下结论:相当一段时期内,这些二项对立不可能消失——内部研究不可能完全覆盖外部研究,科学不可能彻底铲除个性,批评家也不可能完全无视作家的存在;总之,二项对立之中的某一项不可能无限地扩大、膨胀,直至吞噬对立的另一项。人们毋宁说,这些二项对立将会持久地存在,二项的主从关系以及相互比例始终如同潮汐一般变化不定。某些时候,批评家可能更为重视审美;另一些时候,批评家可能更多地倡导大众文学对于精英趣味的冲击,如此等等。诸多二项对立构成了文学批评的理论调节器,共同决定批评家解读或者鉴定作品的内在倾向。可以看到,二项对立制造的理论调节具有相当程度的随机性质,没有一个现成的固定公式事先决定注重什么,削减什么,或者维持双方平衡的数值又是什么。

然而,"某些时候"或者"另一些时候"是必须推敲的时间状语:什么时候?这时,我想启动另一个概念填充这个时间状语:历史。"永远的历史化。"某些历史语境之中,经典、审美或者科学性质成为当务之急,另一些历史语境之中,外部研究或者个性、批评家的独立意识更为重要。批评家的倾向选择不仅是回应作品乃至文学史,而且力图进入更大的文化场域与经济、政治、科学等各种话语类型互动、对话、博弈。换言之,历史化是众多方案遵循的基本原则。当科学主义成为某种霸权的时候,个性或者审美将被赋予更大的权重,当大众文化的娱乐乃至庸俗泛滥成灾的时候,必须及时地重提经典或者精英主义。

这个意义上,"历史"不是一个没有内涵的大词,仅仅用于敷衍某些陈陈相因的理论表述。作为一个先在的庞然大物,历史挟带无数事件、数据、细节以及众多传统观点矗立在那里,无法绕行——所有的行动必须从历史提供的起点之上开始;其次,历史并未预设各种标准答案,批评家必须对于某个时期历史语境的特征做出自己的判断,并且承担判断的后果,他们的远见卓识或者短视、误判无不进入公共空间,作为社会话语产生作用——哪怕仅仅是微末的作用;第三,历史并未设置某种超然的观察席,所有的人无不置身于历史之中。从承传、守成到创新、发展,所有的人分别以不同的方式生产历史,同时又在享用这种历史。换言之,每一个批评家均是历史之中的一个主动角色,他们提交的各种观点无不进入一个庞大而复杂的文化网络,从而与历史联系起来。批评家试图解读作品的哪些意义?为什么如此解读?这些初始的问题不仅涉及批评家处置二项对立的立场,而且涉及他们如何想象历史、参与历史,如何创造历史。

注释:

① [美] 弗雷德里克·詹姆逊:《政治无意识》,中国社会科学出版社,1999 年版,第 3 页。

②[美]韦勒克与沃伦:《文学理论》,刘象愚等译,三联书店,1984 年版,第 65 页。

③[美]苏珊·桑塔格:《反对阐释》,《反对阐释》,程巍译,上海译文出版社,2003 年版,第 6—7 页。

④[美]苏珊·桑塔格:《反对阐释》,《反对阐释》,程巍译,上海译文出版社,2003 年版,第 17 页。

⑤参阅[英]特雷·伊格尔顿:《二十世纪西方文学理论》,伍晓明译,陕师范大学出版社,1987 年版,第 82 页、第 89 页。

⑥参阅[美]弗朗哥·莫雷蒂:《世界文学猜想》,刘渊译,张永清、马元龙主编:《后马克思主义读本》,人民出版社,2011 年版,第 45—46 页。

⑦参阅马汉广:《作为事件出场的文学及其当下形态》,《文艺研究》

2017年4期;尹晶:《事件文学理论探微》,《文艺理论研究》,2017年3期;朱国华:《想象的新旧冲突:重释作为文学事件的〈沉沦〉》,《2017年中国文艺理论学会理事会暨"文艺理论的创新与中国气派"学术研讨会论文集》。

⑧参阅[法]罗兰·巴特:《批评与真实》,温晋仪译,上海人民出版社,1999年版,第45—47页。

论文学的"当代性"

陈晓明

"当代性"（contemporaneity）在当代文学研究领域，与其说是自明的，不如说是有意含混的。我们似乎心照不宣地谈论"当代"和"当代性"，但人们彼此都清楚，说的可能不是一个东西。我们都共同生活于"当代"，当下产生的多种多样的文学都被归为"当代文学"，但它们并不都是一回事，这并非是指它们各自的个性化的艺术特色或风格，而是指它们各自包含的精神属性（如果它们确实都有的话）。恩斯特·布洛赫曾经指出："我们并非全部生活于同一个现在之中。"[①]这句话可以做这样的理解：生活于当今同一现实时空中的人们，他们在精神上未必是同代人，在精神并没有共同的"当代性"。这或许就可以引出一个需要认真对待的问题，究竟什么是"当代性"？我们生活于当代，当代就在我们身边么？就在我们脚下么？就在我们的心灵和精神里么？尤其对于文学来说更是一个令人费神的问题，对于研究中国当代文学的人来说则又是一个很不踏实的问题。其实，中国文学一直非常强调"现实性"或"现实感"，这实际上指的就是"当代性"。何谓"当代性"？何谓中国文学的"当代性"？这是我们渴望知道，又总是下意识地去回避的问题。

在中国文学学科的专业划分，有一个约定俗成的划分，"中国现当代文

陈晓明，北京大学中文系主任、教授、博士生导师

学",在"现代"之中再划分出"当代","当代"究竟从何时开始似乎也不用加以分辨,我们可以从历史划分那里获得支持。显然,这是从政治变革方面来建构历史时间的做法。但是,时间的意识根本上是哲学的意识,在文学上(和美学上)要认定"当代"却并不容易。20世纪80年代后期,为了对时代的审美变化加以把握,人们划分出"后现代"这种说法,相对于整个"现代","后现代"显然是更具有"当代性","后现代"就是当代,但是"当代"并不一定就是"后现代"。这就是中国语境,"当代"一词表示的时间具有鲜明的中国特色,包含了"当代"中国特有的历史感及其时间意识。

今天,我们把"当代"当作一个自明的时间概念来使用,同时也把"当代"作为一种形而上的价值理念来标举,对于"当代"涌现的那么多的作品,最常见的批评就是,这些作品能反映"当代"吗?不少在"当代"出现的文学以及文化现象,人们并不认为它们体现了"当代"的真实性或实质。难道说"当代"还有一种特定的精神性的内涵?似乎人人心目中都有一个关于"当代"的本质化规定。这就可以去追问:自1949年以来,或者自1979年以来,或者自2000年以来,为什么它们就是"当代"的时间标记呢?那些时间节点上涌现出的作品,是否真的就属于"当代文学"呢?显然,时间区间的界线还好办,只是一个学术协商的结果;但是,真的有一种"当代性"的存在么?我们根据什么来确立"当代"或"当代性"的理念呢?究竟什么样的作品,哪些作品能体现"当代性"呢?要体现什么样的"当代性"呢?谁的"当代性"?显然,被称之为"当代文学史"的时间节点,如果以1949年计,也有近七十年的历史,如果以1942年计,有七十多年的历史,这个时间段的"当代性"显然不尽相同。如何理解中国当代文学的"当代性",这是我们需要去面对的一个重要的学理问题。我们从当代文学入手,进而体会大历史中的"当代性",这或许对我们接近这一问题不失为一条路径。

一、文学史视野中的当代性

从文学的角度切入当代性,选择几部有代表性的文学史或文学论著来讨论,或许是最为直接而切实的做法。因为文学史著作对这个被称之为"当代"时段的文学现象的取舍把握,表明了它已经做出了关于"当代"的确认和规划。洪子诚先生在《中国当代文学史》的前言里表示:他在这本书里,使用的"中国当代文学","首先指的是 1949 年以来的中国文学。其次,是指发生在特定的'社会主义'历史语境中的文学,因而它限定有'中国大陆'的这一区域之中……第三,本书运用'当代文学'的另一层含义是,'当代文学'这一文学时间,是'五四'以后的新文学'一体化'趋向的全面实现,到这种'一体化'的解体的文学时期。中国的'左翼文学'('革命文学'),经由 40 年代解放区文学的'改造',它的文学形态和相应的文学规范(文学发展的方向、路线,文学创作、出版、阅读的规则等),在 50 至 70 年代,凭借其时代的影响力,也凭借政治权力控制的力量,成为唯一可以合法存在的形态和规范。"②洪子诚先生把"当代文学"分为两个阶段,20 世纪 50 至 70 年代这前半段是特定的文学规范取得绝对支配地位的时期;20 世纪 80 年代改革开放以后,这种规范及其支配地位"逐渐削弱、涣散,文学格局出现分化、重组的过程"。③很显然,这就包含着洪子诚先生对 1949 年以来的"当代"的时间、形态及本性的认定。何为"当代"?体现了一体化和规范化的形成建立过程,这就是"当代"。换句话说,当代性就存在于这样的历史过程中,是其内在性的质。然而,到了 20 世纪 80 年代,"当代"走向了其反面,在变革、转折、解构的过程中,"当代"的本性才体现出来,或者说才实现了"当代性"。在这一意义上,"当代性"既是先验的,又是被建构起来的。这里的"当代性"显然也是历史之后的认识和概括,洪子诚先生后来进一步解释"一体化"所指称的文学形态方面状况:"这涉及作品的题材、主题、艺术风格,文学各文类在艺术方法上的趋同化的倾向。在这一含义上,'一体化'与文学历史曾有过的'多样化',和我们所理想的是'多元共生'的文学格局,构成正相对立的状态。"④显然,这里对那个时代的"一体化"的批评,依据于此前的现代文学史的"非一体化",也与洪子诚先生秉持的"多元共生"的文学理想化的生存状况相关。然而，置身于"一体化"那样的历史中的人们，不管是自觉地进行"一体化"的建构，还是被历史裹胁，都会认为"一体化"是"当前的任务"，体现了历史本质规律，表达了"人民的普遍要求"。如果说只有深刻地理解了当下的历史本质，才具有当代性，那么"一体化"无疑是那个时期的"当代性"。然而，多年之后，在洪子诚先生的论述中，那样的"一体化"显然不具有"当代性"或者说是虚假的"当代性"。

洪子诚先生也并非把"一体化"看成铁板一块，他试图以辩证眼光去看"一体化"内在的涌动的能量，他也试图看到这个时期文学有更多的阐释可能性。例如，他论述到"百花时代"的文艺状况时，就勾画了那个时期的争鸣局面。虽然那是昙花一现，但却有着超出一体化的热烈时期。他在论述王蒙的《组织部新来的年轻人》和杨沫的《青春之歌》等作品时，也有超出"一体化"的解释。在这些与当时倡导的社会主义现实主义有所歧义的作品，洪子诚先生看来，反倒具有"当代性"，是少数最能反映当时的真实的历史愿望的作品，体现了历史的更深刻的审美要求。如此看来，这些作品真正体现"当代性"？

洪子诚先生没有做明确回答的问题，在陈思和先生那里则是成为把握当代文学真实的历史要求的线索。陈思和在他主编的《中国当代文学教程》中，提出"潜在写作"和"民间"两个重要概念，以此来解释中国当代文学的历史内在性问题，也就是什么才是那个时代的真文学、有价值的文学？按此逻辑可以推论，什么才是反映那个时代的历史要求，具有真正的当代性的文学。陈思和在解释"潜在写作"时说道，这个词为了说明当代文学创作的复杂性，他举沈从文在1949年以后写的家信为例，这些家信却是文情并茂，"细腻地表达了他对时代、生活和文学的理解。相对那时空虚浮躁的文风，这些书信不能不说是那个时代最有真情实感的文学作品之一。'潜在写作'的相对概念是公开发表的文学作品，在那些公开发表的创作相当贫乏的时代里，不能否认这些潜在写作实际上标志了一个时代的真正的文学水平。潜在写作与公开发表的创作一起构成了时代文学的整体,使当代文学史的传统观念得以改变。"⑤陈思和一再解释这是就"多层面"的当代文学历史而言,但不能读出其中真意,按陈思和先生的想法,"潜在写作"肯定是更能触及"当代性",更能真正表现那个时期的历史的真实状况,知识分子的心理和真实思想。这种"潜在的"的情绪、思想以及有限的文字形式,表达了当代史最为内在的坚实的层面。

但是,不能回避的是:如何理解被主流思想表述的宏大历史呢?那些"宏大叙事"的历史依据即使是意识形态,它的历史要求、真实的历史愿望以及历史实际的情况如何理解呢?

怎么理解"当代性"?不同的文学史家都有不同的视角,不同的认识。王德威在其著名的"被压抑的现代性"的表述下,现代性延续、发展至"当代",即 1949 年以后的中国大陆,那又会是怎么样的"当代性"呢?显然,王德威身处海外华语圈,他的视野无疑更为开阔,他有两岸的更为广大的文学视野。对于他来说,1949 年以后的"当代"也必然要放在现代以来的传统下来理解的。王德威还有一个更重要的视野,那就是"抒情传统",这就不只是从现代来看中国当代的问题,还有中国的古典文学传统。在这个意义上来说,王德威是中国当代最具有历史感与美学意识的文学史家(批评家),不管是"压抑"还是"抒情"的视角,他看到的是历史之侧的景象,或者是历史零余的场景,他更愿意去观看在历史夹缝间的生存,或历史在颓败之际存留的时刻。在他那本广受好评的著作《当代小说二十家》(三联书店,2006),他论及的大陆小说家有莫言、王安忆、阿城、苏童、余华,虽然这只是他关注的中国大陆当代小说的部分,但也在一定程度上显示了他理解的当代文学的重点,这些作家最能体现他所理解的"当代性"。历史的变动与断裂,生活的变故与命运的玄机,人生的哀怨与无助,荒诞中透示出的执着与决绝……这些指向历史颓败的必然命运,也预示着当代不可抗拒的坚定性。既有沧桑的荒凉,又有不知所终的勇往直前——这就是中国文学的当代性境遇。王德威试图去讲述这样的"当代性",无疑有别于大陆主流的文学史。他在《抒情传统与中国现代性》这本书中,选择海子、闻捷、施明正、顾城为研究对象,去分析当代"诗人之死"的现象。当然,对于王德威来说,他并没有声明要研究中国当代最典型的事件,但这些极端的现象无疑是他理解中国当代作家诗人的存在方式的一个极重要的视角,他试图从这里看到什么呢?这样的视角能展示出历史什么样的真实呢?答案当然是不言而喻的。我们固然可以说这些极端例外的事件只能说明个人的事故,并不能揭示当代史的本质方面,还可以更极端的批评认为王德威身处另一个文化情境中,对中国当代文学的现象采取了猎奇的方式,尽管如此,我们依然不得不同意,王德威所探究的也是当代史隐秘的那一部分,它是我们的主流历史不愿意或不能够去触碰的部分。20 世纪 90 年代初,"海子之死"的话题就遍及那个时期的各个诗歌讨论会的现场,多年来也成为相当一部分中国诗人的口头禅。尽管有借题发挥之嫌,但也不无认真严肃的大陆学者探讨这个问题,如吴晓东就写过与王德威同题文章《海子之死》,他指出:"诗人的自杀必然是惊心动魄的。在本质上它标志着诗人对生存的终极原因的眷顾程度,标志着诗人对'现存在'方式的最富于力度和震撼的逼问和否定。一种深刻的危机早已潜伏在我们所驻足的这个时代,而海子的死把对这种危机的体验和自觉推向极致。从此,生存的危机感更加明朗化了。"⑥显然,吴晓东也是把"诗人之死"看成是叩问"当代性"为何、当代何为的典型案例。

王德威后来有专著更深入地探讨中国当代文学,《史诗时代的抒情声音:1949 年前后的中国现代文人》(纽约:哥伦比亚大学出版社,2014 年),关于大陆的作家、诗人他选择沈从文、何其芳、冯至与穆旦等人,1949 这个时间节点,也意味着一种历史的断裂或重新开始,这些文人的从现代历史走向当代,身陷囹圄,进退困难,这些人的境遇也体现了当代与现代的截然不同。从这里可以体味到当代所要求的那种前步性,那种巨大的理性力量。更极端的例子可能应该数胡风和丁玲,但王德威选择这几个人则显然还是想要触及当代史的复杂与微妙的层面。青年学者韩晗评论此书道：
"《声音》(指《史诗时代的抒情声音》)采取'群像式'的写作范式，'抒情'与
'史诗'两大概念贯穿全书，以中国现代文人中的不同个案为研究对象，构
成了一部独特的中国现代文化史，意图在个人命运、文化命运与国家命运
三者之间寻找平衡的研究支点。"⑦所谓"中国现代文化史"也就是在现代与
当代转折，使个人、文化与国家之间构成了更为尖锐的对抗性关系，这也就
提炼了"当代性"的本质方面。

基于不同的文学观念和价值立场，对中国当代文学的"当代性"——即
最能体现当代本质或内在精神的方面理解，不尽相同。洪子诚先生看到"一
体化"的规范力量，在此规范下，文学转化为意识形态的工具，未必能揭示
当时的现实本质。而在陈思和先生看来，则是那些隐秘的潜在写作，被忽略
的个人写作，更真实地表达了那个时期知识分子的心理情绪。如果有当代
史的话，显然这些"潜在写作"才能指向真实的当代。王德威则从另外的角
度，去看现代与当代的断裂与转折，他看到作家诗人在当代的命运遭际，这
就是活的当代史，存在与困厄，这就是当代的实质。这些研究或叙述，都试
图从不同的角度接近当代，摹写不同的当代文学史，我们可以从不同的角
度加以讨论或批判，但不能否认人们看到的"当代"如此不同，对"当代"的
理解有如此大的分歧。何为"当代性"？当代何为？这显然不是一个简单的
自明的问题。

二、现代性历史中的"当代性"

很显然，在西方思想史或哲学史中，"当代"或名词化的"当代性"
(contemporaneity)这一词如果具有时代意识的话，它与"现代"(modern)或
"现代性"是可以同义的，它属于现代的一部分，或者是现代的另一种表述。
如果是"contemporary"，它只是形容词性的"当前""当下"。它指正在发生的
时间，不一定具有明确的时代意识。很显然，汉语的"当代""当代性"时代意
识的意味很明显，意指说话主体对我们经历的这一时段的一种整体性把

握,它包含了这一时段特殊的存在感,它也表达了一种哲学上的现实感。

哈贝马斯在解释黑格尔的"现代"概念时,揭示了"当代"的哲学含义。在黑格尔的历史哲学中,"现代"(moderne Zeit) 就是指 "新的时代"(neue Zeit),哈贝马斯认为,"黑格尔的这种观念的与同期的英语的"modern times"以及法语 "temps modernes" 这两个词的意思是一致的, 所指的都是大约1800 年之前的那三个世纪。1500 年前后发生的三件大事, 即新大陆的发现、文艺复兴和宗教改革,则构成了现代与中世纪之间的时代分水岭。"[8]哈贝马斯分析了德国学界和学校课程里所划分的古代史、中世纪史和现代史。并且指出,只有当"新的时代"或"现代"("新的世界"或"现代世界")这样的说法失去其单纯的编年意义,"而具有一种突出时代之'新'的反面意思时,上述划分才能成立。"哈贝马斯解释说,在信仰基督教的西方,"新的时代"意味着即将来临的时代;而这个时代直到世界末日才会出现。谢林在《关于时代的哲学》中,则认为"现代是依赖未来而存在的,并向未来的新的时代敞开"。[9]基督教的现代时间概念跨度比较大,指从过去延续下来的时间和即将到来的时间,这个到来时间显然不是客观的物理时间,而是弥赛亚降临时间,这是救赎和面向未来的时间。这个到来的向未来敞开的时间依然是相当长久的,当基督教的"到来"观念转化为世俗世界的"现代"观念后,按哈贝马斯的解释,从 1500 年开始,这个"新的时代"就开启了。显然,"新的时代" 到来也表明了一种历史意识:"一个人必须从整个历史视界出发对自己的位置作反思性认识。"[10]西方世界在 18 世纪开始使用"现代"这个新词,它表明了历史哲学对人们所处时代的认识。"现代"就是新的时代,它与过去区分,打开了未来面向。哈贝马斯援引黑格尔在《精神现象学》前言中的解释新旧两个时代或两个世界的区别,重要的是人们的那种历史意识和时代感。黑格尔说道:

> 我们不难看到,我们这个时代是一个新时期的降生和过渡的
> 时代。人的精神已经跟他旧日的生活与观念世界决裂,正使旧日

的一切葬入于过去而着手进行他的自我改造……现存世界里充满了的那种粗率和无聊，以及对某种未知的东西的那种模模糊糊的若有所感，都在预示着有什么别的东西正在到来。可是这种颓废败坏，突然为日出所中断，升起着的太阳犹如闪电般一下照亮了新世界的形象。⑪

对于黑格尔来说，新时代的到来就是现代，就是他生活于其中，感受到的"现在"，也可以理解为就是那时的"当代"。黑格尔的历史哲学看待历史根本着眼点在于历史是绝对精神的显现，只有显现了绝对精神的时刻，才构成历史时刻。他所描述的"这个时代"，以及为太阳所照亮的"新世界的形象"，这也是绝对精神显现的"当代性"。

显然，在历史哲学中只有"现代"，它包含了"当代"，这里的"现代"是一个相当长的时段。"现代"是一次对时间进行总体化的哲学认识，按照利科的看法，因为有了时间化的生存论结构（existential structure），所以我们不可能逃避历史的总体化。总体化是一个可以协商但绝不可抛弃的实践过程。"事实上，历史总体化之争总是（无论它是否认识到这一点）它的形式、意义和限制之争，而不是它的可能性本身之争。黑格尔主义的难题不是来自总体化本身，而是源自它的特殊模式：把提出内在叙事（immanent narrative）的历史终结与主张绝对知识结合在一起。之所以需要其他立场，是为了把历史观念建构成一种发展着的整体。"⑫这也就是说，历史之总体化不可避免，在杰姆逊那里被表述为"永远的历史化"。人们认识历史、现实，总是难免带有观念性，必然会带有特定的理念。如果不给历史命名、划分年代，给予这些年代以内涵，我们将无法认识被称之为"历史"的那种对象。在把"当代"从"现代"区分开来，这就要在二者之间赋予不同的意义。人们的争论不是要不要赋予意义，而是赋予什么样的意义。即使"后现代主义"的历史观试图对历史表示"无意义"的态度，实际上也是在赋予历史以另一种意义。否则人们无法谈论所谓后现代视野中的"历史"或"历史碎片"。

彼得·奥斯本认为,"现代性"扮演了历史分期范畴所具有的独特的双重角色:"它把一个时代的'当代性'(contemporaneity)指派给了做出分类行为的那个时刻;但是,它借助于一个在性质上新异的、自我超越的时间性来表明这种当代性,这种时间性在把现在与它所以认同的最切近的过去拉开距离方面,产生了立竿见影的效果。"⑬彼得·奥斯本论述说,"现代性"是一种"质",而不是年代学或编年史,它显然是在"现代性"的语境中来讨论"当代性",他认为"现代性"产生的时间基质有三个主要特征:"1.专断地把历史性(不同于仅仅年代学上的)现在(historical present)置于过去之上……2.向一个不确定的未来敞开着;未来被赋予的特征只是它可能超越历史性现在,而且把这个现在贬低为将来的过去。3.有意识地弃绝历史性现在本身,把它当作在不断变化的过去和仍不确定的未来之间的永恒过渡这样一个正在消逝的点;换句话说,现在就是持续和永恒的同一……"⑭套用奥斯本讨论"现代性"的说法:"当代性"没有一个固定的、客观的所指。它只有一个主体,它充满了这个主体。在每一种表达所处的场合,"它是历史的自我定义这个行为通过区分、认同和筹划而获得的产物,在建构一个有意义的现在是超越了年代学的秩序"⑮。

要在总体上把握一个时代并不容易,除了黑格尔、汤因比、再就是伟大的马克思之外,还少有几个人可以对大历史做出自信而又决绝的表述。在很大程度上,究竟是时代情势太过复杂我们无从把握、无法命名,还是我们的思想和概念的贫困无法去面对时代? 当然,很多情况下是一个时期理解历史的态度和方法使然。原则上来说,中国的历史哲学并不发达,甚至可以说严重缺失,马克思主义历史唯物主义的进入,当然提供了进步的唯物史观,把大历史进行了明确而有效的划分。在马克思主义的思想中,历史唯物主义正是着眼于未来划分过往的历史的,而当代(资本主义阶段)则被描述为一个过渡性的阶段,"当代"是必然要被未来战胜的。在革命的逻辑中,

"当代"是要被超越的阶段，不用革命战争的形式，起码也要用"大跃进"的方式，而且还要再进行无产阶级专政下的"继续革命"。如果从历史哲学的意义上来看，毛泽东伟大的革命气魄在很大程度上来自对"当代"的蔑视（包括对当时的"苏修"和"美帝"，例如，"一切帝国主义都是纸老虎"），因为当代注定要被迅速超越，取而代之的是一个无限美好的未来。毛泽东思想中无疑是包含着历史哲学的，因而能洞悉未来超越当代现实。然而，谁能想到"当代"漫长而难以忍受，只有"继续革命"可以克服现实，可以保持对"当代"的革命。但是"继续革命"必然采取激进化的方式，历史又不得不以断裂和重复为其运行形式。

在文化上和审美上，人们总是保持着对"当代"的警惕和不信任，只有距离可以获得历史化的视角。在"文革"后的历史进程中，理解"当代"变成一个难题，因为"当代"不管是作为现实，还是一个哲学的和文学的对象，它的存在都变得不可拒绝。它越来越需要获得一种生存论的时间结构。显然，这需要经过讨论、争论和清理。在哲学匮乏的时期这会变得异常困难。其实早在 2001 年，陈思和就尝试着从思想史的高度来探讨这一问题，他说道：

> 无名状态是随着时代的变化而盛衰，本身并不具备"当代性"。我的不成熟的想法是，"当代"不应该是一个文学史的概念，而是一个指与生活同步性的文学批评概念。每一个时代都有它对当代文学的定义，也就是指反映了与之同步发展的生活信息的文学创作。它是处于不断变化不断流动中的文学现象，过去许多前辈学者强调"当代文学不宜写史"，正是从这个意义出发的……"现代"一词是具有世界性的文学史意义的，而"当代"一词只属于对当下文学现象的概括，要区分现当代文学的分期其实无甚意义。我们现在流行的"中国当代文学史"的提法，只是一种不科学的约定俗成的说法。国家教育部制定的学位点，没有当代文学只有现代文学，把当代文学归入现代文学的范畴，作为现代文学史

的一个组成部分,这是比较符合实际情况的。⑯

尽管已经过去十六年有余,陈思和的观点可以再加讨论,但他提出这个问题今天依然没有解决。陈思和认为,"'现代'一词是具有世界性的文学史意义的",这是对的,但是,需要指出的是,欧美在文学方面指称的"现代",其一是和历史相关的现代史的概念,那是要比中国的五四运动以来的"现代"要漫长得多的时段,如前所述,可以追溯到 1500—1800 年;其二是指"现代主义"时期的文学,这是指 19 世纪末至 20 世纪 50 年代结束的一段时期,以具有现代主义典型特征的文学为其内涵。这个概念在欧美的文学理论观念中,严格地说不具有文学史的时段概念。其三,正如我们要看到中国的"现代文学"是中国自己的规划一样,无法与世界的"现代文学"重合,这就使我们要去理解"当代"被重新规划的不可避免。"当代"所包含的特定的和复杂的含义是西方或世界所没有的,在文学史方面的使用尤其如此。它不只是对当下文学现象的概括,还包含着对一个特定时段的命名,赋予它以一种质的含义;并且通过这个命名,即通过确立"当代"的意义与外延,再返身确立"现代"的意义。尽管在欧美的文学史的表述中,也可能出现"当代",但这个"当代"是时效非常短的"当下"或"当前",或最近十多年发生的事情。

在"现代"和"后现代"来划分历史时段出现困难时,特别是需要一个更加单纯的时间结构时,欧美学界也会使用"当代""当下"或"当前"。杰姆逊 2002 年在北京三联书店做过一次题为"回归'当前事件的哲学'"的演讲,据他所言,法国有一位"不太重要的哲学家"写了一本书,批评"现状哲学"(philosophy of actuality),杰姆逊复杂的批判性思维颇为令人费解,他对现代性的批判性表述像绕口令一样莫衷一是。但是,他强调关注当前问题则是明确的。他把当前事件的哲学称为"当前本体论",并用于作为他在 2002 年正在出版的一本书的副标题。他说:"为了建立当前本体论,你必须了解目前发生作用的倾向,即倾向性的前景,根据过去给倾向性重新定位。当前是如此这般,倾向的力量在发生作用,这种本体论力图弄清它们之间的关系。"⑰就按杰姆逊的历来思想来理解,这就是说,当前之能构成本体论,在于当前的存在具有向未来展开的能力,既不只是具有当下的合理性,也有未来的合理性,并且能够建立起未来的合理,这也是"革命""解放"的另一种表述。当然,这还是黑格尔的历史逻辑与马克思主义的历史唯物主义的另一种表述。这个"倾向性前景"也可以理解为是黑格尔的"合理性的必然存在",这表明当下打开的倾向性前景必然构成当下的一部分,使当下不再是暂时存在,而具有时间的存在结构,建立起历史的总体化。其内里也就是历史唯物主义反复表述的,历史发展的本质规律。这种打开未来面向的革命性思想,虽然不能与基督教的末世拯救的学说混为一谈,在社会心理的意义上,它们具有结构上的同源同宗的特征。

其实进入"现代"以后,人们关于"当前"或"当代性"的感受都被归属于"现代"之中,"当代"的社会学和心理学属性被"现代"命名了。因为"现代"一词已经足够让人们从过去、从旧有文明秩序中脱身而出,而"现代"几乎是飞奔向未来进发,"当前""当代"充斥着斗争、批判,甚至战争,这表明"当代"只是暂时性的、过渡性,需要被克服和迅速超越的。即使在美学上,当代、当下也被另一个词"瞬间"所替换。而"瞬间"只是现代性裂开的一道缝隙,它被迅速掠过,而不是撕开一道裂口,或打开一条路径。最为经典的表述就是福科读解波德莱尔的那首诗,福科把现代性的态度理解为是一种把握现代时刻的态度,他说:"现代性不是与现时的关系的一种简单的形式;它也是必须建立的与自己的关系的一种模式……对于波德莱尔来说,现代人不是去发现他自己、他的秘密、他的隐藏的真实的人;他是试图创造他自己的人。这个现代性没有'在他自己的存在中解放人';它迫使他去面对生产他自己的任务。"⑱这种态度不只是对于飞逝的现在的敏感性的感受,而是把现在"英雄化"的意志。

在现代主义的历史观中,"当代"只是现代主义观念性的显现("英雄化"的意志），当代瞬间化也就是虚无化，它只是在归属于现代的总体化中才有显现意义。杰姆逊试图建立的"当下本体论"，也就是具有未来面向才使得当下具有本体性的存在。当下无论如何都不能凭借自身获得自主的存在，它之所以被命名为"当下""当前"以至于"当代"，只有否定自身才能在过去的归属或未来的开辟中获得存在。

阿甘本曾经就"当代性"表述过另一个概念，"同时代性"以及"同代人"的概念。阿甘本 2006 年在一个讨论课上提出一个问题："我们与谁以及与什么同属于一个时代？" 他认为首先而且最重要的是："同时代意味着什么？"当然，他的问题的出发点倒不是着眼于当代，而是对于过去年代的文本，我们何以会与那些离我们年代久远的文本产生同时代感？也就是能成为那些文本的同代人从而感受到它们的意义。阿甘本的回答也是从破解"同时代"出发，他认为，有启发性的见解来自罗朗·巴特对尼采的总结，巴特说："同时代就是不合时宜。"尼采在 1874 年出版了《不合时宜的沉思》，他写道："因为它试图把为这个时代所引以为傲的东西，也即，这个时代的历史文化理解为一种疾病、无能和缺陷，因为我相信，我们都为历史的热病所损耗，而我们至少应该对它有所意识。"阿甘本解释说："真正同时代的人，真正属于其时代的人，是那些既不完美地与时代契合，也不调整自己的以适应时代要求的人。因而在这个意义上，他们也就是不相关的。但正是因为这种状况，正是通过这种断裂与时代错误，他们才比其他人更有能力去感知和把握他们自己的时代。"⑲阿甘本分析尼采的"相关性"概念来解释个人与当下在断裂与脱节中的"同时代性"。他认为，真正属于其时代的人，是那些既不完美地与时代契合，也不调整自己以适应时代要求的人。因而在这个意义上，他们也就是不相关的。他写道：

> 因此，同时代性也就是一种与自己时代的歧义联系，同时代性既附着于时代，同时又与时代保持距离。更确切地说，同时代是通过脱节或时代错误而附着于时代的那种联系。与时代过分契合

的人,在各方面都紧系于时代的人,并非同时代人——这恰恰是因为他们与时代的关系过分紧密而无法看见时代;他们不能把自己的凝视紧紧保持在时代之上。⑳

作为一个马克思主义左派理论家,阿甘本对当代现实保持着尖锐的批判态度,对于西方激进左派来说,资本主义的现今时代无疑是需要批判乃至以革命方式彻底改变的, 他们秉持着超越现实和向革命未来的期盼,要与同时代拉开距离,资本主义现实是不值得过下去的社会,身处这样的时代,毋宁说身处黑暗中。他如此表述就是理所当然的:"只有那些允许自己为世纪之光所致盲,并因此而得以瞥见光影,瞥见光芒隐秘的晦暗的人,才能够自称是同时代的人。"㉑这就可以理解,同样身为当代最为杰出的马克思主义理论家的巴迪欧极为赞赏诗人佩索阿以"匿名"的状态来写作诗歌,他生活于这个时代,只求隐藏于不断变换的假名之下。㉒恰恰是这样,佩索阿代表了他的时代。身处这个时代,能感悟到这个时代的真实状况或者说"真谛"的,就是对当代保持批判性的警觉,所谓"同时代性",就是与时代的疏离感和批判性。这也是德里达所表述的始终保持马克思的异质性批判精神。

就阿甘本的"同时代性"而言,实则是一种主体的态度或感受,人们当然也可以客观地评价这种"歧义"或"疏离感",这种存在的疏离或紧张关系本身也是一种历史关系,也具有历史的客观性。但其存在状态和性质却必须获得主体的自觉意识,它无疑还是主体主动意识所起到作用。按阿甘本的观点,"当代性"是主体与时代建立起来的一种关系。人们依然会去追究,"当代性"是主观的还是客观的?这显然是一个难以解决的哲学问题。当代思想已经不这样提问题,但追问起来,依然难免会有此疑虑。"当代性"就存在于现实对象之中吗?就是我们置身于其中的时代吗?还是取决于我们认识现实或时代的立场和观点。不同的人看待现实会得出完全不同的判断,狄更斯在《双城记》开篇就写下这样的话:

那是最好的时代,那是最坏的时代;那是智慧的年头,那是愚

　　昧的年头;那是信仰的时期,那是怀疑的时期;那是光明的季节,

　　那是黑暗的季节;那是希望的春天,这是失望的冬天;我们全部在

　　直奔天堂,我们全都在直奔相反的方向。㉓

　　这显然是自相矛盾的判断,"最好的"与"最坏的"都共存于一个时代之中,那么究竟哪一种更符合实际呢?哪一种是时代的本质呢?哪一种更切中当时的"当代性"呢?这既可以表明这个时代本身存在的复杂混乱的境况,也可以表明是观察者处于不同的立场、不同的视角看到时代不同的面貌。前者着眼于时代的特征取决于主观性,后者表明这个时代的现实本身就是多样且矛盾的。

　　历史中的"当代性"究竟作何理解,不管是把它理解为某种精神性的显现(例如黑格尔或者现代主义美学),还是理解为主体自觉与同时代保持歧义性,并具有批判精神,"当代性"都包含了主客体的互动关系,"当代性"说到底是主体对置身于其中的时代建立起的一种叙事关系。阿甘本的阐释揭示出"当代性"的这样的含义:"当代性"是作家诗人当前存在的一种意识,既意识到它的存在,同时又有能力超离它;不是深陷于"当代性",而是走出"当代性",在对未来面向的开掘中,逃离了当代性的命运。昌耀在 1981 年写下《慈航·记忆中的荒原》这样的诗句:

　　　摘掉荆冠

　　　他从荒原踏来

　　　重新领有自己的运命

　　　眺望旷野里

　　　气象哨

　　　雪白的柱顶

　　　横卧着一支安详的箭镞……㉔

　　昌耀在 20 世纪 80 年代初期写下的诗句,一定是重新唤醒了他在 20

世五六十年代和 70 年代的记忆,他是那么沉重地被命运包围,幼年丧母,十三岁去从军,十八岁开始发表诗作,二十二岁被打成"右派",颠沛流离于青海垦区。"文革"期间,伯父父亲自杀亡故,从这样的诗句中读得出他和两个时代都是有着区隔的歧义,他身陷命运的困境,但他不甘于命运摆布,"从荒原踏来",多年后,他用他的诗句"重新领有自己的运命"。就是在那样的时代,他也能在精神上逃离,他用他的文字区隔了时代对他的钳制,他宁可迎接那等待他的箭镞,他会自豪地把那看成是他命运的徽章。我们可以读出这样的"当代性"里浸含着沉甸甸的生命质量,他在历史中,他踏过历史的荆棘,把当代史装进他的命运。

三、文学中的"当代性"

尽管在社会现实意义上,"当代性"可以显现为政治的和文化的总体性,甚至我们可以归结出一个时代的文学风格,例如,盛唐气象、晚唐风韵、维多利亚时代、法国的古典主义时代等等,但是,对于文学来说,具体到作家作品,实际上千变万化,同一时代,在不同的作家、诗人的笔下就会有不同的精神风貌、格调情愫。哪一种最能体现时代性或当代性,这就只能视具体作品而言。严格地说,很难有哪一种表述是最被认可的;公认的、唯一的"时代性"(或"当代性")恐怕很难成立,除非这个时代是极度集中、高度总体性或一体化的。叙事类文学作品通过人物形象来说话,具体到人物形象,各自体现的"时代性"(或"当代性")则大异其趣。莱蒙托夫的《当代英雄》中的毕巧林,屠格涅夫的《罗亭》中罗亭,而托尔斯泰的《复活》里的聂赫留朵夫是另一种形象,这些人物都以不同的方式,以自己的时代内涵表达了当时的俄罗斯的"当代性",抓住了那个时期的历史的不同的本质方面。同样的,在中国 20 世纪五六十年代,柳青的《创业史》、浩然的《艳阳天》、杨沫的《青春之歌》、王蒙的《组织部来的青年人》,至于 20 世纪 80 年代,卢新华的《伤痕》、刘心武的《班主任》、张洁的《爱是不能忘记的》、柯云路的《新星》、张承志的《北方的河》等等,那个时代的总体性特征十分鲜明,故而一篇小说就能产生巨大的反响,这些作品以自己对时代的理解,对社会主义生活的理想性的探寻,写出了那个时期的"当代性"。20世纪90年代,中国社会进入更为多元的时代,意识形态出现了分离状况,很难有一种思想能统合社会的共同愿望。于是,像贾平凹的《废都》书写的"性"(回归古典时代表征的当代的颓靡),陈忠实的《白鹿原》表现出的文化记忆和历史创伤性经验(以及重写历史的愿望),可以在20世纪90年代初获得最为普遍的反应,除此之外,没有那种强烈而深切的共同震撼。至于到了21世纪最初几年,文学的代际经验都表现出极大的差异,"80后"这代作家崭露头角,与其说他们是另类,不如说是当代文化/文学的内部分离所致,以至于不同代的作家(例如20世纪60年代、70年代、80年代),尽管生活于同一时代但并不能完全共享一种文学观念,甚至认知方式和价值理念也不尽相同。历史发展到如此时刻,何为这个时代的"当代性",已经不能获得共同的经验和统一的认识。

我们通常谈论的"当代性"显然有不同的层级:

第一层级:即人们生活于其中的现实的当代性。这是原初的"当代性"问题,它具有客观的第一性的意义。不能说这种客观原初性具有本质化的存在样态,它存在那里,也并非以黑格尔式的绝对精神存在于历史的总体性中。但是,它确实又具有客观的原初性,在某些时期它构成了典型的特征,某些时期它变得莫衷一是。但归根结底它以无限多样的形态还是会显现出时代的总体性特征,这也是一个时代区别于另一个时代的特点,如果我不承认这样的特点的客观原初性,那我们无法建立起任何关于时代差异的认识。例如,一个时代的生产力和生产关系,人们的生活方式,发生的历史大事件,政治与司法制度,占统治地位的意识形态,宗教信仰与活动等等,所有这些,都在表征一个时代的特征,它们在某种情势下会形成这个时代的总体性以及人们对这个总体性的认识。不管一个时代多么复杂或混乱甚至矛盾,但它总可以体现出它在总体上的当代性。比如,我们常说的古希腊时代、文艺复兴时代、工业革命时代、五四时期、社会主义革命时期等等。

第二层级：指文学作品表现出的"当代性"，这是主观认识的投射。文学作品如何反映时代，实际上已经经过作家主体的认识的加工。我们迄今为止所能认识到的"当代性"，都是文本化的，或者说是以语言的形式表现出来的。脱离了现有的语言、概念、范畴以及逻辑关系，我们无法理解客观事物，更不用说庞大而无限纷乱的现实。我们承认客观原初性的"当代性"有可能存在，它只是构成我们理性认识的素材，或者称之为基础，至于我们认识到什么，给予它什么意义，则取决于主体的认识结果。就这一意义来说，文学中的"当代性"当然是作家表现出的对时代的认识。其主体性或主观性的特征十分明显，但是，如何理解这种主客体的关系，即使是主观性的认识，而且不同的作家对一个时代的表达会有本质性的区别，这又让我们如何去理解"当代性"的历史客观性或客观的原初性呢？

就从理论的归纳而言，我们要看到"当代性"的理论内涵到少有以下几个方面的问题需要提出来说明。

其一，当代性的主体意识问题。我们评价文学艺术作品是否具有当代性，无疑是指这部作品是否反映了当代的社会问题和矛盾冲突，集中于其内，它是作家艺术家主体意识到的时代精神以及历史的深刻性。正如马克思在1859年《致斐迪南·拉萨尔》的信里指出的那样，拉萨尔所构想的冲突不仅是悲剧性的，"而且是使1848—1849年的革命政党必然灭亡的悲剧性的冲突"[㉕]。因此马克思完全赞成把这个冲突当作一部现代悲剧的中心点。这表明拉萨尔试图回应当时的现实问题，也是革命政党的紧迫问题，但是拉萨尔显然并没有真正做到。马克思认为，拉萨尔应该能够"在更高得多的程度上用最朴素的形式恰恰把最现代的思想表现出来"[㉖]，这就是要求拉萨尔能够意识到历史的深度，并且以更加莎士比亚化的形式表现出来。仅仅是马克思回信二十九天后（1959年5月18日），恩格斯给拉萨尔也回复了一封信，黑格尔表示同意拉萨尔自己提出的戏剧艺术的要求，即"较大的思想深度和自觉的历史内容,同莎士比亚剧作的情节的生动性和丰富性的完美融合",恩格斯认为,"这种融合正是戏剧的未来"。[22]问题的难度正在于,历史已然过去,现实存在那里,我们身处不同的现实境遇,人们根据各自的利益——按照恩格斯的看法,他们(当然也包括作家和艺术家)"是一定的阶级和倾向的代表,因而也是他们时代的一定思想的代表,他们的动机不是来自琐碎的个人欲望,而正是来自他们所处的历史潮流"[23]。

因而,我们评价一部作品的"当代性"是否鲜明或深刻性问题,实则是在讨论作者是否能够意识到历史的深度,是否以恰当完满的艺术形式表现出历史深刻性。不管是关于历史的叙事还是现实的表现,都是身处当下的人所意识到的问题,在这一意义上,如克罗齐所言,所有的历史都是当代史。它必然是当代人所讲述的历史,所意识到的历史的本质方面。然而,人们身处当代,此一时彼一时,如何能意识到历史深度?在什么时间规定性中意识到历史深度,实在是一个难题。当代性具有时间的规定性,因而,它又具有相对性。比如,《太阳照在桑干河上》《暴风骤雨》这类作品,在当时无疑是最具有"当代性"的作品,它们都表现了中国的共产革命中的土改问题,而《创业史》表现了土改之后的问题。按《创业史》要回答的问题,农民分到土地后,中国乡村将面临重新致富和贫富分化的局面,土改打倒了地主阶级,仅仅过去数年,又会出新的地主、富农。《创业史》正是在处理这一难题,他表现了党在这一时期提出的方向,将农民组织起来,一起走社会主义合作化道路。但是,经历过二十多年的历史实践,这一方向出现了严重的问题,其结果是中国农村一起贫困化,消灭富人的结果就是大家一起贫困,这是任何期望过好日子的人都难以接受的现实,这显然不能说是一个美好的社会图景,一个人人向往的未来社会。二十多年后,中国重新将土地分给农民,允许私人拥有财产,并且允许一部分先富起来。那么,如何理解那些为政治的需要书写的作品呢?如何理解作品里表现出的"当代性"或时代的意识形态呢?

很显然,中国当代文学的"当代性"在很大程度上受意识形态支配,不用说20世纪五六十年代,"文革"后的80年代的"伤痕文学"他在当时是站在"拨乱反正"的前列,与其说它体现了作家对时代的敏感表现出的思想深刻性,不如说是对意识形态领会的及时性的成果。卢新华的《伤痕》、蒋子龙的《乔厂长上任记》、古华的《芙蓉镇》、鲁彦周的《天云山传奇》、张贤亮的《绿化树》、张承志的《北方的河》,固然它们都反映了时代的某些要求,在多大程度上可以说是意识到历史深度,则很难说。在意识形态高度集中的时代,作家并没有多少能力和自觉意识揭示"历史的深度",只有总体性的意识形态可以提供时代愿望,建构起时代想象关系。故而那些看来是作家个人敏感性表现的时代意识,实则是对意识形态回应的结果。在这种历史情境中,"当代性"或者已经被意识形态总体性所规定或遮蔽了。于是往往会发生这种情况,时过境迁,意识形态烟消云散之后,曾经风行一时的作品可能会变得肤浅而概念化。

相比较而言,"文革"后的"朦胧诗"对那个时代的表达就更持久地显示出其"当代性"的意义。在当时被称为"看不懂"或倾向有问题的诗作,却为青年人传颂一时,他更加真实地抓住了时代情绪,表达了时代的呼声,开辟了面向未来的精神向度。新的诗风也代表了时代"新的美学原则在崛起"。

这需要我们去进一步探讨"当代性"的时间性问题。

其二,"当代性"的时间性问题。"当代性"在通常的意义上,当然是对当下的深刻意识,那些深刻反映了当下的社会现实的作品,更具有"当代性"。这一点不难理解。就整体上来看,那些深刻有力的作品,总是抓住了当时的历史本质。不管是19世纪的批判现实主义的作品,狄更斯、巴尔扎克、司汤达、托尔斯泰等等,还是中国的"鲁郭茅巴老曹",无不如此。但是,也有一部分作品体现出更长时效的"当代性",可能具有一种"非当下性"特点,这显然是矛盾的。也就是说,它未必是迎合当时的潮流,或者并不在意识形态的总体性圈定的范围内。因为其"前瞻性""前沿性",它并不属于"当下性"的时间范畴;或者相反,它的"落后性"使之无法与当下合拍。但是,随着时间的推移,它显现出一种坚实的"当代性"。例如,列宁说托尔斯泰是俄国革命的镜子,他写道:"作为俄国千百万农民在俄国资产阶级革命快要到来的时候的思想和情绪的表现者,托尔斯泰是伟大的。托尔斯泰富于独创性,因为他的全部观点,总的说来,恰恰表现了我国革命是农民资产阶级革命的特点。从这个角度来看,托尔斯泰观点中的矛盾,的确是一面反映农民在我国革命中的历史活动所处的矛盾条件的镜子。"[29]托尔斯泰的世界观具有保守性,鼓吹基督教的不抵抗主义,骨子里无疑是反对激进革命的。他显然不是立足于当下,前瞻性去理解俄国的革命与未来的方向,他是保守性地看到俄罗斯农民所处的历史地位,他们受压迫和剥削的悲惨境遇,这种表现本身就为俄国革命的必然爆发提供了社会依据。

然而,我们毕竟要看到这一问题,"当代性"是一个有关"现代性"的紧迫感的问题,也就是说只有在"现代性"的激进方案里才会提出"当代性"的问题,也才会要求文学艺术具有"当代性"。列宁是在激进革命的叙事逻辑中来解释托尔斯泰的作品的时代性意义,也就是说,文学作品只有面向未来革命的意义才有价值。或者说,最高的价值从"当代性"与未来建立的联系产生出来。由此也不难理解,社会主义革命文学尤其强调"当代性",强调意识到的历史深度,这一"深度"指向历史发展的必然逻辑,它离黑格尔的"绝对精神"并不远。中国20世纪五六十年代的那些作品,《创业史》《野火春风斗古城》《林海雪原》《艳阳天》《金光大道》等等,都是在激进革命逻辑中来体现时代意识。20世纪80年代中国的文学也依然如此,只有到了80年代后期,"先锋小说"的时间意识出现了问题,它们主要表现年代不明的历史故事,它没有未来性,毋宁说那些作品只是面对过去的死亡问题。但是,它们在小说艺术创新方面却是无与伦比的,同时,它们以历史的颓败与审美的颓靡,表达了一种历史的存在境遇,也不能说它们没有当代性,甚至能感受一种更加深邃的奥秘的"当代性"。有如本雅明所说的那种"历史寓言"的形式,深切地表达了这一代人的现实体验。

在着眼于个体生存论的时间结构中,"当代性"的时间内涵也是统合了过去与未来的双重逻辑,这就是生与死的整合关系。海德格尔在《存在与时间》里说:"此在的本己存在就把自己组建为途程,而它便是以这种方式伸展自己。在此在的存在中已经有着与出生和死相关的'之间'。"㉚因为人类的存在本质或不可超越的规定性就是"向死而生",此在总是包含对过去的出生吸纳和向未来的规划,此在如果有对存在的领会的话,那一定是统合了过去与将来性的。海德格尔说:"就像当前在时间性到时的统一性中发源于将来与曾在状态一样,某种当前的境域也与将来和曾在状态的境域同样源始地到时,只要此在到时,也就有一个世界存在。"㉛如此,也可以引申理解为当代性如何能在此之时把过去与未来统合于自身而获得坚实性。

其三,当代性的境遇意识问题。固然当代性是一个现代性激进化方案里的叙事,但是,如果把这个问题不仅仅是看是一个中国文学独有的现象,也不只是在激进革命逻辑中加以阐释的美学问题,那么,就有必要从时间的复杂结构中去理解。它不一定只是关于未来面向的当下意识,也有可能是一种对历史发展至今的生存论意义上的体验。它可以更为具体地表述为一种"境遇意识"。这种"境遇意识"在时间向度方向上可以是面向未来,也可以回溯过去,而当下仿佛是一个时间陷落的境遇,它是消弭了时间的当下场域。显然,关于未来面向的"当代性"比较好理解,这种"当代性"是显性的"当代性",社会主义革命文学的经验最充分体现了这种"当代性"。尽管我们会认为在美学的意义上,它尚欠精致和高妙,它的粗陋与简单、质朴与豪迈,体现了强大的历史理性抱负,表达了解放的民族和人民对未来的无限期盼,向着未来的乌托邦进发是它超越现实的唯一道路。这种乌托邦美学是召唤式的,它的当代意识恰恰是超越当代,当代只是一个过渡,当代必然向着未来进发。如果从"现代性"的角度来看,如果说我们生活于"现代性"的时代,不可避免会在"现代性"的方案规划之内,那么,我们对中国20

世纪五六十年代的文学经验就会给予更多的理解，对它的必然性和肯定性的意义也会有更深的体认。

当然，"当代性"最难处理的问题，还是回溯历史的作品，这些作品经常表达出的是历史颓败的意味。苏童不少作品就有此特点。20世纪八九十年代之交，苏童有数篇作品重述历史，甚至去写古旧的历史。例如《罂粟之家》重写"土改"的故事，他把地主阶级的生命欲望困境与他们遭遇到历史命运连接在一起，地主阶级的生殖与传宗接代发生错乱，地主阶级的最后一个后代刘沉草是妓女翠花花与长工沉茂偷情的产物，刘沉草已经不是纯粹的地主阶级的血缘后代，这种偷换如同命运安排作弄，又是自作自受的圈套。刘沉草却是接受了现代启蒙教育的新一代的地主，他正在着手乡村土地租赁的改革，他也试图重建乡村的生产关系，这一切仿佛都有可能为地主阶级在中国乡村的现代转型方面提供新的途径。但是，激进革命到来了，农村的权力转换到卢方这样的革命者手中，同时也落到了沉茂这样的乡村无赖手中。刘沉草最后亲手击毙他的血缘之父沉茂，这是不相容的阶级冲突，但他躲不过被同学卢方亲手击毙的命运。固然，这不是刘沉草个人的命运，这是中国地主阶级，或者再往大里说，是中国农业文明进入现代所遭遇到的激进革命的挑战，这是它不可逃脱的历史境遇。在20世纪八九十年代之交，苏童重新讲述这段历史，是对历史的回应，也是对百年中国现代史的反思。它显然与过去红色经典关于"土改"的革命叙事有所不同，在被遮蔽的历史领地，它另辟蹊径，顽强地走出自己的路径，表现出更深切的反思性。正因为此，这部作品在20世纪八九十年代之交发表，颇有震惊效果，它也开启了重写历史的小说维度。随后的不少作品，如陈忠实的《白鹿原》、阿来的《尘埃落定》等，都是在其后反省20世纪的激进现代性，传统农业乃至于农奴社会遭遇现代的命运，它们顷刻土崩瓦解，留下的是无望的哀愁。

《白鹿原》某种意义上是20世纪90年代中国文学最重要的作品，它何以会获得如此高的评价？我们固然可以从它集现实主义之大成，对历史与乡土中国反思之深入,对西北传统文化与民众风情的表现之真切等方面来把握,但它的磅礴大气,它令人扼腕而叹的格调,它的那些栩栩如生的人物等等,所有这些其实都指向它对中国传统农业社会进入现代遭遇到的困境相关。它最为深刻地书写了中国农业社会最后衰败的命运,它并不偏执于某一种立场,而是最为朴实地,因而也是最真实地写出了中国农业文明最后的也是它在现实之初的境遇。这才是最为令人震惊之处,因此它是一部"大历史"之书,是历史自己写作的作品。在20世纪90年代之初,《白鹿原》仅就它进入人们的意识深处而言,它激起的反响而言,它就是具有"当代性"的作品。固然,《白鹿原》未必是明确反思历史的作品,也未见得有多强烈的批判意识,它在某种意义上还带着"寻根"的遗风流韵,因为偏居于西北一隅,陈忠实离文学主流有一些距离,这使他在跟上主流文学的变化节奏时往往慢了半拍。20世纪80年代中后期文学界的热点是"寻根",贾平凹因为搭上"寻根"的末班车而迅速蜚声文坛,这无疑激励了陈忠实。他对"寻根"是在行的,他就生长于那片土地上,他的故乡灞桥区地处陕西关中盆地中部,境内还遗存有隋代的古灞桥遗迹,更久远的文化则有仰韶文化的半坡遗址、龙山文化的米家崖遗址和隋汉灞河古渡遗址以及白鹿塬等等。陈忠实在20世纪80年代中后期就着手构思和写作《白鹿原》,据说是在1988年清明时开始写草稿。这些或许都可表明他与"寻根"的错后联系,但是,陈忠实没有"寻根"的那种观念性和目的论,他带着对乡村文明的所有记忆,以他朴实深厚的乡村感情,对农业文明在20世纪遭遇的历史变故展开书写,唯其朴实厚道,他既没有偏执地用传统文化替代激进革命,也没有赋予激进革命无可置疑的优先权。正是按照最为朴实的乡土记忆与经验来书写,他给予20世纪上半叶的中国乡村历史以本色的存在,历史的单纯与复杂、明晰与矛盾,自然而然地呈现出来。陈忠实或许信赖传统文化,朱先生的形象就有原型,即关中大儒牛兆濂,陈忠实试图以朱先生的形象来表现传统文化的深厚底蕴,在战争动乱时代的坚持和正气凛然的品格。但是事实上,朱先生的形象并未达到应有效果,他的神机妙算既属偶然,也不置可否。陈忠实有意将其戏谑化,充其量也只是民间的狡黠与经验。作为打小从父亲那里听来的故事,陈忠实本来就半信半疑,他是一个忠于事实的人,他既想用这个人物来支撑文化,但又并有把握,根本在于他也未必真的相信传统文化能在传统向现代转变时期,保持住民族的根基。朱先生足智多谋并未显露出来,不管是在战乱中,还是在乡村的实际事务中,都没有发挥任何实质性的作用。更重要在于白嘉轩这个乡村宗法制社会的正面领导者,他的身上体现了诸多理想性的价值内涵,然而,他也没有能力挽救乡村在现代到来时的溃败。军阀与日本侵略者再加上土匪给乡村带来的灾难,下一代白孝文、白教武、鹿兆海、鹿兆鹏各自寻求的政治道路,决定乡村命运的是现代民族国家的政治冲突(战争),是现代政党政治对乡村中国的全面渗透和改变, 白嘉轩只能是一个被历史大变动抛到一边的老去的人物,他既不能把握现实,更没有能力面对未来,乡村自然的传统文化根本不可能指引乡村走向 20 世纪的大历史。陈忠实是以现实主义的忠实笔法来描写历史,来给予历史最为本色本真的回答。正是以现实主义的客观态度,陈忠实写出了中国乡村及其代表人物的历史境遇,这就是进入现代的 20 世纪,中国乡村遭遇巨变陷入的困境,它无望地被历史拖着走的命运。《白鹿原》正是写出中国农业文明最后的境遇,这是今天对历史深刻体认,看到了它无可逃脱的命运,讲述话语的年代与话语讲述的年代重合在一起,这就体会到各自的境遇,当下之震惊油然而生。

其四,"当代性"的美学问题。一部文学作品具有"当代性",显然不只是作品的内容体现/表达了"当代性",作品的表现方式、表现形式也必然具有"当代性"。反过来说,作品能充分且有力地体现出"当代性",必然也是一个美学问题。只有那些能站得很高,并把意识到的历史内容,"用最朴素的形式"或者是用"莎士比亚化的手法",能表现出来的作品,完美地与内容结合一体,这才有可能充分地表现出"当代性",这就是说,艺术形象的"当代性"

本身包含着审美的要素。这就需要我们进一步去探讨:文学作品的艺术表现方法和形式,或者说美学的风格、总体的气韵格调等等,是否也具有"当代性"?这里至少有两个层面的问题。(1)作家意识到的历史深度(当代性),需要完美或恰当的形式体现出来,以实现"当代性"。作家思想再深刻,再有能力抓住当代紧迫的问题,但却没有高超的艺术手法,这样的作品显然表达不出"当代性"。正如前面引述马克思恩格斯的观点,这一层面好理解。(2)另一个难题是艺术形式的"当代性"问题,这牵涉到艺术形式是否有独立性的问题。我们究竟通过什么为媒介,能与古典的作家或外国的作家产生共鸣,能理解另一个时代、另一个民族的文学作品的内容,并且能体验到那是伟大的作品?也就是阿甘本提出的何为同时性或同代人的问题,此问题也同样适宜于追问审美上的同时性。我们能与不同文化、语言的外国作家成为同时代人?除了思想内容、文化的普遍性、人性及人类心灵的相通等方面外,对优秀文学艺术作品的感受经验积淀并形成审美理念,故而对文学艺术作品的优美产生强烈的共鸣。特别是对那些有创新性特质的作品,敏锐的读者和批评家都能体会到强大的挑战性。美学上的挑战性就如思想上的批判性一样,它们都处在艺术的前沿阵地,具有促使过去向未来开启的意义,其审美意识的"当代性"显示出感染力。

　　20世纪八九十年代之交的先锋派小说,如苏童、余华、格非、孙甘露、北村等人,他们大多讲述年代不明的历史故事,他们的形式主义策略显然也是出于对现实规避而做的选择,他们尤其乐于去寻求那种超离现实的幻想,叙述方法的繁复演绎,语言的细腻精微的感觉,以及抒情语式透示出的韵致,这些艺术上或者说美学上的意义在于把过去由现实主义正统规范的小说叙事,引导向艺术的表现形式,汉语的更加丰富的表现力。20世纪80年代中国文学急切地寻求变革,追逐西方的现代派,文学共同体不再愿意忍受中国文学的单一模式,创新就是要突破旧有樊篱。在小说的语言和叙事方法方面,先锋小说回到形式本身,形式革命就使得小说具有了新的存在样态和根基,百年中国文学发展至今,终于有能力凭借一己形式获得存在的正当性和充足性,这就是美学的"当代性"。这样的小说形式美学具有当代的合理性。

很显然,那些在艺术上陈旧的老套的作品很难具有"当代性",尽管它们可能表现了当下的生活现实,甚至还可能提出关于当前的很尖锐的问题,但未必有"当代性",因为,陈旧的形式方法并不能把意识到的历史深度表现出来。对于文学艺术来说,能揭示出历史深度的作品,一定是在艺术表现形式上找到最为恰切的同时也是最有创新的能量的作品。《白鹿原》在小说艺术形式方面虽然革新不足,但它是现实主义小说艺术的集大成,它有丰富性充足性,它刻画人物和描写生活的精细和准确是无与伦比的,而它的结构的恢宏和故事的曲折,都使它超出以往现实主义的小说许多,它几乎以它的完美宣告了现实主义小说的终结。就此而言,它也算是完成了审美的"当代性"。20世纪80年代中期,莫言的《红高粱》对乡土中国以及革命历史的表现都显示出崭新的风格,这得益于它的叙述方法和语言风格,它对马尔克斯和福克纳和借鉴。它的神奇和狂放,又紧紧抓住20世纪80年代中后期中国人的集体无意识,那就是个人主义以民族意识的混合形式宣泄出来,它的非法性与正当性都显得似是而非,表明了它需要激越放任的形式才能表现出来。电影《红高粱》的插曲《妹妹你大胆往前走》与崔建的新长征路上的摇滚《一无所有》,正是相互呼应,相互诠释,表达了共同的时代情绪。这不只是其中的内容,更重要的是其形式美学的巨大的冲击力——形式就是"当代性"。

然而,十多年后,阿来带着他的《尘埃落定》四处寻求出版社,直至2000年才得到出版机会,随后阿来爆得大名,《尘埃落定》的销量在十年间超过一百五十万册。如果要论小说艺术的革新挑战,它已经没有了先锋派当年的冲击力;如果要说小说对一种文明消逝的描写,重写西藏地区进入现代的历史,它也并不新颖。但是,阿来在小说艺术上有一个十分重要的贡献,他既保持了先锋小说的叙述语言,又完全吸收了现实主义小说的故事与人物塑造的笔法,这种融合和协调,正是 2000 中国小说迫切需要做出的艺术探索。它正恰逢其时,在先锋文学已经全部撤退之后,《尘埃落定》更具包容性地重新出场,又具有了崭新的意义——也就是说,它在美学上恰恰最具有"当代性"。

要把文学中的"当代性"说得全面透彻,显然不只是这几个方面能概括得了的。以上触及的"当代性"的几个特征,也是相互关联、互为表里的。文学艺术作品最难区分的就是内容形式,严格地说,只是理解的需要把它们做出区别,脱离了内容的形式不能存在,脱离了形式的内容也不能成立。"当代性"是文学艺术作品整体表现出来的一种精神蕴含,它是在时间与空间、主体与客体之间建构起来的认识关系。

四、几点总结和遗留的问题

我们在这里讨论文学的"当代性",并非是说文学必须要有"当代性",也并不认为所有当代写作的文学作品,其最高标准是"当代性"。"当代性"只是我们理解文学的一种方式,它也只是在把握文学与时代的关系时所做的一种表述。有些非常优秀的作品,未必就有非常鲜明的"当代性";特别是那些古典作品,已经脱离了它所处的时代,在它的那个时代,它或许具有"当代性",也可能没有被人认识到,也可能被埋没了,后世发现了其价值。这些发现可能是纯粹艺术形式方面的,或者是其他的认识方面的。有不少非常优秀的作品,我们对它的阅读和讨论也不一定要用到"当代性"这个概念。只是在这个视域中,我们强调当代文学艺术作品的一个基本特征而已。尽管"当代性"的内涵无法本质化,试图给出定义也显得十分困难,故而我们有必要对此前的论述再做明确的归结:

其一,"当代性"是"现代性"论域中出现的问题,何谓"当代",为什么会产生关于"当代"的论说,这都是"现代性"对自身的反思和超越的行为。

其二,"当代性"在"现代性"激进化的历史进程中被突显出来,因为时间的紧迫感,因为要建构"当前"在政治与审美全面的合法性,故而"当代性"会成为一个有价值的论域。例如,在中国 20 世纪的"现代性"进程中,"当前""当代""当下" 等时间性的范畴起到极重要的作用。总是没有超越"当前"紧急历史境遇中的普遍性的和超越性的价值,即使有,也是立足于当下实践构想出来的。

其三,"当代性"成为一个论题,这本身表明"当代"是一个矛盾聚焦的时间场域,也表明它的承压和要求超越的动力。因而"当代性"是一种文化的境遇意识——它总是明白自己身处特定的境遇中,在时间无穷无尽的流逝中,它陷于此刻此地,被命运包围,被无数的事件裹胁。

其四,"当代性"是主体意识到的历史深度,确实包含了一种主客体的关系,但是,归根结底,它是主体建构起来的一组叙事关系。

其五,"当代性"有不同的表现形式,同一时代在不同的作品中具有不同的"当代性";在不同的文学史叙事中,"当代性"的意义并不相同。"当代性"具有不同的时效性,曾经认为某些作品具有深刻的"当代性",事过境迁可能会被认为是应景之作,而另一些被认为世界观落后的作品,却可能体现了那时的"当代性"。

其六,在今天中国的文学创作实践中,强调"当代性"无疑是有积极意义的。在我们如此倡导文学与现实、与时代的关系的时候,强调"当代性"是要以更为真实的态度,以面对现实的勇气去写出当代中国的复杂性,去触及历史深度,去揭示中国民族的当代境遇。很显然,当今中国文学不只是表现出中国民族的生存境遇,文学也以它自身的矛盾性显现出一种文化的历史境遇,尤其是文学,它以语言形式传承的传统性,它经受着的世界文学的挑战,它承受着的当下汇集的矛盾和压力,中国文学在今天何去何从,它想怎么做,它能做什么——所有这些,都表明了它处于一种历史境遇中。它只有意识到这个境遇,深刻领悟了现实的命运和未来的召唤,它才能走出自己的道路,道路从境遇中生长,在当下难艰难开掘,向未来坚韧延展,中国文学因此才有力量,才能超越"当代性"。

多年前,昌耀在诗里写道:

没有墓冢,

鹰的天空

交织着钻石多棱的射线,

直到那时,他才看到你从仙山驰来。

奔马的四蹄陡然在路边站定。

花蕊一齐摆动,为你

摇响了五月的铃铎。

这首题为《邂逅》的诗,读人不只是让人感奋,而是意识到一种命定的机缘,文学邂逅"当代性",也是一种意外之喜吗?用诗人欧阳江河的话来说,有一种"侥幸之美"。但是,不管怎么说,对于今天的文学来说,对于身处于一种历史之中的中国文学来说,它能与"当代性"相遇就是说它们共同处于一种境遇之中。它能体验到"当代性"的唯一法则就是超越它,穿过它,如同穿过"墓冢"。昌耀穿过的历史曾经何其沉重,但他还是忽略了"墓冢",他跨过命运那么多的障碍,他还是向往着如鹰,如奔马的人生,只有向前,向着五月的未来进发。这与其说是昌耀的誓言,不如说是中国当代文学的心灵渴望,是它的当代精神的证词。

注释:

①参见恩斯特·布洛赫:《非同时代性和对它的辩证法的义务》(1932年),纳维勒和斯蒂芬·普莱斯译,剑桥波利提出版社,1991年版,第97—148页。中文版转引自彼得·奥斯本(Peter Osborne):《时间的政治》,王志宏译,商务印书馆2014年版,第291页。

②洪子诚:《中国当代文学史》,北京大学出版社,2007年版,第3—4页。

③同上书,第4页。

④洪子诚:《当代文学的"一体化"》,载《中国现代文学研究丛刊》,2000年第3期。

⑤陈思和:《中国当代文学教程》,复旦大学出版社,1999年版,第12页。

⑥吴晓东、谢凌岚:《诗人之死》,《文学评论》,1989年第4期。

⑦参见韩晗:《国运如是,文运如何》,《中国图书评论》,2016年第6期。

⑧哈贝马斯:《现代性的哲学话语》,曹卫东译,译林出版社,2004年版,第5—6页。

⑨同前,第6页。

⑩同前,第6页。

⑪黑格尔:《精神现象学》,贺麟、王玖兴译,商务印书馆1978年版,第8页。

⑫彼得·奥斯本(Peter Osborne):《时间的政治》(The Politics of Time)王志宏译,商务印书馆,2004年版,第5—6页。这段话是奥斯本概括归纳利科的话做出的表述。

⑬同前,《时间的政治》,第30页。

⑭同前,《时间的政治》,第31页。

⑮同前,《时间的政治》,第31页。

⑯陈思和:《试论90年代文学的无名特征及其当代性》,复旦大学学报(社会科学版),2001年第1期,第26页。

⑰詹明信等:《回归"当前事件的哲学"》,《读书》,2002年第12期,第15页。

⑱福科:《什么是启蒙?》,参见汪晖、陈燕谷主编《文化与公共性》,三联书店,1998年版,第432—433页。

⑲阿甘本:《什么是装置》, 英文版,Stanford University Press, 2009,Page40—41。

⑳同前,英文版,page42。

㉑同前,英文版,page44。

㉒巴迪欧:《哲学任务——成为佩索阿所代表时代的人》,参见巴迪欧《非美学手册》,英文版,Alberto Toscano 英译,斯坦福大学出版社,2005 年版,第36—46 页。

㉓狄更斯:《双城记》,孙法理译,译林出版社,1996 年版,第 3 页。

㉔参见《昌耀诗集》,《慈航》首次发表于《西藏文学》1985 年第 8—9 期合刊,昌耀注明该作品完稿于 1981 年 6 月。

㉕参见《马克思、恩格斯、列宁、斯大林论文艺》,中国作家协会、中央编译局编,作家出版社,2010 年版,第 106 页。

㉖同上书,第 106 页。

㉗同上书,第 112 页。

㉘同上书,第 112 页。

㉙同上书,《马克思、恩格斯、列宁、斯大林论文艺》,第 192 页。

㉚马丁·海德格尔:《存在与时间》,陈嘉映、王庆节译,三联书店(北京),1987 年版,第 441 页。

㉛马丁·海德格尔:《存在与时间》,第 431 页。

随《玄奘西行》观"一带一路"音乐文化

宋 瑾

继《国乐印象》《又见国乐》《西游梦》《又见杜甫》等一系列音乐剧场在国内外上演并博得广泛赞誉之后,2017 年 7 月上旬, 中央民族乐团又推出了新作《玄奘西行》,称之为"世界首部大型民族器乐剧",力图为观众奉献感性丰富的"一带一路"民族音乐巡礼。显然,这个作品应和了国家"一带一路"倡议。重要的是,这部作品完全依靠团内力量自编、自创、自制、自导、自演,又保持了前几部形成的创新势头。对一个著名乐团来说,要走出自己的特色之路,要不断创新且又保有社会效益(最好还有一定的经济效益),实属不易。正如习近平总书记所言,要发扬优秀传统,就需要继承与转化,并吸收或借鉴他人的优秀文化;要努力创作高峰作品而不仅仅是高原作品;不要做市场的奴隶,但在有社会效益的前提下,如果能产生经济效益就更好。笔者觉得乐团目前主要考虑的是传统的转化、出新,主要追求的是社会效益。这既符合当前社会语境,也符合艺术创新规律。这是一条艰辛、漫长、富有挑战性而又前途光明的道路。就笔者而言,这一系列创新之作无论还存在什么瑕疵,都能明显感受到其中无法遮蔽的闪光。个中缘由有个人偏爱新作的审美取向,也有个人美学关注的新例证。

宋瑾,中央音乐学院教授、博士生导师

一

从全剧编排可见编创者做了一番历史功课,选择若干典型地域、路段和故事;这些选择与音乐展现直接相关,保证了全剧音乐随剧情起伏跌宕,给观众造成不间断的新鲜感、丰富的审美体验和文化联想,后者包括历史知识和现代理解。略温习历史便可知道,汉代张骞二度西行,加上其他力量的努力,打通了中国和西域的贸易之路,史称"丝绸之路"(依循1877年德国地理学家李希霍芬的著作《中国》的命名)。此路从西安穿过新疆、西域各国、中亚各国最后抵达意大利罗马,全长约六千四百四十公里。公元前2年,佛教通过"丝绸之路",第一次传到中国(即以汉哀帝元寿元年,西域大月氏使臣伊存来朝,在长安向中国弟子景卢口授《浮屠经》为起始)。这些都为唐代玄奘西行奠定了文化地理、可行交通和宗教交流的基础。玄奘西行除了今新疆各地之外,还经过"丝绸之路"穿行的吉尔吉斯斯坦、哈萨克斯坦、乌兹别克斯坦、塔吉克斯坦等,然后另辟路径折南向东,经阿富汗和巴基斯坦等国,抵达天竺(印度,当然,当时的天竺版图与今天的印度不同),在当时的境内境外都经历了很多身心磨难,因而也给后世留下很多传奇故事。《玄奘西行》编创者将627年(唐贞观元年)8月自长安出发,628年秋进入北印度境,631年10月到天竺达摩揭陀国那烂陀寺的五年历险和艰辛,以及645年回国的经历(省略过程),压缩到两个多小时的节目里,可以想象其中耗费的心思心力。剧情串联的事例及其相应展现的民乐如下(采取"顺藤摸瓜"方式阐述,一方面为了顺应标题"一带一路"语境,一方面也为了解读作品的心路历程,并为读者提供更多的参考信息,包括本文作者夹叙夹议的一些看法)。

寺庙(净土寺),玄奘在师父点拨下进一步开悟。展示吹竹乐器,箫、小竖笛和梆笛。师父吹箫,沉静深邃,隐喻年长和佛学积淀深厚。徒弟吹笛,清亮灵秀,相应隐喻年少及尚在禅修途中的境界。通过简洁的对话和画外音,观众能获得音乐内容信息,从而加深音乐理解。场景转换到户内户外"阴阳"交接画面,亮处是茫茫荒野,玄奘由此远行。这是视觉设计的巧妙之一:无须传统方式的换幕。竹乃君子清高意象,吹与"气"相关,由此与"修行"链接。修行者,修而行也,行而修也。修者,与"取经"相应;行者,与"西行"关联。"行",佛修乃"勇猛精进"。是故序幕众僧念《心经》:"观自在菩萨,行深……"勇猛精进正是玄奘西行所表现出来的为获取真理不畏艰难险阻的精神,此精神亦即中华优秀传统之重要元素。由此可见《玄奘西行》作品匠心独运之一笔。

依然是庙宇,画面是一仰角金刚斜体,下摆留出一个暗影空间,自有妙用。在此,玄奘与西域的胡人(石磐陀)相遇。展示丝弦乐器二胡。该琴源流尚有可考空间,但胡琴,顾名思义胡人之琴,在剧中由胡人演奏自是合适的。玄奘应求为胡人受戒。引申开来,佛学之"戒、定、慧"在物欲横流的今天具有特殊的德育意义。此亦作品潜在的价值之一。隋唐融入大量西域音乐包括乐器,胡乐甚至在市井流行。但是涓涓细流融入黄河,河水依然是黄色的。体现了中华文明的强大吸纳、消化能力。二胡登大雅之堂历史虽短(近代刘天华做出重要贡献),但今日已成为中国民族乐器的重要代表。作品带观众反观久远的"丝绸之路",首先展现了二胡,既与胡人联系,又顾及普通观众的审美习惯。箫笛、二胡都是大家熟悉的民族乐器。即便如此,舞台展现的历史语境,给二胡还原了些许异国情调,提高了审美情趣。金刚暗影处由灯光呈现了一个窗户,其中的人影分别表现了"受戒"和"杀心"。此为美工设计的巧妙之二:用影像传递故事,提供音乐内容信息。持剑金刚为南方增长天王魔礼青,护法神,为"风调雨顺"之"风"者。护法神象征着"守护",守护信念,守护真理。在作品语境中,还暗喻佛佑玄奘之意。风神寓意"传扬",传扬玄奘义举,传扬为获真理坚忍不拔、不畏艰险的精神。

边关城墙,未获得通关文牒的玄奘冒险取水。展示埙和鼓乐。埙的独特音质,给人幽远、凄凉之感,符合边关苍凉之地景象。鼓乃守护边关的将士的音声形象,亦为军事功用之器具。埙在一般的民族乐队里并未多用。用则表现呜咽、阴森或远古。在此表现边关,带着乡愁的边关。鼓声威严雄壮,具有震慑力量。正是在这样的威慑下,玄奘能泰然自若,引起守将的注意。当然,终究是佛的无上法力让玄奘走出边关,踏上西去取经的征途。信佛的守将以鼓震慑人心,自己的本心却受玄奘无声之大音的降服。今日量子物理学视万物为波,指出同频共振现象的普遍性。有学者以此阐释佛法,《玄奘西行》之边关放行可提供一个案例。编导让守关将士只喊单字,如"辑""送",既简洁有力,又给人古韵的感受。

出关之后是茫茫沙漠,"问路"出现了中阮,一种直项、圆形的弹拨乐器,琴声柔和、敦厚而又苍劲。编创者让中阮的独奏显示出极大的表现力,让观众了解、感受到平时不太熟悉的阮乐的独特魅力。也许,将来它可以像吉他那样流行,甚至超过吉他,为弘扬中华民族传统音乐文化添加浓重的一笔。弹阮乐者因虚拟而带有抽象性。据历史记载,玄奘没有通关文牒,只得绕玉门关而行,却需闯五烽之五关。过了王祥校尉第一关,在他引介下取近道直达第四关,守将为王伯陇,乃王祥宗亲,又引导玄奘避过第五关走向外域。[①]编导将两个王校尉合并一处,又将两位守将劝阻玄奘的心声由虚构的乐者表达出来。阮在汉时被称为"秦琵琶",与西域传入的曲项琵琶关联。西晋"竹林七贤"之一的阮咸善奏此琴,因此唐时被称为"阮咸",与琵琶相区别。阮咸成为当时演奏《西凉乐》的重要乐器,由此又与西域相关。编创者让玄奘听琴,由琴声听心声,令人联想到"知音"的典故。正由于知音知心,乐者见劝阻无效,便告知玄奘即将进入的莫贺延碛大沙漠中救命水之所在,即"野马泉"。

进入沙漠,出现了西域乐器萨塔尔琴声,由幻影女演奏,表现出异域情调;由此产生的陌生感,同时造成了新鲜感,也将观众带入异域险境。突然又出现幻影男用维吾尔语演唱的歌乐,虽然感性上有些突兀(前面都是器乐），却给人耳目一新的感觉。萨塔尔琴是维吾尔民族弓弦乐器，从传说看，它与"灵魂"密切相关——由于有它，灵魂才愿意进入神创造的人体。可见琴声即心声，是"由灵魂说向灵魂的上界的语言"（借青主语）。萨塔尔琴在清朝被列入宫廷回部乐，亦可见它在"一带一路"历史中占有重要的一席之地。玄奘在水尽粮绝的境地，默念《心经》入定，舞美从风沙肆虐的画面切换到明丽透亮的敦煌仙界。这种强烈的视觉对比，突出了无量佛法的威力。音乐上由独奏为主的场景变为合奏场景，突出了多种民族乐器的综合魅力。天人伎乐显示的乐器有排箫、龙凤笛、笙簧、高音笙、柳琴、琵琶、中阮、大阮、扬琴、箜篌、瑟，以及若干打击乐。尤其是小箜篌、五弦琵琶、排箫、莲花琴、龙凤笛、瑟、鼓、直嘴笙、葫芦琴、碰铃等乐器，是围绕佛祖奏仙乐的壁画的真实化。此后天幕切换到碧波荡漾的"野马泉"，玄奘获得生机。历史记载是玄奘入定后出现大神鞭策、引导而寻到水源，敦煌则是过第一烽时王校尉企图让玄奘改辙换道的地方，玄奘坚定西行而未果。但是编创者用"敦煌"来显示玄奘精神境界，一方面符合艺术表现需要，一方面也符合"一带一路"精神。而且"敦煌"是以幻境形式出现的，更显得合情合理。何况，敦煌壁画存留了大量当时的乐器图，在这里不用那就真的太可惜了。

自此，《玄奘西行》的音乐不断展示西域风情。如高昌王的接待，展示了维吾尔族乐器萨塔尔、高音艾捷克、都塔尔、热瓦甫、弹拨尔、达卜手鼓等，随后又展示了当时乌孙国（哈萨克斯坦）的冬不拉、库布孜等乐器。编创者让每件乐器都先独立展示，除了解说之外，各自独奏一段音乐再合奏。剧内是国王向玄奘介绍，剧外则是向观众介绍。这种打通剧内剧外的民族器乐展示，获得了"后现代"效果——台下观众也成了台上观摩者，一样的掌声和喝彩声不断响起。接着场景转换到因思念已故母亲而失明的公主，终日以箜篌抒发悲情的空间。箜篌类似竖琴，有很强的表现力。卧箜篌在春秋战国时期就出现在我国宫廷和民间，尤其流行于楚国，迄今有两千多年历史，在汉代《清商乐》中被当作"华夏正声"，隋唐曾用于高丽乐；竖箜篌乃东汉由波斯(伊朗)传入中土,被称为"胡箜篌",其源头可追溯到古埃及、希腊之前的古代亚述和巴比伦,被称为"竖琴",敦煌壁画有其身形;凤首箜篌则在东晋初由印度经中亚传入,用于隋唐燕乐中的天竺乐、高丽乐等,可见于《乐唐书》等史籍、敦煌壁画和新疆克孜尔古窟,其历史之久远至少与竖箜篌相似。据历史记载,竖箜篌中的小箜篌多由女子弹奏。剧中公主弹奏竖箜篌,在"西域"语境下表现出新颖的审美特质。在玄奘启迪下,公主复明。这则故事未见史料,但是对展示箜篌有独到的意义。箜篌在古代就流传到日本和朝鲜,因此具有"海上丝绸之路"分支的意义。离开高昌,玄奘在通过雪山时再度遇险。出现了塔吉克人的歌唱和器乐、舞蹈。鹰笛与雄鹰的影像,表现了塔吉克人在恶劣环境中的勇敢和生存能力。多媒体呈现雄鹰驮着玄奘飞向远方,用超现实主义手法表现了超自然力量,再次隐喻了佛法的垂顾。

浏览了丰富的西域音乐之后,汉族音乐穿插进来,表现了乡愁。在类似中国山水的画面中,汉族少女在弹奏古筝。筝何以"古"?据考证,先秦就有筝,广泛流行于秦国,故称"秦筝"。从相关记载看,筝可能属于宫廷音乐,也可能属于郑卫之音,或雅或俗,或根据用乐可雅可俗。而从明清琴论看,相较于古琴,筝属于俗乐。如明代江派著名琴家杨表正就说:"欲要手势花巧以好看,莫若推琴而就傀;若要声音艳丽而好听,莫若弃琴而弹筝。此为琴之大忌也。"(《弹琴杂说》)抛开雅俗不论,古筝是汉族传统乐器的典型当无疑义。玄奘西行史料表明他在西域曾经几度遇到汉人,甚感亲切,也由此引发乡愁。从全剧看,这里穿插汉乐,一方面符合历史,一方面可避免前中土后西域泾渭分明的分割布局。

史料表明,玄奘西行屡屡遭遇匪徒。《西游记》中除了妖魔鬼怪,还有多处匪盗故事,也取材于相同史料。《玄奘西行》的"祭天"则取材信奉身穿红色法衣、外号"难近母"的突伽天神的强盗,欲杀玄奘以祭神的故事。②不同的是,编创者将故事改编为部落求雨的祭天。音乐出现了低音管子、高音管子、唢呐,而女神则演奏琵琶。琵琶是民乐的重要乐器。先秦就有琵琶的名称,但往往与阮混淆。魏晋时期该名可见于宫廷用乐。南北朝时期通过"丝绸之路",由波斯传入曲项琵琶,并在隋唐十部乐、九部乐和盛唐宫廷乐舞中担当重要角色。在剧中由突伽天神弹奏琵琶,除了琵琶来自西域的历史原因之外,也许还有敦煌壁画中飞天形象提供的参照,或者琵琶本身的丰富表现力,包括某种"杀气"提供了灵感。联想著名琵琶曲《四面楚歌》就不难理解这种气氛。管子古代称之为"笳篥",源自波斯,西汉流行于库车等地,后传入中土。隋唐用于宫廷,亦逐渐在民间流行。《旧唐书·音乐志》称其"出于胡中,其声悲"。剧中用于西域祭天,合情合理。唢呐乃波斯 Surnā 的音译,自古流行于波斯、阿拉伯地区。新疆拜城克孜尔石窟可见其身形,因此推断公元 3 世纪唢呐在中国北方出现;有学者考证,唢呐在金元时期传入中原;明代戚继光曾用于军乐。从缅甸传入的大唢呐,用于西藏佛教仪式,庄严雄浑。如今唢呐在中国民间流传广泛,表现力很强,音乐风格有喜有悲。玄奘西行发生在唐代,当未曾见其形,闻其声。剧中西域强盗祭天用之,自有别一种气氛和风味。玄奘自愿登上祭台,颂念经文入定;火光燃起时刻,突然天降及时雨。佛法再度显灵,坚定的信念、渡己渡人的精神一再受到褒扬。

　　菩提树,是佛陀觉悟之处。时逢释迦牟尼涅槃之日,树叶纷纷落下。展现班苏里乐器的音乐。班苏里(Bansuri)是印度的中音横笛,传说是克里希纳神选择的乐器,曾经是高音笛,在印度民间流传了几千年。后经过艺人改制,它由高音变为中音,适合表现古典音乐的典雅风格。在剧中班苏里由真实的印度乐人吹奏,丰富的微分音展现了印度传统音乐的独特魅力,表现了玄奘历经艰险,终于来到天竺的转折性情境。菩提树和班苏里将玄奘追求的境界展现出来,同时引领观众进入一个新的天地——那烂陀寺。印度唢呐(shehnai)吹奏者充当司仪,其他八件唢呐奏出明亮的音乐,具有仪式的庄严感。四位印度乐人表演高僧,分别演奏西塔尔、萨朗吉、萨罗达和塔布拉鼓,为观众展示了这些乐器的独特风韵。西塔尔(Sitar)是印度古典音乐最重要的弹拨乐器之一,极具表现力,享誉全世界。现代形制大约出现在14世纪,但原形起源尚无从考证。萨朗吉(Sarangi)主要流行于西印度民间,被称为印度的小提琴,具有冥想性音色,古代多用于声乐伴奏,亦用于宫廷舞伎伴奏。萨罗达(Sarod)也是印度古典音乐的重要乐器。塔布拉鼓是今天印度传统音乐中非常重要的乐器。这些乐器暂时都未见确凿的源流考据。也许今天的形制在玄奘到达天竺的时代并没有形成,但是用于剧中的宗教场景还是很有效果的。加上中国民族乐队的声音,这些印度乐器表现出独特的音韵;所有乐器共同塑造了那烂陀寺盛大的宗教场面,将全剧推向一个高潮。这既是戏剧的高潮,也是"取经"的高潮,颂扬了坚忍不拔追求真理的精神。

最后在唐朝宫廷金碧辉煌的场景中乐队表现出大唐盛世、海纳百川的气势。而后的"归一",随着老年玄奘渐行渐远,画外音启迪观众思考怎样担负真理的坚持和传扬责任,以及怎样的人生才圆满等相关问题。

<h2 style="text-align:center">二</h2>

"顺藤摸瓜"之后,笔者还想就几个问题谈一些个人看法。

如上所述,"取经"隐喻追求真理。唐代玄奘不满于已有的藏经,认为其中尚有缺典和未明之处,因而执意西行天竺取经修习。史料记载他主要想获取的是弥勒佛口授的《瑜伽师地论》等。玄奘经历千辛万苦,终于获得真经,并身体力行翻译成汉语,落实大乘佛教普度众生的旨义。20世纪的西学东渐,也有众多国人前往西方(欧美)学习。当下举国上下掀起国学热潮,为了正本清源,也为了优秀文化遗产的当代价值转化。"西方"作为他者,是中华文化之我者的参照;只有双边都正本清源,才能在互相观照中获得彼此的特征和精髓。为此我们须进一步双管齐下、多管齐下,学习和挖掘中外音乐文化。因此,《玄奘西行》具有现实启迪意义。就音乐文化而言,自先秦以来中国历史上多次出现四夷音乐文化的融会,因此有学者(如荷兰的高文厚)指出所有音乐都是混生音乐(hybrid music),并没有什么绝对的音乐原形。本文认为,原形、变形、混生形都是相对的。如同驴、马、骡,前二者在遗传中都有变异,但是只要基因未发生质变,就还是原种(原形及其变形);后者是前二者的混生形,基因出现质的变化,通常被当作新物种。传统是一条河,传统音乐在历史中不断变化。四夷音乐就像小溪流汇入黄河那样融入中华音乐文化,黄河水还是黄的,中华音乐文化基因未发生质变。而 20 世纪以来的"新音乐",则是中西结合的骡子。如今西方音乐和各国新音乐存活状态都很好,但传统音乐却日渐消亡。因此音乐类非遗保护的对象是传统音乐文化;它是民族族性(ethnicity)的重要成分。当代转化是为了满足当下社会需要,但并不是要改变传统。学界有区分"传统音乐"和"音乐传统"者,认为前者可以形变,后者依然可以持有元旨。中国人穿了西装并不会变成西方人,反之亦然。但是从美学上看,如果满目皆是西方化或中性化建筑、服装和发型等,民族心性何以展现?音乐如同其他艺术需要感性呈现,传统音乐文化如何能放弃自身固有感性形式而"借体还魂"?在多元文化得到全球认同的今天,只有每一元都持有不可替代的灵魂与肉体,才能不被"合并同类项"所淹没。笔者理解的多元,包括了原形、变形、新原形、新变形及其各种杂交混生形。《玄奘西行》的音乐主线具有混生性,力图综合"一带一路"各民族音乐基因,基本实现了叙事、渲染、感化等功能;西域各族特色音乐的展示令观众欣喜万分。

西方在 20 世纪中下叶就出现了"音乐剧场"这种音乐加戏剧的综合艺术形式。中央民族乐团利用民乐走出一条有特色的道路,因而受到国内外普遍称赞。《玄奘西行》在民乐加戏剧的道路上走得比前几个作品更远——创作音乐由主题贯穿全剧,戏剧也由同一剧情贯穿全剧,更重要的是演奏员承担的戏剧表演任务几乎和一般戏剧演员相同。尽管音乐家们的戏剧表演尚未达到专业的高水平,但是一路看下来,表演并无明显瑕疵。此外,尽管笔者个人审美偏好在于更复杂更统一(或更奇异)的音乐,但也在该剧呈现的各类独奏和西域音乐那里获得了良好的满足感。本文认为在"一带一路"语境下,该作品力图实现传统音乐文化的转化和社会效益的最大化,基本上取得了雅俗共赏的效果。从普通观众和一些综合大学教授观演者的反映中可以证实这一点。乐团首次不借助外力,团内上下合力,自主推出新作,为社会提供了一次视听盛宴和精神洗礼,总体上是成功的。笔者力挺乐团的创新,并期待看到乐团下一部力作。

注释:

①钱文忠:《玄奘西游记》,安徽人民出版社,2012年版,第34—35页。

②同上,第120—124页。

媒介融合与网络文学的前景

黄发有

关于网络对文学的影响,确实是一个重要的研究议题。在 20 世纪初年的中国,报刊的崛起对于文学的转型也发挥了重要作用。我们应该思考的是网络媒体对于 21 世纪中国文学发展的综合影响,而不是沿袭二元对立的思维,将文学分为网络文学和非网络文学。现在有一种想当然的流行观点,即网络文学的特殊性源于网络媒介的特殊性,而非网络文学则与网络绝缘。事实上,在网络接近全覆盖的网络环境中,印刷文学已经无法屏蔽网络的影响。作为新媒介的网络与纸面媒介的重大区别在于其综合性,电影、电视、在线游戏、漫画、书籍、报纸、杂志的内容都可以在网络平台上呈现。网络有力地推动了媒体融合的进程,不仅改变媒体的生产方式,也改变了媒体的消费模式,重新塑造生产者与消费者之间的关系。媒介融合对于文学生产与文学消费的影响,主要表现在三个方面:首先是文学内容在不同形式的媒体平台之间的跨越性流动;其次是期刊、报纸副刊、图书、电影、电视、在线游戏等媒介形式及其相关产业之间的联合与协作;再次是读者、受众为了寻找不同形式的阅读体验和娱乐感受,在文学与其他内容之间游荡,在不同风格之间切换,在图书、网络与其他媒介之间迁移。这种融合将

黄发有,山东大学文学院教授、博士生导师,山东省作家协会主席

是一种持续的、渐进的过渡与转型。正如亨利·詹金斯所言:"媒体融合并不只是技术方面的变迁这么简单。融合改变了现有的技术、产业、市场、内容风格以及受众这些因素之间的关系。融合改变了媒体业运营以及媒体消费者对待新闻和娱乐的逻辑。记住这一点:融合所指的是一个过程,而不是终点。"①

一、新旧媒介的博弈

要对网络文学的未来走向做出预判,历史的经验可供借鉴。网络文学强调娱乐性和通俗性,其趣味至上的路线表现出较为明显的商业化倾向,这与民国时期的鸳鸯蝴蝶派文学确有相通之处。当然,世易时移,媒介格局也产生了翻天覆地的变化,我们不应当把网络文学视为鸳鸯蝴蝶派文学的简单的翻版。鸳鸯蝴蝶派文学的繁荣,其背景是报刊媒介的快速成长,报人作家群的写作方式和文学趣味都带有新闻化的痕迹,连载小说的文体特性与报刊的传播特性真可谓斗榫合缝,相得益彰。长篇报章小说"随著随刊,既省笔墨之劳,又节刊印之资,而阅者又无不易终篇之憾"。②媒体的变革拓宽了思想文化的传播渠道,强化了传播效果,让那些长期尘封的文人著述得以重见天日。《国学萃编》发布的"征求名家遗稿"广告宣称:"大雅宏达,著述等身,每以经济困难,无力刊版,后人宝守遗编,藏弄箧笥。徒饱枯蟫,终归泯灭,半生心血所在,著者有知,宁不悲恫。昔李穆堂云,刻人遗稿,如拾枯骼。"③

报纸杂志在一百年前也是新媒体,而报章文学的境遇与网络文学的命运遥相呼应,在萌发期都遭到具有保守复古倾向的文人的抵制与鄙视。今日一些学者对于网络文学的态度,与章太炎对"报章小说"的评价极为相似。章太炎在《菿汉微言》中认为:"问:桐城义法何其隘邪?答曰:此在今日亦为有用。何者?明末猥杂佻侻之文,雾塞一世,方氏起而廓清之,自是以后,异喙已息,可以不言流派矣。乃至今日,而明末之风复作。报章小说,人奉为宗,幸其流派未亡,稍存纲纪,学者守此,不至堕入下流节故可取也。若谛言之,文足达意,远于鄙倍可也,有物有则,雅驯近古,是亦足矣,派别安足论! 然是为中人以上言尔,桐城义法者,佛家之四分律也,虽未与大乘相齿,用以摧伏磨外,绰然有余,非以此为极致也。"④章太炎认为"新文体"远不如桐城古文,而桐城古文与魏晋文章相比又远为逊色,以一种复古主义的文学观点排斥新兴的文学现象。陈子展的评价颇为中肯:"章炳麟所说的'报章小说,人奉为宗',正是这种风行一时的文体。他以为这种文体还不如他所轻视的桐城派。其实这种文体正从桐城派、八股文以及其他古体文解放而来,比桐城派古文更为有用,更为适合于时代的需要。而且这种解放是'文学革命'的第一步,是近代文学发展上必经的途径。不过这种初创的文体,做得不好,也有浮薄、叫嚣、堆砌、缴绕,种种毛病。"⑤吕思勉在《国文教学祛弊》一文中也宣称:"而今之偏主白话者,又谓文言绝不足学,日以报章小说及无聊之新诗授人,枉费功夫,难期进益,甚矣,其蔽也。"⑥由此可见,报章小说在20世纪初期的中国,在主流文化的视野中往往被轻慢,被视为不登大雅之堂的雕虫小技。吴虞在1912年正月十四日的日记中记载:"雨。此后上半日看新学书,下半日看旧学书,晚看报章或小说,以娱散情志。"⑦

从文体层面来看,清末报刊常用的"报章文体"也经历了一个生成、兴盛与消散的过程。在王韬和梁启超等人的倡导与推动之下,报章体发展成平易晓畅、条理清楚的政论文体,以自由的文风突破成规的束缚。梁启超认为:"自报章兴,吾国之文体,为之一变,汪洋恣肆,畅所欲言,所谓宗法家法,无复问者;夫宗派家法,固不足言,然藩篱既决,而芜杂鄙俗之弊,亦因之而起。"⑧维新变法、语言变革与媒体变迁形成了一种连锁反应。"报章文体"确实留下了报纸传播的烙印,但这一文体的发展无法脱离当时特殊的历史文化背景,是多种因素共同作用的结果。晚清的"报章文体"给"五四"的随感录提供了精神滋养,并逐渐发展为知识分子评议时政的现代杂文。就晚清报章体的创作而言,集大成者无疑是梁启超,其纵览天下的气度和不忧不惧的气质为报章体注入了内在的激情和奔腾的活力。也就是说,报章为这种文体的孕育与成熟提供了历史的契机,但其文化生命力主要来自于知识分子介入现实、匡扶正道的人文情怀。

近代中国报刊媒体与白话文的联手,有力地推动了中国文学的现代转型。而网络媒体的突飞猛进,必将成为重组当代文学版图的核心变量。在新世纪初期的中国文学界,网络文坛与印刷文坛之间的对垒是一种颇为奇异的文学景观。这种局面的形成有着复杂的成因。印刷文坛以各级文联、作家协会为依托,以文学期刊和文学出版机构为主要阵地,以纯文学创作为核心理念,在文学运行机制中以作家和作品为本位,讲究文脉传承,追求协调有序。网络文坛利用媒介变革所激发的动能,在网络空间掀起波涌不息的时尚潮流,它贴近市场,其运转以文化资本为纽带,网络文体有明显的应时而动的时文色彩,紧跟受众趣味和流行热点。网络写手的出身五花八门,他们熟稔草根阶层的人生经验与内在关切,自觉地将通俗性、娱乐性、商业性作为写作的审美目标。在网络文学的成长阶段,一方面,网络的审美力量被推动者无限夸大,通过哗众取宠的商业造势来吸引眼球;另一方面,有不少自负的纯文学作家隔岸观火,对网络写作颇为不屑。两个写作阵营的抵触,阻断了必要的交流通道,这导致了各分天下的局面。网络剧的持续热播不断提升网络写作的社会影响力,骄人的商业成绩给网络写手带来不断增强的自信,开始试探性地挑战印刷文坛的权威。相对而言,以印刷媒介为主阵地的作家按部就班地写作,畅销书可遇不可求,获奖成了越来越多的成名作家的追求目标。

新旧媒介在争夺话语空间的过程中,往往会各居一端,展开激烈的博弈。正如保罗·莱文森所言:"新旧媒介深层的紧张关系很严重,所以每当新新媒介有任何不当之举时,这种紧张关系都会冒到表层。网络欺凌和网络盯梢在一切媒介里都是轰动新闻,旧媒介、新媒介和新新媒介都不例外,这是有道理的,因为这些弊端都可能造成生死攸关的严重局面,所以人人都必须了解这些弊端。但新新媒介并无不当之举时,这种紧张关系也可能爆发,只是因为人们的错觉而已。"⑨从新旧媒介对抗的角度来审视网络文学与印刷文学的交锋,不难发现双方的观点都有较为明显的偏见色彩。唐家三少深有体会地说:"最初的时候,网络作家不被认可,各方面的舆论压力甚至让很多网络作家放弃了写作,一些传统观念较深的人甚至认为,那不就是一群网上写小黄文的吗?"⑩慕容雪村对网络文学的评判较为客观,他认为网络写作使得文学变得更加自由而随性,不再端着架子:"其实根本就没有什么'文学殿堂',当一个人有表达的欲望,拿起笔想要写点什么,这时他就是个作家。文学创作无所谓庙堂与江湖,也不需要得到谁的允许,它既不神圣也不庸俗,既不高尚也不卑鄙,只是个中性词。"⑪他认为网络文学"成就巨大,毛病很多",但他相信"它有个好未来"。

对于受到强势挑战的纯文学作家而言,他们守护原有阵地和既得利益的态度颇为坚决。刘震云不留情面地批评网络文学的弊端:"我也经常看发表在网络上的作品,有的不仅文学性不强,错别字也很多,一个首页要没有十多个错字就不是首页,还有的连句法也不通。我觉得稍微有些过分。从文字到文学,我觉得还差二十三公里。能不能先从学好汉语文字开始,如果文字是一个传统的话,作为网络和网络作家,网络文字、网络文学也可以稍微回归传统一下。"⑫余华也认为有些网络作品并不成熟,但他的态度较为开放:"对于文学来说,无论是网上传播还是平面出版传播,只是传播的方式不同,而不会是文学本质的不同。"⑬麦家在2010年4月7日举办的第八届华语文学传媒大奖系列活动之一的"网络时代的文学处境"座谈会上坦言:"如果给我权利,我就消灭网络。我认为,现在的大部分网络文学百分之九十九都是垃圾,而百分之一的精华如大海捞针,也就自然会消失掉了。"阿来则指出网络文学发展中的一个突出现象:"现在网络包装作家有种怪现象,不是证明作者作品中的文学思想价值和美学价值有多少,而是拼命鼓吹百万收入,多少点击率。我认为这极不负责任,是把责任推向了社会。"⑭王蒙在和王干的一次题为《网络不是文学的敌人》的对话中认为:"网上很少盯着一页纸这么看，而往往一目十行，飞速翻过。所以这里头有时我担忧浏览、浅思维代替认真的阅读。或者对情节的关注，关心谁死了没有，代替了对文学的欣赏。从我个人来说，我到现在还是呼吁大家读纸质书。"⑮他对于网络和网络文学都抱有潜在的抵触心理和不信任态度。作家方方在"银河文学"App开站之际，应邀写了一篇《自家鼓掌，唱彻千山响》，发表自己对网络文学的看法，她在文中认为："又或许，网络文学本就为娱乐而生。它就只想玩上一把。它愿意活在想当然中。所以，它才会充满魔幻和穿越、鬼怪和神奇，才会对历史妄想，对情爱意淫，对皇宫做梦。诸如此类。它不想关注社会，不想关注现实，不想关注民生，也不想关注与网络写作者存活在同一世界的个体生命，甚至也不关注自己。它用的是全新的武器，选择的是全新的平台，但在文学作品中所作的个人表达，却难见新意。有一说法：传统文学在乎自己的内心，网络文学在乎别人的感受；传统作家写作是为了满足自己，网络作家写作是为娱乐他人。"⑯

耐人寻思的是，网络的崛起一开始导致了文坛的撕裂，纯文学和网络文学互不服气。必须承认的是，除了极个别作家，大多数写作者都无法逃避网络的影响与渗透。以网络媒介为桥梁，新旧媒介的融合已经成为难以阻挡的时代潮流。网络文学依仗网络媒体的威力，不断地攻城拔寨，甚至抢班夺权，占据纯文学的固有地盘。看到大势难以逆转，纯文学阵营开始分化，一些作家的立场开始软化，从抵触到试探，从接纳到借鉴，网络文学与纯文学开始了对话和交流。事实上，网络文学和纯文学之间的差异与对抗，有被人为放大的倾向。它们之间融通，往往被刻意地无视和遮蔽。宁肯的《蒙面之城》在遭到十三家出版社退稿后，从2000年9月13日至12月12日在新浪网文教频道连载，一个月后获得了超过五十万人次的点击率，随后连载于《当代》2001年第1期、第2期，作家出版社于2001年4月出版了单行本，获得第二届老舍文学奖。金宇澄的《繁花》离不开网络，金宇澄这样描述自己的体验："在网上别人也不知道我是谁，我也不知道这些跟我帖的人是谁,写作者和读者非常近,让我的写作热情逐渐升温,这是非常新奇的事情。""弄堂网是一个上海方言网,我上来发帖就是闲扯,第一次用上海话写作,越写越有意思,一下去就回不来了。"⑰《繁花》的方言特色与扯闲篇的叙述风格,都与弄堂网的语境与氛围密切相关。目前对于网络文学的定义,通行的标准是首发于网络或者在网络环境中写作,《蒙面之城》和《繁花》显然符合这种分类标准。耐人寻思的是,在文学评论的视野中,《蒙面之城》和《繁花》都没有被归入网络文学的范畴。韩寒的博客言论一度也引发了较大的反响和争议。此外,还有一些在网络空间成名的作家,随后淡出乃至脱离网络,譬如早期的安妮宝贝、宁财神、慕容雪村,而江南的《龙族》和萧鼎的《诛仙2·轮回》都没有采取网络连载的方式,而是选择了脱网写作,完本后直接出版纸质图书,《龙族》的市场影响力不仅没有被削弱,而是大幅暴涨。由此可见,网络文学和纯文学或印刷文学的界限较为模糊,网络文学的定义也较为含混。现在对于网络文学的较为通行的界定,往往以作品首发于网络作为核心标准。随着纸媒网络化进程的加速,这一标准已经摇摇欲坠。

二、网络文学的依附模式

依附理论是 20 世纪 50 年代、60 年代兴起的挖掘拉丁美洲不发达的经济根源的理论。范拉斯科认为:"依附论是关于不发达状态的理论:贫困国家被排挤在世界经济的边缘,只要它们依然受到处在经济中心的发达国家的奴役,就不可能发展起来。"⑱ "中心—外围"论是依附理论的核心概念,发达的资本主义国家和发展中国家构成"中心—外围"的二元模式。依附理论后来被扩展并运用到人文社会科学研究的其他分支,譬如教育研究和文化研究等学术领域。在新世纪网络文学的发展历程中,网络文学对网络技术、商业资本、文学资源形成了多重的依附,一直没有建构独立的模式。卡多索认为在"依附"状态中依然包含发展的契机和希望,如果能够把外国资本、本土资本和国家力量聚合起来,不发达国家也能获得经济增长,实现"依附性发展"。尽管"依附性发展"难以改变不发达国家产业和经济的依附性结构,但为摆脱依附状态带来了可能性。⑲中国大陆网络文学的商业繁荣堪称文化奇观,我个人认为她选择的正是一条"依附性发展"的道路。

技术依附。华语网络文学变化多端,只要网络技术有所变化,网络写作都是亦步亦趋地紧追不放。在媒介形式日益多样化的背景下,种种以媒介来界定文学的概念如雨后春笋一般涌现,令人眼花缭乱。从20世纪90年代旅居美国的中国留学生创办的中文电子杂志到"榕树下"的个人主页,从天涯社区的在线写作到起点中文网的更新模式,从短信文学、手机文学到博客文学、微博文学、微信文学,网络写作犹如一个蹒跚学步的儿童,因为担心自己被突飞猛进的网络技术所淘汰,总是第一时间对技术进步做出因应,这也使得网络文学始终没有形成稳定的特质,显得混杂而含混。凯文·凯利认为:"我们正处在一个盛产重混产品的时期。创新者将早期简单的媒介形式与后期复杂的媒介形式重新组合,产生出无数种新的媒介形式。新的媒介形式越多, 我们就越能将它们重混成更多可能的更新型媒介形式。各种可能的组合以指数级增长,拓宽着文化领域和经济领域。"⑳博客、微博、微信等媒介形式,都是以网络技术为基础的新的重混(Remixing)形式。按照媒体演进的这种逻辑,也会催生与之相适应的文学形式。也就是说,这些新的文学类型是追逐新的媒介形式的结果,是寄生性的文学形式,它们如影随形,只要媒体形式改变,它们也相应地改变自我,文学就失去了其自主性与独立性。就网络写作而言,网络媒介的开放性为提升受众的参与度打开了方便之门,网友第一时间的反馈常常会改变写作的进程,削弱写作者的权威性与自主性。从网络文学的发展来看,总体上还是时尚化的更迭和潮流性的演进,写手们往往被各种外力所左右,在相互矛盾的牵扯中被动前行,他们难以坚持自己的个性,缺乏独立的创见,更缺乏冲破重重限制的勇气。一方面,网络四通八达,为曾经遭受长期抑制的通俗化写作带来多种可能性;另一方面,网络也构成新的束缚,使得写手们的思维陷入无形的牢笼之中。

与历经一千余年积淀的印刷文化相比,网络文化具有快速流动、不断更新的特征,利用新科技与媒介技术的优势,对现有的文化元素进行重新组合与混融。韩少功认为:"长袍马褂、大刀长矛早就过时了,但古典文学名著仍然可以让我们兴趣盎然,作家们也仍有写不完的新题材,包括历史题材,《甄嬛传》《芈月传》什么的。问题不在于写什么,而在于怎么写。即使是写原始部落的生活,写数十年、数百年、数千年前的生活,只要写好了,同样可能成为经典之作。说实话,由于有了大数据,作家们利用历史档案的能力大大增强,写历史题材倒可能更有方便之处了。"[21]与韩少功所说的走经典路线的历史题材创作相比,娱乐化的网络写作通过对驳杂的历史元素的混合,消解了历史的沉重与严肃,将漫长的历史时空压缩在平面化的空间内,用拼贴手法打造花团锦簇的历史拼盘。汇聚海量信息是网络技术的突出优势,这种技术特点催生了快速转换、包罗万象的网络万花筒,混搭成为网络文化的审美基调。

文学网站在挖掘和发挥网络传播功能的基础上,借鉴了报纸副刊的连载形式和文学杂志的栏目结构。网络文学公司推行的全媒体版权运营策略,让不同形式媒体参与进来,以协作的方式开展规模化运作,从而实现版权资源价值的最大化。而且,以书写工具和传播载体作为区分文学类别的根本标准,这很可能以扭曲文学的代价来适应外部条件的改变。方方认为:"中国文学历史已上千年,写作所用工具和刊发所据载体也都有过数次变化,但我们从来没有见过因工具不同而对文本另外命名的,比方刀刻文学、毛笔文学、钢笔文学抑或铅印文学,也从未见过因载体不同而冠名的,比方竹简文学、布帛文学、期刊文学、书籍文学等等。所以,网络文学以电脑写作,在网络上发表,与其他工具写作,在其他载体发表,哪里有差异?既无差异,我们对它的文本要求,就不应存差异之心。现在,把它单列出来,另用'网络文学'来与其他文学文本作一区分,究竟是抬举它,还是贬损它?这个真的好难讲。"[22]

资本依附。在华语网络文学的起步阶段,网络写作可谓缤纷多姿,风格和文体都显得自由奔放,像图雅这样的匿名作者更是不求功利,以抒怀解郁为旨趣。从榕树下到天涯社区,写手们大都抱着好玩的心态游戏文字,没有明确的欲求,信马由缰,想到什么就写什么,尽管其中多为日常的流水账,但也有一些篇章在放松的状态中流露真性情。2008 年 7 月,盛大文学公司宣告成立,将起点中文网、红袖添香网、晋江文学城纳入旗下,随后又陆续并购了小说阅读网、榕树下、言情小说吧、潇湘书院、天方听书网、悦读网等网站。2015 年 3 月,由腾讯文学和盛大文学联合成立的阅文集团成立,对网络文学资源进行重新整合,构建了国内最大的 IP 资源基地。从盛大文学公司到阅文集团,网络文学从生产到消费的流水线日趋成熟。为了使 IP 资源在循环利用中实现资产增值,资本方以市场潜力巨大的通俗文学为主攻方向,以销定产,通过网站的框架和栏目设计来控制商品的数量、品种和风格,另一方面通过点击率、推荐票、排行榜等量化指标来调整商品的配比和布局,使写手的创作能适应受众趣味和市场风向的变化。网络类型小说的创作模式表现出鲜明的市场导向,大多数网络写手都会通过与网友的互动,及时调整自己的叙述套路。

在庞大的互联网产业格局中,就目前的势头来看,网络文学的市场定位和经营策略都受制于文化资本的意志,在审美趣味上表现出迎合消费者的趋向。随着全版权运营模式的日渐成熟,网站经营者通过经济上的激励机制,将网络写作引向为改编而写作的道路。复制或模仿影视、在线游戏的故事框架与叙述策略,已经成了网络类型小说的基本套路。打怪升级的玄幻小说、陷入"玛丽苏"怪圈的女性穿越小说、男权复辟的霸道总裁文、钩心斗角的宫斗文、厚黑学横行的职场小说、流水账泛滥的小白文,花样繁多的写作套路犹如工业模具,这使得网络类型小说的写作成为一种机械的流水线生产,它变得简单、重复、分类细化,写作缺少艺术难度和挑战性。

在某种意义上,文化资本是推动网络文学类型化、通俗化的主导性力量,而写手们的劳作实质上是一种自由度极为有限的定制写作。目前影响较大的文学网站的栏目设置酷似大型超市的商品布局和货架结构,对商品的功能、花色都进行了较为明确的限定。写手们的内容生产只有符合渠道控制者的要求,才能获准进入平台,抵达用户,实现内容的价值增殖。网络写手写什么和怎么写,都缺乏必要的自主性。由于网络类型小说的写作走的大多是追求速效的时尚化路线,写手们对于平台和渠道就有更为严重的依赖性。批量生产的类型小说恰似时鲜的水果,一旦积压只能快速腐烂,变得一文不值。除了个别具有广泛的市场影响力的网络大神,多如牛毛的普通写手只能在资本意志面前卑躬屈膝。对于资本家而言,网络文学的依附模式有利于强化对写手的控制和管理,使得出资方获得超额回报。由于出资方控制了发表平台和传播渠道,写手就处于弱势的一方。在文学网站将全媒体版权运营作为核心策略时,在版权分成的协商过程中,网络写手也显得底气不足。作为一个开放的话语空间,文学在网络空间的可能性并没有被完全激发出来。就网络文学的现状而言,以流行、通俗为基调的审美趋向,在很大程度上是文化资本刻意塑造出来的结果。

审美依附。网络写作追求速度和数量,像影子一样依附于主流的、强势的传播形式与流行风尚,随风飘散,没有建立自己的根基和本体属性。从审美层面来讲,大陆的网络文学从来是被动的追随者,尽管像穿越小说、盗墓小说、玄幻小说都曾在网友中激起热烈反响,一度成为阅读焦点,但都缺乏持续的吸引力。以《梦回大清》《步步惊心》《甄嬛传》等聚焦后宫倾轧的类型小说为例,它们在叙事方面与黄易的《寻秦记》、李碧华的《秦俑》大同小异,在影视方面赓续了香港电影《慈禧的秘密生活》和电视连续剧《金枝欲孽》的人物关系和审美风格。更为关键的是,一旦某种题材、类型获得积极的市场反馈,都会被定型为一种可以不断复制的俗套。也就是说,以规模生产作为主要手段的网络文学缺乏独特的审美发现。以玄幻小说为例,它受到本土的神魔小说、武侠小说和西方的幻想小说、科幻小说的综合影响。随着越来越多的玄幻小说被改编成同名在线游戏，其创作量急剧膨胀，其故事框架、叙述结构、语言风格都向游戏脚本靠拢。至于穿越小说、架空小说、言情小说、职场小说、都市小说，与根据网络小说改编的电视连续剧共生共荣，相互刺激。《琅琊榜》的权谋之术、《花千骨》和《三生三世十里桃花》的师徒情爱，都因为改编剧的热播而成为同一类型的网络小说的基本套路，像电脑病毒一样，以弥漫的形式扩散开来。由于影视剧、网络游戏比单纯的网络文学作品具有更高的商业价值，近年网络写手都热衷于以影视或游戏改编为目标的脚本写作，这就使得作品缺乏文学性，而且语言的艺术表现力也被严重忽略。

新生媒体催生的文体往往较为贴近现实的变化，对时新信息做出及时的反应，同时追求新鲜活泼、喜闻乐见的形式，注重趣味性与娱乐性。早在1930年，黄天鹏就认为："新闻文学若失其时间性，则为历史之材料，若失其通俗性则为贵族之文学，若失其趣味性，则与官报之刻板公文无异。故新闻文学在文学中之位置，当以此三种性质为其基础，而成为独创一格之文学，不有所隶属也。"㉓网络文学同样追求时效性、趣味性和通俗性，这与长期占据主导地位的纯文学迥然有别。网络空间的开放，为长期被抑制的通俗文学带来了爆发的契机。慕容雪村认为："现在十年过去了，网络上出现的文学作品，或者使用一个烂熟的词'网络文学'，我觉得它的进步非常大。从现在的文学趋势可以看出，中国逐渐有了自己的通俗文学。看看以前，言情是港台那些，甚至武侠、科幻也是港台那些，中国内地几乎什么都没有。而现在你可以看到，无论是言情类的、历史类的、玄幻类的、惊悚类的小说都有人进行创作了。除了极少类型还不成熟以外，可以说中国自己的通俗小说已经成型了。当你关注世界各国的文学发展史，可以发现一个相同点，当一个国家出现真正的大师真正好的文学作品之前，一定要经过通俗文学的诞生。"㉔也就是说，网络文学是推动当代文学通俗化的补课。

值得注意的是，这种审美的反拨表现出矫枉过正的趋势。在文化资本的操纵下,近年网络文学的发展呈现出日益窄化的趋势,有商业潜力的都市言情、职场、穿越、玄幻等类型小说畸形膨胀,其他的审美可能性被严重抑制。像《百年家书》对抗战的沉重的书写,《材料帝国》对材料帝国和国企重组的双线叙述,都获得了广泛好评。颇为有趣的是,这些作品都喜欢套用穿越小说的叙述框架,给人画蛇添足之感。如果进行细致的对照,不难发现《材料帝国》与齐橙更早的《工业霸主》相比,人物性格、故事结构、价值倾向、形式特征都大同小异,表现出自我重复的趋向。阅文集团在 2015 年推出跨年度的网络原创文学现实主义题材征文大赛,获得特等奖的《复兴之路》讲述了大型国企红星集团摆脱困顿走向复兴的艰难历程,但作品陷入了官场小说的套路,通过渲染名利场上的钩心斗角来增强吸引力。总体而言,现实主义一直是网络文学最为明显的短板,文学网站和网络写手大都坚持消遣至上、追求利润的软文路线,这就使得网络空间的现实题材创作往往避重就轻,表现出较为鲜明的逃避倾向。

三、网络文学的消融

在媒介融合的趋势下, 我个人认为网络文学的发展将表现出三大趋向。首先,在网络接近全面覆盖的环境下,"网络性"不再具有标签意义,网络文学和传统文学将逐渐融合。如果过分强调媒介技术变革和生产流程给网络文学带来的新的形式特征,那无疑会抑制乃至伤害其文学性,这样的网络文学必然逐渐远离文学,演变成高度技术化的文化产业。在媒介融合的环境中,将网络文学从当代文学整体中割裂出来,在封闭的结构中突出其网络特质,很容易忽略多元传播格局中的媒介互动,也容易将新媒体时代文学的普遍特征简约为网络文学特有的审美品质。一方面,网络技术的发展使得网络空间中的文学创作具有了新的特性,譬如写作与传播的交互性、信息多元化、表现形式立体化;另一方面,在大众文化的语境中,网络文学的通俗性、娱乐性、商业化、跨媒体性被不断放大,并且被从业者视为突出纯文学的包围圈的制胜法宝。值得注意的是,网络确实赋予网络文学一些新的元素,但是网络文学的种种不同并不仅仅源自于网络,更为重要的影响因素是网络媒介背后的时代大环境。正如凯文·凯利所言:"网络会越来越像是一种存在,而非20世纪80年代大名鼎鼎的赛博空间那种你会前往的地点。它会像电一样,成为一种低水平的持续性存在。它无处不在,永远开启,暗藏不现。到2050年,我们会把网络理解成一种场景。这种强化后的场景会释放出许多新的可能性。然而数字世界已经膨胀出了许多选项和可能。在未来几年里,网络似乎已经没有全新事物的落脚之处了。"⑤

随着媒体技术的进一步变革,带宽增加,网速提升,网络信息可以即时获取,其他媒体譬如电视和网络互联互通,网络变得无处不在,网络文学的消融将成为必然的趋势。斯米特认为网络媒介有一种特殊的"魅惑力","简单地说,'魅惑'既是感官的刺激,又是心灵的沉迷,它带给人们一瞬间的销魂,具有不可抗拒的诱惑力"㊱,图像、视频与文字的混合使得网络创作具有一种直观的暧昧性,作者可以随心所欲地制作各种具有魅惑性的"另类"作品。事实上,"网络文学"的命名及其迄今为止的推广过程,其"魅惑力"和"另类"色彩一直是核心价值。问题在于,当"网络"从破墙而出的怪物转变为习焉不察的常态,我们还把网络写作的新质都归结为"网络性",这显然是一种简单化的做法。而且,以文学的传播媒介来割裂文学,显然无法推动持有不同理念的写作者之间的对话,也不利于不同文学群落的融通,这难免会阻断文学发展的新的可能性。因此,网络文学与印刷文学的差异必然缩小。如果仍然以首次发布的媒介平台来给文学作品进行定位和定性,显然有失偏颇。

也就是说,按照传播介质对文学进行类型划分,显然过度强化了传播介质的影响力,同时忽略乃至遮蔽了政治、社会、经济、文化和主体性因素对文学的作用。在网络写作刚刚出现时,以"网络文学"概念来区分文学创作的"网络性"和"非网络性",有其适用性和合理性。事实上,随着网络的不断普及和移动化倾向,现在已经很少有作家与网络世界绝缘。另一个值得注意的现象是,随着时间的推移,那些在纸媒主导的环境中成长起来的作家逐渐淡出,网络对于新生的作家而言不再有任何的陌生感。当网络和一切信息通道融合在一起,"网络"在某种意义上就消失了,它渗透进人们的生活深处,使用网络成为一种日常化的习惯,就像人们的食物中离不开盐一样,它的存在不再受到特别的关注。也就是说,当所有作家的生存和写作都有机地融入了网络化的环境,按照现在通行的网络文学概念,未来的一切文学都是网络文学。在这样的语境中,"网络文学"和"非网络文学"的区分逐渐将失去其必要性,也不再有学术价值。

其次,技术美学取代主体美学,网络写作成为网络 IP 产业链的一个环节。随着人工智能的飞速发展,技术对写作的渗透与控制成为一种明显的趋势。从 2006 年开始上线的"猎户星"写诗软件,到近年开始流行的小说写作软件譬如玄派、小说创作大师、小说生成器、星达字段拼凑软件、大作家超级写作软件等等,技术化的修辞驱逐了生命化的创造,文学的思想、形式和语言都被转换成程序代码,技术行为压制了人的创造活动,写作成为一种机械性的、规模化的生产流程,文学所强调的主体性、差异性和审美个性都将变得无所依傍。随着人工智能的进一步发展,当更加聪明的写作机器人走上前台,可以复制的类型化写作很可能完全被机器所操纵。正如韩少功所言:"机器人写作必须依托数据库和样本量,因此它们因袭旧的价值判断,传达那种众口一词的流行真理,应该毫无问题。但如何面对实际生活的千差万别和千变万化,创造新的价值判断,超越成规俗见,则可能是它们的短板。"[22]2017 年 5 月,湛庐文化和美国微软公司合作,正式出版了由机器人小冰完成的诗集《阳光失了玻璃窗》。小冰在学习了从 1920 年以来五百一十九位中国现代诗人的诗作的基础上,获得了编制汉语现代诗歌的能力。总体而言,这些诗行中规中矩,喜欢堆砌辞藻,但是充满了匠气,缺乏灵性。于坚认为这部诗集催生了"一种可怕的美":"冷酷、无心,修辞的空转,东一句西一句随意组合,意象缺乏内在逻辑,软语浮词,令人生厌的油腔滑调,

原材料来自平庸之句。"㉘

　　IP产业链以一种混合流水线的模式,将写作和书刊、影视、游戏整合起来,建构一种联动机制,其目标为降低成本、缩短周期、提高效率。生产过程的各道工序环环相扣,生产具有明显的节奏性和连续性。相对而言,在艺术难度较低、审美均质化的题材和类型中,人工智能更能发挥优势。当网络类型小说的写手热衷于拉长篇幅、照搬套路、习惯性灌水时,人工智能在制作这种规格相近、趣味相同的产品时,品质会更加均衡。事实上,近年网络类型文学的发展已经呈现出个性化的趋势,那种脱离具体时空、因袭既有模式、逃避现实冲突的倾向,已经阻断了写作者个人生命体验的涉入,成为一种梦游状态的码字游戏。

　　学术界在描述和概括新媒介的特性时,经常会使用交互界面这一概念来理解人机关系、虚拟现实与物理现实之间的关系,交互界面是两个设备、系统、程序之间共享的边界,"它们能在不同客体和系统的边界之间游走,而这一过程不仅使得网络得以运行,也拓展了新的空间,并推动其得以发展"㉙。与交互界面密切相关的概念是"交互性",交互性经常被用来区分新的数字媒介和旧媒介,新媒介甚至被称作"交互媒介"。人工智能对写作的深度介入,使得传统的人机关系被颠覆,改变了原有的交互模式。计算机和互联网一直被人类当作工具使用,但随着智能技术的突破性进展,智能工具不仅能够在某些领域替代人脑,还可能反过来影响乃至控制人类的心灵。在技术话语发挥主导性作用的环境里,我们长期用来评判文学的标准——独创性、灵性、德行、批判性——必然被贬抑,取而代之的将是经济、实用、美观、规范、效率等技术化标准。

　　再次,文学语言退化,乃至文学退化。从媒介格局的演变进程来看,印刷媒体的弱化难以逆转。在印刷媒体的发展历史上,尽管图像的重要性不断加强,乃至后来居上,但语言介质一直占据核心地位。随着影响力的日益增强,网络媒体在媒体格局中已经显露出日渐主流化的趋势。在媒介融合的趋势下,传统媒介都在探索多元化的传播路径,与网络媒介的协作和互补成为主导性的发展方向。斯帕克斯认为:"网络的存在形式使得各种媒体在形式、时间、社会消费等各方面的差异不复存在,而这些差异原本是不同媒体占领市场、求得生存的自身特色。"③网络与其他媒体的特性依然会有分别,但是相互之间的渗透确实在弥合裂缝。在媒介融合的潮流中,语言的弱化已是大势所趋。一方面,本来由语言牢牢占据的领地逐渐沦陷;另一方面,纯粹的语言文本呈现出下降的趋势,语言正从主角慢慢地变为配角。

语言表现力的下降是当前网络文学重要的发展趋势。浅显、直白的小白文成为网络类型小说的主导性语言风格,它们缺少必要的铺垫和修饰,往往直奔主题,口语化特征极为突出。写手们在持续更新的巨大压力下,不再花心思去推敲语言,语言的主观化色彩较浓,显得随意而粗糙,语体杂糅。只要把故事的来龙去脉交代清楚,把人物关系勾勒出大致的轮廓,就算是万事大吉。也就是说,网络小说的语言表现出较为明显的直观化倾向,它基本不进行人物心理刻画,而是让人物不断地说话和行动,营造出动态的画面感,让行动持续发展。网络类型小说重视对场景的描摹,建构立体化的空间感,追求视觉化效果。改编成网络游戏的《诛仙》《斗罗大陆》《斗破苍穹》《兽血沸腾》等玄幻小说,其多层次的、琐细的场景描绘很容易被改编成在线游戏的地图。以我吃西红柿(朱洪志)的《盘龙》《星辰变》《吞噬星空》《莽荒纪》等作品为例,转世、轮回、传送、飞升成为其叙事的关键环节,使得主人公可以突破时间限制,在仙魔妖界、凡界、神界、外星球之间自由穿梭,将传统小说注重时间性的线性叙述结构改造成开放式的、枝蔓重生的空间化结构。对色彩和声效的渲染,也是网络类型小说重要的语言特征。丰富的色彩和的逼真的声效,增强了视觉表现力,使得场景更加具体而真实。正如爱德华·茂莱所言:"作家不仅逐点地引导着读者的眼睛,而且也引导着读者的耳朵。"③

就文本属性而言,网络文学文本与传统的印刷文本相比,具有较为突出的互文性。互文性(intertexuality,也译作"文本间性")概念是茱莉亚·克里斯蒂娃(J. Kristeva)对巴赫金对话理论的进一步阐发,不再局限于对文本的孤立考察,转而关注文本之间的复杂互动以及读者对文本的建构作用。在传统的文本分析活动中,习惯性地将文本看作稳定的对象,但在互文性的视野中,一个文本中往往包含了其他文本的元素,即具有引文性特征:"任何文本的建构都是引言的镶嵌组合;任何文本都是对其他文本的吸收与转化。"㉜文本之间的相互影响成为文本生成的动力机制。哈罗德·布鲁姆甚至说:"在我看来,影响意味着没有文本,只有文本之间的关系。"㉝在迄今为止的网络文学写作中,互文性的现象非常突出。恰如萨莫瓦约所言:"引用 (citation)、暗示 (allusion)、参考 (référence)、仿作 (pastich)、戏拟 (parodie)、剽窃(plagiat)、各式各样的照搬照用,互文性的具体方式不胜枚举,一言难尽。"㉞一方面,网络文本的互文性表现为原创性的缺失,经常会看到不同文本的混杂与嵌入;另一方面,网络文本突破了单纯的文字文本形式,将图片、视频和其他电子科技产品融入文本,形成一种多样化的、奇特的互文效果。随着语言的重要性的降低,语言很可能在未来的网络文本中成为一种装饰和点缀,只发挥注释的功能。在这样的文本环境中,不仅意味着文学语言的退化,而且可能导致文学性乃至文学的退化。

注释:

①[美]亨利·詹金斯:《融合文化——新媒体和旧媒体的冲突地带》,杜永明译,商务印书馆,2012 年版,第 47 页。

②姚鹏图:《论白话小说》,陈平原:《二十世纪中国小说理论资料》第 1 卷,北京大学出版社,1997 年版,第 150 页。

③《本社简章》,《国学萃编》1908 年第 1 期。

④章太炎:《菿汉三言》,辽宁教育出版社,2000 年版,第 56 页。

⑤陈子展:《中国近代文学之变迁·最近三十年中国文学史》,上海古籍

出版社,2013 年版,第 75—76 页。

⑥吕思勉:《国文教学祛弊》,《新教育》,1925 年第十卷第三期。

⑦《吴虞日记》上册,四川人民出版社,1984 年版,第 23 页。

⑧梁启超:《中国各报存佚表》,《清议报》第 100 册,1901 年 12 月 21 日。

⑨[美]保罗·莱文森:《新新媒介》,何道宽译,复旦大学出版社,2011 年版,第 179 页。

⑩唐家三少:《勇于创新,推动网络文学发展》,《文艺报》,2016 年 12 月 23 日。

⑪吕莎:《慕容雪村谈网络写作十年:成就巨大毛病很多》,《中国社会科学报》,2011 年 1 月 25 日。

⑫杨鸥:《专业作家眼里的网络文学》,《人民日报·海外版》,2009 年 6 月 6 日。

⑬余华:《网络和文学》,《作家》,2000 年第 5 期。

⑭蔡震:《麦家:网络文学 99%是垃圾》,《扬子晚报》,2010 年 4 月 8 日。

⑮王蒙、王干:《网络不是文学的敌人》,《上海文学》,2016 年第 11 期。

⑯方方:《自家鼓掌,唱彻千山响》,http://www.yinher.com/read/26536/63128.html。

⑰张英:《不说教、没主张,讲完张三讲李四》,《南方周末》,2013 年 4 月 25 日。

⑱安德烈斯·范拉斯科:《依附理论》,张逸波译,《国外社会科学文摘》,2003 年第 3 期。

⑲Fernando Henrique Cardoso,Dependency and Development in Latin America.New left Review,vol.74,1972.

⑳[美]凯文·凯利:《必然》,周峰等译,电子工业出版社,2016 年版,第 223—224 页。

㉑傅小平:《韩少功:关心了解新科技,是应对新挑战时的功课》,《文学

报》,2017 年 3 月 23 日。

㉒方方:《自家鼓掌,唱彻千山响》,http://www.yinher.com/read/26536/63128.html。

㉓黄天鹏:《新闻文学概论》,上海光华书局,1930 年版,第 11—12 页。

㉔钟华生、李千帆:《"网络改变了中国文学格局"》,《深圳商报》,2011 年 1 月 24 日。

㉕[美]凯文·凯利:《必然》,周峰等译,电子工业出版社,2016 年版,第 23 页。

㉖[英]戴维·冈特利特主编:《网络研究——数字化时代媒介研究的重新定向》,彭兰等译,新华出版社,2004 年版,第 224 页。

㉗傅小平:《韩少功:关心了解新科技,是应对新挑战时的功课》,《文学报》,2017 年 3 月 23 日。

㉘于坚:《一种可怕的美已经诞生》,《南方周末》,2017 年 6 月 15 日。

㉙[英]尼古拉斯·盖恩、戴维·比尔:《新媒介:关键概念》,刘君、周竞男译,复旦大学出版社,2015 年版,第 51 页。

㉚科林·斯帕克斯:《从衰败的树根到鲜活的浮萍:因特网对传统报纸的挑战》,[英]詹姆斯·库兰、[美]米切尔·古尔维奇编:《大众媒介与社会》,杨击译,华夏出版社,2006 年版,第 262 页。

㉛爱德华·茂莱:《电影化的想象——作家和电影》,邵牧君译,中国电影出版社,1989 年版,第 225 页。

㉜[法]朱莉娅·克里斯蒂娃:《符号学:符义分析探索集》,史忠义等译,复旦大学出版社,2015 年版,第 87 页。

㉝Harold Bloom,A Map of Misreading:With a New Preface.New York: Oxford University Press,1975.P3.

㉞[法]蒂费纳·萨莫瓦约:《互文性研究》,邵炜译,天津人民出版社,2003 年版,第 2 页。

文艺盘点

福建报告文学近五年概貌

王　伟

报告文学是具有文学性的新闻,它以文学的手段记录时代风云,展示时代变化,具有强烈的时代性和鲜明的现实主义品格。党的十八大以来,福建报告文学作家认真学习、贯彻习近平新时代中国特色社会主义思想,认真落实习总书记在文艺工作座谈会和在中国文联十大、中国作协九大开幕式上的重要讲话精神,坚持"二为"方向和"双百"方针,深入生活、扎根人民,推出了一批报告文学的精品力作。

八闽风采

海峡文艺出版社出版了两批"八闽风采纪实文学丛书",为作者在深入基层采风的基础上创作的反映八闽大地县域(市、区)经济社会发展、地方文化特色和自然景观的纪实文学集。其中,第一批(2015年)包括吴建华的《乡野·乡情·乡韵》、王晓岳的《八闽任扶摇》、朱谷忠的《人与山水的约会》、何少川的《福地行踪》、戎章榕的《前行的痕迹》、哈雷的《寻美的旅痕》、许怀中的《山海交响》、黄文山的《山长水远》、林思翔的《春风做伴》、楚欣的《福地

王伟,福建省社会科学院文学研究所副研究员

闽风写春秋》、章武的《策杖走四方》、蔡天初的《走过并不遥远》等十二本。第二批(2016 年)包括陈慧瑛的《心若菩提》、林爱枝的《山川行旅》、方友德的《青春做伴好还乡》、汪兰的《白鹭与黑天鹅》、唐颐的《山水有道》、郑国贤的《追逐太阳》、李治莹的《风景这边独好》等。这套丛书是了解地方风貌的指南,被誉为"通俗版当代县志"。

海峡文艺出版社 2017 年出版了"八闽古城古镇古村丛书",其中《福建中国传统村落(上下)》收录了七十一处福建中国传统村落,《福建省级历史文化名村》收录了二十七处福建省级历史文化名村,《福建国家级历史文化名镇》收录了十三处福建国家级历史文化名镇并兼顾辖区内的历史文化名村及中国传统村落,《福建历史文化街区》收录了九个福建省历史文化街区等。陈雯晖、陈元邦的《坊巷格局——另一只眼看三坊七巷》(海峡文艺出版社 2016 年出版)是一部关于福州历史文化街区三坊七巷的散文集。全书共二十六篇,图文并茂,写出了三坊七巷的建筑美、人文美、历史美。张建光的散文集《武夷风:千年文史私想录》(海峡文艺出版社 2017 年出版)分"十方形胜""千古风流""九曲流觞"三辑,反映了南平市二区三市五县的自然山水景观和历史人文蕴涵。

海峡书局继续出版"走进海西"大型纪实文学丛书,其中包括 2013 年出版的《走进上杭:红色圣地 多彩杭川》《走进寿宁:世界木拱廊桥之乡》《走进连江:编织蓝色海洋梦》,2014 年出版的《走进福清:著名侨乡 海港新城》《走进平潭:美丽岚岛 两岸家园》《走进古田:中国食用菌之都》《走进尤溪:朱子文化城》,2015 年出版的《走进长泰:田园风光 生态之城》《走进涵江:别样水乡新港城》《走进闽清:闽江之珠 清韵山水》《走进宁化:客家祖地 红军故乡》《走进霞浦:梦幻海滩 摄影天堂》《走进光泽:凤舞富屯翠溢杉关》等。这套"走进县域"的报告文学散文集丛书是福建省炎黄文化研究会、福建省作家协会组织作家与新闻工作者走进我省多个县(市、区)和一些单位采风的成果,全面反映了海峡西岸经济区的建设成就。它们是福建作家群体参与海西建设及弘扬海西文化的重要平台,不仅较好地宣传了福建县域经济和地域文化,也为福建积累了一笔难得的文化财富。

陈小平的《万里海疆第一湾》(华艺出版社 2014 年出版)是一部关于福建泉州湄洲湾开发的长篇报告文学,结构宏大,分为三个部分:上部写改革,中部写发展,下部写和谐。全书采用了三条线索,行文缜密。陈小平的《向海而生》(作家出版社 2017 年出版)分上下两部分共十八章,作品以现实为纬,以历史为经,主要写了湄洲湾港临港产业的发展和亿吨大港的崛起。它讴歌时代巨变,是一部书写"中国梦"的时代报告,一部波澜壮阔的创业史诗。陈子铭的《历史转折时期的漳州月港》(海峡文艺出版社 2015 年出版)主要内容包括"写在大历史中的漳州地理""信风带来的消息""面朝大海的多元族群""亚洲水域中国帆""东方海上马车夫""新纪元""月港崛起:光荣与梦想""前夜:血色月光"等,展示了"一带一路"倡议背景下月港丰富、独特的地方文化风姿及其历史价值。李伟才主编的《海丝晋江》(海峡文艺出版社 2017 年出版)包括"古港雄风""风云人物""丝路寻踪""海丝情怀"等四辑,多角度展示了晋江悠久的历史文化和今日多姿多彩的地域风貌。

黄文山《流入渔家的海》(载《光明日报》2015 年 9 月 18 日)描绘了黄岐半岛山、海、人相依的和谐景象。王玫、胡萍编著的《凯风自南:厦门大学游览笔记》(湖北美术出版社 2016 年出版)是一本介绍厦大人文旅游的读物,全面梳理了学校的发展历史,介绍了厦大校园内丰富的自然人文景观。连惠忠主编的《难忘是乡愁——永泰县同安镇风物志》(海峡文艺出版社 2015 年出版)为福建省永泰县同安镇风物志,介绍了同安镇的风土人情。萧何主编的《嘉登琅岐》(海峡文艺出版社 2015 年出版)收录了五十篇美文,包括"寻找刘崎遗存""对话琅岐乡贤""品赏嘉登海韵""回味故乡风情"四个部分。李健民的《赛岐纪事》(海峡文艺出版社 2015 年出版)讲述了海峡西岸东北翼港口商贸名镇赛岐的故事,多维度展示了赛岐独特的地域风貌和人文传统。王坚的《聊慰乡愁》(厦门大学出版社 2015 年出版)分为"海疆遗垒""故园寻梦""过客背影"三部分,主要内容包括《雄师竞发平海卫——寻访施琅平台出发地平海卫古城遗址》《怒海狂波刀剑鸣——寻访连江县定海古城遗址》等。阮道明的《银杏王》(海峡文艺出版社 2013 年出版)分为五辑:"家园印记""先贤礼记""邑人速记""游踪漫记""读书札记"等,无论是写人还是记事,都在浓郁的乡土气息描写之中,凸现了乡土的变化,尤其是连江改革开放以来的新面貌。张宇的《妩媚行走》(厦门大学出版社 2015 年出版)以"心旅足行,游历生命"为主题,是一部洋溢着人本理想的行走文学。方汉生的《旅行者的世界》(厦门大学出版社 2016 年出版)包括两辑:"故国山河""域外风情"。此外,还有童杨的散文集《行走泰宁》《解读泰宁》(海峡文艺出版社 2016 年出版)等。

时代楷模

报告时代先锋的先进事迹,刻画时代模范的光辉形象,一直是报告文学的重要内容与任务。吴玉辉的《谷文昌》(中共中央党校出版社、福建人民出版社 2016 年出版)被誉为首部全方位反映谷文昌精神、事迹的长篇报告文学,它再现了"焦裕禄式"的好干部,是一部融思想性、文学性、纪实性为一体,充满正能量的优秀作品。它以寻找谷文昌坟前刻着"谷公——人民敬仰"的花岗岩香炉的捐献者为主线,生动记述了谷文昌"不带私心搞革命,一心一意为人民"的光辉一生,展现了谷文昌为官一任、造福一方,敢于担当、实事求是的可贵精神。吴玉辉的报告文学《香炉》(载《光明日报》2015 年10 月 23 日)全景展示了领导干部好榜样谷文昌的事迹和风采。张红的《谷文昌的故事》(海峡文艺出版社 2016 年出版)包括"苦生苦长　苦命娃家在太行山""走向革命　谷文昌加入共产党"等六十八部分,以讲故事的形式生动地反映出谷文昌心中有党、心中有民、心中有责、心中有戒的形象。另外,以谷文昌为主题的报告文学作品还有中共漳州市委宣传部编的《谷文昌精神》(海峡书局 2016 年出版)、中共福建省委省直机关工作委员会编的《"四有干部"谷文昌》(海峡文艺出版社 2015 年出版)、黄石麟选编的《穿越时空的精神:"四有书记"谷文昌》(东山县谷文昌精神研究会 2015 年出版)等。中共政和县委宣传部编的《俊波故事——一切为了政和的光荣与梦想》(海峡文艺出版社 2017 年出版)为全国第一本廖俊波先进事迹读本,通过直接与廖俊波同志相处交往过的干部群众的工作、生活片段的回忆,以平行的视角记述了"全国优秀共产党员""全国优秀县委书记""时代楷模"廖俊波同志在政和任县委书记期间,围绕"一切为了政和的光荣与梦想"的宏伟蓝图,竭力突破"四大经济"发展的生动故事,再现了廖俊波同志生前的感人事迹。马星辉的《公仆廖俊波》(海峡文艺出版社 2017 年出版)忠实记录了廖俊波生前心系群众、敢于担当、甘于奉献的平凡动人场景,刻画了新时代一个扑下身子、全心全意执政为民的先进典型。

福建省炎黄文化研究会、福建省作家协会编的《走进福建省劳动模范——劳动之光》(海峡书局 2014 年出版)以报告文学的形式,集中展现自 2009 年以来福建省受表彰的全国、省劳动模范和全国"五一劳动奖章"获得者的感人事迹及心路历程,记述了这些国家主人翁以激扬的正能量,在深入改革开放中,为国家和福建经济社会发展做出的突出贡献。《走进福建省妇联——巾帼圆梦》(海峡书局 2015 年出版) 以报告文学、纪实文学的形式,融叙事、写人、抒情于一炉,生动细致地表现了福建省在台、港、澳和海外福建籍优秀女性寻梦、追梦、圆梦的动人风采。张国琳编著的史志性报告文学《中国传奇惠安女(上下册)》(海峡文艺出版社 2015 年出版)长达一百二十万字,从惠安女民俗、惠安女人物、惠安女文化等方面全面介绍了惠安女的悠久历史及当代现实。其中人物部书写了不同历史时期的惠安女代表,特别展现了中华人民共和国成立之后,惠安女作为光荣的集体积极投身国家建设的动人事迹,赞扬了她们的"惠女精神"——非凡的传统美德、吃苦耐劳与不怕牺牲的勇气。袁雅琴、欧阳鹭英的《用爱等一生》(作家出版社 2016 年出版)包括"娉娉袅袅十三余,豆蔻年华二月初""凤凰双栖鱼比目,愿作鸳鸯不羡仙""芭蕉不展丁香结,同向春风各自愁""天涯地角有穷时,只有相思无尽处""白头相对故依然,西湖知有几同年"五个章节,记录了中法混血儿李丹妮为中法文化交流做出的贡献,着重描写了她惊世感人的情感历程。

谢逸溪的长篇报告文学《解甲之后的辉煌——十年助残历程》(海峡文艺出版社 2016 年出版)详细记录了基金会实施农村贫困残疾人"安居工程"和其他爱心工程所做的工作,具体反映了基金会协助各级政府推进残疾人事业所做的努力探索,大力弘扬了全省干部群众关爱残疾人的良好社会风尚。叶周玲、欧定敬主编的《大爱大成——福建希望工程二十年》(海峡文艺出版社 2013 年出版) 是对福建省希望工程二十年来发展历程的记录和回顾。主要讲述了福建省实施希望工程的二十年里,社会各界支持者的行善历程、志愿者和践行者的感人故事、受助者的成长成才经历等。主要内容包括《永不落幕的生命之歌》《捐赠祖屋》《低调行善》《一封遗嘱》《蔡"阿姨"的资助情》等。石建平主编的《福建好人传(2015 卷)》(海峡文艺出版社 2017 年出版)收录了 2015 年入选"福建好人榜"的"好人"事迹,生动诠释了中华民族仁义诚信孝的优良传统,深刻表达了广大福建儿女对社会主义核心价值观的坚守践行。

王海青的长篇报告文学《寻找北极密码》(海峡书局 2013 年出版)以记者特有的洞察力和亲身体验,以文学作品形式描写和深刻反映五次北极科学考察的人和事,讴歌了我国科技工作者在极端艰苦的极地环境下,克服北冰洋地区瞬息万变的恶劣海洋和天气环境, 取得极其丰富的科学样品、数据和资料的动人事迹。沈世豪的长篇报告文学《搏浪扬帆八万里——"厦门号"帆船环球航行纪实》(鹭江出版社 2013 年出版)气势磅礴、细节入微,艺术地再现了"厦门号"帆船环球航行胜利归来的壮阔历程,成功塑造了

"厦门号"英雄集体形象,堪称中国海洋文学题材创作的一大收获。

人物传记

传记作品是报告文学的有机组成部分,既有关于历史名人的,也有关于普通民众的。"福建历史文化名人丛书"(第一辑)(福建人民出版社 2016 年出版)包含朱熹、林则徐、严复、陈嘉庚、王审知、杨时、郑成功、黄道周、林语堂、林纾等十个人物故事,以人物生平为线索,在故事中体现传主的学问、事功、道德,记录了福建文化对于中国历史的影响。《大儒世泽——朱子传》(福建人民出版社 2016 年出版)以通俗的语言从朱熹的出生、求学科考、构建理学、救世安民、立学考亭、垂名万世等方面介绍了朱熹的一生,展现了朱熹集大成而续千百年绝传之学的伟大创举,及其爱国爱民、清正廉洁、热衷学术研究与传播的思想精神。戴健的《诗话翘楚——严羽传》(海峡文艺出版社 2017 年出版)重点展示了《沧浪诗话》的成书过程与严羽的一生历程。詹淑海《刘克庄评传》(海峡文艺出版社 2017 年出版)是作者研究刘克庄三十余年的总结,通过大量材料介绍了刘克庄为官历程与生平事迹,还原出一位栩栩如生的好官形象。青禾的《黄道周》(厦门大学出版社 2014 年出版)是以散文笔调写成的明末著名书画家、学者、儒学大师、民族英雄黄道周的传记,叙述了明清易代之际,黄道周抗倭抗清、战败被俘、囚服著书的传奇人生。曾纪鑫的长篇历史人物传记《大明雄风——俞大猷传》(九州出版社 2015 年出版)史料丰富、文笔生动,叙述了被遗忘的抗倭英雄俞大猷的生命历程,描写了他转战南北、抗击倭寇、为国效命的不朽功勋,再现了其立德、立功、立言"三不朽"的人生境界与人格魅力。缪华的《岁岁银光》(中国文联出版社 2013 年出版)分成四辑,其中第一辑"怀瑾握瑜的先贤"写的是闽东历史上著名的先贤,如生于闽东的薛令之、林嵩、甘国宝,曾在闽东做过官的陆游、冯梦龙等。苏翔天的《平民元首——林森传奇》(中国文史出版社 2014 年出版)共六十八章,作者以史实为依据,采用章回体写法,淋漓尽致地演绎了民国时期政坛传奇人物林森一生的功过得失。黄荣才的散文集《超然之美——林语堂的心灵境界》(中国华侨出版社 2017 年出版)分为"烙印""通达""情深""痕迹""缘来"五辑,每篇文章都引用一句林语堂的语录,然后由此拓展延伸,讲述了林语堂与众不同的人生经历与生活态度。此外,还有阮其山的《莆阳名人传》(海峡文艺出版社 2013 年出版)等。

王炳根《玫瑰的盛开与凋谢——冰心吴文藻合传(上下编)》(福建教育出版社 2017 年出版)详细记载了冰心和吴文藻一生的生活轨迹、文学创作、学术研究和心路历程。王炳根的《爱是一切——冰心传》(作家出版社 2016 年出版)从纷繁的资料里抽丝剥茧,既呈现了其对读者了解冰心艺术创作和生命轨迹最重要的部分,也从多侧面展现了冰心丰富多彩的一生。徐学的《余光中传》(厦门大学出版社 2016 年出版)为《火中龙吟——余光中评传》(花城出版社 2002 年出版)的修订版,它抓住传主余光中生命的美和历史的真,用诗性的语言和理性的诗意准确记录了诗人的瑰丽年华,分析了诗人人格力量的时代意义和文学价值,肯定了他在 20 世纪中国文学史上的重要地位。钟建红的《张胜友评传》(海峡文艺出版社 2016 年出版)由"引子""文学梦""散文,文学人生的启航""在报告文学的世界里""报告文学与影视联姻""出版改革家"等六大版块组成,展现了张胜友从普通的一介书生到电视政论片创作界首屈一指的大家,从一名新闻记者到"引领中国出版业改革第一人",从一名普通作家到中国作协领导人的风采。赖施娟的《陈良运传》(海峡文艺出版社 2016 年出版)以饱含情感的笔触,记录了传主六十八年的人生历程,展现了传主从矿工的儿子到诗人、文艺理论家、大学教授、博士生导师的成长奋斗之路。李永庆、饶晓编著的《艺之大者——福鼎提线木偶宗师姚仁贵传》(海峡文艺出版社 2015 年出版)讲述了提线木偶艺人姚仁贵坎坷而传奇的艺术人生。他出生贫苦人家,少时父母双亡,学艺八载,求索一生,终成一代名家。经过大胆的艺术探索,他将京剧与木偶之所长熔铸一体,开创了具有独特艺术特征和巨大文化魅力的京剧提线木偶戏,赢得了广大人民群众的喜爱与拥护,是中国民族传统文化尤其是民俗文化的宝贵财富。

冯秉瑞的《峥嵘岁月稠——翁绳金传》(海峡文艺出版社 2016 年出版)共五十三回,概括了翁绳金一生的主要经历,描写了他的童年时期、求学时期、革命时期、工作时期以及晚年的生活,重点讲述他在中华人民共和国成立前领导连江、罗源地下党员、游击队员和贫苦百姓同国民党反动派进行不屈不挠斗争中的可歌可泣的传奇故事,展现了翁绳金同志的铮铮铁骨和赤胆忠心。林梦海、黄宗实、郭晓音的《浪遏飞舟——张乾二传》(厦门大学出版社 2016 年出版)通过张乾二院士的回忆,着重介绍了他在厦门大学化学系、福州中科院物构所的工作、教学及从事科研的情况。传记描绘了他在科研中专攻难题,进行了晶体培养、配位场理论方法等开创性研究,解决了分子轨道系数的简洁算法、多面体分子轨道及价键理论从头算等系列重要问题,体现了中国知识分子热爱科学、不畏艰险、勇攀高峰的无畏精神。杨振辉的《血性福州》(载《时代报告·中国报告文学》2014 年第 2 期)聚焦中国现代史上福州人的血性精神,凸显了他们爱国强国的精神风貌与福州这座城市的独特品格。郑国贤的长篇报告文学《男儿脚下有黄金》(文汇出版社 2016 年出版)共二十一章,从不同年代、不同视角、不同家庭入手,抒写了"黄金珠宝首饰之乡"北高人艰辛的创业历程和辉煌成就,塑造了众多各有特色的成功创业者形象,彰显了"北高人闯天下"的豪情壮志及其坚忍不拔、敢闯敢拼的精神。

史海钩沉

历史题材的报告文学是较为读者喜爱的一类作品,在报告文学中也占有可观的比例。傅柒生的报告文学《古田会议的前前后后》在《解放日报》"长征副刊"发表,包括《上篇·光明之路路在何方》(2014 年 9 月 23 日)、《下篇·古田之光光芒永放》(2014 年 9 月 28 日),高屋建瓴地展示了我军建军初期苦难辉煌的历史画卷,揭示了古田会议永放光芒的历史奥秘,讴歌了以毛泽东为代表的那一代共产党人勇于探索、开创新路的丰功伟绩。逄立左、马照南主编的纪实报告文学作品集《燃烧的红飘带——福建人与长征》(福建教育出版社 2017 年出版)是一部革命励志书,全书由三十四篇作品构成,共分为"序曲""先锋""征人""耳目""天使""女兵""国魂"七章。这些作品均以福建子弟参加长征的故事为素材,描写福建子弟在长征途中的经历,还原了在那条"燃烧的红飘带"上福建人的故事,再现了他们前无古人的壮举。福建省政协文史和学习委员会编的《福建抗日战争纪事》(福建人民出版社 2015 年出版)从福建省政协及福州、泉州、厦门、南平等地市县(区)政协历年出版的文史资料中选编、集结而成,各篇文章的作者主要是抗日战争的亲历者,以对亲闻、亲见、亲历的回忆,保存了福建军民坚持抗战的生动历史,有很高的史料价值。福建省炎黄文化研究会编的《亲历:福建宣传文化的个体记忆》已在福建人民出版社出版第一辑(2015 年)、第二辑(2016 年)、第三辑(2016 年)。

南帆的长篇纪实系列散文《历史盲肠》(上海文艺出版社 2013 年出版)是一部以个人化视角,个体性记忆描写知青生涯的反思之作,由"记忆的雪崩""松开发条的日子""饥饿惯性""情为何物""一记勾拳""火车驶过田埂""风声竹林夜""七七级"八个部分组成。该著描写了作为中国特殊历史阶段的特殊群体的生活经历,并以历史见证者的身份,对那个延续了十几年的下乡插队运动,做出了集体意识的评判——"知青"是一个历史词汇,是中国当代历史的一段奇异插曲,更是集结在无数知青心灵和记忆中的一段历史盲肠。林那北《宣传队 运动队》(作家出版社 2014 年出版)用自己的亲身经历带领读者回到"文革"那一特殊的历史时期,重温成为那个激情贲张时代典型代表的宣传队和运动队的故事。作品以宣传队和运动队为焦点，回忆了自己的成长足迹，同时展现出三代人在 20 世纪 60 年代末和 70 年代初的人生命运。作者不仅书写了一段自己的难忘回忆，同时也在书写着一代人的回忆。作品将个体与时代、现实与历史融为一体，叙述灵动，真实自然，颇具深度。文中配有大量作者珍存的图片，使得文字具有较强的时代感。

俞月亭的《龙江英雄谱》(福建人民出版社 2017 年出版)收录了《抗天歌》《玉枕人——1963 年纪事》《又要堵江了!》《热浪》等四篇纪实文学，介绍了一个真实的、全面的、完整的"龙江风格"，弥补了过去宣传上的不足，澄清了戏剧造成的误导，也为后人留下了一份弥足珍贵的史料。王绍据的《赤溪——"中国扶贫第一村"纪实》(福建人民出版社 2016 年出版)根据作者自己三十年的跟踪报道及掌握的一手资料写成，也是赤溪扶贫经验的一次全面总结。展现了赤溪村经过三十年的扶贫攻坚，从就地扶贫，到造福工程搬迁扶贫，到整村推进扶贫开发，循序渐进改天换地，实现了从穷山村到小康村的华丽转身，成为艰苦奋斗、摆脱贫困、建设全面小康的生动缩影。钟红英的《崖壁上的舞者——古老畲族的文化探秘之旅》(海峡文艺出版社 2015 年出版)可谓一部散文体式的民族志，它用散文的形式记述了畲族民间世代相传的真实往事与古老畲族散落民间的民族记忆。詹朝霞的《鼓浪屿故人与往事》(厦门大学出版社 2016 年出版)以细腻的笔触，探究了那个南方著名小岛的历史掌故。它不仅能给当地居民提供乡愁式的记忆，也能推动更多人关注那些被遗忘或忽略的细节。冯东生的《闽都桥韵》(海峡文艺出版社 2013 年出版)深度调查了"福州十邑"的古桥，收集了丰富的宝贵资料，着重从古桥的传说入手，追根溯源，阐述由来。王日根主编的《曾厝垵村史》(海峡文艺出版社 2017 年出版)系统梳理了曾厝垵村人口、生业、四季民俗、人生礼仪、信仰观念的历史源流，揭示了曾厝垵海洋文化的开放性、多元性和和谐共存性。

王宏甲的《非典启示录》(海峡书局 2013 年出版)是首部全方位追踪记述 2003 年全球联手抗击 SARS 的纪实文学作品。它以时间为轴,以重大事件为线索,以生动的文字真实记述了非典的起源、传播以及扑灭的全过程,描写了抗击非典过程中涌现的可歌可泣的事迹,记录了一批批医护工作者前仆后继、感天动地的英雄形象,展现出灾难中令人动容的灵魂光芒。作者还对中华人民共和国成立以来的卫生事业和非典之后出现的医患矛盾做了深入的研究和反思,兼具文学性、新闻性与思辨性。丽晴的《中国式抗癌纪实》(中国医药出版社 2014 年出版)以一个记者、作家的良知和责任,花了四年多时间,独自采访了近百位癌症患者、家属以及有关中西医专家,用饱蘸激情的文字,站在珍爱生命、挽救生命的高度,客观、真实地记录下了数十位癌症康复患者中国式抗癌的经历,从一个独特的视角展现了当下中国抗癌的现状。李西闽的纪实散文集《幸存者》(江苏文艺出版社 2014 年出版)讲述了作者在汶川大地震中被埋七十六小时的真实生死体验:恐惧、希望、痛苦、愤怒、绝望、平静等,完整再现了作者被埋废墟时的艰难历程。

余　言

以上从四个方面简要勾勒了近几年福建报告文学创作的概貌。应予说明的是,这种根据作品内容侧重点所作的区分、归类仅是大体而言。另有三点需要补充:

第一,若是从传播媒介角度来看,除了上述纸质的报告文学之外,还有诸多电子传媒形式的相关作品值得关注。譬如,荣获福建省第七届百花文艺奖的电视纪录片《富春山居图》(福建省广播影视集团)、《连家船的日本女儿》(漳州电视台)、《唐明修·做漆就是生活》(福建省广播影视集团)、《香港色彩》(中国华艺广播公司电视中心),广播剧《英烈回家》(福建省广播影视集团)、《永远的三希堂》(福建省广播影视集团)、《天山军魂》(漳浦广播电视台)。又如,荣获福建省第八届百花文艺奖的纪录片《船政学堂》(福建省广播影视集团),电视纪录片《台湾·1945》(福建省广播影视集团)、《栖霞海云间》(福建省广播影视集团),文艺纪录片《我们的鹭鸟》(福州广播电视台)、《海上丝绸之路》(泉州广播电视台)、《阮义忠·看见》(福建省广播影视集团)、《澳门韵律》(中国华艺广播公司电视中心)、《前世之宝　后世宝之——四堡雕版文化记忆》(连城县广播电视台),电视文艺片《语堂与平和》(漳州电视台),广播剧《跨越海峡的追寻》(福建省广播影视集团)、《再会吧南洋——陈嘉庚与南侨机工》(中央人民广播电视台厦门市集美区委宣传部、集美广播电视台)、《谷文昌》(漳州人民广播电台)、《回家》(安溪县广播电视台)、《两岸团圆年》(中国华艺广播公司)等。

第二,福建省拥有多处集中发表报告文学的园地。譬如,《炎黄纵横》(福建省炎黄文化研究会主办,月刊)的"走进八闽""八闽英才""八闽之子""八闽风物""八闽访旧""闽台情缘"等专栏;《福建党史月刊》(中共福建省委党史研究室主办,月刊)的"史事珍闻""史林一叶""八闽英烈""人物春秋""忆旧怀逝""红色文化"等栏目;《福建乡土》(中国民主同盟福建省委会主办,双月刊)的"人物春秋""榕荫晚钟""山水旅痕""八闽游踪"等栏目;《海峡通讯》(中共福建省委主办,月刊)的"模范人物""经济舞台""党政在线""社会治理""两岸观潮"等栏目;《闽都文化》(福州市闽都文化研究会、闽都文化研究院主办,双月刊)常年开设的"左海风流""坊巷春秋""闽都记忆""史池钩深""闽都风物""双塔视野"等栏目;《福建人》(福建人民出版社主办,月刊)杂志;《厦门文学》(厦门市文学艺术界联合会主办,月刊)的不定期专栏"美丽厦门""闽台人文"等;《福建史志》(福建省地方志编纂委员会、福建省地方志学会主办,双月刊)的"人物春秋""乡土风物"专栏;《福建日报》的"文史"及不定期专栏地方观察等。

第三,关于报告文学的一些活动。中共福建省委宣传部、福建省文联2014年共同主办了为期一周的纪实报告文学福建作家读书班,邀请多位著名报告文学专家做了专题授课,来自福建、台湾的从事纪实报告文学创作的四十三名学员参加了学习班。2016 年 7 月 10 日,福建省报告文学学会正式成立,苏翔天当选为首届会长。他在会上表示,今后五年将组织福建报告文学作家深入生活,每年选择三至五个能真实反映本省各级党委政府和百姓关心的课题,"讲好八闽故事";计划每年举办两期以该团体会员为主力的报告文学学术研讨会,不定期举办报告文学青年培训班、高级研讨班,培养新生力量,扩大作家队伍,扶植和培养青年报告文学作家从事报告文学创作和参与报告文学学会工作。2017 年 8 月 20 日,福建报告文学学会主席团一行十几人走进永泰县开展为期两天的采风活动。

为"闽派"宽河注入活水

——新时期福建戏曲创作现象及发展思考

吴新斌

　　改革开放以来,福建涌现了一批颇具实力和个性的剧作家。他们的剧作和剧目,有的以思想性、思辨性见长,深刻、凝重、大气,振聋发聩又发人深省;有的将文学性融入戏曲本体、剧种本体,极富文人戏的意趣神色,格调高雅而耐人寻味;有的兼具民间性、戏剧性,本色当行,轻松活泼,重民间生活情趣,重世理人情,俗中见雅而深受各阶层观众喜闻乐见。近年又出现注重舞台性和综合性并将其融入剧本建构的新类型之作,涌现一批实力派中青年剧作家。福建剧作家秉承独立之精神、自由之思想,不仅整体上凸显相似相近的共同追求和浓郁的地域特色,而且每位剧作家各自的创作颇具独特性、排他性。他们的创造就像武夷山脉的汩汩泉流,不约而同汇成蔚为壮观的"闽派"宽河,从昨天一直向今天和明天流淌。他们既造就以历史剧为代表的"闽派"戏剧,也丰富、延伸、续写了"闽派"戏剧探索之路的内涵。

一、福建剧作家群与新时期戏曲创作

　　我们的文艺创作,包括戏曲创作,经历了一个从激情探索到激情创新的时代。各种流派、各种文艺思想、思潮、观念在各种艺术形式之间,互相激荡。20世纪八九十年代,创新成为关注率、使用率颇高的一个字眼。在文学

吴新斌,福建省戏剧家协会主席

界，朦胧诗派——一种反传统的新的美学思想在崛起，美术界出现了以创新为旗帜的"85"思潮，戏剧界舞台观念层出不穷，各种创新、各种探索手法不断。总之，各种探索、各种观念一度此起彼伏，一波未平，一波又起。

福建有个武夷剧作社，形成一个剧作家群，最具代表性的有三位剧作家——郑怀兴、王仁杰、周长赋，他们都有各自创作的不同路数，都是身怀绝技的大家，都是出思想的"思想者"。

擅写历史剧的郑怀兴被誉为"戏剧路上的先行马车"。早在1982年，他的莆仙戏历史剧《新亭泪》开史剧创作勇于突破的先河，曾一度引领潮流，也为地方戏曲现代化做出积极的贡献。该剧被郭启宏先生看作是我国"传神史剧"（传历史之神、人物之神、作者之神）的代表作之一。他接续了莆仙戏前辈剧作家陈仁鉴的文学品格、戏剧精神，借鉴了西方小说、西方话剧的某些写法，笔下的剧作文学性强、思想深刻、思辨色彩浓烈，具有强烈的思想震撼力和当代意识，注重历史带给今天的昭示，体现出一种深沉的忧患意识。因此他也被戏曲界称为"善于思考的剧作家""忧国忧民的剧作家"。

另一位戏曲大佬王仁杰则对戏曲传统文化和古典情韵情有独钟，守望梨园，痴心不改。他从不追赶新潮，也不太喜欢从西方戏剧中寻找创新的养料，而是一头扎进传统，一头化出传统，注重剧种意识的张扬和剧本戏剧性、文学性、戏曲化等的回归。他从"一桌二椅"中读出戏曲精湛的表演艺术，读出传统或古典戏曲里的永恒神韵和独特情思。他独辟蹊径，自出机杼，创作出梨园戏《节妇吟》《董生与李氏》等而久负盛名。当然，他从不满足于照搬古典意蕴，他的目标是完成古典意蕴的当代转化，如在题材的处理上具有当代意识，所谓"以今人看古人"。

值得一提的是，像王仁杰那样，坚守传统、回归古典、回归戏曲本体、回归剧种本体，看似走老路，其实是在实现向更高层次上一种回归，是一种对戏曲之本质的创造性回归。它是一种"返本开新"，是另一种途径的创造。他把这种方法做到一种极致，"玩"得彻底，"玩"出真性情，照样成就一种新意,成为一种"另类",体现另一种审美价值取向。他的这些戏曲观念,对全国戏曲创作实践和理论建设产生影响。

与前两位剧作家不同,周长赋选择的是一种相对流变式的创作风格。他也擅长历史剧创作,他的莆仙戏《秋风辞》被收入王季思主编的《当代中国十大悲剧集》中,亦应被认作20世纪80年代"传神史剧"的代表作,深刻、凝重、冷峻,发人深省。20世纪90年代创作的莆仙戏《江上行》,则清新、淡雅、灵动,充满诗情画意和民间情怀。极富探索精神的他,后来创作闽剧《金圣叹快事》、京剧《飞虎将军》《康熙大帝》、昆曲《景阳钟变》、莆仙戏《踏伞行》等,从形式到内容,从题材到结构、风格、样式,每部戏都在力图寻找创新的突破点,力图尝试"一戏一格"的创作路子,显示较大的创作后劲。他和郑怀兴一样注重戏剧布局,视"结构第一",剧作构思巧妙、严谨、老道。他的剧作打通文、史、哲,寻求历史、现实、文化的穿透力,在历史真实与艺术虚构之间,发他人之所未发,注重从戏剧性出发,开掘人物的内心和人性的深度。

福建较早就形成两种形态的戏曲创作:一种是思想深刻颇具有文人意趣的戏曲,如梨园戏《节妇吟》《董生与李氏》,莆仙戏《团圆之后》《新亭泪》《秋风辞》《晋宫寒月》,京剧《北风紧》《赵武灵王》,芗剧《戏魂》,闽剧《钗头凤》《紫玉钗》《魂断燕山》《丹青魂》《别妻书》等;一种是以戏剧性见长具有民间化特质的戏曲,像莆仙戏《状元与乞丐》,高甲戏《连升三级》《金魁星》《玉珠串》《凤冠梦》,闽剧《炼印》《贻顺哥烛蒂》《渔船花烛》《贬官记》《天鹅宴》《凤凰蛋》《画龙记》《红豆缘》《王茂生进酒》《苏秦还乡》,芗剧《保婴记》《煎石记》《母子桥》,潮剧《围城记》等。这两种形态共同构成了福建戏曲优良传统并一直在延续中拓展新路,形成了福建戏曲大的景观。新时期以来,汤印昌、诸葛辂、姚清水、陈道贵、林芸生、方朝晖、周祥光、伍经纬等剧作家普遍从传统中吸取力量,剧作带有戏曲原始的民间的自由精神,戏剧性强,本色当行,质朴亲切。

作为剧种化创作的杰出代表，戏曲作家汤印昌从 20 世纪八九十年代到 21 世纪之初前几年，写下了一系列具有独特审美特征的芗剧剧作，以无法转借的戏曲语言，开创了地方性戏曲创作的别样范式，随着时间的推移愈发显现自身独特价值。因着自身地域性文化背景、生活环境，以及地域经验和剧种化思维，汤印昌笔下的《保婴记》等一部部剧作风格大体相似且都能脍炙人口、超越时空，精准地表现人情人性，传递人生内涵和做人道理。他的剧作除了具有很强的民间立场、民间理念以外，乡土味、草根性也很突出。新编的古装戏，看上去都像是传统戏——都有优秀传统戏的质地和成色，充满了地方戏曲独有的那些活泼和生动，那些韵味和情趣。作者熟悉闽南生活，能用方言思维写作，知道语言文化的差异、方言深处的奥妙和微妙。他亦熟悉一方水土、一方人情，从自己所在的地方出发，以精确的现实感让戏中世理人情随处可感，俚语谚语随处可见，插科打诨信手拈来皆成妙趣。

汤印昌的剧作语言相当随和，絮絮叨叨犹如拉家常，但又比拉家常精粹干练。所写事情也只能称作些"芝麻绿豆"，然而，戏能一样抓人眼球，动人心扉，靠的是他的剧作接地气，注重"局式"(巧妙构思、布局)，结构严谨，环环相扣，别开生面，充满温馨，充满谐趣、情趣和意趣，特别是那种生活中自然生发的幽默和趣味，引人入胜，台词唱词的浓浓乡土味、朴实的人情味，让观众在看戏过程中情不自禁地陶醉其中。作者立足地方，以一种洗净铅华的温和与沉着，着力挖掘底层百姓身上的那些人情人性。他的笔下尽是些小人物，尽是些凡夫俗子、邻里百姓、婆媳姨娘，全然没有反面人物，没有所谓坏人，绝大多数是古道热肠，心里惦记着他人，要他人活得比自己好甚至"完全为他人而活着"的人。他的戏曲人物塑造方法也与众不同，往往在不经意间完成，往往在情节的流畅铺排、发展中间，在灵动自由的戏剧时空中间，自然地凸显形象特点和性格色彩。

在福建剧作家群体中，陈道贵也是一位个性色彩鲜明的剧作家。他所创作的五十多个戏剧作品,几乎全部被剧团搬演,有的还被海内外不少剧团移植改编。他的代表作——三部曲《天鹅宴》《画龙记》《凤凰蛋》,出现已有年头,但至今仍被行家和观众津津乐道。这些剧目以独特的艺术魅力在舞台上不断流传。总体而言,他的作品,颇具传奇性、民间性、戏剧性,偏于喜剧性,很草根、很夸张,又很有深入浅出的寓蕴和层出不穷的戏味、趣味,常常悲剧喜演,悲喜交集,亦庄亦谐,俗中见雅。从《天鹅宴》《画龙记》到《凤凰蛋》,陈道贵的剧作体现了中国戏曲尤其明传奇中 "无奇不传""无传不奇"的传统审美特点。他的剧作故事本身充满传奇性,情节安排讲究新、奇、巧,入戏快,可看性强,容易吸引观众进入戏剧欣赏的佳境妙境,让人意外收获奇趣。

《天鹅宴》以"报瑞"开场,实则蕴含和潜伏着灾难的开始。戏中,洛阳县令郦道九苦盼赈灾皇粮,以解百姓燃眉之急,不料却接到皇帝要到洛阳办"天鹅宴"的圣旨。原因是都督危得安前往皇宫报灾时,沉醉在太平盛世中的唐太宗将"田蛾"误听为"天鹅",危得安见风使舵瞒灾报喜,由此敷衍一段绝非寻常的天下奇闻。《画龙记》的奇趣来自平民出身、小名"牛阿丑"的土皇帝请人为自己画像而发生的一段佳构。因长得丑的奇人"牛阿丑"严禁后宫用镜,却偏要在庆贺寿辰时,请人画美像以流芳百世。三画师相继登场,前两画师均落下遭遇,最后一位画师的命运却波诡云谲,峰回路转,引人入胜。伴随画"龙",戏的枝节、奇趣由此点染而生。取材于民间传说的《凤凰蛋》亦绝。戏写三朝元老梁相国身患绝症,朝廷下旨全国臣民寻求凤凰蛋为相国治病,山民张老好喜得宝蛋,献让朝廷,不料凤凰蛋一转手变成乌鸦蛋,最后又变成乌龟蛋,朝廷赏赐的金斧头最终变成铁斧头。一系列令人捧腹而又引人辛酸的故事,被赋予浓郁的喜剧传奇色彩。

已故的诸葛辂先生,显然是一位深谙戏曲规律和剧种本体特色的剧作家。他创作的《玉珠串》《凤冠梦》极具戏剧性,同时具有鲜明的剧种个性的"当行"之作。这两个本子非常适合于高甲戏这个剧种来演出。我们从伍经纬缩编的高甲戏《连升三级》、整理改编的《金魁星》里，同样看出了当代中青年剧作家对于历史资源的珍视，对于剧种意识的认同。

二、福建戏曲传统优势在新世纪的接续与拓展

进入 21 世纪以来，国际、国内形势风云变幻，科学技术日新月异，新媒体兴起，全球经济一体化，文化交流日益频繁。社会改革和社会转型以及文化转型深刻地影响戏剧进程。在国家有关部门的积极推动下，中国文化艺术界更多地、自觉地趋向一种较为理性的反思，开始对戏曲等民族艺术自身文化身份有了更加清醒的体认和内省，同时对戏曲艺术本体审美特性的认识也不断深化。这种变化，也直接影响福建省的戏曲创作观念。

福建戏曲界在"剧本创作优先，突出剧种特色""回归戏曲本体""返本开新"等理念上达成较普遍的共识。完成了从"重视剧本建设"到"重视剧目建设"的必要的过渡和合理的调节。剧作家们不仅赓续了前辈剧作家创作的魂魄，同时在迅捷而深刻地捕捉由时代变迁所带来的新鲜感受的基础上，以执着的现实感与鲜明的当代意识，始终保持着一种内在的激情和张力，在追求思想内涵的深刻凝重，深入探讨和开掘人性内涵，挖掘历史文化沉潜的同时，注重文学性与戏剧性、舞台性的结合，注重戏曲传统以至剧种、程式、方言、曲调和民间性等内涵，讲求戏曲本体的回归和剧种特色的彰显，努力将曾经忽视或暗淡戏曲性以及属于戏曲的形式与技巧重新找回，以此接续并拓展了福建戏曲的传统和优势。创作上更趋多元多样，评论上更理性更自觉地向艺术本体回归，标志着戏曲理论自信、文化自信时代的到来。

郑怀兴不断挑战自己，永不满足地寻求突破和超越，他的创作激情、势头不减当年，"井喷"再现，奇峰再起。近些年来，他创作出了《傅山进京》《奇印传奇》《青藤狂士》《海瑞》《魂断鳌头》《赵武灵王》《布衣于成龙》等大戏。多部新创历史剧再度受到剧坛各方人士、各路精英的好评。《傅山进京》塑造的傅山，不再是宣扬"反清复明"，而是张扬平等思想、民本思想，张扬个性,反对专制、压服。立足于中原文脉的坚守,士大夫浩然正气的传承,反对奴化,反对"把野鹤驯化为鹦鹉"。剧作家把原本十分理性的思想——"明亡于奴,而非亡于满",以念白的形式,轻松地巧妙地融进剧情需要的节点上。

近年来,郑怀兴在创作中注重剧本的文学精神和品格的同时,也强化戏剧性故事的编织和完善,强化对戏曲化的追求或深化,探索着种种既有传统性也有创新性的舞台艺术形式。我想这是郑怀兴的突破之一。

《新亭泪》和《傅山进京》都是郑怀兴很具代表性的历史剧佳作。两剧都有积极、深刻的思想主题,尤其都能对当时或当下带来振聋发聩的思想启迪意义,格调高,思想性、文学性强,也都"向内转",摆脱叙事局限,走向心灵情感的自由书写、抒发,注重历史精神与现实的、人生的共通共鸣,还有很多方方面面的相同点。但较之《新亭泪》,《傅山进京》写得更加集中、凝练、简约,更有传神、写意的精神,更加"本色""当行",更有演员表演的空间。因此更有戏剧性、戏曲性、舞台性、愉悦性的内容、形式,更有剧诗的神韵、意境生成的可能,更有属于戏曲审美意趣的产生。他的这部剧作为表演奠定了扎实的基础,经好演员承载和精彩演绎,凸显表演艺术的主体地位,多了在舞台上流传的可能,在剧场产生心灵回响的可能。这是戏曲文学和表演艺术"双美"的理想状态。作者说:"我在写傅山,傅山也在悄悄地改变我。"这种改变不是被动的改变,而是自己心中先有了这方面的意识和准备,厚积薄发后的体认、改变。这是自我心灵与傅山思想、傅山的"曲尽人情"自然碰撞激发的思想火花。该戏真可谓做到"曲尽人情"。他把戏写得如此曲折好看,如此气韵生动、充满机趣,戏剧性尤其内在戏剧性强,好看、经看、耐看,但又不乏思想性和文学性,这种变化也是难能可贵的。这反映了剧作家善于驾驭、处理各种题材,善于尊重观众又引领观众,坚持走适合自己的路子,又善于听取接纳各方意见,也善于尊重作为演出艺术的戏曲的规律,在一定高度的层次上回归、还原戏曲本体之美。戏曲是最需要打磨的,戏曲界有"十年磨一剑"之说。戏曲创作客观上需要剧作家某种坚持,也需要某些磨合,甚至寻求某些突破。

郑怀兴在探索戏曲这一古老形式能够最大限度地承载作者情感、哲思可能性的同时,也较早地将目光投向传统,投向剧种表演艺术,关注戏曲非文本的部分内容,改编、整理了传统剧目《叶李娘》《蒋世隆》等,努力抢救、恢复莆仙戏的传统表演艺术。这类剧作为演员表演留下了的空间较大。

王仁杰从前些年缩编昆曲《邯郸梦》《牡丹亭》到今天改编越剧《桃花扇》等戏,为我们提供了鲜活的范本。他以敬畏之心对待传统,小心翼翼地尊重原著精神,"仿古不复古,创新不离谱",无意改弦更张,在剧作中寄寓情趣、怀想,在更高的人文审美上回归传统,让古典风雅更加精炼地浮现和融合于当代。他以一种"整新如旧"的做法,把传统、古典推向一种极致,笔下传递出古雅而又新鲜的气息,体现了一种戏剧精神上的守望和文化上的守成。其实质和要义是要回归戏曲本体,注重剧种特色,返璞归真,返本开新,还演员表演于舞台中心,还精彩的唱作念打舞于舞台中心,充分强调演员的四功五法技艺的重要性,同时尽量淡化舞美、灯光等一切因素。

作为新时期文人戏的杰出代表性人物之一,王仁杰作品历来具有很高的审美品级。近年来,他的作品一方面主张"雅化",一方面讲求"本色"。经他亲手操刀的新版闽剧《红裙记》亦然。这对闽剧这个剧种来说似乎有着特殊的某种意义。随着观众文化素质的提高,闽剧需要适当提升。闽剧的适当雅化、精致化及各方面提升的空间仍然还存在。从这个意义上说,新版《红裙记》一度回归了闽剧优雅精致的戏曲传统,它的出现,有了另一重要收获。

周长赋的剧作注重内在戏剧性和人物心理的逻辑、心理的推理,强调人物成长、发展、转变的合理性。他的京剧《飞虎将军》,主人公李存孝因为一次次从天而降的机遇改变了自己的命运,获得封赏,却带来了非议、波折甚至厄运,令人深思。对于造成心理波折和命运跌宕沉浮的原因,剧作者在剧中作了立体透视:一方面,这是周围人对李存孝的"羡慕嫉妒恨"造成的;

一方面,晋王过分听信亲信、部将所致,也可能是当时王朝处在风雨飘摇的现实困境所迫;另一方面显然也是李存孝自身造成的,他自负的性格悲剧造成的,也是作为一名草莽英雄的眼光局限造成的。作为"飞虎将军",他没有看清自己,他不明白主子李克用真实的内心想法,他看不清对方在怎样的历史境遇中收留自己、封赏自己,他认识不到晋王李克用的性格局限,他自己更没有意识到在政治漩涡、历史演进中如何保持清醒,以至于在一次次复杂的关头、命运的抉择中不知何去何从。

在现代戏创作方面,姚溪山取材于小说《走出硝烟的女人》的芗剧现代戏《生命》尽管还有提升空间,但仍不失为一部好剧作。该剧可谓"虚写战争,实写人生"。没有正面去写战争,只把战争当作背景,把它尽量往后推。以女人的个体生命存在与外部世界的碰撞,展现特定战争年代一代女性的命运,展现残酷无情的战争对有情生命所带来的冲击,让读者和观众被个体的母爱意义的女人命运、心灵、情怀所感动的同时,会随着剧情的起伏流向,去反思战争,反思国家与民族的命运,反思道义、精神流失的当下。

《生命》虽没有大起大落、大开大合的情节设置,但通过独特的人物关系、特定的情境,演绎着那些并不复杂的故事和剧情,折射出充满残酷性、非人性的战争下人性的光辉,折射着战争与个人心理之间的关联。人物内在精神性表达,在抗战这个背景下展示得十分生动和真实。女性的心灵与肉体的双重磨砺,女性在战争中的身体与灵魂的痛苦煎熬,给人许多人性揭示的同时,赋予剧本丰厚的内涵和打动人心的力量。

近些年来,福建戏曲界虽不可避免地出现个别豪华版的剧目、"包装"倾向的戏剧,但同时一定会招来各种批评与非议。一定程度上表明了理论评论界和广大懂行观众对回归戏曲本体的集体愿望。

对戏曲精品剧目创作的认识也不断深化——注重戏曲艺术的有效积累,创作往整体精良化、精致化和"可保留"倾斜、发展。一是经典剧目、传统剧目、保留剧目的复排、加工、修改和重演占据相当比重,二是新创剧目多了精品意识和保留意识。这是积累意识的觉醒。这样符合舞台艺术本质规律的经验积累，无疑有助于推动福建戏曲的科学发展。

除了戏曲观念的收获，更可喜的是，还有人才的收获，近年来涌现了一批中青年戏曲编剧人才，如曾学文、周祥光、王文胜、王羚、王保卫、姚晓群、赖玲珠、蔡福军、张婧婧、谢子丑、林志杰、戴先良、李培德、木鱼、林清华、饶晓、武杨、黄秀宝、杨晓勤、蔡玉榕等，有的还是"80后"。他们在福建老一辈剧作家开创的剧作特点优势基础上继续攀登，写出了歌仔戏《邵江海》、高甲戏《阿搭嫂》《大稻埕》、闽剧《王茂生进酒》《双蝶扇》、京剧《才女鱼玄机》、芗剧《谷文昌》、高甲戏《淇水寒》《柯贤溪》、梨园戏《御碑亭》、梅林戏《画网巾》等一批优秀作品，出现了尊重剧种特色、注重戏曲舞台性和综合性并将其融入剧本建构的新类型之作，并力求在主题创意、故事讲述、塑造人物、经营结构等审美表达上出新出彩。

曾学文的剧作空灵、跳脱，总能给二度创作留下了空间和余地。因此，可以说，这是厦门戏剧一个很主要的特点，它们的成功是建立在一度创作和二度创作上的有机结合和有效合作之上的，甚至可以说它们是通过综合力量来取胜的。这与福建其他地方有着较大区别。像歌仔戏《邵江海》、高甲戏《阿搭嫂》《大稻埕》，剧本写得空灵、跳脱，使表演、舞美、音乐与剧作之间形成一定的艺术上的互补性、交融性、综合性。厦门戏剧一度出现"厦门现象"，总体上比较注意内容和形式上的关系，比较注意形式美和样式感的寻找。

《邵江海》《阿搭嫂》等戏曲作品，它们共同地体现了"以歌舞演故事"的美学追求，做到了歌舞、故事、人物相结合，不像有的戏曲"话剧加唱"，或"戏曲歌舞化"。厦门的这些戏曲印证了梅兰芳的一句话："中国观众出去要看剧中的故事内容之外，更着重看表演。"观众在看《邵江海》和《阿搭嫂》时，避免了因故事枝蔓太多、波折过曲，内涵过于艰涩难解而分散精力，而可以更多地专注于演员的精彩表演。像在《邵江海》剧中扮演春花的苏燕蓉,她的一段水袖,精彩的表演紧紧抓住人物内心活动的变化,准确地表达人物内心的情感波澜,与剧情紧密连在一起,所以博得热烈的掌声和叫好声。由此也可看出曾学文剧作还带有较强的舞台性的特点。

新近刚获全国"五个一工程"奖的《大稻埕》,将笔墨重心始终放在对人物命运、性格乃至人性人情的关切点上。从尊重血脉传承与历史情感的立场,《大稻埕》以"家"为切入点,以"小家"折射"大时代",通过一个家的分崩离析,折射台湾1895风云突变的历史,寻找那个时代的精神筋骨。剧中所展现的主要人物,为厦门同安移入台湾大稻埕的林天来一家。因为日寇据台的威逼,林天来与三个性格、志向不同的儿子发生了激烈的矛盾冲突。父亲林天来起初不理解儿子老三,后来被老三、三媳的大义所唤醒,从起初的彷徨到打消回同安避难,继而奋起抗争,心底点燃义无反顾的抗战怒火,最终舍身成仁,用鲜血谱写了一曲饱含民族大义的豪迈之歌。

《大稻埕》的结尾,也是戏的最高潮处,在日本据台的"始政日",编剧精心设置了闽台戏曲民俗中"跳加官"表演,这种威逼之下含着眼泪强作笑颜的"跳加官",众人借机用方言攻击日寇,把大稻埕民众难以名状的复杂心理展示到极致,更把日本人的厚颜无耻表现得入木三分,何其独特然又何其悲怆!平添了戏剧的表现力。戏中,始终贯穿着高甲戏独有的"傀偏丑""破衫丑"等丑行的表演,丑角行当与人物性格命运关联,极富象征隐喻。剧作的舞台性,由此可见一斑。

王文胜的芗剧《谷文昌》的核心情节锁定在解除兵灾之苦,将谷文昌聚拢民心种树治沙等故事,自然有机地往剧情需要的点线面交织,由此增强了戏剧情节的丰富性和戏剧情境的真实生动,以至于"敌伪家属""兵灾家属""种树治沙"三者之间内在的关联和意义拓展,进一步被打通被激发,戏剧性也因此强化。作者穿透特定时期的云层,探寻开掘人的精神世界的深度广度,提炼呼应时代精神,实现了戏剧演出与当代观众的同频共振。

从闽剧《与妻书》到越剧《枫落寒江》、闽剧《银筝断》,林瑞武触及的题材多来自于福州三坊七巷,他从福州地域文化心理和特定历史时期时代背景出发,聚焦戏中人物的心理和情感状态,着力还原人物的情感世界的真实与细致,探寻展现近现代革命人物或启蒙知识分子心路历程、性灵风骨、精神价值、家国情怀,赋予剧作较深厚的思想文化内涵和诗性品质。同样得益于福州文化的滋养,周祥光的《王茂生进酒》《王莲莲拜香》等闽剧剧本,多重新改编自本剧种传统戏,多展现那些毫不起眼的市井小人物,多大量使用了福州方言中的俗语、俚语、歇后语,总体保留了戏曲民间性、传奇色彩和闽剧的福州味——"虾油味",同时在题材处理和情节取舍、主题意蕴和价值取向上另辟蹊径。

三、福建戏曲创作现象和发展带来的启示

2014 年 9 月,福建地方戏优秀剧目晋京展演,包括闽剧《贬官记》、莆仙戏《叶李娘》、芗剧《保婴记》、闽剧《兰花赋》、高甲戏《阿搭嫂》、梨园戏《皂隶与女贼》、木偶剧《赵氏孤儿》在内共七部剧目,一定程度体现了福建戏曲创作与演出的阶段性成就。展演之后,在北京召开了福建戏曲地方性传承与发展学术研讨会,"福建戏曲现象"再次引起了仲呈祥、龚和德、傅谨等专家学者的热烈反响,称福建戏曲是"我国戏曲文化版图的高地","福建地方戏曲的传承和发展,为全国各省地方戏曲的传承和发展,树立了一面旗帜","'福建戏曲文化现象'值得珍视,其成功经验,对全国的戏曲工作具有普遍的借鉴意义"。

福建戏曲之所以能够不断引起全国瞩目,得益于丰厚的戏曲文化土壤,得益于党和政府的重视和方方面面的努力,得益于相关体制机制和重大文化工程的有力推动,得益于良好的艺术创作氛围、环境,得益于有一批矢志不渝的戏曲家、专家学者。成功并非一蹴而就,而是靠历史积累,厚积才能薄发。中华人民共和国成立以来,特别是新时期以来,福建戏曲创作尤其剧本创作,在全国一直保持较大优势。福建的戏曲创作素以沉潜的历史积淀与鲜活的地域特色,深邃的哲理思辨和盎然的诗意表达,构筑了一道亮丽的剧坛风景线。

福建戏曲创作有继承有创新，有坚守有突破，积累了一定经验，并带来诸多启示：

一是福建戏曲坚持理论结合实践，在实践中总结并提升理论，走自身特色之路，方能继续呈现稳步推进的良好态势。

福建戏剧创作的指导思想一贯主张开放性思维，独立意识和自由创作思想几乎是一路伴随八闽戏剧成长发展的。武夷剧社社员不论身份、地位，坐在一起讨论剧作一视同仁，彼此坦诚相见，各种思想因为碰撞而互相激发，求同存异，和而不同，促成了戏曲创作观念的多元共生。

从《团圆之后》《新亭泪》《秋风辞》到《董生与李氏》《北风紧》等，不难看出福建的戏曲素以出思想取胜，素以浓郁哲理思辨和盎然诗意表达取胜，素以剧本扎实取胜。近年来，诚如理论评论家王评章所说："福建戏剧已从'剧本式'演剧、观剧方式向'剧目式'演剧、观剧方式的必要过渡和合理调节。"这是很大的进步，也是合乎戏剧规律的做法和提法。如果说，以前福建戏曲比较重视剧本，近年来则比较重视整体；如果说，以前福建戏曲在激情探索、反思历史的时代顺应时代潮流，比较注重文学性(戏剧意义上的文学性)、思想性的表达，近年来则比较注重戏剧性、戏曲性、剧种特色与文学性、思想性的较好结合，比较注意戏曲文学与表演艺术的关系。现下京剧《赵武灵王》《康熙大帝》《飞虎将军》《才女鱼玄机》、闽剧《别妻书》《北进图》《双蝶扇》、梨园戏《御碑亭》《丁兰刻木》、歌仔戏《渡台曲》、高甲戏《大稻埕》、芗剧《生命》《谷文昌》、闽西汉剧《客家镇轶事》、莆仙戏《踏伞行》等戏曲似有此艺术取向。尤其在娱乐方式日渐多元，商业功利甚嚣尘上的当下社会，重提并理性地实践这几点的结合，深化并体认这点认识，实际上就是在全球化背景下反思自身文化，回归戏剧、戏曲规律和呼唤戏剧精神，重温久违的激情、思索和梦想，以抵达新的理想的彼岸。

福建戏曲取得成功，戏剧理论批评还需继续发挥作用。当前，有犀利眼光、真知灼见、独特发现、审美感觉的批评文章不多，不少文章无病呻吟或隔靴搔痒，无的放矢，或空洞无味，或当"戏剧表扬"，批评家不敢秉笔直书；不少学者、评论者闭门造车，几乎不到剧场看戏，或从书本到书本，或以文学思维替代戏剧思维，或从剧本到剧本，很少谈及作为演出艺术的戏剧的二度创作；一些批评者比较世故，缺乏作为批评家应有的勇气和责任，缺乏风骨、情怀和境界，缺乏一流的褒贬和一流的是非评判。熟悉戏曲舞台、长期关注福建戏曲，与福建戏曲同呼吸共命运的戏曲评论家不多。因此，批评作为促进戏剧创作，作为理性反思最有效的手段和方式值得真正重视。

二是继续重视剧本创作，尊重戏曲创作规律和生产规律，深化对"一剧之本"的认识，加强剧作家队伍建设，培养出思想、具独特创造力的青年剧作家，是重振福建戏曲的需要。

剧本作为"一剧之本"，剧本有时未必是一个戏的唯一起点，但它肯定是一个戏的坚实基础，此其一；其二，剧本同时又是衡量一个戏最终是否成熟，最终是否可以入列精品意义剧目、保留剧目意义的关键所在。为什么有些戏二度创作很好，但最终只能屈居二流剧目，很可能就是因为剧本"撑不起来"，在剧作结构、故事情节合理性、主题思想、人物塑造或人物内在心理情感逻辑方面等存在某些硬伤或问题。新近文化主管部门采取举办剧本征文、出台剧作家签约制度、在省团设立创作室等举措，用意显而易见。

大力培养熟悉戏曲规律、熟悉剧种、熟悉剧团的年轻剧作家也是当务之急。编剧在剧团属于文化层次要求最高的行当。除了写戏，编剧对于剧目打造、剧种建设、剧团发展和演员培养等也有关系。现在，绝大多数的剧团没有专职编剧，一定程度影响了本剧种"当行"剧作出现。我们常讲地方戏要剧种化，就是指剧种特色要鲜明，剧种个性要强化。这个剧种化也包含了对剧作家的写作上的要求。剧作家在剧种化建设中扮演着首当其冲的角色。剧作家要用方言写戏，结合方言的声律音韵和地方文化心理、情感色彩来写戏，所写唱词能紧密结合戏曲音乐特点，要善于选择适合于本剧种的剧本题材,根据本剧种特有的行当特色以及根据演员的特点来写戏。总之,剧作家要根据剧种特色所需的其他一切要求来写作。像梨园戏《董生与李氏》《节妇吟》《皂隶与女贼》、川剧《巴山秀才》《易胆大》《变脸》、闽剧《炼印》《甘国宝》《贻顺哥烛蒂》《红豆缘》、芗剧《三家福》《保婴记》《煎石记》《母子桥》等等剧作,也都能较好地注意到这点,所以剧种特色鲜明,剧种化程度颇高。这对剧作家培养提出了要求。

三是现实题材创作和现代戏值得加强。

福建戏曲现代戏总体比较薄弱,类似莆仙戏《鸭子丑小传》、京剧《山花》、芗剧《侨乡轶事》《生命》《谷文昌》现实题材、革命历史题材作品,能写出新意、深度的上乘之作不多,深刻触及社会热点问题、提炼时代精神、"为今天发言"的上乘之作不多,展现中国气派、民族风格、泱泱大气的上乘之作更为鲜见,像陈欣欣、姚溪山、郑怀兴、王文胜、林瑞武等,擅写或能写现代戏的剧作家毕竟凤毛麟角。

比起过去一些年代,当下福建戏曲创作总体上缺失戏剧精神力度,剧作思想锋芒的消退及其内涵深度空间的拓展均存在局限,能寻求历史、文化穿透力、深刻触及当代思想神经的戏曲剧作家并不多见。一些并不扎实不理想的剧本,或靠名演员强力支撑,或借舞美、音乐的外在艺术包装来遮掩剧作思想内容的贫乏,这种失衡的状况并不可取,戏曲现代戏尤甚。福建现实题材创作和现代戏值得加强。(当然,重视现代戏的同时,我们仍然还要继续重视历史剧、整理改编传统戏。)

四是着力提高戏曲综合艺术水平。

限于篇幅,本文多围绕戏曲剧作评述福建戏曲创作。但就戏曲创作来说,不应停留在剧本创作。戏曲创作是综合性、整体性的创作,创作团队要善于运用戏曲综合手段提升艺术表现力,这是作为剧场演出艺术的戏曲的艺术规律所在。福建有像曾静萍、王君安等在全国产生影响的好演员,有十五人十六次"摘梅",但这样的演员不够多。要走"戏保人"与"人保戏"相结合的路子。个别演员表演能"保戏"的例子虽也有,而福建戏曲总体上要靠演员来保戏是比较不现实的,而仅靠"戏保人"的做法也是不够的。像王仁杰编剧、曾静萍主演的《董生与李氏》,就是"戏保人"与"人保戏"相结合之后,剧作和表演一道腾飞最终成就剧目走向巅峰的范例。梨园戏《董生与李氏》、莆仙戏《叶李娘》《踏伞行》等剧作为表演留着创造的空间,提供了表演难度、心理层次和情感深度,让演员从中可感觉到想要的内容,能不断地招引、激发演员的艺术创造力。而一流的表演同样重要地提升着剧目的总体艺术水平。近两届的全省福建戏剧会演的不少剧目也多少能体现这一点。今后福建戏曲只有继续重视剧本创作,重视编剧、导演、作曲、舞美等方面人才培养,更加注重拔尖表演艺术人才培养,才能实现戏曲艺术综合水平的提升。

式微到复兴:文学融合剧种

——从《福建艺术》管窥新世纪以来福建地方戏剧创作十八年(2000—2017)

黄文娟

　　福建省戏剧创作从中华人民共和国成立初至今取得了十分出色的成绩,而以武夷剧社为代表的福建剧作家群从20世纪80年代开始凭借着在历史剧创作的成果开创了新时期的"闽派戏剧",他们中相当一部分的剧作家一直立足于自己所熟悉的剧种和戏曲写出一批承前启后、不可替代的作品,为梨园增添了一批形神独具、熠熠动人的形象。新世纪以来,我们不能不看到,福建戏剧创作的力量在这十八年来一度渐趋式微,中年剧作家匮乏,近年来才又渐生剧本创作新力军。《福建艺术》作为福建省内唯一一份有发表剧本作品的正式刊物,以每年发表六至十个剧本的分量关注着省内最主要的剧本创作,几乎是省内原创剧本的阵地与风标;同时,它又作为一份由福建省艺术研究院主办的刊物,它对剧本的选择与取舍在一定程度上又代表体现了省内艺术研究学者群体的评判与标示。故而,在新世纪至此(2000—2017年)已十八年整,重审《福建艺术》这些年来的剧本创作发表情况,期以其作为一个具体而微的例证,关注正处于文化与戏剧思维转型期的地方戏剧乃至于全国戏剧。

黄文娟,福建省艺术研究院副研究员

一、2000—2017 年《福建艺术》剧本创作概述

1.总况

《福建艺术》杂志从《福建戏剧》改刊以来,一直保持着为福建剧坛发表剧本的传统,一般为一期发表一篇,根据剧本行数多少做适当调整,自 2000 第 1 期至 2017 年第 9 期①发表了包括小戏在内共一百一十三个剧目②。其中大部分作品都是以文学脚本发表,并且大多是已经修改过多稿的;一小部分则是已经上演过的演出本。这些剧本基本上囊括了近十八年来福建省在国内戏曲赛事参演获奖的作品,在福建省会演或演出过的新剧目,以及省举办的各届剧本征文活动中涌现出的优秀作品,可以反映出近十八年来剧本创作的概貌与基本情况。这其中有一些十分优秀的作品比如郑怀兴历史剧《傅山进京》、王仁杰传奇剧《柳永》、曾学文歌仔戏《邵江海》、王景贤傀儡戏《钦差大臣》、郑文金话剧现代戏《龙眼树下》……

2.历史剧、现代戏、地方戏与小戏、话剧,类型单薄、剧种比例失衡

一百一十三部作品,按类型可分为:新编古装剧五十部(包括小品戏)、传统戏整理三部、历史剧十八部,这其中根据作者意图,《唐琬》放在新编古装剧中,而《薛涛与元稹》放在新编历史剧中;现代戏三十五部(包括小品戏);其他的就是儿童剧和不好归类的。新编古装剧数量最多,现代戏也为数不少,而历史剧每年平均发表一部。福建省的戏剧创作已经从 20 世纪 80年代的历史剧创作的大爆发中消退,历史剧不再成为主流甚至分庭相抗都已经是不能;新编古装剧(或有称为"传奇剧")作为最受大众欢迎的戏曲类别长期以来一直是舞台上的主流而同样会如此延续下去。

按剧种可分为:闽剧十八部、芗剧(歌仔戏)九部、高甲戏六部、莆仙戏五部、梨园戏六部、木偶剧八部(包括小戏以及一部布袋戏)、赣剧两部、闽西汉剧四部、山歌戏一部、南词戏一部、梅林戏一部、北路戏一部,有一些剧目因没有清楚标明是哪一个剧种故而没有包括进去;另外话剧十五部、歌剧六部、歌舞剧一部,外来剧种的越剧五部、京剧三部,另昆曲一部、晋剧一

部。福建省五大剧种只有闽剧和芗剧创作保持着一定优势的态势。尤其要指出的是：高甲戏创作不容乐观，这与它在闽南地区的演出活跃程度反差太大，也许是因为民间职业剧作家作品没有进入我们的视野。更令人担忧的剧种是莆仙戏，莆仙籍剧作家虽为全省具有代表性的剧作家群，因为剧种自身发展尤其是剧团体制改革期间带来的问题，使剧作者的热情和支持很难维系，前景堪忧。同时，值得我们注意的是南词戏与梅林戏，已不再有本剧种编剧的作品发表；而像潮剧等剧种已经有近十五年没有较优秀的剧本作品出现过了(如《福建艺术》发表的南词戏和梅林戏剧本的编剧都是方朝晖，而方朝晖最为人知的本行是芗剧，实际上他也为潮剧写戏)。

3.剧作家情况：呈现递减但慢慢回升

从发表作品的剧作家来看，老一辈(武夷剧社原骨干人员)为主，中年的剧作家为数很少，青年一代的剧作家一度出现青黄不接的情况，而现在开始崭露头角甚至挑起大梁。略举一下老一辈发表的作品：郑怀兴八部、方朝晖八部(《公民张二狗》算为原作者郑文金)、周长赋五部、林瑞武五部、郑文金四部、王仁杰四部、庄火明四部(包括小戏)、汤印昌两部、王保卫四部……这些剧作家曾作为20世纪八九十年代戏曲创作的主力创作出足以照亮一时的作品，十八年过去了，我们看到他们(除已去世的郑文金、汤印昌)还是在活跃着，他们或以从专属剧种的作家向其他剧种进军，或纵横历史剧、传奇剧和现代戏之间。这其中毫无疑问最耀目的是"三驾马车"之一的郑怀兴，仍保持着十分旺盛的创作能力不断有新作出现，而且近几年的历史剧创作更有臻入化境的水准；王仁杰的《柳永》是经得起反复细看的戏，剧本和主演相得益彰，个人认为是他近年来最好的创作；周长赋以其专一和钟情一直在历史剧上开拓疆土；方朝晖除了在芗剧之外有更多剧种种类的创作。

引人注目的是少数的中年剧作家的成绩，其中以曾学文为代表，近年来他在《福建艺术》上发表有五部作品，他是一个比较全面的剧作家，一面遵循传统一面着眼先锋,古典剧目与小剧场并举。女作家姚晓群有三部作品,作为老剧作家姚清水的女儿,她不仅继承了其父的才情,更多的是继承了对莆仙戏的热爱和责任（发表的莆仙戏五个剧本中姚氏父女贡献了三本）。

青年剧作家自 2010 年开始初崭力量:王羚四部、蔡福军三部、谢子丑三部、张婧婧一部……除了数量上的回升,更重要的是质量上呈现出来的优质,才华与思想兼具的作品不在少数。其中王羚无疑是青年剧作家们的领军人物,他的作品每一部都让人印象深刻,最近的《双蝶扇》更是闽剧古典美学传统一脉的优雅回归。

然而,我们不得不看到每一个老剧作家的去世可能给某一个剧种或领域带来极其巨大的损失,它可能不如老艺人的作用那么显而易见,但是从戏剧的原生力、创造力缺失来说是不可估量的:自林戈明之后,我省不再有像他那样当行的剧作家创作京剧。才过花甲的郑文金离世,其实从创作来看他仍处盛年,而莆仙戏这个古老的剧种正面临着剧种延续的危机,正需要有一批懂得剧种的剧作家齐心戮力地携手相持。

二、以表演为中心:剧本创作的成果与存在问题

王评章认为,近年来全国戏剧剧本创作总体质量回落,虽然出现了几部极为优秀的作品,如晋剧《傅山进京》、京剧《成败萧何》等,但数量、比例还是太少。而表演艺术方面,总体水平却没有下滑,并且在对传统文化自信的时代共识背景下,有进一步发展的趋势。地方戏虽经一轮改革,元气大伤,根基在巩固,至少在福建的情况,甚至沿海省份的情况是这样。京昆的情况就更好了。总的来说,戏曲文学创作已经成了戏曲发展的瓶颈,而且困局一直无法破解。③

福建省作为一个拥有众多剧种的地区,大多数剧种都有自己一套相对独立的表演体系和表现形式,并且越是成熟的、古老的剧种,它对于其剧种之外的东西融合度就越低,这就使福建省的剧本创作有不同于其他地区的困难和要求,它既要剧作家擅长文字、精于编织故事,又要求剧作家熟悉剧本所要为之服务的剧种,而后者往往正是现阶段的创作者们最难跨越的关键。我们看到只有对一个剧种的熟识与喜爱到沦肌浃髓,才有可能把握住本剧种的内核,让作者的才情通过舞台得以发挥与显现。

1.优秀的剧本(目)的价值:剧种、行当、程式中闪光的细节刻画

歌仔戏《邵江海》从它创作开始到现在舞台上成熟的呈现,这一过程本身就是一出耐人寻味的事件。我们可以从 2002 年第 6 期发表的剧本出发,一路看《邵》剧在舞台上的不断变化,先不讲 2002 年福建省第二十二届戏剧会演时舞台以想象丰富、手法多端、现代气息浓重到现在的风格清新洗练、舞台删繁就简,光从文本上看,《邵江海》就发生了很大的变化:原来的人物杂多,人物关系复杂,情节相对就比较松散混乱,尤其是邵江海与春花之间的关系,作为不伦之恋从文学上来看是较出彩有噱头能更深地关注人性引发人物内心冲突的地方,可以一扫过去俗套,体现作者个性与才华;但现在《邵江海》一剧的人物关系简单明了,邵江海与春花成为师兄妹,七爷与少爷成为父子,其他人物一一舍弃,文本可以说从根本上发生了变化。然而,从一开场邵江海新婚前与春花的告别之练戏开始,就抓住了观众的神经,它用歌仔戏独有的至朴至哀的唱腔来诉说痛苦,用戏曲的力量而非文学的力量轻而易举地就带动整个剧场的气场;在减弱故事情节节奏,以大量的唱腔来抒情的同时,它保留了花轿热闹的"车鼓弄",亚枝悄无声息却温柔至极地为郎"洗脚",二人犁田的情节,戏中戏的"六月飞霜",诸如此类的东西,虽然也可以说是为了刻画人物服务,但是我们仍然可以从中体味到戏中秉承的是歌仔戏传统戏曲意识,那戏里浅白如话、分明陌生而又似曾相识的情感直抵深心。当然,曾学文的文字是十分好的,它有闽南方言的隽永清新,又常能辞文典美,如"悲哀哭声有宫调,伤心歌仔无管弦"这样的句子见之则令人倾心。

相较于《王莲莲拜香》,闽剧《王茂生进酒》其实是一出整体不算特别出

色的剧本,它取材于传统剧目《红绫袄》,作者周祥光在原有的故事情节之外敷衍写这个戏,并看起来好像是专门为王茂生量身定做一般构撰了一个"赶猪"的情节,使得这个戏霍然立之于舞台,观众鲜有不被此感动的。戏中王茂生为了守信诺,给义弟之子看病想把自己家中最后一件"动产"——母猪给卖了。对于贫困难当的王茂生夫妻来说这是十分艰难的选择。王茂生知道妻子不能同意的,明卖不行,他就偷,偷不到就骗,骗不了就抢,抢不给只好求,求之不得只能作罢。不料花嫂却反责其无信,促王茂生卖猪,王茂生继而"赶猪求猪"(虚拟地)。小人物的底层艰辛与在如负山之重的信义之间的挣扎,牵扯刮拉人心。

从戏剧本体来看一个剧目可以允许情节平庸,人物有短长,语言粗鄙,但是只要有一点精微细致之处便可打动座下观众,昆曲秦钟累锱求美寒夜抱茶如此,董生爬墙祷蚊如此,王茂生赶猪求猪亦如此。这些被打磨出来的细致是生活的极度提纯与精淬,是剧作家的巨眼惠识、悉心拈造的心血。戏曲通过新鲜或不新鲜的细节来直指精神内核,这种精神内核通常是某种类型的情感,而人们需要的恰恰只是借由戏曲来重新体验这种情感,一而再再而三地被戏唤醒,感动以及为这种感动而感动。戏谚有"不像不是戏,太像不是艺",这主要是说戏曲与现实之间的区别,但是用于观赏戏剧中也是同样的道理。

而老一辈的剧作家王景贤傀儡戏《钦差大臣》则毫无疑问"走的是传统'人戏'的路,依靠传统行当、科介的深厚扎实基本功,来刻画人物、创造角色"[④]。在改编剧本之时,就已把原有的人物按性格分类安插于各种丑角行当中,使得这个戏在一开始时就为人物塑造、技巧展示,预留下大量的表演发展空间。而另一个剧本《七义殇》(《程婴救孤》)则是完全相反的悲剧大戏。这一喜一悲两个傀儡戏,犹如双峰并峙各尽妙处,充分展现了剧作家在创作上的信心和野心——对文学对剧种的游刃有余的把控。

方朝晖在近期发表的《秋闱风云》,写成带着正剧面具的喜剧。戏中的人物角色众多纷杂,但是行当类型分得很清晰,这个戏不是按人物来写而是按行当类别来写的。康熙是头出生的配置,噶礼、张伯行、三个钦差是净外的行当,两个草包举人、主考与幕宾应该是丑末行应工,加上旦、小旦、老旦等行当设置十分停当。这个戏其实并不是以康熙为主角,而是以群臣们的群体形象为主角,它是一个难得的群像戏,在戏中,官员们或成对或成群,或前后相对应,围绕着科场案件并围绕着康熙的"上意"纷纷走马落座,各自扮演好自己的角色,面目迥异同时又有着趋同的气质取向。这戏行当角色人物的设置已经十分妥帖,更重要的是,科诨是依凭大量的出乎意料又合乎情理的细节来敷演的。其中两个草包当堂重试,场面十分好笑,写来自然贴切,即便是放入传统本中也不会跳脱生硬,用闽南话来表演就更妙了。

现代戏作品这里想提到的是闽西剧作家王保卫,他笔下对女性的描写之鲜活与真实,可能胜过省内大多数包括女剧作家在内的作品,从《走出围屋》到《羊角儿》,他的作品中带有一种尖锐的刺痛感,因为细节的饱满与可信,使得他的女主角们完美而不单薄,不同于王仁杰的勾勒少妇丰韵之美,他更多的是浓油重彩地描摹出少女般至纯之美,性也因为纯粹而显得无邪。

当然,优秀作品远不只是上面几个,但在这些优秀作品背后,我们看到的福建省剧坛整体上气势已式微——虽然在国内仍是拥有相对优势的——戏曲创作热情消退、深度消减,剧作家群越来越小,各种问题如迷障般令福建戏曲裹足不前。

2.存在的问题:式微与融合

(1)趋于平面的剧本:无剧种、无行当、无程式

诚然,我们容易被文字典丽、思想尖锐的剧本打动,但我们追求的不是仅仅让它们印成文字、作为文学本子流传下来,而是从戏曲本体出发,让文字中的戏如何能立起来,呈现在舞台上,流传在舞台上。从近十五年来的创

作来看,许多作品重于文字与故事,疏于舞台与戏曲,有半数的作品是新编古装戏写的是戏曲传奇,但是从剧本来看,有大半的本子没有行当意识、程式意识,甚至于有的传奇无剧种区分;这些问题的存在是有原因可循的。

首先,由于不熟悉自己剧种传统,不珍惜剧种历经数代艺人心血结晶出来的成果,不熟悉舞台表演,而在创作时就没有真正从剧种出发。比如莆仙戏传统剧目中本来靓妆戏折子占三分之一强,其净行在福建地方剧种(甚至全国地方剧种)中有独树一帜的标示,但是现在新剧本中我们没有看到作家肯为他们写戏,或刻意安插靓妆的戏。这不仅对莆仙戏净行当前景来说十分不利,还反过来有害于莆仙戏的发展。其次,戏曲程式与行当问题相似,它是对剧作家组织剧本舞台能力的考量。在作剧本开始,情节设计是否为戏曲程式的表演留有空间,文字唱词是否合乎规范韵律和沿袭旧式,对唱腔身段设计是否有所阻碍,等等。这些是剧本创作中最基本的要求,可是从现有的大多数剧本来看,已经是颇高的要求了。再次,对于戏曲自娱娱人的特点没有足够的认识,对于戏曲文学传统重视不足。当剧作家甚至无力于一个剧种专有的创作时,至少要大致区分开中国戏曲传统与话剧传统的分界,不要让台上装着褶子的人说莎士比亚式的话。最后,个人游离剧种,这主要是体现在一些成熟的剧作家脱离开自己熟悉的剧种,为其他剧种服务时发生的。因为种种原因许多优秀的剧作家也为其他自己不熟悉的剧种写剧本,这时"莆田类型"的剧作家成功的可能性更大,而"泉州类型"的剧作家往往难有佳作。

(2)"泉州类型"与"莆田类型"的衰微或者融合

王评章在勾勒新时期以来福建戏曲文学的发展轨迹时,运用了"泉州类型"与"莆田类型"的概念。他认为"莆田类型"的主要特点是追求剧本的文学性、思想性以及对当代、历史、人性的思索追考,"现代小说"式的剧本深刻"大气",为戏曲注入精神的活力,其类型削弱于 20 世纪 80 年代后期,但至今仍有深远的影响;"泉州类型"则强调的是戏曲的本体性、剧种的本体性,尊重传统敬畏剧种,此类型在 20 世纪 80 年代中后期至 90 年代整体成功;如果说"莆田类型"积累了更多的剧本的话,"泉州类型"积累的就更多是剧目。⑤从近十八年来的剧本与剧目创作情况来看,坚守"莆田类型"的作家似乎还有郑怀兴、周长赋,其他极少数的话剧(小剧场)的作家也可以归入其中,但也许是因为这种类型更易"入门"的缘故(我窃以为周长赋这几年来最好的作品应该是莆仙戏《江上行》和昆剧《景阳钟》,可它们又算是"泉州类型"剧目)。而"泉州类型"的作家作品延续了 20 世纪的成果进入新世纪更受到关注,以王仁杰的《董生与李氏》为代表宣示其辉煌,但是王仁杰掉头去制作《蔡文姬》《唐琬》《柳永》,这三个剧更接近"莆田类型",其中尤其以《柳永》为代表,其优美曼丽如散文诗般的叙事方式,文学性远远大于戏剧性、剧种性。"泉州类型"与"莆田类型"仍在相互关照相互促进,只是由于力量分散,后继乏力,昔日盛况恐怕难以再现。

在刚刚成长起来的青年剧作家们身上看到,由于学养、环境和偏爱,他们可能从一开始就注意文学与剧种的结合,"泉州类型"与"莆田类型"不再成为他们的追求或者说樊篱,融合两种类型的美学来创作。——虽然他们可能在生活积累、思想深度上远逊于老一辈的大家们,但是应该看到他们站在巨人肩膀上的高度和见识。比如青年剧作家蔡福军从一开始就写出极尽曲牌规范的昆曲《襄王遇淑》来为难自己,作为南帆先生的弟子,他的本子里有着理性与感性、思想与文采交映的质感。我一直很期待他的每一部新作。

另外,从类型上说,一百一十三部作品中,有现代戏三十五部(包括小品戏),这是占很大的比例的一个类型。根据福建省艺术研究院剧目室相关数据的统计,几乎囊括了这些年来剧本征文中获奖的现代戏作品。但是,从舞台演出来看,无论是比例还是质量上都没有明显地体现出来,哪怕是像曾学文这样的偏爱创作现代戏剧作家也是更愿意把故事放在民国与战争期间的背景下。现代戏创作的问题其实更大,又是最难解决的,只是它不像剧种问题那么显见,往往被忽视或回避。

三、式微到复兴:文学融合剧种

1.文学与剧种的融合:创作思维转向

从莆田类型转向泉州类型,到两种类型的相互作用相互消长相互融合,有一个剧目或可作为这时期转向的代表,《福建艺术》1999年第4期上发表了戈明的京剧剧本《北风紧》,其本子上就已清楚标示出人物施宜生等人的行当分配,如老生、花旦、文武老生、净、文丑等,其曲白依京剧板腔曲调而作,甚至生旦缠绵对唱的戏填昆曲来敷衍。它从剧本创作伊始就既具有历史剧所追求的文学性、思想性、人性的深刻,同时又是立足于本剧种,从本剧种的行当、程式出发,用戏曲而非文学的思维来量曲度句,打造故事。剧目在文化部主办的第五届中国京剧艺术节上的演出取得了巨大的成功。演出结束,观众情绪激动,不愿离开剧场,紧追主要演员签名留念,甚至到后台与工作人员握手祝贺。此种盛况足见《北风紧》的艺术魅力与感染力,其获金奖名至实归。它的成功不只是如王评章所言的那样写出了"漂泊者的文化痛苦","具有文学价值",更重要的应当是它"行当配搭得很好"。⑥而这种好正是基于现在剧本创作中最可贵同时也最稀缺的剧种意识、行当意识。正是因为《北风紧》剧中行当充分清晰、曲白规范,此剧才能经得住十年的打磨,愈磨愈好。在戏剧冲突强烈的情况下,演员可以根据自己的行当进行程式性的表演,把本行当的程式技巧运用得淋漓尽致。比如施宜生(老生)在剧中把自己的毯子功用得恰至好处,恰是时候。而从上文提及的歌仔戏《邵江海》一剧的再三重排修改,一次比一次简洁,把一个不伦的三角恋变为正常的情爱纠葛,演员仅仅凭借剧种自身的力量,使得人物反而更加饱满,删除削弱了它的文学性,却增强戏曲性,突出剧种性。在文学上做了减法,但对于戏曲表演上做的大于加法,此也可以看为剧本从文学到剧种的转变,或者说文学与剧种的融合。

在新生代的剧作家中,文学与剧种的融合从一开始就显现出来了:王羚的四部作品都是立足于闽剧制作的,以闽剧演员出身的他在剧种性上占尽了优势,然而他几乎每部作品呈现出来对人性复杂地深刻挖掘、对人情残酷地温柔包裹,又格外体现了他的文学性和思想性。目前只发表了一部作品的张婧婧作为外省人,用了三年的时间浸淫在闽南方言与梨园戏中,最终转化为自己的书写语言。她的《御碑亭》既有戏曲传奇之美又有梨园戏剧种之美,既有传统含蓄之美又有极简主义之美,不夸张地说此剧一出,她在福建剧坛一举成名了。比张婧婧更早进入梨园戏的谢子丑,一直都在自己的剧种里慢慢沉淀,愈写愈佳,最近的《太后贺寿》已然是一部成熟大戏。更难得的是这部作品是传统的青衣戏,如果付排,这本戏将为梨园剧团这几年行当保持、演员优化起到直接作用。

值得注意的是,从文学追求转向剧种追求并不是创作者主观的、外力作用的,而是客观的、由内自发的,是戏曲本身的内在力量潜在地推动出来的,是戏曲长时间历史积淀的行当、程式中包含的情感力量,潜在地引导着戏剧创作的走向。虽然戏曲的大环境每况愈下,但在戏曲剧种内部小环境中,由于自身发展的需求,自然会向更富有表现力的、他者难以取代的方向上,向独特的又是更高级、更精妙的综合表演艺术前进。从而,剧种自身的力量在不断地驱使着戏曲走上了剧种回归的自觉之路。也唯有如此,才能在大众传媒时代真正彰显传统戏剧的内在魅力,才能在剧烈的文化竞争中据有一席之地,才能满足不断提高文化修养的观众的需求,才能同时被老的与新的观众接受,才能唤回人们对戏曲"原有"的亲近,才能与印象中几百年来通过我们祖辈基因与小传统代代相传的默会知识中沉淀着的戏曲原形靠近。只有能成为"熟戏"的剧目,观众才爱看,才能保留下来,常演不衰。所谓"听生书,看熟戏"。"熟戏",这是中国传统戏曲独特的价值所在,它所包含与提供的主要不是抽象的文学化、观念化的思想,更多是细腻、饱满的现场情感体验,这是一种具有独特价值的情本体美学形态。

2.情本体的生活美学:从脚下出发

当我们回过头看的时候,才发现这三十年来,由于传统文脉断层造成的虚弱,使我们不免常常处于一种急病投医的仓皇踉跄之状,而个性、出新、改革的焦虑是这种文化不自信病症的一个重要表征。与国际接轨的外在冲动代替了深思细斟的理路寻绎,远方的张望取代了脚下坚实的步子。表现于戏曲界,就是强调文学性、思想性压倒了戏曲性。西方文脉中,艺术向来是思想的重要工具之一,他们常常借助于它进行形而上的思索,拷问人类普遍性的生存境遇。而对于中国传统戏曲而言,它更多承载的是人们生活世界之中的诸种情状,它并不关心形而上的追问,也很少需要普遍性的、重大问题的思索,而是在人际的一点一滴中品咂出生活的酸甜苦辣,让人们在感同身受中去体验生活深处的丰富意蕴。因此,各种传统戏剧无不凝聚与沉积了一个地方独特的语言、观念、生活与习俗,这些生活的元素提炼成行当、程式,从而具有它们无法取代的、戏剧式的、情本体的言说能力,它们与人们的生活具有一种内在的呼应,是一种基于生活的美学形式。正是在这样的意义上,我们并不应当以话剧、文学来代替传统戏剧,我们不应当忽略戏曲程式、行当中累积的文化力量,这是它的内核,是它生存与发展的根基,而文学与思想只是丰富、服务于它,我们不妨借助于外来文化的力量来丰富它、壮大它、灌溉它。这样,传统戏剧也许就能够在更加多样而不失传统的情况下找回它的力量。只有从我们自己的脚下出发,我们才能重新出发,走向远方。如果试图行走在半空中,我们可能会在原地衰竭枯萎。

也许我们一直对福建省剧作创作的期许要比其他艺术类别高出许多,当然这是与我们曾经有过的辉煌以及福建剧作家群抱成一团的独有氛围有关。但这不应该成为对剧作家的绊脚绳,而是要给他们更宽阔的空间、更多元的评价标准,而又不失根基。同时,我们要看到,近几年文化部、国家艺术基金出台了很多扶持剧本创作和编剧人才的政策,福建省文化主管部门也在大力开展加强剧本创作、剧作家队伍培养的各项工作:福建省文化系统编剧创作人才培训班、福建省戏剧编剧高级研修班、福建省编剧夏令营、福建省艺术精品创作"花火茶会"……让我们看到了希望。

最后,必须一提,近年来剧作家们的传统整理剧目的工作。郑怀兴从为鲤声剧团整理《叶李娘》开始,进行了他的"裱褙式整理"⑦莆仙戏工作,整理出了《蒋世隆》《千里送京娘》《活捉三郎》《龙女弄》《朱朝连》《三鞭回两涧》等传统折子戏。对折子戏的艺术借鉴,正是我们在整理改编传统剧目时最需要注意的,而这又是剧作家在为一个剧种创制新剧目最需要的传统支撑。王仁杰除了梨园戏之外,甚至于努力为闽剧、昆剧整理传统戏。《红裙记》是近年来不可多得的传统戏,其中王仁杰为之增加的人文关怀与女性意识富有时代气息。只可惜这样有价值的工作太少人去作了。而《福建艺术》作为福建省内唯一一份有发表剧本作品的阵地,在此上亦也关注颇少。尤其是梨园戏实验剧团这些年来倾尽全力整理改编了大量的传统戏与折子戏,这是在全省乃至全国的地方剧种都极其罕见的。⑧《福建艺术》2010 年第 1 期(第二十三届福建省戏剧会演之际)发表了林任生的《朱弁》或可窥视一斑。另外,2016 年 7 月在福州举办的为期十二天的福建百折传统折子戏展演活动,共演出二十三场(含开幕式),有十九个剧种以及两种木偶戏、三十九个剧团、一百二十八个折子戏参与。这其中有大量的令人惊叹的各剧种的传统折子戏,有一些是中华人民共和国之后就没有演出过的。如果这些传统折子戏(大戏更好)也能以剧本整理的方式被《福建艺术》发表出来,我有理由相信无论是目前各大剧团、老中青编剧以及演员导演各部门都会高举双手欢迎的。

注释:

①在这期间《福建艺术》有一次改版一次改刊,其中 2015 年第 4 期改版,没有发表剧本;从 2017 年 7 月开始《福建艺术》由原来的双月刊改为月刊,仍保持每期发表一篇剧本的频率,所以 2017 年有九篇剧本。

②其实《福建艺术》的理论专集(增刊)中或也发表有一至两篇的剧本,

为了便于分析以及从刊物发行方面考虑,本文中就暂不予以计。

③王评章:《当前戏曲文学创作的几个问题》,《福建艺术》2017年第4期,第11页。

④王评章:《小木偶大艺术——泉州提线木偶戏〈钦差大臣〉观后杂感》,《永远的戏剧性》,中国戏剧出版社,2005年第1版,第460—462页。

⑤王评章:《新时期以来福建戏曲文学的发展轨迹》,《永远的戏剧性》,中国戏剧出版社,2005年第1版,第149—157页。

⑥王评章:《漂泊者的文化痛苦——谈京剧北风紧》,其文中已经认识到戈明剧本的舞台性,可惜没有给予充分的注意。《永远的戏剧性》,中国戏剧出版社,2005年第1版,第357—359页。

⑦郑怀兴:《从一个剧团的兴衰看戏剧的原创与传统》,《上海戏剧》,2003第11期,第29—31页。

⑧参见黄文娟:《福建省梨园戏实验剧团传统剧目整理改编现状与思考》,《戏曲研究》,2014年8月刊。

戏曲文学性的探寻

——新时期以来福建戏曲创作文学轨迹的嬗变

方李珍

众所周知,20世纪80年代的福建戏曲创作,以莆仙戏《新亭泪》《秋风辞》《魂断燕山》为代表的思想性、文学性高超的历史剧群,如惊涛骇浪,掀起了全国史剧创作的高潮,并将闽派戏剧推置全国前列。在当代戏曲史上,这是继20世纪50年代、60年代以来第二座难以逾越的高峰。然而,仿佛是星移斗转间的命数轮回,当下对戏曲表演艺术、剧种特色的呼求则无比热烈,这与新时期的戏曲创作多倚重思想性、文学性迥然有别(就好比清代戏曲相对明代南戏来说,文人投入创作减少,剧本的文学品位降低,但在舞台演技上则有着多方面的发展和长足的提高;戏曲舞台的审美基点从之前的以剧本为中心转向以表演或艺人为中心)。而当下的这种变化就是从20世纪80年代对戏曲内容意义的倚重转向了对形式意义——表演、剧种、流派、本体的尊重,投映在戏剧创作的载体——剧作家身上,明显的是从新时期对思想性的崇尚、"攫取"而逐步转换为当下对舞台性的尊崇。他们在20世纪80年代的写作进入的是戏剧文学史(评论家王评章语),而当下,他们努力进入的是戏剧艺术史。或者借用钱穆先生对文学的两种划分,当下许多剧作家所理解的戏曲的文学性,不单单是"写的文学",更多的是"唱的与

方李珍,福建省艺术研究院研究员

说的文学"。

这应归功于近年来国家对非物质文化遗产保护工作的开展,文化部优秀保留剧目展演活动的举办,尤其是从国家至各省区多种传统戏曲保护与扶持政策的出台,使承载着厚重的传统文化、地域文化及精湛的表演艺术的传统戏愈来愈得到注目。敬畏传统、尊重剧种本体越来越成为大家的共识。更大一部分原因,应该是艺术自身规律使然,也就是戏曲内部或者说戏曲双重意义阈的自我反拨与调整——也就是说21世纪以来的戏曲创作,其形式意义阈抬头,越过了内容意义阈,戏曲作为舞台艺术的特征得以张扬(当然这里讲的是全国的总体趋势与面貌,思想性的追求仍然是许多剧目努力的方向),注重本体,尊重剧种及其传统,重视表演与观赏性,至今短短十几年又一递进,从突出表演到了突出整体,追求思想性与舞台性的统一;戏曲作为舞台艺术的综合性特征全面凸显。这是回到了作为综合艺术的戏曲的正轨。由于对表演的重视,我们从很多戏里不仅看到了精彩纷呈的传统程式及其当代化用,更是看到了创新与发展,如新编京剧《将军道》开了言派武戏的先河;新编京剧《春秋二胥》中性烈如火的伍子胥,一改传统老生形象而用花脸行当;这是丰富流派与行当的有益尝试。更令人欣喜的是,在2017年现代戏的表演舞台上,特别是革命历史题材剧,典型如王蓉蓉《党的女儿》、张火丁《江姐》,回到了现实主义式的美学范式,对以往的现代戏表演方法(尤其是样板戏)做出了省思和新的表达。

在这样的格局中,许多地区的戏曲创作明显都受到了震动与影响,出现了与以往不同的取向。一向以高度的文学性与思想性屹立在全国戏剧前沿的福建戏曲,迎着这样的拍岸惊涛振臂向前、摇旗呐喊的同时,不得不重新审视自身的坐标,辨明自己所在场及所缺席的,重估自身的优势与短板,明定自己的价值和方向。而基本的、首先应解决的问题或许就是对戏曲文学性的再认识、再阐释,通俗地说,戏曲的文学性应该是戏曲文学的文学性还是戏曲艺术的文学性?

应该说,20世纪80年代、90年代注重的更多的是戏曲文学的文学性,而不是戏曲作为综合艺术或舞台艺术的文学性,或者是将小说、话剧的文学性类比、等同于戏曲的文学性。(这里有时代的原因。由于西方文艺思潮的第二次启蒙,特别是进化论与新译介的心理学的影响,如精神分析学强调人类心理的深邃幽暗,人性的复杂多面;使得崇尚创新,崇尚对复杂人性的摹写成为创作主潮,加之当时以反思与伤痕为主导的社会思潮,造就了许多以史喻今、对人性有许多新发现的历史剧,思想性与文学性高超。戏剧文学成为当时反思文学重要的一部分。其实同时还有着复杂性思维与观念的影响,20世纪90年代以来迈因策尔的《复杂性的思维》、莫兰《复杂性思维导论》《复杂思维:自觉的科学》等论著相继翻译出版,国内响应者众,复杂性思维的引入与讨论不仅为中国文论的反思提供了理论契机,完成了从五四新文化运动以来从对古代文论形象思维的不满到在西方科学实证精神影响下对逻辑思维的践行再到复杂性思维的转向,尤其对决定论、机械论、一元论的不满足,也为整个文坛甚至文化、经济、哲学带来了广泛的影响。在这样的思潮与背景下就不难理解出现对复杂与深刻高度崇拜的现象,这样的崇拜甚至在有些人那里极端到了对中国传统易简思维产生无理的怀疑,这无疑对以单纯为特点的传统戏曲及其创作带来深远而深重的影响。)这是全国普遍存在的情况。但戏曲的形式意义阈不得不在客观上受到某种程度的疏忽。这方面必然得到张扬。2005年京剧名宿李玉声先生的十六条短信尤其"京剧与刻画人物无关"(目的在于强调京剧的表演),如骇然大波引发了大规模讨论,次年王小琮要求编剧们"千万别把文学方法带到戏剧中来"[①],两者的言论看似极端,却尖锐地指出了文学的过度遮蔽了戏剧的事实——在理论界戏剧往往被等同于戏剧文学,许多高校的戏剧研究多是戏剧文学研究;在实践领域,则有大量的话剧导演介入戏曲,他们被认为善于把握戏曲剧目的思想性与文学性(当然也创作了不少好戏,前提是熟谙戏曲规律、熟悉剧种特色)……在传统戏曲及其美学价值与观念、戏曲剧种性与本体性越来越受到尊重的今天，戏曲自有的或者说是特定的文学性应该得到重释，它的各方面的文学性应该得到探查。

剧本是一剧之本没错，但强调多了之后在许多人那里就误会了，变成了狠抓、单挑剧本文学的文学性与思想性。其实，剧本同时也是脚本。戏曲的介质是演员、身体，而非文字、符号。戏曲的文学性并不是不要戏曲文学的文学性，不是不需要挖掘题材的特殊性与深刻性，体悟人性的深度与广度，入木三分地刻画人情世态；但它一定将这种探求形象化、立体化为一个灵动活泼、自由开阔的表演空间（从演员身上看到戏，看到思想）；与表演的文学性、音乐的文学性等等连缀、化合、相一为整体艺术的文学性，并使文学性与艺术性水乳交融、莫分莫辨。从这个角度来看，晚近十余年来福建舞台上涌现的剧目在整体上呈现出了与以往不同的面貌，以往那种"高、新、尖、深"的思想性的追求淡弱了，尽管仍然着力于"传奇"，但更多地着眼于日常生活小人物的质朴情感与寻常烦恼（当然也有大人物、大题材，尤其是当下对重大题材与现代戏的强调），不是说这样的题材不能酝酿出深刻性，只是有些剧目在题材的开掘与探寻上还仅仅停留于表层，甚至在文学性上有所偏离、错位甚至失落。当然有些剧目在文学性上的琢磨引人注目，如芗剧《保婴记》（复排）、《兄弟讼》以对人情世态的洞见、单纯中见深厚的样态直抵观众心扉。这个戏浓厚的民间性与京剧《赵武灵王》高度的文人化让人依稀回想起福建戏剧 20 世纪 80 年代的历史格局（即那个时代也同样存在两种创作导向：以思想性为重和以剧种化为重，当然此二者并非并置或平行关系，在当时是以前者为主、后者为辅），但当下与以往其间的内涵却也不尽相同。当然这几个戏都追求"好看""回味""情趣"。或者说在整体上这些剧目都重视"好看"，重视表演、音乐、剧种特色，尤其在演员方面有了长足的进步。

其实，对戏曲文学性的寻求或者说戏曲文学性的嬗变在剧作家身上表现是最明显的。进入 21 世纪前后，20 世纪 80 年代成长起来的很多剧作家其创作心理也过了戏剧青春期，对传统戏曲有了更深更成熟的体察与发现,对于戏曲的文学性有了不一样的感受,可以说他们的创作进入了另一个境界。表演、流派、剧种,他们写戏的着眼点向这些方面靠拢,相对而言,是从思想的深刻转向了情感的深刻——作为抒情艺术,情感而非思想的深刻是戏曲更为擅长表现的,情感可以反复吟唱、咏叹,可以引动、促发人物的身段、歌舞,繁难的唱做往往在人物情感最澎湃、丰富之际,很多戏曲程式本身就是情感化的。而促成这种变化其中的很大的决定性因素或者说契机,就是对传统戏、对剧种的亲近,尤其在整理改编传统剧目的过程中,从新时期沿袭而来的习惯性的个体化思想重塑欲求,往往被深厚的传统舞台艺术所折服、融解。综合舞台性与个人思想性的博弈其结果不辨自明。也就是说,剧作家的心态转变通过长期阅读、观摩、写作自觉形成之外,还存在非自觉的情况——剧团在约请剧作家整理改编传统剧目之时,往往希望保留原剧的名段并最大地发挥剧种特色;这样的约请几次三番之后必然促使许多剧作家更进一步具体而细致地琢磨戏曲形式并促成他们另一种美学态度的形成,使这种不自觉成为自觉。当然,这种转向不仅表现在整理改编传统剧目领域,也同样存在于新编剧目的创作中。而剧作家创作心态的改变,决定了他们不同以往的创作风貌,例如他们笔下的整理改编传统剧目就呈现出了与 20 世纪 80 年代迥然不同的走向与风格。相对而言,如果说 20 世纪 80 年代的整理改编重在改造,改旧为新,"化腐朽为神奇",更多地以传统剧目为素材进行作家个我的再创造,注重创新与思想性,如魏明伦的荒诞川剧《潘金莲》,发出的是西方个性解放式的呐喊与诘问,潘金莲被塑造成了一个被逼无奈而陷入罪恶深渊的令人同情的女性形象,不再是《武松杀嫂》等传统戏中那样一个淫荡、妖冶、狠毒的荡妇。思想巨浪式涌动,热血式贲张,追求人道主义与个性解放,有着强烈启蒙意识,是这些剧目的共同特点。而当下的整理改编剧目,尽量保存传统戏原有精彩的折子与段落,相对重在"旧",重在传统、剧种、舞台、流派、"角儿";着重于对人物情感作细密地描摹,一方面是剧作家长期养就的知识结构与审美趣味促使其从人性的角度来观照人物及其情感,并应合当下观众的审美与接受需求;另一方面更是为了敷衍出精彩的唱做,并注重以舞台性来收束、消化思想性。由于剧目在整体形式上回归传统,收到了改旧如旧而又令人耳目一新的效果。从这个意义上可以说当下戏曲迈入了新古典时代。

郑怀兴先生于2016年整理改编的汉剧《宇宙锋》就旨在学习经典、继承经典、发展经典,充分展示汉剧这一古老剧种的艺术精华、高超技艺。尤其是主演王荔源自陈伯华大师的拿手绝技令人称奇。全戏在原来"修本""装疯"两个传统折子戏的基础上,接头续尾拓展为故事完整、传奇性强的七场大戏。该剧也是从女主人公切入,梳理了赵艳蓉由从父而至劝父、抗父、戏父的情感与心理变化过程,尤其将人物细腻的情感变奏投影在细微的细节之中并外化为程式感强、法度严整的唱做,如第二场新创作的"洞房",赵艳蓉见丈夫和衣而坐沉沉睡去,畏其受风寒,欲为之盖衣,却又羞又惧,踌躇犹豫,相似于越剧《碧玉簪》中的"三盖衣"而又不同,其间有着人物自我的劝慰、自我的说服又有着一份自我的责任、信心与从容,这些情感镶嵌在演员忽慢忽快、时紧时舒的碎步、圆场、水袖的表演中。剧作家的创作就像高速摄影一般,将人物的情感细化、延留、放大,或者说也是以创作折子戏的心态来演绎这场戏,以达到与后面的"修本""装疯"同样的速度与形态,以避免造成该戏的"头轻脚重"。其实,我们读郑怀兴先生近年来的《戏剧编剧理论与实践》一书,就能感受到他创作思想、心态上的变化。"同样一个剧本,我在年轻时与年纪大了看,感觉完全不同。年轻时品不出《锁麟囊》其中的韵味,只觉得通俗浅显。而有了一些创作经验之后重读,却觉得这个剧本寄情趣于白描,寓哲理于平淡。非阅尽沧桑,参透人物,又深谙戏曲三昧者,绝对写不出这等貌似大俗、实为大雅的好文字来"[②],"我读优秀的传统剧本时,常常会忍俊不禁,因为里头充满了生活情趣,这往往也是一些传统剧目盛演不衰的原因。而当代的戏曲剧本却往往思想深刻有余,生活情趣不足。以前我还和一些作者一样把充满情趣的剧目视为低俗，不屑一顾。随着阅历的增多，我越来越觉得，戏曲的戏剧性往往来自情趣。缺乏情趣的戏，往往吸引不了观众，就是当作案头本，也吸引不了读者，可不可以这样说，在戏曲剧本里，思想内容跟生活情趣的关系犹如鱼与水一般，思想内容再深刻，如果没有生活情趣的浸透、滋养，就会显得苍白干枯和艰涩。重思想，轻情趣，实质上是重政治轻艺术对戏曲创作的影响。因此，我后来逐渐重视戏里的情趣，乐于写轻松活泼的喜剧，也许有些人会认为这是我创作思想的倒退，而我却认为这是向戏曲本体的回归"③。这是上了一定年纪有了更多的人生阅历与读写体验之后对传统戏曲及其美学精神做出的更深的体悟。思想内容与生活情趣之关系的思考即是对戏曲文学性、思想性的思考。由郑怀兴先生执笔、福建京剧院演绎的《赵武灵王》直击人性的弱点，以赵武灵王自我的挣扎与内心的矛盾，深入表现了他因刚愎自用而自我毁灭的过程。尽管该戏和十年前的《傅山进京》一样，仍然延续了他几十年来对思想性的不懈追求，但却呈现出了不同于以往的风貌。剧中引入的大红马(按郑先生自己的话，是传统戏曲神秘主义因素所激发的灵感，是感性的，而不是理性的、讲求绝对逻辑的)，不仅突出了马背上的赵武灵王的形象，更以其通人性——流泪警示主人前途堪忧、撞宫门救主，使戏动人、神气盎然，并显示了赵雍心底的孤独，而他内心不能示人的隐秘情感借大红马也得到了倾诉与释放，令人唏嘘……这个意象使人物的情感获得了承载，并以其温暖的亮色润泽了沙丘宫黑暗凶险的氛围，使戏灵动，充满情趣。丑角优孙的设置，从头贯穿到末，连缀剧情，插科打诨，时见机趣，尤其是他看到赵氏内斗自相残杀以为是主父练兵一致对外给人以机警与荒诞感。马与丑角使这个戏于深厚中取得灵动、整饬、简洁的效果，或者说以灵动来缓和沉重。晋剧《布衣于成龙》更是以非典型叙事手法，写出了于成龙的一段小历史，一个凡人的传奇，回返戏曲的传奇性，尽力做到有趣、好看。

周长赋先生也是这样，他的戏剧观近年也发生了很大的变化甚至于颠覆,对于戏曲文本与舞台或者说文学性与舞台性的关系有了不同于以往的认识,例如他谈到近年为天津京剧院著名老生王平写的京剧《康熙大帝》时说:"比如有一场康熙围场狩猎的戏,我觉得文本写得不够漂亮。但是王平把京剧传统程式的甩辫和舞枪等运用进去,表演起来既自如又特别精彩,很好地表达了康熙其时的心境,远胜文本给予的千言万语。这样,我本来认为较弱的一场戏,反而成为重点场次。戏的成功让我喜出望外,也让我的戏剧观来了一次颠覆。"④很明显,该剧相较于周长赋早年的莆仙戏《秋风辞》、话剧《沧海争流》等,并没有很高深的思想性,但综合性特别高,剧种性强。这段话指出了表演及程式大于文字的可能性、可行性,或者说,表演程式本身就富含思想性、文学性,因此编剧不仅要有导演思维,更要有剧种思维,剧本的文学性必然镶嵌在剧种规范中。其实周长赋先生编剧理念上的这种变化在几年前就可见出端倪。2012 年,周长赋为浙江京剧院翁国生整理改编、量身定制了京剧武戏《飞虎将军》,尽管该戏由南派短打武生折子戏《飞虎峪》拓展而来,但和众多同时期整理改编剧目相比,它的改编幅度还是显得大一些,在主题的设计上有近于新编历史剧的一面,"该剧从深入挖掘李存孝悲剧命运着手,将剧升华到对人性拷问的层面上来"(翁国生),还重在"武戏文唱",但仍然着力表现盖派武戏魅力,旨在于为流派与行当服务。2014 年他为上海昆剧团整理改编的昆剧《景阳钟》,则在有条件地理解与接受并适度地重塑崇祯形象的同时,更进一步继承了传统戏的精髓,充分尊重与保留原剧的艺术精华,严格按套曲格律填词,保留了原有的《乱箭》《撞钟》《分宫》《杀监》等精彩折子,增设的仅有三出:《廷议》《夜披》《景山》。虽然《景山》稍显理性,不脱以往历史剧哲理升华式的思考模式,但仍然在全局形成一个古朴典雅的整体。演员用了大量的传统身段动作来刻画人物心境,使之"文戏武做"的特点极为明显。无可否认,这个戏的思想性非常高,"把崇祯形象沿着原作者的情感进行符合历史的深化或者说复原,从而使同情蕴含了深刻、客观的反思与批判,同时又不破坏同情所赋予艺术形式的内在魅力"⑤,但它的文学性与思想性却不突兀,不露锋芒,不落痕迹地、以改旧如旧的姿态涵化、隐匿于剧种风范与格式中。2017 年,周长赋整理改编的莆仙戏《踏伞之后》,更以修旧如旧的裱褙手法,将人物、故事、情节多有重复的传统戏《双珠记》与《蒋世隆》进行弥合,尽量恢复传统本的古雅质朴,希冀寻回莆仙戏的剧种特色——从剧本整理伊始,就依秉剧种思维,严格遵守传统本的写作范式。当然,戏是写给当下人看的,这个戏和众多整理改编剧目一样都提出了些许新思考以符合当下人的审美,但较之以往的创作,剧末最后的新思考更如蜻蜓点水、点到即止,其思想性以更含蓄的姿态洇染于剧种表达与表演规范中。

从以上的分析我们可以看出,在 20 世纪 80 年代,由于激进急切的思想启蒙的时代需求,戏曲的文学性居于剧种性之前,而在 21 世纪前后,逼仄的舞台表演空间不得不发声后,戏曲生态的内结构逐步自我调适以自洽,戏曲的文学性则躲藏在剧种性之后或融化在剧种性之中,由前景退为后设。同时我们也发现,戏曲文学性的嬗变多发生于历史剧范畴,因为历史剧作为特殊的戏剧样式,离思想性、文学性最近,其间的变动亦最敏感、敏锐。福建当下的历史剧创作,自然与全国一样,追求好看,尊重表演与舞台。而追求好看的另一个渠道则是非典型叙述,如郑怀兴先生的《布衣于成龙》择取了被贬为布衣的于成龙的一段小历史,陈道贵的闽剧《青天》聚集于喜剧性的"海瑞升官"。我们知道,以往的历史剧一般都着眼于历史人物的典型化情节或动作,比如写郑成功必定写收复台湾,写岳飞就一定要与抗金紧相连。这类剧目感兴趣的是重要历史人物最主要的成就与功业,并关注人物在完成这一伟业的过程中,通过组织并冲破人物自我与他者、自我与自我的矛盾来塑造人物的复杂性格;哪怕是从历史人物关系着手来写的,如京剧《曹操与杨修》、话剧《沧海争流》(《郑成功与施琅》)也着眼的是人物之间不得不说的为人耳熟能详的胶着点。然而,当下许多历史剧不但关怀的是历史人物的非典型性事件与动作,而且将之更多地置放于人物的家庭关系而不是政治漩涡中进行,更多地关注人物在忠义、大节之外的人伦情感,使戏"好看"。例如福建近年脱颖而出的青年剧作家王羚创作的闽剧《南归梦》,关注的是苏武,但不写其彪炳千古的牧羊,而是牧羊后传,苏武从匈奴归来、寻找儿子的故事。苏武从念儿、遇儿、寻儿到认儿、失儿,写尽了苏武在忠节之外的人伦悲殇。它不同于"高、新、精、深"、文本性强的传统历史剧,在于它没有那么正面地直击历史人物与事件,没有刻意制造、直接呈现奇诡变幻的政治风云,不是深刻地层层掘进人物心理,而是加强通俗性、可看性,舞台性强,在家事亲情中缠带着历史人物的思想观念,将之通俗化、生活化,使人物关系内化为情感关系,而不是如《曹操与杨修》《沧海争流》是一种心理关系。

这样一种对戏曲文学性嬗变的描述只能说是大体上的,总的态势或趋向。其实仍然是众声喧哗的,无论是全国还是我省,仍然存在着像新时期那样的对高深思想性与哲理性的追求,甚至于强烈的渴望,对深刻主义的崇拜从未间断过,例如京剧《春秋二胥》期冀延续《曹操与杨修》的人文思考,甚至更复杂,剧中的两个人物不复是忠奸、善恶、正反的二元对立关系,而呈现出更为多元多样的复杂状态,以两个主要人物关系为主轴结构整部剧作的编剧法发生嬗变。也仍然有许多人以话剧的标准,或者说以话剧、小说的文学标准来衡量戏曲,如京剧《金缕曲》引人津津乐道之处就在于它对知识分子心理结构的深度开掘,被有些人认为是跨越了戏曲不能像话剧那样表现此类深刻主题的藩篱。同样的,当下亦仍然存在着像新时期那样就已经执守于剧种与表演,以此为写作与精神的家园,例如王仁杰,始终立足于剧种写戏,他的梨园戏新编作品《节妇吟》《董生与李氏》《皂隶与女贼》,包括他的历史剧《陈仲子》,剧种特色鲜明。在他的影响下,梨园戏出现了谢子丑、张婧婧等新锐,他们的创作也保持着梨园戏既传统又鲜活的水土风貌,在全省异常有特点,可以一眼而识得。漳州已故剧作家汤印昌先生亦是固执于剧种与传统,他新时期创作的芗剧作品现在演来依然清新耐看,除了

《保婴记》，再如亮相于第二十六届全省戏剧会演的芗剧古装戏《兄弟讼》《拾银记》于单纯中见出生活的淳厚，其文学性不表现在思想深度上，甚至也不是情感的深刻。《兄弟讼》，县官断案（更像个家长的谈心）的重点由子及孙最后落在媳身上，正如石磨磨豆，于推推磨磨、缠缠绕绕中展现生活自有的丰饶与滋味，看似不紧不慢、层层敛开，其实有着刻苦的经营，寥寥几笔，个性不一的人物及其极具特色的表演却如在目前。其剧本文学消隐、揉化在舞台表演中。它没有什么大的矛盾，没有设定那种戏剧性特别强烈、"别有用心"的"局"，而只是小别扭小意见，颇让人想起契诃夫的剧作，只是生活的轻微的波纹与涟漪，却流动着淳厚的诗意与生活化的情趣。

可贵的是当下的很多创作不仅在文本与表演及两者关系上来寻求文学性与舞台性的化合，舞台性对文学性的包容与吸纳，甚至在舞台的其他领域对戏曲文学性做出了尽可能的探索。例如梨园戏《御碑亭》，就在灯光的文学性上做出了有益的探索。梨园戏多用黑幕，但这个戏将这种黑立体化了，整个舞台都黑幕化了，依靠不同角度、不同位置的灯光制造出深深浅浅、浓淡不一、各有侧重的黑光，并在很多时候使用了慢收光，拉长了时间，让观众在缓缓逝去的视域延留中凝望人物的意态，品味此刻的沉寂，回思人物的沉想（因而它对人物情思的细腻、婉转、可回味程度有着极高的要求）。宛若水墨造境——造人物心境，造舞台意境，以极简来衬托意味。它或许有着某种隐喻性质（比如说契合了人物暗夜汹涌般的思绪），但它更在观众的审美视域中留下了一帧"暗夜的沉想与温柔"的图像，当然这温柔是女性自我的温柔，个性化的因而也是各有评说的温柔。灯光的设计是有思想有意味的，它不是装饰性的，而有着结构性的目的。这样的一种探求延续到了2017年的新编越剧《潇潇春雨》中。

当代的舞台美术设计师愈来愈意识到优秀的舞台美术必须主动介入导演思维，"也就是说舞美设计要从一个导演的角度去考虑问题。总体上说，舞美设计要从概念上对整个剧本有所把握，在这一点上，前辈老师也提出过,强调舞美设计的'形象种子'的同时,着眼点应该远远不止于'形象',而是要更多地放在空间上,也就是要设置人能够活动的空间与支点,想办法让演员在其中行动起来,并且以行动赋予设计丰富的意义"。舞美设计也是动作设计⑥。芗剧现代戏《生命》的舞美也是有思想的。正如《御碑亭》的灯光抓住"黑暗"这一形象核心一样,该剧舞美抓住了"粗粝"这一生命特质、这一形象性的种子,并开拓出表演空间,提供表演的支点,使演员的表演获得支持与收纳。具体造境方面,旋转舞台上主要以两块苍黄、粗粝的土坡来表现黄沙卷地、寸草不生的大西北土塬,苍苍莽莽、无边无际,是那样苍凉、贫瘠、粗犷,通过旋转及不同的装饰营造不同的空间,表现出孕妇队伍生存的艰辛、生活的艰难、生产的艰苦,但在这粗粝、坚硬、严峻中穿行、稍歇的孕妇队伍,以女性与母性的美丽、温柔、顽强,抒写出了生命的抒情、温暖、丰富……这粗与细、贫瘠与丰富、硬与柔的对比和反衬,摇曳着生命在怒放之际的绚美与夺目,流动着生命如歌的行板,使该戏有别于一般革命历史题材戏剧的主题。应该说,在各个方面进行戏曲文学性探索的剧目还很多,这里笔者不避浅陋,撷取其中剧目作粗浅的分析。

戏曲文学性是个大命题,需要长期地思考与反复地讨论。小文纯属个人浅见,还请方家赐教。

注释:

①王小琮:《戏剧文学还是文学戏剧》,《王小琮对〈艺术界〉记者手机短信采访的回复》,《艺术界》,2006 年第 3 期。

②郑怀兴:《戏剧编剧理论与实践》, 中国戏剧出版社,2012 年 9 月第 1 版,第 67 页。

③郑怀兴:《戏剧编剧理论与实践》, 中国戏剧出版社,2012 年 9 月第 1 版,第 155 页。

④周长赋:《编剧要有导演思维, 导演要有文学思维》,《福建艺术》,

2018 年第2期。

⑤王评章:《整理改编传统戏的新思路》,《人民日报》,2015 年 11 月 17 日。

⑥刘杏林:《舞台美术新思维三题》,《戏剧艺术》,2015 年第 3 期。

当代福建书法管窥

——且论潘主兰、沈觐寿、陈子奋、虞愚、黄寿祺、赵玉林等之书艺

蔡清德

福建书法历史渊源深厚,书法史上"宋四家"之一的蔡襄,明清时期的张瑞图、黄道周、宋珏、伊秉绶、郭尚先、吕世宜等,都是享有广泛声誉的书法大家。在群星璀璨的书法发展历程中,福建(古称"闽中")人扮演了重要的角色,闽中地域文化与书法传统在时光推移中交织演进,书法已然是闽文化的重要构成,无论是大名头书家还是中小名头书家,闽中书家各自以自我别具一格的艺术风采共同构建和展现福建地域独特的文化景观,书法文脉在历代书家薪火相传与革新中不断推进。

"文变染乎世情,兴废系乎时序。"当代福建书法随着中华人民共和国的诞生而走上新的康庄大道,尤其是新时期以来福建书法迎来新的发展机遇,取得丰硕的成果,是共和国书法史上不可或缺的一环,也是"十年浩劫"之后福建文化复苏的重要表征,福建书法文脉重新焕发生机,得益于老一辈书家不懈的艺术探索与执着追求。以潘主兰 (1909—2001)、沈觐寿(1907—1997)、陈子奋(1898—1976)、虞愚(1909—1989)、黄寿祺(1912—1990)、赵玉林(1917—2017)等为代表的老一辈学人、书家以丰厚的传统学养、精湛技艺书写新的时代篇章,为福建书法繁荣复兴做出了重要表率。在

蔡清德,福建师范大学美术学院教授、博士生导师

老一辈书家的引领提携下，福建书法百花齐放、各领风骚，中青年书家群体在文化振兴中勇立潮头崭露头角，成绩喜人，可圈可点。审视当代尤其是新时期以来福建书法的发展状况，挖掘前辈书家留存的宝贵财富，更好地弘扬优秀的艺术传统，兴利去弊，推陈出新，无疑是件利在当代、惠泽后人的功业。诚然，在批评基本缺失的当下艺术界，评价当代书家与当代书法的得失并不是一件容易的事，究其原因有三，其一，当代书法离我们太近，尚未接受历史的检阅与洗礼，可能看不清；其二，人事上的纷扰，批评者往往置身其中，因各种牵扯与顾虑，未必敢于直抒胸臆；其三，历史感、独见卓识、坦荡胸怀与客观公允之立场等综合素质常常为批评者所缺失。鉴此，本文不揣简陋、勉为其难，选取若干有鲜明个性色彩与代表性书家为例，略陈一二，聊为抛砖引玉之助。

独托幽岩展素心：雅逸清刚之潘主兰①

潘主兰先生是第一届书法兰亭奖终生成就奖得主，也是当代福建书家在国家级评奖中所获的最高荣誉。先生以甲骨文书法驰誉当代书坛，对甲骨文书法有自己独特的理解，检视其书，可见先生以笔代刀之精妙，先生善于运用长锋羊毫再现刀刻甲骨文的瘦硬锋利风格与趣味，启功先生说临碑习书要能透过刀锋看笔锋，而潘主兰先生的甲骨文书法则让我们透过笔锋看刀锋，仿佛看到甲骨文锲刻的铿锵爽利，与前贤侪辈以金文笔法体势书写甲骨文迥然不同，潘老认为，"甲骨文不能写像玉筯悬针形体，更不能写像铸造出来的钟鼎文的浑圆线条，更不能把它写成像锤凿出来诏版文的方折模样。""书写甲骨文应别于金文、小篆，一定要写出它特有的契刻意味，笔致应瘦硬劲健，其结体和构图要注意那种大小、疏密、斜正的错落关系，这样写出的甲骨文作品才有意趣。"②要如东坡所云"字外出力中藏锋"，那样意味深长。③并树立学习甲骨文不得精髓不罢休的信念，从他传世甲骨文书作来看,潘主兰先生的甲骨文书法无论是从形还是神都更接近甲骨文的本真韵味,寄托他遥接殷人书艺的幽古之思,放置于同时代书家所作甲骨文书法中,其书作显然有傲视群雄之慨。

潘主兰先生特别强调书法家应加强文字学修养,这对丰富书法的艺术性、准确的运用文字非常重要。潘主兰先生从少年起即饱览群籍,数十年如一日④,他认为"言印莫先于识字,学书安可不通文"。尤于《说文解字》等用力至深,自撰诗文成为自觉的日常书写内容,深厚的文字、文学修养与诗文书画和谐一体,展现传统文人在古典艺术实践中最为精致的一面,也铸就了潘主兰先生独具风采的艺术风貌。

前贤有云:"字如其人、文如其人。"观潘主兰先生其人其书其文,正是"书如其人"在现实中的真实写照。张善文先生认为"澹泊"不仅是潘老崇高人格之所在,更是潘老学术精神之凝聚。"唯潘老之澹泊,故能造其学术创获之宏博,示其学术品性之浑醇"⑤,潘主兰书法自有一种简淡深远、精纯脱俗之气韵,其立意与格调之标,时代同侪其匹者寡,而这种境界应该源自于其为文为艺之精进与澹泊名利旷怀自守的融合统一。"本之固者其实藩,膏之沃者其光晔。"以之来形容潘主兰先生之文艺则再合适不过了。

当然,潘主兰先生的书艺成就不是三言两语所能涵盖,目前我们对潘主兰先生的研究远远没有抵达其艺术与学识的内核,有待学界更多的关注与深入探讨,潘主兰先生艺文佳作至丰,然大都遗珠民间,当务之急是做好潘主兰先生文献的整理与研究,编辑一部全面系统的《潘主兰全集》应该是重中之重的头等大事,唯有全集的编纂方可为深入研究奠定一个较为坚实的基础。

书画传家二百年:会古通今之沈觐寿⑥

沈觐寿先生有一方"书画传家二百年"的闲章,这是他喜欢在作品上钤盖的印章,也是他时刻提醒和激励自己作为沈氏家族传人的精神纽带与见证,从沈葆桢(1820—1879)以来,沈氏书画传家代不乏人,沈觐寿秉承外高祖林则徐、曾祖沈葆桢的书法血脉,以唐人楷书为矩镬,在深入研习颜真卿《颜家庙》《麻姑仙坛记》的同时,并不排斥时代前辈的指引,博采众长,虽取意颜书而终能自成面目,其颜体楷书沉厚雄浑、气象博大,有一股凛然之气。行书法乳颜真卿《争座位》,而参以己意,落笔率性流畅、质朴天真,尤以信札为最。作为一位能力综合全面的书家,沈觐寿先生不仅能体悟消化颜书之精髓,进而改造颜体为我所用,他还苦心孤诣于褚遂良之楷书,从壮硕到娟秀,在铁画银钩中勾连和阐释颜书褚书的离与合,传统楷书肥瘦笔路的两个极致在沈觐寿先生手中任意变幻,游刃有余,这是一种自我挑战,也是他对书法深刻理解的一种无言表达。在创作楷书《毛泽东词》四条屏中,沈觐寿运用颜体、褚体、欧体和曾祖沈葆桢体分别书写,面貌各具,充分展现其笔墨能力之丰富与多元。不可否认,沈氏颜体楷书别开新面,于当代书坛有其独到的审美价值与风格意义,在福建、福州因效法者众而广为流布、影响深远,至今我们仍不时可见其萍踪侠影。或许是沈老书风面貌较为鲜明突出,然有习书者效法沈氏颜书,惟妙惟肖,几可乱真,却又囿于沈氏格局,亦步亦趋而难以自拔。以沈老书法之宏阔渊深,学沈者当自省,唯有学而能化,方可免于奴书之拘。检视沈觐寿先生不断自我拓展、勇于革新的书法实践,后学者当有所启示与思考:书法风格的形成、确立是书家的必然走向与最终归宿,也是一个作茧自缚的过程,如何拓展书写的多元维度,避免风格的单一与固化,是对书家自我救赎能力的考验,风格的形塑与突破是每一个书家终归要面对的两难抉择,书家的识见与才能亦在此见出高下。

金石书画妙入神:以书入画之陈子奋⑦

无可疑问,陈子奋先生(1898—1976),是一位书画印全而优的艺术家,书画印三位一体浑融无碍,独步艺坛,具有时代典型性与代表性。徐悲鸿先生于其金石书画多有赞誉,称陈氏"金石书画妙入神",在与陈子奋交往与书信往来中,曾多次邀请陈氏前往其主政的中央大学、中央美术学院任教,有札云及"齐山人老矣,望速来京",希望陈子奋赴京接替齐白石在央美的教职,可惜陈子奋以著作为由婉谢,倘若任教央美,陈氏或不囿于闽中地域局限,声名远布,以其精湛技艺,享有远胜于今之大名,当无疑义。陈子奋绘事以白描和花鸟尤为引世瞩目,人称"白描祭酒",陈衍为其定润例有云:"精金石之学,擅丹青,尤工治印,画则人物山水花鸟皆迫近老莲,篆刻则融冶皖浙二派于一炉,而追摹秦汉,瘁心力以赴之,故其笔力苍劲深厚,骎骎乎奄有完白冬心之长焉。"⑧擅篆刻,徐悲鸿每于信中请其篆印,用印多出其手,精于书法,书风雄浑沉着,别具一格,篆书取意毛公鼎、散氏盘等三代铭文,筋骨雄强、古意盎然,行书坚实绵密、隐然有陈老莲结体与笔势之遗韵,而韧性沉劲过之。从其传世书作来看,金文篆书佳于行书,行书以金文书入,有篆隶笔意遗绪,然过多颤笔扭动而失却自然流畅,笔势略显刻意,用笔沉实,空灵或有所缺,虽此,其书面目鲜明突出、符号性强,诚为不易。综观其艺,画优于印,印胜于书,画印臻于上乘,而书退其次。印从书出,以书入画,金石书画互为滋养却又是陈子奋为艺之道与超妙之处。传统文人艺术讲究诗书画印四绝,吴昌硕、齐白石堪为典范,陈子奋踵武前贤,虽未超拔其上,然亦足观。

哲人之思、出尘之致:隐逸冲淡之虞愚⑨

虞愚先生是一位哲学家,早年接触佛学,从佛学大师欧阳竟无学习印度因明唯识之学,后入厦门大学心理学系攻读,得太虚法师指教,其所著《因明学》是研究因明学、唯识学的重要著述。虞愚少年即以书法驰名厦门,书法先后得欧阳桢、于右任、曾熙等指教,欧阳桢先生特别赠以"好向浮屠

160

寻智永,相期名世并欧虞"诗句鼓励,受前辈启智,虞愚学书注重碑帖融合,以柔化刚,为求诗书合一,曾潜心拜师问学习诗,日臻博大,赋诗以"大、深、新、雅"为格,亦以之衡之书法,故其书中有诗,诗中有书,用笔虚实相参、疏朗温婉、笔断意连,结体收放有致,于平淡之中见开张之势,小字虽精微然亦见大格局大气象,其行笔沉静内敛,不急不厉而风规自远,纵观虞愚书法显然是其才情、个性、智慧与学养完美统一,其书作中所透露的明、净、静与散淡旷远应与其一生研修佛学精义,佛性为怀,超尘离俗的个人修为一脉相承,前贤云"书为心画",以之印证虞愚书艺当为妥帖。虞愚先生深研佛理与因明学之外,于心理学亦有独到见解与领悟,故其在青年时代即大胆借鉴心理学这一西学学科原理,结合自己书法实践与感悟,中学为体、西学为用,撰写《书法心理》一书,诚如其在书中序言所云:"求其能荟萃中西……予究心书法有年,弱冠以前,遍临晋唐法帖,弱冠以后,追溯周秦汉魏诸碑,于此道之甘苦略知一二,久思网罗诸说,折衷众长,编书法心理一书以饷国人之有志,于斯言。"虞愚先生是最早将心理学引入书法研究的学者,对传统书法源流正脉的深刻领会与实践操作,使他得以于书法书写过程的诸多微妙心理体悟了然于胸,形诸笔端则是心手相应的精微细腻,看似漫不经心的一点一划,馨露的是虞愚丰赡沉潜的智慧与情怀,不经意间的濡墨挥毫,拈花而笑,你能感受到那一花一世界的精彩。当然虞愚书写中的简笔与笔画间的粘连有时让我们感到不舒展、不透气,或许这正是其以小见大、以少胜多、以收促放的高明与超脱所在吧。

根植经史、学人本色:学者书法之黄寿祺[10]

中国书法历来注重以学养字,强调功夫在字外,虽为技艺之学,诗文学问滋养实为要务,如果说潘主兰先生是书家兼学问家,那么,黄寿祺教授则是在学问之余,濡墨挥毫,无意成书家而自鸣于世。黄寿祺是享誉海内外的易学名家、古典文学研究专家，早年师事尚秉和、吴承仕诸先生深研国学，探究易学精义。传统学术素来讲究学脉传承，回顾学术史传衍脉络，黄寿祺先生学术渊源有自，大致主要从两条线路沿波讨源，一是从尚秉和上溯吴汝纶，归源于曾国藩；二是从吴承仕上溯章太炎，归宗于俞越。⑪秉承国学正脉，学养精深，文化积淀深厚赋予黄寿祺对传统书法独到的理解和体悟，正所谓"博学余暇，游手于斯"，故其信笔所之，波澜不惊却意味深远。黄寿祺书法以颜真卿、苏轼法书为筑基之本，取其正大雄浑之势，落笔沉着遒劲，厚实中自有一种温文尔雅之调，其行草率意灵动，不计工拙而自成家数，字里行间学人本色馨露无余，非学殖渊深者实难企及，此等风采尤见于其所作信札之中，无意于佳乃佳，诚如东坡所言："我书意造本无法，点画信手烦推求。"黄寿祺先生书如其人，质朴敦厚，有长者之风，以质为本，文质相生，不以技见长，但书法之精妙却在笔墨飞驰之间彰显，子曰："质胜文则野，文胜质则史，文质彬彬，然后君子。"以之形容黄寿祺先生书法之内在理路，似为公允之论。黄寿祺教授以治易名世，躬身杏坛，诲人不倦，其书作多为案牍之余人情请索，或鸿雁往来，或题跋签署，自作诗文为多，书文并茂，远非抄写前贤诗文之书家可及。黄寿祺先生不以书技炫世，学名掩其书名，故其书法之价值远未为世人所识。察之20世纪福建本土学人，以学以书堪可比肩黄寿祺先生者，殆无几人。

腹有诗书气自华：诗人书家之赵玉林⑫

赵玉林先生是一位传奇人物，也是福建书坛常青树，作为一位诗人，赵玉林的书法一直保持着旺盛的青春活力，诗人的激情似乎让岁月留驻。从他的书作中，我们几乎察觉不出一位耄耋之人笔墨应有的老态，"人书俱老"从某个层面来说，在赵玉林先生的书作中是不留痕迹的。倘若要从作品字里行间判断其书作创作的年龄层次，有时并不是太容易，因为他的书写是那样的刚健有力、神采飞扬，一如既往的真气弥漫、饱满充盈，即使在晚年，年近百岁的他依然勤于砚田、挥毫不辍，丝毫不见衰减之势，这无疑是一个书坛神话。赵玉林先生早年经历坎坷，阅尽人间沧桑，一个世纪的人生让他真正体悟到"繁华落尽见真淳"的真正含义，年复一年、日复一日的自作诗文书写是他坚持不懈的必修功课，书写对他而言是人生的一种修炼，是他快意人生的一种方式，是生活中点点滴滴的积累和凝练，就像其诗一样像风像雨，触手可及，挥之不去，书法已融入他生命的全部。赵玉林先生耽于诗文，临池不辍，书法秀逸挺劲，行书取意赵孟頫之温润、米字之沉着痛快，草书有黄庭坚之纵逸恣肆，法乳诸家而自出机轴，早年书写内敛含蓄，中年渐次放逸，晚年则纵横跌宕迅猛急驰，用笔老辣，枯润相间，孙过庭论书云："一画之间，变起伏于峰杪；一点之内，殊衄挫于毫芒。留不常迟，遣不恒疾；带燥方润，将浓遂枯。"赵玉林行草有之，点画飞动之际枯躁急笔亦偶有过之，观其晚年书郁勃之气冲纸而出。赵玉林先生由诗而书，诗书交融，书法与诗文皆为其真性情的自然流露，"腹有诗书气自华"，因为有诗文滋养，故而其书潇洒出风尘，有清雅之致，是诗人书家的典范。

余　论

如何衡量和评价一位书家的艺术成就与历史地位，是一个有待探讨的课题，本文书家遴选与评介主要基于两点考虑：

一、书家作品所呈现的艺术高度、学术价值与文化引领力。什么样的书写是书法？书法家的标准是什么？会写毛笔字的人很多，会写毛笔字的就是书法家？什么人写的字是有价值而值得研究探讨？这都不是一个好回答的问题，每个人对书法的理解和审美见识会有不同，仁者见仁，智者见智，窃以为，作为一名书家，他的书迹要达到一定的艺术高度，应具有经典书法的笔法与格调，无论是从技艺还是书写意蕴境界都应与传统有衔接有所超越。书法史上的名家大都有较好的文学修养，因为字需要滋养，但有好的文学修养未必能成就书法家，因为书法是需要技巧的修炼，需要实实在在的功夫。书家的书写能力与学养修为决定其艺术成就的高低，也影响其艺术影响力、文化引领力。

二、书家个人学术地位、社会职位、代表性及在教育传播、书法活动、展示推广等方面所带来的社会影响力。字因人贵，艺因人显，书写者的学术地位与社会职位对于艺术影响力的扩散传播有巨大的推动效应，一位长期从事文化教育、书法教育、书法活动展览推广的书法家，其艺术理念与风格审美为世人关注与接纳程度较高，受其启发者亦众，无形中自然具有广泛的社会影响力，研究他们显然有助于在研究一个文化与艺术圈层、一个时代的审美风尚的形成与由来。

本文主要选取长期定居生活在福建的已故书家，旅外闽藉书家暂不及。囿于条件，六位已故前贤书迹笔者所见不周，个人学识亦限，仅就所及，谈点管见与学习体会，更深入的体察尚待来日。由于掌握资料不足与视野局限，遴选或有阙漏，只得期于日后再拾遗补阙。不当之处，还望诸位贤达有教于我。

注释：

①潘主兰(1909—2001)，福建长乐人，1928年肄业于福建经学会国文专修科。1956年执教于福州工艺美术专科学校，讲授国文、书法、艺术理论等课程，历任福州书法篆刻研究会副会长，福州画院副院长，福建省书法家协会副主席、顾问，福州市书法家协会顾问，中国书法家协会篆刻艺术委员会委员，西泠印社社员，福州市文学艺术界联合会名誉主席，福建省诗词学会副会长、顾问。著有《潘主兰印选》《潘主兰诗书画印》《七发集——素心斋部分》《寿山石刻史话》等。2001年获得中国文联与中国书协共同主办的国家级书法专业学术奖——第一届中国书法兰亭终身成就奖，是仅有的两位

得主之一，另一位是启功先生。

②铸公：《让人难忘的素心幽兰——怀念潘主兰先生》，《潘主兰纪念文集》。

③潘主兰：《潘主兰谈甲骨文书法》(之一)，1986年1月20日于福州。

④杨贡南：《潘主兰印选》序，上海书店，1989年版。

⑤张善文：《澹泊生来只自知》，《潘主兰纪念文集》，第1页。

⑥沈觐寿(1907—1997)，字年仲，号静叟，遂真园翁，福州市人。历任福州画院副院长、一级美术师、福建省政协委员、福建对外文化交流协会理事、中国美术家协会会员、福建书协副主席、福建省文史研究馆馆员、福州市书法篆刻研究会会长等。

⑦陈子奋(1898—1976)，字意芗，原名起，号无寐，晚年别署水叟。福建长乐人。历任福建省文史研究馆馆员、国画研究会理事长、福建省美术家协会副主席、福州市美术家协会主席等职。著有《寿山石小志》《甲骨文集联》《籀文汇联》《古钱币文字类纂》等。

⑧李永新：《陈子奋年表》，《东方艺术》，2014年第4期。

⑨虞愚(1909—1989)，原名德元，字竹元、佛心，号北山，早年从学于武昌佛学院太虚大师。后转入厦门大学，专究哲学，时曾至闽南佛学院研读，厦门大学哲学系教授，中国社会科学院哲学研究所研究员，中国佛学院院务委员。以因明学之研究著称，著有《因明学》。

⑩黄寿祺(1912—1990)，字之六，号六庵，一度自号巢孙，霞浦人，著名易学专家，历任福建师范大学教授、副校长，福建省政协文史委员会副主任、福建省省社会科学联合会副主任委员、中华诗词学会中国韵文学会顾问、省语文学会会长。著有《六庵诗选》《易学群书平议》《楚辞全译》《周易译注》和《周易研究论文集》1—4辑。

⑪尚秉和吴汝纶曾国藩。吴承仕章太炎俞越

⑫赵玉林(1917—2017)，号佛子明璧，浙江绍兴人，诗人、书法家，历任

福建省文史馆馆员、《福建文史》副主编,福建省书法家协会、福州市书法家协会名誉理事,福建省楹联学会名誉会长,福建省逸仙艺苑名誉理事长,中华诗词学会名誉理事,福建省诗词学会顾问等。著有《赵玉林书法选集》、《玉林词选》《秦豫行》《灵响居诗文存》《左海吟墨》等。

探索与批评

作为学人的冰心

王炳根

一般认为,冰心以天分与才华写作,学者的色彩不浓。《冰心全集》中对体现冰心学者型的作品,有的缺失,有的未入,所以包括研究者在内,也认为冰心才高于学。自然,作为一个著名的诗人、作家,才气是最重要的,但仅靠才气是不够的,其作品的深度与语言的练达都会受到影响,恰恰是因为有了厚重的学人功底,才托出了冰心作品的凝练、单纯、优雅与丰厚。

一、"集龚"与元曲研究

基本都以署名"女学生谢婉莹"的《二十一日听审的感想》(北京《晨报》1919 年 8 月 25 日),或者以首次署名"冰心女士"的小说《两个家庭》(北京《晨报》1919 年 9 月 18 至 22 日连载),作为她的处女作。但实际上,集龚才是冰心"真正的少作"。

成为"冰心"之前的谢婉莹,在她就读贝满女子中斋的时候,欢喜玩一种自称为"七巧板"的游戏,即将清代诗人龚自珍诗词打乱(主要是《己亥杂诗》三百一十五首),重新组合、搭配成为一首新诗,诗意与原诗发生了变化,这就是"集龚"。19 世纪末叶后的不少文人,爱玩"集龚",既是一种喜爱,也是一种训练。冰心在贝满时有几十首的"集龚"诗作,不仅从《己亥杂诗》

王炳根,冰心文学馆原馆长,福建省作家协会副主席

中集,还从其他的诗词中集,涉及面相当广。比如有一首"集龚"的绝句:"光影犹存急网罗,江湖侠骨恐无多。夕阳忽下中原去,红豆年年掷逝波。"便是分别从《己亥杂诗》中的第八十、一百二十九、一百八十二首集来的,第三句不在杂诗中而来自《梦中作》。这显然就是一首新诗,意境与意趣,均属冰心。

1990年春节,严文井写信索字,冰心将少女时代"集龚"诗句,跃然纸上,先是写了三首,此后又加了五首,全是从记忆中打捞出来的。其中有"偶赋凌云偶倦飞,一灯慧命续如丝。百年心事归平淡,暮气颓唐不自知","少年哀乐过于人,消息都防父老惊。一事避君君匿笑,欲求缥缈反幽深","卓荦全凭弱冠争,原非感慨为苍生。仙山楼阁寻常事,阅历天花悟后身"。这些诗句与她不久前发表的《关于"百花齐放,百家争鸣"》中对龚自珍的引用一样,表示了她那时复杂的心境与情感,也即是"世事沧桑心事定,胸中海岳梦中飞"(冰心"集龚",梁启超手书的楹联)。曾任人民文学出版社社长的严文井完全被老太太"集龚"弄懵了,那些年少之作,今日和盘端出,严文井受宠若惊却又不解其意,急令出版社古典文学功力深厚的林东海来做注释,并在《当代》杂志发表冰心真正的处女作。林东海拿到诗稿,取出《龚自珍全集》逐一查找,"因龚集至今未编索引,查找三十二句龚诗的出处并加以校核,殊非易事。虽说用的是死功夫,却也弄得眼花缭乱,晕头转向","由此我联想到冰心在少女时代对龚自珍诗词就下了很大功夫,其国学根基十分深厚。今日从事文学创作的青年,不少人很难望其项背,连治古典文学多年的我辈也自愧弗如,不禁感慨系之"!查找以死功夫还能办到,但如何解释诗中的用意,却也把这位古典文学的专家难住了,登门请教。老太太只是轻轻一句:"当时只觉得好玩,像玩七巧板似的,没有什么用意",并告之"你们也不要推测了"。严文井对"并无深意"则不信:"我这个穿凿成性的人有时又禁不住往龚自珍身上想。那个了不起的龚自珍,他反对'衰世',叹息'万马齐喑',想挽救被扭曲的'病梅',颂扬'山中人',喜欢王安石,支持林则徐,等等等等,是他的哪一种思想吸引了那个刚脱男装不久的少女呢？"
(冰心的"集龚"诗八首、楹联三副、林东海的刊校注者附记、严文井《一直在玩七巧板的女寿星》,均刊于《当代》1991年第3期)

"集龚"诗未入《冰心全集》,但大学毕业论文《元代的戏曲》却是收进了。这是一篇高屋建瓴式、宏观而微的研究元曲的论文,指导老师周作人。论文从元曲的分类、渊源、作家入手,对元曲的结构、角色、思想、艺术及新文学关系,进行了系统的研究。她认为,在中国三千余年的文学史上,"最能发泄民众的精神,描写社会的状况的,却是没有一时代的文学,能与元曲抗衡"。这个结论是作者对历代文学总体把握的基础上得出的,而非现成的结论转述。元曲作家与戏曲作品的介绍不用说,甚至一些唱词从何化解而来,也都会指出:"如薛昂夫'楚天遥'一阕之'……一江春水流,万点杨花坠,谁道是杨花？点点离人泪'……是将宋词内的'细看来不是杨花,点点是离人泪',略改数字而成的。又白仁甫'忆王孙'一阕内,简直抄了'银烛秋光冷画屏'一句唐诗",不仅体现了作者细读之功夫,同时也显示了她的文学观念,"元曲中此类极多,大家略不介意。以上两端,元作家的自由气派,大可效法"。至于她提出元曲与新文学的关系,也很耐人寻味:"古文学自风雅、乐府,而五七言诗,而词而曲,层层蜕变层层打破束缚。风雅和乐府是非唱不可的,而五七言诗,即可不入乐。五七言诗是有字数限制的,而词就不必每句相同,或两句相同。词是尚典雅藻丽,而曲则俚言白话都可加入。但是曲还有个声韵格律。时至今日,新文学运动起,新诗出来,连有束缚性灵的可能性的音韵格律,都屏绝弃置,文学家的自由,已到了峰极。然而自'风''雅'至'词''曲'蜕变的痕迹,是节节可寻。'新文学必以旧文学做根基',虽不成理论,却是个事实。元曲和新文学时代紧接,而且最民众化的。为着时代的关系,新文学家不能不加以参考、注意!"这篇字数不长却是颇显学力的论文,发表于1927年6月创刊的《燕京学报》。

顺便说一句,《燕京学报》由哈佛燕京学社资助,之前曾有《燕大季刊》,

学报追求学术含量与品味，组成了强大编委会，编辑委员会主任由国学家容庚出任，编委都是燕大的重量级的学者、教授，如宗教学院的赵紫宸、哲学系的冯友兰、副校长吴雷川、国学大师洪慰莲，还有黄子通，再就是许地山与谢婉莹，冰心最年轻（二十七岁）、资历最浅，却出现在编委会的阵容里。

二、汉英、英汉双向翻译

在现代中国译界，福建有几个人是有影响的，严复是一，林纾是一，林语堂是一，陈季同也是一。其实，冰心也是这个行列中的一员，在尚未进入翻译实践时，便有了理论，她在1920年发表《译书之我见》（《燕大季刊》第1卷第3期）时，提出翻译三原则——顺、真、美。她说："既然翻译出来了，最好能使它通俗……不通俗就会导致不明了、不流畅，这样会打断阅者的兴头和锐气。"她把"顺"摆在了第一位。其次，她认为，翻译时要避免过多地参入己意，要准确地传达原文的内容及艺术境界。同时，她也意识到了翻译需要"美"，如何使译文变为美文，这就要求译者在文学上要有较好的修养。冰心提出的"顺""真""美"，与严复的"信""达""雅"、林语堂的"忠实""通顺""美"等观念，大致相似，并且可说是支撑了中国的翻译理论。

冰心在美国威尔斯利女子大学留学时，攻读英国文学，莎士比亚是重要课程，《哈姆雷特》中许多精彩的台词，她都背得出来。但她没有以此作为硕士论文的选题，而是选择了汉译英李清照的《漱玉词》。英译诗词难，既有用典、象征、比兴，又有韵律、节拍与词牌的限制等，选择李清照可说是难上加难了。尤其是李清照的英译参考文本，威校的图书馆一本也找不到。

虽说李易安的词在中国享有盛名，但在欧美几乎无人知晓。冰心在哈佛大学的怀得纳（WIDENER）图书馆苦苦找寻，最后也只找到三人翻译她的词。但也不是英语，而是法语。一个人是朱迪思·高迪尔夫人，翻译了《漱玉词》中的几首。同一本书中，一个人叫乔治·苏里·戴英杭，翻译了七首。1923年法国巴黎出版的《宋词选》，有利·德·莫兰对李清照词的翻译。这些翻译,很难传达李清照词的意境、文字的隽永和谐,与中文相距甚大。连译者苏里·戴英杭也承认,"难得几乎无法翻译"。在哈佛大学中国图书馆中,冰心倒是找到她所要用的翻译蓝本、王鹏运选编的李清照《漱玉词》(1881年北京初版)。

在进入实际的翻译前,冰心与她的导师罗拉·希伯·露蜜斯博士确立了一些原则,这个原则使她的翻译中减少了一些困难,那就是放弃易安词的韵或节拍。词可吟诵,吟诵时有伴乐,翻译不可能保持中文吟诵时的伴乐,译作也不可能成为有伴乐的诗歌。因此,她认为,"在翻译中看来可以做到的,而且希望能够做到是要逐字精确地翻译。要保持原诗中经常引喻的古代人名和风俗习惯的风韵,尽量保持词的情态……"最终呈现的是根据原词译成的"长短不一的英文格律诗"。

"逐字精确地翻译""保持词的情态""英文格律诗"这三点,成为冰心对李清照翻译的三原则,这与她在尚未进入实践时所主张的"顺""真""美"是一致的。冰心选择了《漱玉词》中的二十五首词进行翻译(其中之三《生查子》,为宋代女词人朱淑真所作,可能是王鹏运选编的《漱玉词》误收入),完成了她最初的译作。1997 年香港昆仑制作公司将其出版,书名为《论李清照词——冰心女士硕士论文》。在完成论文《李易安女士词的翻译》的同时,冰心还在写作《寄小读者》,显示了她既是一位灵性极高的作家,也是扎实做学问的学者。《漱玉词》中二十五首词的翻译与注释,词法与韵律的分析,只有专业知识功底极深、国文基础很厚、西方诗歌造诣很高的人才能做到。《序》与《词人小传》,概括力强,见解独特且极富文才,体现了广博的历史知识与纵横向诗词比较的能力。冰心的硕士论文完成后,威校校刊以《威校毕业生翻译中国诗词》为题,进行了专门报道,称"谢小姐实属把她的诗词翻译为英文的第一人"。需要再说一下的是,《冰心全集》收入这篇硕士论文,仅附《漱玉词》原词,而无冰心汉译英文本。其实,汉译英的《漱玉词》才是冰心的作品。在我后来选编的《我自己走过的道路》(冰心佚文集,人民文学出版社 2007 年），才将这个文本收入。

冰心的英译汉，有人们熟知的纪伯伦的《先知》《沙与沫》、泰戈尔的《吉檀迦利》《园丁集》以及泰戈尔的诗、小说、诗剧等，大多成了经典。为了表彰冰心对纪伯伦介绍与翻译的成就，1994 年黎巴嫩总统埃利亚斯·赫拉维授予冰心"雪松骑士勋章"。冰心参与英译汉三部重要的著作，却未引起人们的注意。

"文革"中，冰心的隶属关系一度从中国作协转到中央民族学院，1971年从湖北潜江五七干校回京后，与吴文藻先生同在该校的研究室工作。这一时期（1971—1974 年），冰心参加了三部书的翻译，首先是尼克松的《六次危机》，分工合作，冰心译第二章，吴文藻译第五章，之后两人互为校正，抄正誊清之后，冰心再作文字润色。之后，张锡彤译的第一章也出来了，吴文藻校正，冰心做文字润色，流水作业，全部译稿校完、交出，前后仅用三十五天的时间。第二是美国历史学家海斯、穆恩、韦兰三人合著《世界史》的翻译，国家下达的任务，用于高中阅读课本。该书从文明演进的角度论述人类的历史，即从人类的文明产生，到第二次世界大战结束。冰心既是译者，也为全书文字润色。书开始讲述的"石头的故事"，便是冰心先试译，从而奠定该译作的文字基调（这个试译的手稿，由冰心文学馆收藏并陈列展出）。《世界史》（世界图书出版公司 2011 年 3 月版），译者置名是这样的：冰心、吴文藻、费孝通等译。第三是翻译 H.G.Wells（韦尔斯）《世界史纲》，这是一部 20世纪 80 年代开眼看世界的书，当时许多青年学者都受其影响。冰心是全书的文字润色者，吴文藻日记中有详细的记载：从 4 月 19 日开始，校阅徐先伟译稿，吴文藻在"有疑难处重加修改"，并认为译稿的"质量较高易改"。之后，冰心在校正稿上进行文字修改与润色："先看莹改徐译稿第三十七章 19世纪最后二节（第十九节），学习文学，次就李译稿第三十八章最后一节（第九节）修改处重阅一遍，疑难处拟出初稿待商榷，然后转入第三十九章，'二十年的犹豫及其后果。'"8 月 27 日："上午第二次校订第三十七章第十到十八节,莹改过之处,全部看完,亲送给文瑾同志付抄缮。"这部书的署名顺序由费孝通亲自排定,最后为:吴文藻、谢冰心、费孝通、邝平章、李文瑾、陈观胜、李培莱、徐先伟。直到今天,《世界史纲》仍在不断再版,包括上述两部书,冰心参与的翻译、润色,起到了重要的作用,也体现了她作为学者对原著的完整把握与理解。

三、文学主张并留题

冰心在五四时期没有发表过文学革命之类的宣言,但她是一个积极的实践者,实践中悟出一些文学真谛,于是,将其记录下来、表述出去。这在新文学理论尚属草创之初,同样有着价值。

自从胡适的《文学改良刍议》(1917年)、陈独秀的《文学革命论》(1917年)发表之后,关于什么是文学、什么是新文学的议论便不再断过。胡适自己则有一系列的文论,并曾以"国语的文学,文学的国语"十个字来概括他的文学主张。其观念在五四时期,具有一定的代表性。冰心肯定是了解的,但到了自己来讲什么是文学时,却用了自己的八个字,"发挥个性,表现自己"。具体而言,"'能表现自己'的文学,是创造的、个性的、自然的,是未经人道的,是充满了特别的感情和趣味的,是心灵里的笑语和泪珠。这其中有作者自己的遗传和环境,自己的地位和经验,自己对于事物的感情和态度,毫不可挪移,不容假借的,总而言之,这其中只有一个字'真'。所以能表现自己的文学,就是'真'的文学"。而"'真'的文学,是心里有什么,笔下写什么,此时此地只有'我'——或者连'我'都没有——前无古人,后无来者,宇宙啊,万物啊,除了在那一刹那顷融在我脑中的印象以外,无论是过去的、现在的、将来的,都屏绝弃置,付与云烟。只听凭着此时此地的思潮,自由奔放,从脑中流到指上,从指上落到笔尖。微笑也好,深愁也好。洒洒落落、自自然然地画在纸上。这时节,纵然所写的是童话,是疯言,是无理由,是不思索,然而其中已经充满了'真'。文学家! 你要创造'真'的文学吗? 请努力发挥个性,表现自己"(《文艺丛谈》,《小说月报》1921年第12卷第4号)。

冰心不仅指出了自我表现、发挥个性、创造时的癫狂状态的文学本质，而且对文学家的素质与修养也进行理性的分析，包括"文学家的父母"，"文学家要生在气候适宜、山川秀美，或是雄壮的地方"，"文学家要生在中流社会的家庭——就是不贫不富的家庭"，"文学家要多读古今中外属于文学的作品"，"文学家要常和自然界接近"，"文学家要多研究哲学社会学"，"文学家要多作旅行的工夫"，等等。(《文艺丛谈》)这都带有共同性，而冰心在(七)中，却是提出"文学家要少和社会有纷繁的交际"。她认为"文学家的生活，无妨稍偏于静，不必常常征逐于热闹场中，纷扰他的脑筋"，也就是保持文学家的清醒与独立，同时，也便于对社会采取"客观的态度"，太接受或太投入，自己也可能被搅进去，"当局者浑"，对社会便不能有"尽情的描写批评，也不敢尽情的描写批评了"。(《文学家的造就》，《燕大季刊》1920年第1卷第4期)而在另一篇文章中，冰心还将作家的人格、道德与文章联系在一起，"蓄道德的作者，他的文章也是蓄道德的"，"作者不蓄道德，他虽然能文章，他的文章也只是济恶的、助虐的"。所以她主张，"作家最要的是人格修养"！这些文学的主张，虽不能说系统，也未进入理论阐述的层面，但相对于胡适的文学主张，还是更接近文学的本体了。当然，冰心发声时还是一个大学生，她的主张未引起多少人的重视，甚至被左翼文学家的批评。直到20世纪80年代，"发挥个性，表现自己"才在文学理论中被重新提起，不过，那似乎是一些新潮文学理论家的专利，并无冰心的份额。

不用说，新文化运动中，冰心的角色是文学创造者，从"问题小说"始，继而现代美文(散文)、小诗与儿童文学等。冰心的创造，丰富了五四新文学，她的作品不仅开创了不同题材创作的先例，而且创造了一种属于她自己的文体——"冰心体"。对于什么是"冰心体"，论者见仁见智，她自己则认为主要体现在语言上。"冰心体"的语言，她用了十个字概括："白话文言化""中文西文化"。至于白话如何文言化、中文怎样西文化，没有详说，仅是一个题目。而这题目，却是悬到了今天，没有一部专著，纵有几篇论文，也是语焉不详。我在国内外一些大学讲座时，多次提到过这个题目，希望有人来做。研究这个课题所具备的基本条件，应该要有深厚的古文根底，而西文，不说几种，起码要有流利的英文吧，能读懂《圣经》，再就是中国文学的才情与知识，才有可能研究冰心如何"白话文言化""中文西文化"，从而形成"冰心体"的。窃以为，这是她留给学人的一个未解之题。

波浪的诗魂

——读蔡其矫海洋诗系列

邱景华

蔡其矫为什么会成为 20 世纪新诗最著名的海洋诗人？

这要从他特殊的身世和经历说起。他的故乡泉州是宋元时期世界海洋的中心，他的曾祖父是航海的行商，有十三艘大帆船。他的祖母和母亲是"半南蕃"（外国人与泉州本地妇女所生的混血后代），他的父亲是印尼泗水的华侨富商。在青少年时代，蔡其矫曾两次往返于故乡与印尼之间，有着长程航海的经验。他天生不会晕船，从小就喜欢航海，与大海结下不解之缘。

蔡其矫九岁随家人到印尼泗水，当时的印尼还是荷兰的殖民地，他作为小华侨，时常受到欺凌。在泗水的海港，他看到的都是外国的军舰和轮船。从小就萌发强烈的心愿：期盼祖国将来也能有强大的舰队和很多轮船，称雄世界。

这是蔡其矫作为小华侨最初的海洋意识，影响了他的一生，也是他海洋诗的独特起点。他后来对海洋独特而前瞻性的思想，也是在此基础上发展而来的。不了解这些，也就很难理解蔡其矫的海洋诗。换言之，蔡其矫的海洋意识，并不是从现成的海洋文化理论中拿来的，而是他独特的身世和特殊的经历中综合产生的，然后形成海洋诗独特的主题，后来又继承浪漫

邱景华，宁德市高级中学图书馆副研究馆员

主义诗歌"海是自由象征"的传统,并且与所处时代内容相融合,不断发展出新的主题,形成多种多样的海洋诗。

一

中华人民共和国成立初期,当时在中央文学研究所任教的蔡其矫有机会到全国各地体验生活,他就选择海洋。他晚年回忆:"我几次从南洋航海往回,所看见的别人海港和战舰,对比自己的,痛心疾首无已。新中国成立,我以一个归侨的心,希望祖国强盛,认定首先要有强大的海防力量,与之相平行的,是现代海港,让民间船队再纵横在世界的三大海洋上。所以我在50年代初回到文艺队伍,首先感兴趣的是去海上旅行,梦想做个海洋诗人。"①

1953年冬至1954年春,蔡其矫到海军东海舰队的舟山基地和厦门基地体验生活。1956年8月至1957年4月,到广东南海舰队体验生活,一直到西沙群岛。因为天生不会晕船,蔡其矫经常随舰队航海,在波涛汹涌的大海上,与水兵们一起接受海水的洗礼。在台风过后巨浪滔天的台湾海峡,随炮艇巡航,历尽艰险。有了这样的海上生活体验,蔡其矫创作了最早的一批海洋诗。

表面上看,蔡其矫海洋诗是写海防,是他20世纪40年代战争诗的继续;但也像他的战争题材,在艺术上有着自己的开拓,并不仅仅是图解主流政治。他说:"什么叫'体验生活'?我理解到,它不是别的,它就是调查研究;只是它的调查研究的对象不是数目字,而是人的心灵。"②

蔡其矫经常引用高尔基的名言:"主题第一、题材第二、语言第三。"他认为高尔基揭示了一个非常重要的艺术规律,只有像高尔基这样的文学大师,才能洞察。蔡其矫认为:高尔基所说的主题,不是那种对政治的图解,或者是理念化的说教,而是作家对现实生活、对所处时代的一种独特理解和审美态度。③当作家主观思想情感(主题),与现实生活中的素材相融合,才

179

产生题材。没有作家发现的主题,也就没有题材。所以说,主题第一,题材第二,是主题决定题材。而语言第三,指的是语言和艺术手法,即诗的形式。诗人根据不同的题材和主题特点,创造出不同的形式。

换言之,蔡其矫对体验生活的独特理解,对水兵情感和心灵的关注,使他摆脱了那种体验生活中常见的对主流政治的图解,产生了新的主题。虽然他的海洋诗也有当年主流政治的内容,但最具特色的,是写水兵,写水兵的情感,特别是水兵与海洋的情感。蔡其矫写海的主题之一,就是海与人,人是海的主人,也就是他歌颂的海上英雄——水兵。他写下一批献给水兵的诗篇:《风和水兵》《水兵的心》《水兵的歌》《你和海——水兵给远方爱人的信》《水兵的生活》……

写得最好的,是当年传诵一时的《风和水兵》(1954年):

> 风啊! 风啊!
> 你是大海的朋友,水兵的爱人!
> 你带来了岸上花的芬芳
> 和草的凉爽,
> 抚爱船上的旗帜和我的心。
> 你吹起我的帽后飘带,
> 用激动的声音向我诉说衷情;
> 你把飞溅的水花泼到我的脸上,
> 我感到是你清凉的嘴唇在亲吻。
> 你那粗犷不羁的爱,
> 只给那最坚强的灵魂。
> 风啊! 风啊!
> 你是大海的朋友,水兵的爱人!

这首诗不像当年流行的政治抒情诗那样,直接由诗人歌颂水兵,或者由水兵自述其英雄的故事;恰恰相反,是由水兵赞美与之朝夕相处的"风"。

叙述方式非常新颖：诗中的"我"是水兵，"你"是"风"；由水兵"我"，来讲述与"你"（风）的亲密关系，诗人潜藏在幕后。这种戏剧化的叙述者，是现代派诗歌常用的叙述方式，有一种间接性的效果。当代诗歌要到 20 世纪 80 年代才开始流行。蔡其矫早在 1954 年，就用这种现代艺术来写海洋诗，令人称奇。

为什么"风"这么热爱水兵："你吹起我的帽后飘带，/用激动的声音向我诉说衷情；/你把飞溅的水花泼到我的脸上，/我感到是你清凉的嘴唇在亲吻。"因为水兵是保卫祖国海疆的卫士，所以："你那粗犷不羁的爱，/只给那最坚强的灵魂。"其实，这还是借"风"来赞美水兵，只不过是用一种间接的艺术手法。这首诗，娴熟地运用现代诗的叙述艺术、清新的语言和歌一般的调子，真正把水兵的情感诗化了，不愧为佳作。

蔡其矫海洋诗，还有以自己亲身经历，以写实场景，表现新主题。如长诗《西沙群岛之歌》（1957 年），通过对南海奇异景色和富饶资源的描绘，歌颂西沙群岛最早的开发者。除了保卫祖国领海、开发和建设海疆的主题，蔡其矫还衍生出新的主题：海洋美的主题，是人与海互动而产生的美。正是这个海洋美的主题，使他的《夜泊》和《船家女儿》，经受了时间的考验，至今还被诗评家们反复解说，为不同时代的读者所喜爱。

1954 年，蔡其矫在浙江舟山群岛的沈家门，目睹春季鱼汛盛况，先写《沈家门渔港》，叙写内心的喜悦。后来看到渔港内无数船队夜泊的壮观景象，又写《夜泊》：

> 港湾内布满了渔船小小的灯光，
> 在水底下都变成了光明的杉树；
> 可是夜在海上散下薄薄的雾，
> 却连最明亮的月光也穿不透。
> 我听见微波在向船诉说温柔的话，
> 但桅杆上的红旗却还在与风搏斗；

那些落帆而停泊在一起的船队，

在梦中也还未忘记它风波的路。

《夜泊》的特点，是借鉴唐代律诗的传统，创造一种新的现代律诗形式，把鱼汛季节无数船队夜泊的现实生活，转换成美的艺术真实。换言之，这首诗的特点，就是把鱼腥味变成美的意味。(如果把《夜泊》与写实的《沈家门渔港》相比，就可以看出两者极大的差异。)其二，古诗也有"夜泊"的主题，多写行旅途中的愁苦；但蔡其矫的《夜泊》，却是写当代鱼汛的喜悦；诗人有意用"夜泊"，是追求古词翻出新意，与这首诗的整体构思是一致的。

蔡其矫说："这首诗是有意写成律诗，律诗，最讲究对仗。上景对下景，实景对虚景，灯光、杉树、薄雾、明月、微波、强风都是对衬的，构成有动作的画面。在句法章法结构上，也采取上片对下片，客观对主观，小对大，薄对厚，温柔对强硬，静对动。色彩、音响、感觉、情绪，都调动在一起。在转语中，'可是''却''但''也还'起一定连接作用。押韵，使通篇和谐呼应，节奏对称。短短八句中，包容现在和未来。"④

《夜泊》虽然是有意写成律诗，但不是复古，而是创造：作者要探索的是用现代律诗，表现当代生活。所以采用长句式和新的节奏。诗分八行，形成四对。每对每行的字数相等，但全诗四对的字数又不断变化；并不是像古典律诗那样，都是五言或七言。第一对每行十三字，第二对每行十四字，第三对每行十二字，第四对每行十三字。不断变化的四对字数，打破了古典律诗的整齐有序，追求一种变化而不呆板的节奏。在内容上，前面两个对句，是写渔港船队夜泊的灯光。后面两对，是诗人的想象，发展了主题：船队虽然停泊，但桅杆上的红旗还在与风搏斗；帆虽然降落，但"在梦中也还未忘记它风波的路"，这就是主题的升华：夜泊虽然是船队的休息，但梦中依然在风浪中航行。这样就打破了渔港的有限时空，追求的是古典律诗的象外之意。《夜泊》的成功就在于：既继承和发展了汉诗的形式特点，又能表现当代生活。在1954年，能做到这一点，实属不易。

这一时期,最能体现蔡其矫诗歌艺术风格的,还有写人与海的名篇《船家女儿》(1956年):

> 诞生在透明柔软的
> 水波上面,
> 发育成长在无遮无盖的
> 最开阔的天空下,
> 她是自然的女儿。
> 太阳和风给她金色的肌肤
> 劳动塑造她健美的形体
> 那圆润的双肩从布衣下探露,
> 那赤裸的双脚如海水般晶莹,
> 强悍的波涛留住在她的眼睛。
> 最灿烂的
> 是那飞舞的轻发的额头
> 和放在桨上的手;
> 当她在笑,
> 人感到风在水上跑,
> 浪在海面跳。

像船家姑娘这样诞生在水波上面、成长在天空下的大海女儿,题材的特点,很难再像《夜泊》那样采用现代律诗,来表现船家姑娘自由和快乐的天性。所以,这首诗采用的是自由诗体。前面五行,极为传神地抒写船家姑娘成长在最开阔的大海环境。接着是写她的形体美:"太阳和风给她金色的肌肤/劳动塑造她健美的形体。"船家姑娘是大海的女儿,为了更好地表现这个题材特点,诗中的比喻都采用"近取譬":以海洋的意象来比喻船家姑娘的女性美,更能表现大海女儿的特点,也就是把她诗化了。"那赤裸的双脚如海水般晶莹,/强悍的波涛留住在她的眼睛。"(后面还有)这样,船家姑娘就与大海融为一体。以上是静态的描写，最后部分，是深一层表现船家姑娘的动态美："最灿烂的/是那飞舞的轻发的额头/和放在桨上的手。"这还只是过渡，真正的动态美，是在最后三行，写船家姑娘的笑："当她在笑/人感到风在水上跑，/浪在海面跳。"整首诗，统一在船家姑娘与大海的"自由与欢乐"的审美关系之中。

《船家姑娘》是自由体，不分节，但形式上非常讲究。全诗共十六行，前四行，是两个跨行。不跨行也行，但跨行把"水波上面"和"最开阔的天空下"，突现出来。这四行，是两个流水对。第五行"她是自然的女儿"，是对前四行的总结，也打破了两两相对的平稳和呆板，多了节奏上的变化。第六、七、八、九行，也是两个对偶句；也是用第十行"强悍的波涛留住在她眼睛"，打破两个对偶句的平稳，使节奏动起来。从章法上讲，前五行与后五行，又形成一种对衬。最后六行，也是分为两个三行，也是追求一种对衬关系。

要言之，全诗采用对偶、对衬、对比的手法来建行，形成三个层次，具有严谨的章法。诗的节奏也在不断变化，第一层次是舒缓的节奏，横向展开大海的自然环境；第二层次是赞美式的抒情；第三层次因为要表现动态美，所以采用短句与长句相结合，造成一个跳跃动感的节奏。《船家女儿》艺术上的特色和完美，展示了蔡其矫诗歌独特而鲜明的艺术风格。

蔡其矫 20 世纪 50 年代的海洋诗，一开始就展示了他多主题、多题材和多种形式的特点和才华，在当年产生了广泛的影响，被称之为"海洋诗人"。虽然，一些表现当年政治内容的诗歌，已失去流传的意义；但因为他的海洋诗是多种多样，还留下一批艺术价值很高的诗歌。换言之，正因为蔡其矫诗歌的多样化特点，他在每一个历史时期，既有一些诗被淘汰，又有一些诗在时光的磨洗中越发闪亮，超越时代而不断流传，这是一种独特的蔡其矫诗歌现象。

二

1962年,蔡其矫写下他流传最广、传诵最多的海洋诗《波浪》。

《波浪》继承了19世纪浪漫主义诗歌"海是自由象征"的主题,但又有很大的发展,融入自己海洋生活的经验,其中也夹杂着当年因"军婚案"陷入生存困境的特殊心态。但蔡其矫并没有抒写自己所受到的冤屈和不公正,而是用人道主义精神,对素材进行艺术想象、概括和升华,在表现普遍性的同时,把作为"自由象征"的波浪,与人性的情感相融合,成为可感可触的意象和情境。诗中采用拟人化的手法,通过诗人叙述者"我",对"你"(波浪)的亲切对话和不断呼唤,使"波浪"这个客观对应物,不再是无情的物象,而是成为充满着人的情感和思想的有生命的象征体。

《波浪》是二段式的结构,分为八节,头尾两节是独立的。第一节:"永无止息的运动,/应是大自然有形的呼吸,/一切都因你而生动/波浪啊。"是以对波浪的赞美开始,诗人把自己的热爱和希望,都借"波浪"这个客观对应物而抒发出来。第二、三、四节,写"波浪"性格中富有爱心、温柔的一面:

> 没有你,大海和天空多么单调,
>
> 没有你,海上的道路就可怕地寂寞;
>
> 你是航海者最亲密的伙伴,
>
> 波浪啊!
>
>
> 你抚爱船只,照耀白帆,
>
> 飞溅的水花是你露出的牙齿
>
> 微笑着,伴随船上的水手
>
> 走遍天涯海角。

今天,我以欢乐的心回忆

当你镜子般发着柔光

让天空的彩霞舞衣飘动

那时你的呼吸比玫瑰还要温柔迷人。

后面三节是下段,是转折,表达"波浪"性格的另一面,对风暴和强权的抗争:

可是,为什么,当风暴来到

你的心是多么不平静

你掀起严峻的山峰

却比暴风还要凶猛?

是因为你厌恶灾难吗?

是因为你憎恨强权吗?

我英勇的、自由的心啊

谁敢在你上面建立它的统治?

我也不能忍受强暴的呼喝,

更不愿服从邪道的压制;

我多么羡慕你的性子

波浪啊!

后面这一节,也暗含着作者对他所遭受的不公正和冤屈的反抗:"我也不能忍受强暴的呼喝,/更不愿服从邪道的压制。"所以才有:"我多么羡慕你的性子/波浪啊!"这是从诗人心底喊出来的呼声。

最后一节,是对"波浪"爱憎分明的两面性格的概括和升华:

对水藻是细语,

对巨风是抗争,

生活正应像你这样充满音响，

波——浪——啊！

《波浪》采用二段式的结构，就是为了表现"波浪"爱憎分明的两面性格。"对水藻是细语，/对巨风是抗争"，其实就是蔡其矫的性格，是他一生中最重要的精神特质，借"波浪"而宣告出来。对弱势者的同情和爱心，对暴力和强权的反抗，也是蔡其矫诗歌最重要的主题之一。《波浪》中强烈的情感抒发，对"波浪"不断呼唤的复沓语调，特别适合朗诵，数十年来，是蔡其矫诗歌在各种诗会上，被朗诵最多的名篇。

歌德说："……一个才能高的艺术家能创造出多么好的作品，如果他抓住和他本性相近的题材不放。"⑤这就是说，并不是所有的题材都适合每一个诗人，只有那些与诗人本性相近相通的题材，诗人抓住不放才会大有作为。海洋，特别是波浪，就是与蔡其矫本性最相近相通的题材，所以，他自称是"海的子民"，这是一种强烈的认同感。

1964年，蔡其矫创作长诗《泉州》，又开拓海洋诗的另一个重要主题。

1959年，蔡其矫调回福建，对故乡泉州的海洋历史产生了深厚的兴趣，并作深入的研究和思考，这也是诗人对自己所属的地域性海洋历史文化的寻根。宋元时期，泉州港曾经是世界海洋的中心，他不仅感到自豪，而且产生了新的主题：希望当代泉州能复兴刺桐港的辉煌历史，希望当代中国能发展海洋事业，成为海洋大国。这也是他原来作为小华侨祈盼祖国海洋强大的心愿。在20世纪60年代那种强调阶级斗争的时代环境中，只有像蔡其矫这样具有海洋意识的诗人，才具有这样前瞻性的思想和宏大的历史视野。

背山临水的城市

自古以来，你就享有远播的名声

从人类航海的黎明时期

越过漫长的中世纪

你一直是世界海洋的一个中心

谁不称羡你的船只

谁不崇拜你带去的指南针!

缠着头巾的波斯人

面目黧黑的印度人

运来胡椒、珠玉、宝石

乳香、没药、檀木、蔷薇水

菠菜的种子

梵文的佛经

中古的基督教在这里传布

留下他们的墓地和碑文

阿拉伯人来这里定居

开设店铺,形成街市

盖起礼拜堂

至今还留有改了姓氏的子孙

因为仰慕你的富裕,你的文化

哥伦布才航海探险,为的是寻找你呀!

　　蔡其矫把他对故乡的热爱,都凝聚在这首长诗中。创作《泉州》这样的诗篇,对诗人来说,是一种高难度的艺术创造,因为它不仅开拓了海洋诗一个新的艺术领域,而且创造了一种新的诗体。诗人所面对的不是海洋的自然景物,或现实生活中的场景和人物,而是一座古代海港早已消失了的历史。它要求诗人必须具有历史的洞察力和艺术的概括力。前者要从杂乱而繁多的史料中,发现刺桐港在中古的历史地位、文化价值和深远的影响力。也就是说,诗人要有能穿透历史烟云的慧眼。其二,写泉州的海洋历史,不是诗歌"考古",不仅仅是史料的挖掘和考证,还要进行艺术的提炼和构思。即用感觉、想象和情感,把原本是非诗的史料,转换成诗的语言和诗的叙述;它必须具有高度的艺术概括力,能用清晰和浓缩的语言,把泉州的海洋历史和演变,简洁而洗练地叙述出来。

在这之前,蔡其矫诗歌多数是抒情诗体,比如《南曲》和《榕树》。但写刺桐港的辉煌历史,需要一种"诗的叙述"。它所关注的不是史实中的历史故事,因为它不是有故事情节的叙事诗;它是通过诗人对庞大史料的分析和思考之后,经过艺术的再创造,写出对地域性海洋历史的叙述和评价。比如, 对刺桐港的历史定位:"从人类航海的黎明时期/越过漫长的中世纪/你一直是世界海洋的一个中心。"这种宏大的视野、准确的概括、高度清晰而凝练的语言,包含着丰厚的历史内涵。由于明清的海禁,导致刺桐港的衰败,多数的后人已经不知道泉州这段辉煌的历史,更不知道:"因为仰慕你的富裕,你的文化/哥伦布才航海探险,为的是寻找你呀!"刺桐港对世界海洋历史进程的重大而隐秘的贡献,在蔡其矫"诗的叙述"中鲜明而充分地呈现出来。诗人对历史的洞察力和对家乡的自豪感,通过呼唤性的语言,也充分显现出来。

《泉州》不仅写出刺桐港的辉煌,而且也写了刺桐港的衰亡。但刺桐港的衰亡并不意味着地域性海洋文化的消失,它逼迫历代数不清的泉州人和闽南人走向南洋、走向世界,成为华侨,成为海外的开拓者(这也是蔡其矫家族所走过的道路)。

> 消失了你的蚕桑。
>
> 不见了你的纺织姑娘。
>
> 瓷器的碎片塞满江河。
>
> 陶窑的青烟也变淡变小。
>
> 冶炼炉早已熄灭。
>
> 造船匠也走向四方。
>
> 那些沉默寡言的
>
> 水手的后代

驾着风帆走向南洋，

在热带的森林里，

淘锡沙，割橡胶，

在数不清的群岛上

延续你的光荣。

把你赋予的神秘力量和才能

转变成开拓者的灵魂

以深沉的爱

建设海外的第二故乡。

这段"诗的叙述"，非常精彩。它以高度概括简练的语言，写出刺桐港水手的后代如何成为华侨，在南洋的群岛上建设第二故乡。点明了地域性的刺桐海洋文化，与海外华侨精神上的内在关联。也就是说，从远古的中原移民，到中古的"半南蕃"，再到近代的华侨，都贯穿着一种敢于冒险、勇于开拓的精神。这也是闽南人独特性格的内核。

《泉州》这种"自由诗的叙述体"，是从"自由诗的抒情体"中发展和演变而来。同样是自由体，但艺术的功能却不同，即从以抒发情感为主，变为叙述史实为主。它虽然内含理性分析和思考，但又不是西方现代派以思辨为主的知性诗；它虽然包含着深沉的抒情，但又不是一己私情，而是诗人对泉州海洋历史演变的情感和态度。这种具有高度艺术概括力的史实叙述，可以说是一种综合性的诗体，它所叙述的是具有鲜明地域特征的历史，蕴含着深厚的文化含量。五十多年过去，《泉州》独特而巨大的艺术概括力，还新鲜如初，令今天的读者怦然心动。

《泉州》是一首恢宏大气之作，这种"自由诗的叙述体"，在新诗史上还不多见，可以说是蔡其矫对新诗诗体的一个创造。后来，他写中国各地的乡土，多数采用这种诗体。同时又能根据题材的不同，对诗中的各种艺术因子加以调整和变化，形成丰富多样的自由诗叙述体，且多为长诗，可以容纳综合性的丰富内容。如写新疆的《伊犁河》,写云南的《西双版纳》等等。蔡其矫这种"自由诗叙述体"的艺术探索,一直延续到晚年。

虽然《泉州》写出了蔡其矫的对海洋开放的企盼,希望新中国能再现泉州古代的航海光荣,但现实却不尽人意。他在《九日山头眺望》(1964 年)写出了郁结在心头的遗憾:

> 泉州城,在丽日的风烟中
>
> 有如一艘靠岸太久的船
>
> ……
>
> 什么时候,才能
>
> 伴唱远航的歌?

可是,当年蔡其矫美好愿望却落空了。随之而来的"文革",更加"闭关锁国"了。

写于 1975 年的《崇武半岛》,是对"海洋失落"的再思考,在形式上有新的发展。由于当时的政治环境,诗人不可以公开说出心中的失望和沉痛,只能用写实而含蓄的手法,暗示他在崇武半岛所见所闻之后令人伤心的现状和迷惘的希冀。《崇武半岛》的主题是对"禁海"的焦虑和忧思,但不是直说,而是采用一种前后眺望的结构来暗示。一开篇,先写诗人站在半岛,向无边无际的大海远眺:

> 不论走北岸或是南岸
>
> 人都不自觉向海凝视。
>
> 对于广阔天涯的爱
>
> 谁能够阻止?
>
> 即使终日在那里怅望
>
> 向遥远地方失神沉思,
>
> 即使看得不太远
>
> 想得不太深

也总比陆地多些回味。

从"望海"写起,是含蓄的暗示,暗示诗人对愚蠢而荒谬的"禁海"的否定态度:"对于广阔天涯的爱/谁能够阻止?"以"望海"开篇,在结构上带来一个大视野,由此再来看崇武半岛沉寂的渔镇,就有一种俯视的开阔,不会局限于乡土一隅。第二节,是在灿烂而光辉的阳光中,写在"禁海"中沉睡般的渔港和渔船,尤其令人痛心:

一缕缕阳光在空中悬挂,

一只只落帆的船

沉睡在迷惘的光辉里。

面对一只只"落帆沉睡"的船,诗人再也按捺不住,发出质疑:"风和浪把海沙带上高峰,/如白鹤飞升/它已在云端消失了吗?"诗人的疑问中带着反诘,不仅有力,还发人深省。他以眼前飞扬的海沙为暗喻,不相信历史上曾经辉煌的海洋贸易,再也不复存在,永远消失。这首诗,主要是用写实的意象和情境。虽然长期的"禁海",使崇武成为贫穷的瘠地,但这里仍然隐藏着许多不寻常的人物,也暗含着能重新航海的希望:

堆叠一样坐落山坡的村镇,

那些拥挤的街巷,

那些狭小的石室,

却住有周游各国的大力士

远航数万里的水手,

风浪中英雄

谦逊而好客的打鱼人

没有一个嫌弃这贫穷的瘠地

也没有一个不具火热的心。

诗的结尾,诗人的想象力再次从崇武半岛上升,举头"望云"。从"望海"开始,到"望云"结束,诗人以一种超越乡土的视野和联想空间,来观照和思考崇武半岛的现状(也是对整个封闭的中国海的沉重忧思),这种精心构思的结构也表明:在任何困境中,蔡其矫不会沉溺于苦难,总是充满着信心、力量和希望。他的诗歌翅膀,总能在苦难大地的上空飞翔。

在诗艺上,《崇武半岛》开启了蔡其矫海洋诗的另一种形式:即不再像《波浪》那样,采用象征的手法,而是在对地域性沿海细节写实的基础上,进行想象和升华,创造新的场景和情境,表达新的主题,所以写得开阔、从容、含蓄和大气。

三

1979 年,复出后的蔡其矫,参加以艾青为团长的诗人海港访问团,到广州、海南岛、湛江、上海、青岛等地访问,写了一批海洋诗。他在《南海》《黄浦江上》《开辟新航线》等诗,一再呼唤新时期开放国门、开放海洋。

1980 年和 1981 年,蔡其矫两次到闽东沿海,把"海是自由象征"的主题,与地域性的沿海相融合,写了《雨雾霞浦》《海啊》《三沙渔港》《闾峡》《东冲半岛》等。蔡其矫在形式上多方探索,既有在写实的情境中寄托着对所到之处沿海渔港还未开放的忧思,抒发对海洋开放的期待,又有在新时期复杂的政治时局中,引发的理性思考,借大海的意象说出来的,如《海啊》。

蔡其矫在对现实海洋现状关注的同时,继续思考中国海洋的历史。1986 年 4 月,他到福建湄州岛参加妈祖诞辰庆典和研讨会,激发他对中国海神的研究,并于 5 月 29 日,创作长诗《海神》。《海神》是蔡其矫晚年海洋诗的代表作,是数十年来对中国海洋历史和文化思考的一次总结。

海神是一个民族海洋文化的象征。神话中的海神,是一种原型意象,是种族的记忆,所积淀的是世代相传的民族海洋文化心理。或者干脆说,它是民族海洋文化的形象符号。

《海神》全诗分为四段二十九节,共九十九行。

第一段六节，写海洋是仙人的居所——徐福航海——八仙过海，这三个有代表性的中国古代海洋神话和古代航海大事件，描述了古代中国人对海洋的独特认识。一开篇，就用叠字的长句式，展开横向的巨大空间，并以一种歌吟的调子，来展示远古神话中海洋的浪漫诗意：

中国中国，沿着黄河沿着长江

最初的海洋全是浪漫

巨大的扶桑树长在海上

仙人在那里洗足，在那里吟唱

第二段，叙述中国历代海神的演变过程："唐朝皇帝封四海龙王为海神/形象凶恶便失去万民亲近/后来找出韩愈做南海广利王"，也得不到承认。"天属阳，水属阴/最深情最狂热的海上崇拜/只能对女性产生"。这是写中国海神产生的民族文化意义。

福建莆田湄洲岛的林默，传说是女巫，因营救一次次的海难，被航海者尊为海神，后来演变成信徒众多的妈祖民间信仰。妈祖身上表现出来的"立德、行善、拯救海难"的仁爱内涵，就是积淀在海神身上的民族海洋文化心理。如果凶恶的四海龙王成为中国的海神，那么中国海洋文化将是另一个类型，类似于西方的海神波赛冬。蔡其矫对中国海神命名演变的过程，是从民族文化心理着眼的。

《海神》不是简单地复述有关妈祖的神话传说。神话传说中的海神与诗中的海神，是两种既有关联，本质上又完全不同的形象。蔡其矫是把神话传说中的海神，经过艰难的艺术创造，转换成诗的海神：

扼住海路咽喉的湄州岛

南唐五代出现一个年轻的女巫

营救一次又一次的海难

注定要在岩石上飞升

大慈悲即大英雄

　　二十八岁的青春形体

　　在岛上站成心的航标

　　掷过双眸击响千年风声

　　地处海路咽喉的湄州岛,因礁石众多,经常有海难发生。传说中林默经常为遇险的船只引航,救人无数。蔡其矫把原本是带着宗教神秘感的女巫救难的神话传说,经过奇异的想象,变成中国海洋女神林默美的形象:"二十八岁的青春形体/在岛上站成心的航标。"更精彩的是后面四节,神话中传说,只要海上遇难的船员高呼"妈祖",她就着红衣飞来营救,化险为夷。蔡其矫把传说转换成诗的意象和场景的创造,即女神飘飞、仙乐齐鸣的神奇而迷人的意境:

　　柱形的高浪旋卷而来

　　上下一片混沌

　　死亡之吻在帆外

　　舟子向天高呼神名

　　空中出现鼓吹之声

　　一阵香风自天缓缓降临

　　蝴蝶绕船双飞

　　桅杆上有神火坐镇

　　隐约看见她红衣飘振

　　黑发飞掠有如浪涛

　　胴体包裹灵光裙裾似焚

　　风吹雨折的枝上花开宁静

　　通过这三节生动而具体的情境,创造了中国青春海洋女神独一无二的大意象。林默海神拯救海难,不再是神话的传说,而是奇妙无比的艺术真实。

第三段,又回到历史叙述,用具有洞察力的概括语言,写历史上海神林默(妈祖)的传播过程,并用现代意识重新阐释。换言之,海神林默在传播中产生新的意义。第一节,写元代忽必烈,两次征日本一次征爪哇的海战,都以失败告终。第二节,写明成祖吸取教训,派郑和扮成和平使者下西洋。这两节,是以正反例说明,东方的海是和平的海,这是对中国海洋文化内涵的揭示。连中世纪东方最强大的郑和舰队,"都供女海神鼓舞水军/并一再以显灵事迹请求加封"。说明妈祖的传说和信仰,到了明代,已经传播和影响非常广泛了。

> 是官家女或渔家女都无所谓
> 东南大姓把她带到台湾、日本
> 成了海峡两岸的和平女神

> 脆弱的躯壳里面
> 包容了某种人生归属感
> 继续影响种族和世界

妈祖作为民间信仰,不仅在中国沿海各地迅速传播,而且随着华人到海外,又传播到中国台湾和日本。妈祖信仰在不断传播中,产生了新的意义:成为海峡两岸的和平女神,并且"继续影响种族和世界"。

第四段前二节是写实场景,妈祖诞生一千多年后的今天,蔡其矫参加在湄州岛上召开的妈祖诞辰庆典和文化研讨会。在岛上看见声势浩大的祭神游行。第三节,出现诗人叙述者"我":"滚滚浓烟领我走进神话深处/黑暗中双眸洞穿时空。""我"并没有被祭神所燃放的烟雾迷住双眼,而是透过神话传说和祭神信仰,用自由联想和内心独白的手法,思考林默作为中国海神所应有的现代意义和审美价值。

认识你要经历一番灵魂的冒险

我渴望这一切不是虚无

用女性的柔情把世间温暖

深邃一如大海的梦

一再受风暴鞭笞

向你举起我的忧伤

让我为你眼睛所透露的语言高歌

抚慰所有寒冷的心……

由于现代科学和航海技术的发达,需要营救的海难越来越少;但是生存在风波年年的国度,"一再受风暴鞭笞",严酷的当代生存环境,则需要海神女神"用女性的柔情把世间温暖",以抚慰所有寒冷的心。这样,林默海神就从最初的拯救海难的女神,到传播海外,演变成海峡两岸的和平女神,最后变成蔡其矫笔下希望用女性柔情把世间温暖的充满爱心的诗的海洋青春女神。这就是蔡其矫赋予中国海洋女神的新内涵,也是他创造的新诗海洋女神的现实意义和审美价值。

要言之,《海神》最重要的艺术创造,是蔡其矫"经历了一番灵魂的冒险",不断消解妈祖身上所积淀的神话传说的迷信内容,把妈祖身上那些官封和民封的称谓不断剥离,最后把妈祖还原为一心只在海上救难的二十八岁的林默,突出她慈悲的爱心,并转换成"用女性的柔情把世间温暖"的诗的海洋女神。这是一个巨大的艺术想象和创造,以区别于西方手拿三叉戟的战争和掠夺的男性海神波赛冬。这样,蔡其矫就赋予中国青春海洋女神独特的现代内涵,把东方和平之海——中华民族海洋文化独特的价值和意义,以及对世界海洋文化互补性的贡献,深刻地昭示出来。

其二,《海神》是一个具有史诗性因素的题材。大诗人帕斯说:"史诗一端与历史结伴,另一端与神话为伍。"⑥所谓史诗,就是从宏观的角度,完整地传达出一个民族所特有的神话或历史重大事件。《海神》也是这样,它一头连着中国远古的海洋神话,一头连着中古的海洋历史以及民间传说;而且写了历史上海神的演变和传播过程,并一直写到诗人参加湄州岛的妈祖庆典。把以上内容,置身于一个从古至今的结构里予以表现。《海神》虽然只有九十九行,但简短的篇幅却包含了整体性的内容,具有巨大的艺术概括力,完整地表现了中国海神的史诗性因素和当代现实意义。

第三,这首诗在形式上的一个特色,就是根据各节所写题材内容的不同,而采用不同的手法:或是客观的史实叙述,或是意象和场景的描述,或是主观的自由联想和内心独白,以艺术手法的综合性来表现史诗性题材的多样性。如《海神》全诗基本上是每节四行,但第三段改为每节三行,因为本段内容比较单一,主要是写海神在全世界的传播过程。每节三行,便于叙述,简洁明了中更具概括性。

总之,蔡其矫不仅创造了林默——新诗中的崭新的中国女性海神的大意象,而且是在中国海洋和航海历史的具有史诗性因素结构中表现她。至此,新诗史上第一次有了诗的海神!

四

蔡其矫 20 世纪 90 年代初的海洋诗,又有新的主题:表现海洋的自然美。

海洋亘古如斯,并没有根本的改变。而诗歌写海,变的不是海洋,而是一代代诗人对海洋的不同感觉。正如废名所说:"古今人头上都是一个月亮,古今人对于月亮的观感却并不是一样的观感。'永夜月同孤'正是杜甫,'明月松间照'正是王维,'举杯邀明月,对影成三人'正是李白。这些诗我们读来都很好,但李商隐的'嫦娥无粉黛'又何尝不好呢?就说不好也是没有办法的,因为那是他对于月亮所引起的感觉与以前不同。"⑦一代代诗人对大自然的不同感觉,构成了一代代不同的诗歌。20世纪90年代,蔡其矫写海,也表现出新的感觉。他的《阳光海滩》《夏之风》《夜涛》等,创造了新鲜而独特的海洋自然美。

如《阳光海滩》:

> 阳光在这宽广的地域
>
> 已经不是普通阳光
>
> 被水濡湿之后
>
> 湮开为八方透彻明亮
>
> 注入水的清爽
>
> 只觉得早晨无限延长

这样写清晨阳光之下的海水,可谓绝无仅有。观察得非常仔细,感觉也很独特:阳光照在海面上,"被水濡湿之后/湮开为八方透彻明亮"。"湮开"写出了阳光铺陈在广阔的海面上,不是只照一片海域,才有后面的"八方透彻明亮"。"八方"点出了海天的无边无际。因为阳光吸收了"水的清爽",虽然是夏天,海面上的阳光明亮但不暑热,"只觉得早晨无限延长",这样舒心凉爽的感觉。

再如《夏之风》:

> 从海上瑟瑟而来
>
> 翻动无数的小镜子
>
> 闪烁大理石冰样银辉
>
> 阳光融化为月色
>
> 恬静抚摩眼睑口唇
>
> 轻柔像爱的温馨鼻息
>
> 气流捶打无忧无虑

赤脚的天使踩响心键

舞成微波下水藻的影子

在我们的印象中,"瑟瑟",多形容秋天的萧索和寂寥。可是蔡其矫为什么用这个词形容"夏之风"呢?一查字典,才知道"瑟瑟"原来是多义词:一是指碧色的宝石,二是指碧绿色,三是象声词,四是寒冷貌,五是萧索貌、寂寥貌,六是形容发抖的样子。"从海上瑟瑟而来","瑟瑟"首先是象声词,其次是海风带有海水的碧绿色和清晨凉中带冷的触觉。所以,在这首诗的语境里,它具有三个原义,是最佳的字眼。也说明了蔡其矫敏锐的语感和丰富的词库。一般诗人是想不出用"瑟瑟"这个词,来形容夏天的海风的。

夏天的风吹过海面,海水起伏,引起照在水面的阳光不停地闪烁,好像"翻动无数的小镜子"。这个想象和比喻非常新颖、贴切和生动,而且镜子闪烁的光是大理石一样冰爽的银光。

第一节是外在的视觉意象为主,第二节转为内在的触觉意象为主。在强劲夏风和海水的作用下,火热的阳光好像融化为月色,照在人的脸上,犹如在恬静中抚摩眼睑口唇。"轻柔像爱的温馨鼻息。"这是触觉的微妙变化,先写身体的触觉,再引向心灵的触觉。于是,就有下一节,来自心灵的精妙幻象:在这样美妙而温馨的清晨,心灵中仿佛有一个赤脚的天使,在踩响心键翩翩起舞;像水波下水藻的影子,带着凉意。换言之,海风带来的清凉深入到诗人的心灵,引发美好的想象。

树软软晃动如葵扇

牵动旅人邈远的心绪

波上风帆似烟淡去

太阳成为水母在天空漂浮

万里碧空看来冷冷

人仿佛在海底树林的阴影里

净身的风刷新了一切

袒露的灵魂和肉体

沾满清晨的露水

第四节，又回到现实中的海天，回到那个特定的轻柔而温馨的情境中。在神奇的夏之风的吹拂下，海边原本直立的树，竟也变"软"了："树软软晃动如葵扇"，暗示树也像是在为人打扇。于是，"牵动旅人邈远的心绪"。"邈远"两字，大有讲究。邈远，即遥远。但蔡其矫为什么不用遥远？这是因为"邈远"，还含有渺茫、模糊不清的意思。用在此，就是要引出后面：诗中的旅人想起了遥远的故乡，想起了离别；但这心绪很快地过去了，他也像直立的树变"软"了，不愿离开这清爽而美妙的海边清晨，所以故乡也变成邈远——"渺茫、模糊不清"了。正是在这样的心境中，"波上风帆似烟淡去"，这又是旅人不愿离去，而让风帆随意远去的暗示。作者在不知不觉中，又创造出一个新的情境。

第五节，又从主观的心绪再回到客观。在夏之风的吹拂下，火热的太阳失去了它的威力，竟也变成水母在天空漂浮。人仿佛是生活在海底树林的阴影里，多么清凉。最后一节是概括性的："净身的风刷新了一切。""净身"一词甚好，这样的夏之风不仅仅是冰爽，而且是给人"净身"，刷新了一切，让人感觉自己的灵魂和肉体都袒露出来了，沾满清晨的露水。

这样写海天的夏之风，其精妙绝伦的感觉和想象、简洁富有韵味的语言，达到了极高的艺术水准。

蔡其矫爱海，不是站在岸上说说而已，他从不放过任何一次能航海的机会，尤其是对于波浪、巨浪、冲天浪、雷鸣潮的热爱，大大超过了一般人，达到了"醉海"的审美极致。有一次，他在闽东乘船出海，遇到七八级的大浪。七十多岁的蔡其矫，站在甲板上，看见一个个大浪打过来，非常高兴，大声喊："再大些！再开出去！"船老大说："不行，不能再开出去！浪太大了！"

他却执意要出去,船老大不敢开,最后才作罢。可见,浪越大,他越快乐,这是一种勇敢者的心态。

《巨浪》(1991年)所写的,就是蔡其矫在大风浪中的亲身体验。诗中充满了船在大风大浪中的快速前行的动感,没有在大海上经历过险境的人,是写不出来的。

> 风浪中摇晃的船只
>
> 一头扎入险境
>
> 灯塔闪着寒雪掠过
>
> 一丛丛的美丽都是倏忽而来
>
> 倏忽而逝

船在风浪中剧烈摇晃动荡时,在船上的诗人,所看到的景色也充满着快速的动感,并且感觉上发生变异。蔡其矫就把这种在动感中的感觉变异准确地写出来。灯塔的白光变成"闪着寒雪掠过"。冰冷的感觉,是诗人在险境中的感觉变异。"一丛丛的美丽都是倏忽而来/倏忽而逝"。美丽的景色快速出现,又快速消失,是和惊心动魄的感觉连在一起,这是勇敢者才具有的美感。

> 风拍击作响
>
> 大片涟漪滑翔
>
> 从船舷跃起横扫
>
> 水珠在脸上有如泪痕
>
> 这时候的笑是真正的笑
>
> 这时候的哭是真正的哭

上一节是远景,这一节是近景特写。巨浪打在船边:"大片涟漪滑翔/从船舷跃起横扫。""跃起横扫"这四字,逼真地写出巨浪的气势和力量。"水珠在脸上有如泪痕/这时候的笑是真正的笑/这时候的哭是真正的哭",这是在剧烈摇晃的船上,诗人于危境中的瞬间的感悟,包含着丰富的人生况味。

20 世纪 90 年代初,蔡其矫海洋诗还有另一个综合性的主题:就是把地域性的海、"海是自由象征"和历史大事件融合起来,具有强烈的时代内容。或者说给海洋素材注入时代的主题。但又不是抽象的说理,而是在写实基础上的隐喻暗示,在形式上也有新的探索,创作了一批新颖的海洋诗:《渤海》《醉海》《贝壳线》《波动》《冲天浪》《雷鸣潮》等。

比如《渤海》,先写渤海的独特海景和历史:

正午的金针刺绣蓝水

片片的光羽向梦境漂去

渺远的天空下

庙宇一样的石岛

浮在大盆上

徐福的舰队经过

其实是在寻找邻居

开篇是名句:"正午的金针刺绣蓝水。"把金色的阳光照在蓝色的海面上,想象比喻成"金针刺绣蓝水",色彩多么鲜艳,大自然的手,多么富有动感。诗人点明是正午时分,阳光直射在海面上,才有这样的效果,想象要有现实依据,才能诗化。接着拉开时空,"渺远的天空下/庙宇一样的石岛/浮在大盆上"。在这样开阔的视野中,很自然地联想起历史上著名的徐福东渡传说。

使所有岛屿仙气弥漫

气流描绘蜃楼海市

天之河许多银色的鱼

渴念着难以探索的现实

灵魂忍受不了空洞的词句

为什么不进入新的程序

航向伟大的未知

第二节,先写渤海经常出现的弥漫仙气和海市蜃楼,暗示现实中人们的诸多希望,也如仙气和海市蜃楼一样,是幻境。由此很自然也很巧妙地运用自由联想和内心独白,融入时代内容。外来的现代技巧,在蔡其矫的笔下,运用起来非常娴熟和自如,达到化境。

> 乐园不被允许
>
> 美丽颜色的招牌全无笑意
>
> 最真实的还是统治
>
> 到了回归季节
>
> 南飞候鸟遮天盖地
>
> 感情视野上再无幻象
>
> 光明落在海底

第三节,前面部分还是延续第二节的自由联想和内心独白,最后四行,再回到对渤海风景的写实。到了回归季节,眼前的南飞候鸟遮天盖地,但诗人的"感情视野"再无幻象,因为"光明落在海底",留下意味深长的结尾。

这首诗宏大的视野,鲜明的渤海风光,有节制的叙述,稳重而深沉的情感和语调,以及隐喻暗示的时代内涵,呈现出一种崭新的艺术风貌。

五

大概是在中年阶段,蔡其矫就开始写中国海洋历史的诗篇,长诗《泉州》就是最早的尝试。其后一面走遍万里海疆,一面大量阅读海洋历史和文化书籍。1986年创作的《海神》,就是中国海洋历史系列的开篇之作。

海洋文化之于蔡其矫,不是一种外在的文化理论,而是一种与生俱来的血统、气质和性格。所以,蔡其矫对海洋文化的体验和理解,是先有感性生命,然后才上升为理性思考。与那些专门在书斋里做文化理论研究,从概念出发的学者,有很大的不同。新中国成立以来,学者们普遍认为:中国历史上没有海洋文化,像黑格尔所说的,只有内陆文化。而以黄河为象征的内陆文化,是导致中国历史长期落后的根本原因。所以,当代中国要改革开放,就要伸开双臂迎接西方蔚蓝色的海洋文化。

由于蔡其矫有童年在荷兰殖民地印度尼西亚侨居的经历,早早就体验了在西方殖民者统治下生活的屈辱和痛苦,所以他清醒地认识到"西方蔚蓝色海洋文化"的二重性:既有促进世界性的海洋贸易和全球经济发展的功劳,又在海上实行霸权和殖民掠夺的罪行。他早在1964年创作的长诗《海上乔木的颂歌》,就批判16世纪以来,葡萄牙舰队、荷兰船队和英国炮舰对福建东山岛的侵略。写于1979年的《马江之战》,则再现清朝的福建水师与入侵马江的法国远征舰队悲壮的海战。有感于西方的海神是手拿三叉戟的战神波赛冬,他于1986年创作了长诗《海神》,塑造了充满爱心、拯救海难的中国女性海神林默的独特形象。以上思考,都是在东西方海洋文化整体比较的基础上展开的。

1992年,他写道:"西方古代的地中海,海神是拿三叉戟的战神,那里只有征服、攻占、屠杀和惨败;近代的大西洋,更是贩奴、海盗、争霸权的海战和对亚洲美洲殖民地的血腥掠夺。而东方的太平洋,古代和近代,都是和平的海洋。太平洋西部的中国海,从古以来就是传说中神仙的居所,后来被奉为海神的,是一个二十八岁的处女林默,人民尊她为妈祖,一心只在海上救难,哪里有死亡的危机,她就出现在哪里。东方的海,是反抗专制统治的仁人义士的避难所(徐福和田横),是对抗官僚管制的民间贸易通道(林凤和郑芝龙),即便明代郑和七次下西洋,率领的也是和平友好的舰队。东西洋差别,就是这样大,作家写海,不能不看到这个根本的性质。"⑧

中西方海洋文化比较的大视野,加深了他对海洋文化民族性的思考。民族的复兴,首先是民族文化的复兴;而民族文化的复兴,不是简单地复古,而是发展,也就是重建新的文化理想。在源远流长的中国传统文化中,占主导地位的一直是中国内陆文化的黄土色彩,应该给它加入蔚蓝色的新质。但这蔚蓝色的,不是来自西方,而是来源于被历史尘封和遗忘了的中国古代和近代的航海历史和海洋文化。由于中国传统文化一直是以内陆文化为主,中国从来没有像西方海洋国家那样,把古代航海家当作民族英雄来崇拜。历代的士大夫都不重视也不懂得海洋。中国史书对历史上曾经辉煌过的航海事件和海洋历史很少记载,史料奇缺。所以,蔡其矫写中国海洋历史诗篇,其实是准备了数十年:在实地考察和史料考证中,一点一点地发现,一条一条地积累,直到年过八旬,才开始动笔。

蔡其矫写中国海洋历史系列诗,还受到余秋雨文化散文的重大影响。他在2002年10月7日,给诗人宫玺的信中说:"我们现在理解艺术主要是通过感情反映人生,但客观现实已发展到存在于身外,譬如环境保护和生态平衡,已是当代至大主题,它就存在于身外。譬如文化,已是政治和经济之外的重大现实,因此文化知识已是感情之外的客观事物,成为我们当前生活的不可或缺的现实。反对余秋雨的大有人在,但从他身上却又有重大教益。他把抒情叙事的散文发展为文化散文,他广博的知识正是当代文化人的楷模。与其写那些不痛不痒的抒情诗,不如在诗中灌输一些历史、地理、文化素养来得有益于人。"⑨

2001年3月,蔡其矫写《郑和航海》,12月写《海上丝路》;2003年5月写《徐福东渡》;2005年12月,写《闽粤海商——泉、漳、潮海盗》《蒲寿庚——泉州一段史实》。还有若干生前未完成的手稿……

蔡其矫为什么要先写《郑和航海》和《海上丝路》?就是在中西海洋文化比较的大视野中,首先关注中国海洋历史和文化的民族性。

《郑和航海》写郑和率领当时世界上最强大的舰队七下西洋的壮举,其目的不是侵占和掠夺,而是在巡海中与其他国家友好交往、和平贸易。《海上丝路》以大量的史实,讲述通过"海上丝绸之路"及"陆上丝绸之路",中国与外国的自由贸易,中国的丝、瓷和茶叶对世界的贡献,以及所引发的"东方和西方相互交流/乃是人类文明的必然趋向"。《徐福东渡》,根据新的史料,写徐福二次东渡日本,第二次虽然带领三千精兵,来到当时还处在石器时代的日本,不但没有进行殖民掠夺,反而推广中国的农耕文明。

这三首长诗,不仅展示了我们早已遗忘了的中国古代航海历史的辉煌,而且指出在西方殖民者入侵之前,中国的航海居世界首位,但一直是和平的海。为什么中国海洋文化的核心是和平交流而不是西方海盗式的殖民掠夺?蔡其矫在《徐福东渡》中探讨这个问题,指出:徐福"信奉老子学说/无为、无名、无私欲"。也就是说,中国海洋文化的和平内核源于道家思想。这是一个重大的文化发现,中国海洋文化的民族性,不仅是对以征服和掠夺为目的的西方海洋文化的一种互补,而且是对人类海洋文化的一种贡献。

蔡其矫还写了《闽粤海商——泉、漳、潮海盗》《蒲寿庚——泉州一段史实》。在他计划中的中国海洋历史系列还有郑成功家族海上外贸和中国海洋权的失落等。如果全部完成,这将是新诗史上第一部展示中国海洋历史和中国海洋文化的诗集。在新诗百年进程中,还没有一个诗人有着如此宏大的视野和理想,终其一生关注和表现海洋,把中国海洋与民族复兴紧紧地连在一起,写下如此众多的海洋诗篇。所以,海洋文化是他诗歌的特质。

但是,如果从海洋诗的艺术层面上看,蔡其矫晚年宏大的理想和长期的努力,并没有达到他预期的审美目标。他所写的上述诗作发表之后,诗界反应冷淡,诗友多有劝说,他很伤心,但也有反省。2003年3月21日,他在给笔者的信中说:"关于海洋史的诗,想来想去就是不落笔。发觉《郑和航海》和《海上丝路》失败,已很后悔。诗不抒情,不注意音韵,就失去魅力。专重资料,是一错误。太长,也是缺点。我想改写《徐福》后,再改写《郑和巡海》与《海洋之路》。然后写郑成功家族的('的'字,可能是'和'之误——邱注)《蒲寿庚》。"⑩

蔡其矫动笔写中国海洋历史系列诗时,已经八十多岁了,其自言:想象力和激情已经衰退了,主要是以海洋史实的叙述为主。这也是受余秋雨文化散文的影响,但散文文体可以容纳大量的史料,经过作家的点化,可以很方便地转化为散文的语言和内容,形成所谓的"文化散文"。但诗与散文的文体不同,无法融入大量毫无诗意的史实;写诗必须通过感觉和想象,把非诗的史实转化为诗的内容。蔡其矫中国海洋历史系列诗的根本缺憾,就是缺少感觉和想象,缺少激情,无法将海洋史实的素材转换成诗。既没有像《泉州》那样采用"自由诗叙述体"的形式,融抒情、议论、想象于一体(是一种新的综合诗体);也缺少《海神》那样,通过艺术的想象,对史实就是再创造,把神话传说的妈祖转换为诗的海洋青春女神林默。要言之,蔡其矫的中国海洋历史系列诗,没有创造出与之相适应的新的艺术形式,也没创造出诗的郑和、徐福等形象。对比他以前的海洋诗,在艺术中是一种退步。

虽然,蔡其矫的中国海洋历史系列诗艺术价值不高,但具有较高的文化价值。

这几首长诗,梳理出被中国人长久遗忘的中国古代、近代海洋历史的史实,以及对中西海洋文化本质的相比,能帮助当代的读者重新了解中国古代海洋历史的辉煌和中西海洋文化的根本性差异,更深刻地认识到"海洋文化与民族复兴"的重要关系。当中国从闭关锁国走向改革开放,又加入世贸组织,融入全球经济一体化的进程,原来被视为"异类"的海洋文化,也发生了根本性的转型,成为 21 世纪最前沿的思想,成为中华民族文化复兴的重要内容。蔡其矫认为:21 世纪是海洋的世纪,中国的希望在海洋,不关心海洋的民族,是没有希望的民族,因为世界正在进入"环太平洋时代"⑪。

中国作为新兴的"海洋大国"正在崛起,在当前正在实施的"一带一路"倡议的新背景下,再细读蔡其矫的中国海洋历史系列诗,我们会有新的感悟,会对这个终生热爱海洋,并一直在寻找中国海洋历史和海洋文化之根的诗人,表示深深的敬意!因为他一生所期盼的海洋世纪,也许来临了……

六

蔡其矫海洋诗有众多的主题,但最主要是三大主题。

一是重现中国古代海洋历史的辉煌,发现中国海洋文化的民族性,希望当代中国能成为海洋强国,成为世界航海的中心。二是继承外国浪漫主义诗歌"海是自由象征"的传统,结合自己所处时代内容和历史大事件,发展新的主题,表现海洋诗的时代性。三是以新的感觉新的内容,写出属于他的海洋美。

这三大主题,在蔡其矫创作的不同时期交替出现,不断变奏,并且常常是相互交融,形成各种综合性。这样,蔡其矫海洋诗不仅题材丰富、不断变化,而且能以多样化的形式来表现这三大主题和众多的变奏。蔡其矫之所以具有这种多样化的形式创造力,来源于他数十年对古今中外诗歌传统的刻苦学习和创造性的转化。换言之,他是在"世界性"的基础上,进行诗歌形式的艺术创造。

在当代新诗中,也有一批诗人写海洋诗,并取得一定的成就。如孙静轩的《海洋抒情诗》、李钢的《蓝水兵》、汤养宗的《水上吉卜赛》……但是他们海洋诗的主题,一般只有一个,创作时期也比较短,不能像蔡其矫这样有三大主题并交替出现,创作时间长达数十年:从 20 世纪 50 年代开始,到 2006 年,一直在写各种各样的海洋诗。其题材的广度、主题的深度和海洋文化的含量,都是同时代诗人难以比肩的。

中国新诗自诞生之日起,海洋诗一直是薄弱的领域;在很长一段时间内,以海洋诗独树一帜而称雄诗坛者,尚未见到。这种空缺现象,一直延续到当代。蔡其矫是当代公认的著名海洋诗人,也是 20 世纪新诗最著名的海洋诗人。六十多年来,他一直坚定地在冷清的海洋诗领域里不断开拓,以一百多首的海洋诗建构了一个独特而广阔的艺术世界。海外诗评界曾经这样赞扬蔡其矫:"海都给他写完了。"⑫

蔡其矫是当之无愧的，他创造了20世纪新诗独一无二的中国女性海神林默，他自己也成为中国新诗的"海神"!

注释:

①蔡其矫:《关于几首诗的创作》,《蔡其矫诗歌回廊之八·诗的双轨》,海峡文艺出版社,2002年版,第133、134页。

②蔡其矫:《涛声集》后记,新文艺出版社,1957年版,第100页。

③2000年5月4日,蔡其矫在福建省文联宿舍对笔者的谈话大意。

④蔡其矫:《关于几首诗的创作》,《蔡其矫诗歌回廊之八·诗的双轨》,海峡文艺出版社,2002年版,第134页。

⑤《歌德谈话录》,朱光潜译,人民文学出版社,1997年版,第33页。

⑥帕斯:《批评的激情》,云南人民出版社,1996年版,第7页。

⑦废名:《新诗讲稿》,北京大学出版社,2008年版,第4页。

⑧蔡其矫:《女性的海》,《星星》,1992年4月号。

⑨《蔡其矫书信集》,大象出版社,2011年版,第32页。

⑩《蔡其矫书信集》,大象出版社,2011年版,第63页。

⑪2003年10月5日,蔡其矫在福建省文联宿舍对笔者的谈话大意。

⑫陶然:《海都给他写完了——漫写诗人蔡其矫》,《湘江文学》,1986年第1期。

青年及青年问题的归来

——读陈毅达的《海边春秋》

谢有顺

　　近年读小说,常感作家在描述时代现状、处理现实问题方面并非那么得心应手。不难发现,当下有不少小说是各类新闻事件的串烧,似乎和现实贴得近,却少了一份才情与想象力;也有的用了魔幻现实主义方法,想象力看起来是大而飞扬,可少了细节与逻辑的坚实支撑……其实我们很难读到一种真正素朴、有力的现实主义,更不用说像胡风所言刻画出"精神奴役的创伤"时,见出作家与人物的灵魂。

　　传统的现实主义方法及精神的落寞,其实也隐含着作家的写作"症结":一方面,是对现实的疏离。比如很多作家依然在写着与乡土相关的主题,但对乡村的现状已然陌生,凭借的还是年少经历或者有限的见闻;另一方面,是思想力的贫乏。在20世纪八九十年代,文学界与思想界是紧密互动的,很多社会思想问题在文学中得到了回应,比如青年的出路问题、乡村的发展问题, 这可能也是那个时代的文学能引起众多共鸣的原因之一吧。作家有了思想力,才能对现实发问,而不会流于一般的"问题小说",对政策及时局进行简单的图解。作家应对时代现状及人的精神处境保持一份警醒,要持续思索并追踪这些境况背后潜藏着怎样复杂的成因。

谢有顺,广东省作家协会副主席,中山大学教授对现状的陌生与思想的无力,写作上容易陷入思维固化,比如传统与现代、乡村与城市,很多人还是停留在二元对立的模式上。写乡村必写人去村空的凄凉景象,写城市似乎也只能写欲望的膨胀与各种恶念丛生,看不到新的气象,也无从把握这种新的气象所带来的变化。精神上也多半是悲观的,且这些悲观的成色相近。如何用精确的笔墨来描述当下,又如何让小说重获一种感动人心的力量,这个问题值得深思。

炫目的写作技艺并不能掩饰一个作家在现实面前的慌乱与无力。当然,理解当下并非让作家开具明晰药方,或者指明方向,写出现状、问题及迷惘,同样是一种当代意识。从疑问出发,也可呈现出一种真实与坚定。对很多作家来讲,当前主要的疑问之一,莫过于理解正在发生的现代性进程,愈来愈显著的城市化背景,偏远家乡在这一场发展的博弈中处于怎样的状态,人的精神与伦理又会迎来哪些巨变。

读完陈毅达的长篇小说《海边春秋》,颇受触动。小说给人以感染的主要是它所塑造的人物,尤其是那些不起眼的小人物,总有一种力量能让你动容。这些人都是有情义的,大至对国家、家乡,小到对长辈、亲人,作者能够捕捉到他们内心深处最真挚的情感,不突兀,不夸张,把他们放置在每个人的成长背景中,细微中见真情。还有,整部小说中所洋溢出的那种久违的暖意和进取精神,也可见出作者对现实的理解力和思想光彩。

小说讲述的是省文联作家协会副秘书长刘书雷参与援岚工作的故事。偏处一隅的岚岛得到了政府的高度重视,想要推进其经济发展及各项设施建设,并想引进兰波国际对岚岛风景的开发项目,一系列的矛盾由此展开。《海边春秋》里也有地方与中心的背景,传统与现代的语境。因为海岛固有的地理环境,之前一直是被现代性所遗弃的对象,闭塞,贫穷,落后,后来时代风习一变,她的风景资源被发现,成了现代性所同化的一个对象。

事实上,现代性就是这样一场趋同化的进程,我们置身的已不再是传统的日出而作日落而息、靠经验来生活的自足社会,本雅明所说的老人给下一代讲故事传授经验的时代早已经结束。小说呈现这样一个变迁背景的方式之一，是将人与人的命运、人与村庄的命运勾勒出来，或者说，人与村庄的命运不由自主地被卷入到了这一场现代化的实验当中，没有人可以逃脱现代性对他的影响。

对岚岛开发建设的焦点问题，也就是蓝港村村民是否搬迁，海岛是与自身优势、传统底蕴、本土风情，与当地村民及新一代年轻人的利益、愿望与情怀结合起来进行建设，还是完全由外在的力量来做主？放大一点说，这也是当下许多村落或偏远之地所面临的困境。村子里像大依公这辈人，靠海而生，生命也就听天命，让大海做主，倘若让他们离开出生地，离开故土，不啻是对他们的致命打击；而比他更年轻的人已经不再以海上资源为生，而是以现代知识和技能去城市谋生，如果整个村庄搬迁，他们也将成为没有故乡的人——但在他们心里，其实是愿为家乡的发展奉献一己之力的。故事里还有一位想着卖画攒钱来找父母的小姑娘虾米，她的生活及家庭景况大致也可以反映出社会一角。

现代性的力量并不一定就是破坏性的，许多时候也是建设性的。也正是在围绕岚岛的建设问题上，众多矛盾汇集在一起，不仅有政府、国际公司、村民多重力量的较量，也有众多人物心力的对决，时势所趋之下乡村的发展与未来，以及青年的出路问题呼之欲出。

《海边春秋》里大致写到了三类青年形象：一是刘书雷、张正海这样的援岚或基层干部，二是以海妹等为代表的现代知识青年，三是像虾米爸爸这样的外出务工人员。其实每一类人物形象在当下都具有代表性。

刘书雷是京城毕业的高才生，小有名气的文学评论家，如果没有这一次基层体验的机会，他大概一直在自己的文学小世界里怡然自得。虽然博士毕业时，也曾为是留京还是回乡的问题有过犹疑，回到省城后，他也并不大乐意参与外界的事，毕竟他所在的单位是文化部门。一旦他实地参与到基层的建设问题，不管是文化人的人文关怀，还是知识分子的岗位意识，都催迫着他去为当地的村民做些实事,结合他们的实际所需与现实欲求来寻找岚岛建设与发展的最佳方式;他对虾米的爱护,为她买衣服、手机,为她寻找父亲,主动融入当地村民的村务及感情世界,积极地帮他们解决问题。长时间接触活生生的社会现实,刘书雷找到了一种有别于文学的实践方式来面对所置身的世界,并且从中获得了一种实实在在的价值感。

张正海也是如此。他回到家乡,利用自己所学的专长,为自己家乡谋福祉,他感受到的同样是一种舒心的畅快。再如海妹、晓阳哥、依华姐这些从岚岛走出去的现代知识青年,海岛给他们留下过心灵的创伤,他们没有一个完整的家,因为生存环境的恶劣,他们的父亲或是在出海中遇难,或是为了救他人而牺牲了自己的生命。相同的遭际让他们惺惺相惜。他们对家乡有着很深的感情,家乡的发展及变迁将他们召唤在了一起。而像虾米的爸爸曾小海这样的外出务工人员,因为知识技能的局限,很难在城里有所发展,所谓工作,不过是糊口罢了,而家里还有老人、小孩等着照顾,倘若家乡有一席之地让他能有所兼顾,生活的重负就会减轻许多。

这些青年的现状,都在指向同一个问题,那就是象牙塔所学的理论知识、读书人的良知与情怀,是否能够真正在社会实践中有所作为?个体的发展能否与家乡、时代的发展同步?除了在城市安营扎寨,家乡、基层是否还是年轻人实现梦想与价值的广阔天地?这个看似宏大的问题,从五四以来直到当下,一直在追问,也一直有追问的价值。虽然每个时代有每个时代的状况,但问题的实质并没有重大改变。记得费孝通曾讲过乡村的损蚀,在他看来,城市带走了乡村的精英,而在城市受过现代教育的人已很难再回到乡村有所作为,他们所学的知识与技能与乡村的实际所需已经格格不入。

而现代以来,大多数时候,中国小说倘若涉及城乡问题或村庄在现代性进程上的发展机遇问题,几乎都在讲述青年离乡出走、乡下人进城的故事。20世纪80年代反映知识青年与乡村命运的小说,比如《浮躁》《人生》《平凡的世界》等,虽然还在赞赏乡村的美德及发展前景,乡村的美德仍然是这些青年所眷念的，离乡进城的青年最终也有回乡继续自己人生的可能，但乡村的发展大势已经昭示了青年并不明朗的现状与未来。

20世纪90年代以后的小说，离乡，"往城里去"仿佛是一个焦灼的命题，牵引着众多年轻人的人生方向。归来者是少有的，更不用说是知识者的归来——即便归来，或许也是带着现代性所遗留的身心戕害。贾平凹小说《带灯》里的主人公带灯，可以算是一个乡村归来者的形象。作为一个基层工作者，她以女性的柔情和读书人的良知来面对乡村事务，但她的身心状态每况愈下，她不自知的夜游症正如乡村不知如何发展的迷局。与之相对的，是在城市的魅影下，年轻人的各种迷思，以及他们在城市的空间里试图改变自身命运的努力，常常是让人心生悲凉的。这从近年的《篡改的命》《涂自强的个人悲伤》等作品中，可见一斑。

但这些形象终归让人觉得欠缺了一些什么，也许，我们还期待着青年精神形象的变化。当年轻人不再有乡愁，当所有的发展指标都指向城市，或者以城市现代性的标准来度量，那么，留给那些渺小个体的空间也许会变得越来越局促。

而在陈毅达《海边春秋》里写到的这些年轻人，可谓是真正的归来者。他们当然是一群有情怀的人，也是一群仍对乡土有所感念的人，愿意将个体的价值置放到广阔天地之中，现代的知识、城市的见识，还有他们独特的人生经历，开阔了他们的视野，使他们可以看到并欣赏家乡的优势所在，有着反哺家乡的愿望与动力。作者着力塑造这些人物，写出了他们的热情与抱负、欢喜与隐忧、果敢与动力，显然可以给当下的青年形象提供有力的参照——至少这类形象在以往的文学作品中是少见的。

对青年问题的再次提及，不仅关系着城市、乡村的发展，也是对当下青年思想资源与精神状态的一次梳理与考察——中国的文学需要有一束这样的审视的目光。前一段在《文化就是身体》一书中读到了这样一段话："物质主义带来了一种机械式的宿命论，支配了当代生活的各方各面，导致我们让自己囿居于狭窄、可预见的范围内,使得我们对一个不同于宣传中的世界的想象能力越来越式微。艺术家在社会中的角色,应该是给人们制造重新感知世界的机会,刺激他们的想象,好让他们'活在提问里'。通过启动新的对话,创意地面对冲突,艺术家能刺激广大的群体,从结果衡量标准中把自己解放出来。"从这个意义上来看,陈毅达对现实的敏感与提问,尤其是他对青年问题的关注,激发了我们的想象;青年如何归来,乡村如何发展,也有了新的可能方案。他所写的,也许还不具有普泛意义,但他之所思却有着重要的现实意义。

工匠文化及其分层

——以林亨云寿山石雕为例

徐东树

知网显示,直至近三年来,专业期刊关于工匠精神与工匠文化的讨论才逐渐多了起来。①尤其 2016 年 3 月,李克强总理政府工作报告强调工匠精神之后,一下子井喷了许多相关的讨论。同时,市场流行的"成功学"中关于"工匠精神"的探讨与陈述也引起更多传播与讨论,一时工匠文化蔚为大观。不过如果脱离一定的文脉谈"工匠精神",容易变成空洞的口号,而失去问题的实质指向。

如果仅就当前中国工业制造中缺乏"精益求精"的"工匠精神"而言,其内涵与现实针对性是很明确的。然而,在历史与观念的层面上,"工匠精神"本身包含了复杂的历史文化变迁,是一个多层次的概念,不同的语境与传统会有不同的内涵。如果仅仅把工匠精神简化为治疗当前工业化畸形社会急症的一剂灵药,这是把它复杂情况简单化了;同时,简单化的结果是,只看到了标而忽视其本。

现代化进程急剧转型所造成的普遍浮躁心态,本来就是一个复杂的多维的历史积淀的结果,在不同区域、不同行业、不同发展水平之间,存在着很大区别,简单化地强调精益求精无法有针对性地解决实质问题。至少就

徐东树,福建师范大学美术学院教授、博士生导师

工业生产与手工艺生产而言有不同的文化传统,在"工匠精神"的要求上就存在着差异。

本文试图坚持文化分层的立场,具体分析"工匠精神"文化传统与现状的内在差异。就福州寿山石雕而言,既有其自身绵延不断的工匠精神传统,也有在社会变迁中呈现出一些值得反省的问题。本文拟以林亨云(1930—2018)寿山石雕为例,略析其所在行业存在着的"工匠精神"及其潜在的文化偏失。

一

林亨云从艺一生就是一部雕刻技艺精益求精的历史。②

1.早年刻苦求精

出生底层的他,自小从舅学艺就极其刻苦,提高技艺是他获得行业地位与经济回报的唯一途径。他家在后埔村最穷,勉强上过一两年私塾就辍学务农。后来他的美术天分被大板村知名木雕艺人舅父陈发坦发现,收为徒弟。③此后,林亨云从未停止过用功完善自己。他在 20 世纪 50 年代就已经通过自学成为一个木雕刻熊的顶尖高手。新中国经济建设通过工艺美术出口换取外汇的需求很旺盛,接了大量订单,林亨云是所在福州象园木刻合作社中刻熊小组的核心成员,他利用工余时间,不断实验与研究熊的结构及其雕刻方法与技巧,以至于达到"一刀就是一刀"的高度准确性,每天能够完成两至三寸的木熊四十几个,远远超过别人最高的十几个。1956 年,林亨云便获得木雕"名艺人"称号。④

虽然已经是行业顶尖艺人,可一旦有学习提高的机会,他立即投入如饥似渴的钻研提高。1958 年,国家为了把优秀艺人集中起来,相继成立福建省工艺美术研究所和工艺美术实验厂,以进一步培育、提升、拓展民间艺术的发展。研究所专门为艺人们办了一期雕刻进修班,聘请当地文化艺术界的一批名家任教,有李联文、陈明谋等人。在实验厂的林亨云也在这个进修班。他自认为是天赐良机,以前靠自己天赋和勤奋有局限,就用心、系统学习了素描、速写、人体解剖等学院体系的专业知识。"他担心自己底子薄跟不上,就发明了许多土办法,如他喜欢在素描上标上各种记号,使得那些素描看上去显得不伦不类,同学们都取笑他的素描。但是直到进入雕刻时,大家才明白林亨云画素描标记号的动机,原来那些记号全是为雕刻而作的,哪里该刻得深哪里该刻得浅,标注得一清二楚,他在画素描时,心里就已经在为雕刻打下腹稿,所以在雕刻时才胸有成竹,下刀又快又准。"这段时间的系统学习,他觉得收获极大。此后,与文人、学院艺术家的交往与求教成了他自觉主动的提升方式。福建师范大学杰出的写意花鸟画家宋省予、福州工艺美术学校雕塑科主任周荷生、福州最有名的文人画家陈子奋都成为他的忘年之交。他盈积宋省予遗弃的画稿有好几箱之多。⑤

在中华人民共和国成立初百业待兴的福州工艺界,林亨云式的努力虽是一个突出个案,并不是唯一的,而是优秀艺人中的一股风潮。仅仅寿山石雕方面,陈敬祥于 1956 年新创镂空技术雕刻《求偶鸡》,冯久和 1958 年创作《丰产母猪》、1972 年借鉴牙雕首创《花果篮》,技艺与题材均属充满新意的结构,为一时佳话;而与林亨云共同求教于宋省予的林发述,受其文人写意人物启发,于 1967 年首创"含苞"雕刻艺术名噪一时。这个群体显示了一种不断求精、开拓的精神。

2.中岁转行拓展

1970 年林亨云从木雕转行石雕,可称是当时业界的一个传奇。这是他不惑之年的再一次开拓进取,一种成熟思考后再次提升的愿望。他早年家贫刻熊是为了可能换到一百六十斤大米的生存需要,现在则更多是基于雕刻艺术提升的内在需要。

在福建省工艺美术实验厂的环境中,他接触的都是各行各业的优秀艺人。好学深思的他,发现寿山石雕由于材料的特殊性,其创作的可能性高度不确定,每件石头基本上都是独一无二的。这一方面创作的挑战性更大了。另外一方面,作品也较少能够被照抄仿制。他已经迷上了寿山石雕,可是福建省雕刻实验厂、研究所被"文革"冲击面临解散,他必须离开这个能够接触到寿山石雕的机会,再度返回木雕厂。正心境低沉时期,转机出现了。"恰逢 1970 年 1 月,福州木雕厂、福州石雕厂、福州牙雕厂三厂合并成立有一千多人的福州雕刻厂,下设石、木、牙、机修四个分厂和一个实验车间。雕刻厂的领导夏禹铮,此人热爱工艺美术事业,深受艺人们的爱戴。夏禹铮了解林亨云对石雕艺术的决心,就直截了当地动员他改行到石雕车间去。"这种来自外部的肯定与支持让他下了决心。因为进入寿山石雕,意味着他需要从一位月工资已经极高的名艺人,直接降至二级工人,近乎从头开始。

他已经是名艺人,没有人敢教他,何况同行之间还存在着竞争。他完全凭着木雕功底一切自学摸索。很快他根据自己的优势以及寿山石的特点,制定了两个方面集中突破的发展策略。一是继续发挥刻熊的优势,二是利用寿山石花色的五彩斑斓来刻金鱼。刻鱼对他来说,是一个新的领域,家里仿佛成了养鱼专业户,一手拿画笔,一手拿刻刀,不知道克服了多少困境之后,20 世纪 70 年代后期就迎来收获期,有名作《黑熊》《珊瑚鱼》获得行业好评,并在"文革"结束不久之后的 1979 年 4 月,与当时最有名的一批寿山石雕艺人郭功森、周宝庭、林寿煁、陈敬祥、林发述、林元康、冯久和一起,共八人获得福建省人民政府授予的"石雕工艺美术师"称号。⑥

3.晚期硕果累累

改革开放之后,寿山石雕恢复正常生产,许多艺人焕发了新的创作活力,林亨云又开始了新一轮的创作追求与发展阶段。他的寿山石雕鱼刻作品《锦鳞游乐》于 1982 年获中国工艺美术品百花奖的创作设计优秀奖及全国石雕行业评比的优秀作品奖,作品被中国工艺美术馆收藏。另外一块重一百三十斤色彩斑斓、晶莹细腻的高山冻石激发他创作了大型石雕珍品《海底世界》,并于 1990 年获中国工艺美术界最高奖项——中国工艺美术品百花奖金杯奖。同年,还有作品《金鱼》在本地获得福州市工艺美术如意奖一等奖,石雕作品《刘海戏蟾》在福建省"争艳杯"赛会上获得三等奖。⑦

　　大量的荣誉并没有让林亨云停下脚步。一次书店里北极熊画册带给他的惊艳,并借着北京领奖的机会,在北京动物园里做了半个月的北极熊痴。而似乎上天也在眷顾他。20 世纪 80 年代末,寿山石刚刚出产了一批质地相对精纯的焓红石,在当时的市场上,这类石算是贱石,他却尽其所能买下这批石头,连家人都觉得他是拉回了一堆"垃圾"。很快,自 1992 年开始,在齐白石衰年变法的年龄,不断学习与积累一生的林亨云井喷了一批震撼力极强的北极熊作品,并于 1993 年 12 月获得第三届"中国工艺美术大师"荣誉称号。⑧

　　林亨云的精益求精并没有因荣誉与退休而停止,他继续搜集关于熊的资料,继续发掘刻熊的不同可能性。寿山石材质的色泽、肌理、裂格的不确定,决定了创作过程是一个随时需要调整的过程。经常会遇到无法继续的时候。一旦遭遇瓶颈,他总是先把作品放一边,等待雕刻方案思考成熟了再动手。林亨云做一件作品的时间很长,一两年甚至五六年,以至于他常常不记得作品的具体时间。⑨

　　退休后的林亨云大部分时间依旧"刀"耕不辍,每天五点起床,运动半个小时,就钻进工作室。他不会写字,连电话本也是用各种不同的熊作为各类记号以代替名字,这是只有他自己才看得懂的密码本。⑩他一生的心血真是全部献给了工艺雕刻事业。

二

　　林亨云一生的从艺经历与成就,是当代寿山石雕发展变迁的一道侧影,几乎与整个行业的发展同步。他惊人的刻苦并不显现为孤胆英雄,他的不懈追求得到了行业的支持,借助于行业的力量他才能够不断发展自己与成就自己。他不惑之年的行业转换能够顺利展开，就来源于行业的支持，来源于行业对杰出艺人的渴求。当然，也由此深刻打上了特定时期特定行业的文化烙印。

1.求巧：一相抵九工

从林亨云这一代艺人身上可以比较清晰地见到寿山石雕独特的工艺文化传统。虽然雕刻了许多新题材，也发展出了许多新技艺。但他们的寿山石雕最重要的传统依然是"材美工巧"，其实着重就在一个"巧"字，且可以用一句大多寿山石雕艺人都知道的话说明，即"一相抵九工"。这个传统在他们的前辈与后辈身上是一以贯之的。寿山石材不可预料的形与色、优点与缺陷，只能通过反复"相石"因石施艺，不断调整、构思下一步需要创作的内容。这个过程很少像雕塑那样，可以完全事先定案。寿山石艺人虽然不可避免互相竞争，但就雕刻构思而言，好友之间的互相帮助也是常态。为了解决雕刻方案面临的瓶颈，四处请教属于常事。林亨云在雕刻中遇到问题就经常广开言路，邀请亲友给予建议。[11]不妨说，精益求精是寿山石雕同行共同的内在传统。

据老艺人冯久和回忆，在民国时期手艺人全靠手艺好坏吃饭，只有像他的师傅黄恒颂那样的好手艺，才可能凭借手艺勉强糊口，成为寿山石商铺的坐堂师傅。[12]传统社会的手工艺行业中，手艺的技术标准一直存在着，其精湛程度是其身价的标尺。林亨云这样一个既不能识字又不善言辞的底层世间艺人，硬是凭着手艺，最终成为一个名利双收的国家级工艺大师，这显然并不是偶然的运气，而是来自行业的依托与个人雕刻手艺上的不懈努力。他善于雕熊，既有行业的订单需求，也有惊人的艰辛付出与创造性劳作。

他说，单单一只熊的毛，就需要雕刻几万刀。[13]为了刻好熊毛的质感与变化，改造了木雕中的二弦刀，还自制正刀、立刀、回转刀使得雕刻的熊毛松动且有弹性。他的镂雕所使用的工具除一般雕刻的刀具外，还需要特制扒剔刀、勾型刀、长臂凿、铲底刀以及小锯刺等专用刀具。⑭其中包含着他为行业的发展所做的一份独特贡献。

行业精神的内化在一件小事上也可见一斑。在一次展览上，林亨云看到了自己一件早期的人物作品《三罗汉》，原作品在罗汉上有只蝙蝠，他从收藏者手中"求"回去修改，去掉蝙蝠，使作品更加鲜明而有整体感。⑮正是这样的精神使他成为一个行业的典范。

与传统艺人相比，新中国的寿山石雕行业提供了学院与文人艺术的部分眼界，拓展了他们创作的基础能力与题材内容。解剖结构的研习，就使林亨云对熊的体态变化的把握，远远超过前辈艺人。面对不同的石头条件，他的刀下，几乎涵盖了我们可以想象的熊的各种姿势与情态，其丰富程度令人叹为观止。

2.技术化追求与文人深度境界的遗落

当然，大多杰出手艺人的文化眼界也仅能在一个有限的行业视域里展开。林亨云的杰出也多限于工艺性雕刻的挖掘，他并没有与当代雕塑艺术进行对话，也缺乏追求精英文人艺术精神境界的自觉。

如果从文人艺术品评标准"神妙能逸"来看，他当属于"能品"与"妙品"之间。很长时间以来，在寿山石雕界，一件作品的工作量对其价格与价值影响很大。行业与市场通常首先从工艺的精细度来断定作品的价值。如果按照文人的审美判断标准来看，最低等级的"好"作品是"能品"，而这却是当代寿山石雕的主导标准。无论是丰产母猪、花果篮、求偶鸡、海底世界还是熊，都是努力以多做"工"来表达"巧"思。中华人民共和国成立以来，寿山石雕的名作中少见雕工少的作品。依笔者管见，就传统审美境界而言，当代寿山石雕艺人只是做到妙品，极少作品进入民国薄意大家林清卿曾经抵达过的"神品"与"逸品"境界。林亨云极尽变化的熊毛雕刻，情态万千的拟人化熊族群像，所有的"好"都因过于用力而展露无遗，他不太需要考虑含蓄、曲折与深刻。而林清卿的薄意雕刻就得到了民国时期福州最有影响力的文人收藏家的追捧。他的"薄意"雕刻吸收、转化了文人绘画艺术的精神旨趣与境界，有以少少许胜人多多许的艺术匠心，既能繁花满枝也能荒寒寂寞，既能"神品"也能"逸品"，其艺术表现的丰富题材及内在张力，至今仍然未有工艺师可以全面超越。

过于偏重技术化的"精中求巧"当代传统，随着 20 世纪 80 年代之后寿山石雕行业的市场繁荣带来不少负面惯性，一时模仿成风，样式雷同，趣味偏狭。少数顶尖艺人可以巧妙出新，大多普通艺人连守成都谈不上，行业经常有"毁石无数"的感叹，痛惜珍贵资源的过快耗竭。在经济泡沫时期，寿山石雕行业一派粗糙的繁荣景象，雕工不善依然可以大行于市。这样的局面注定了可持续发展动力的匮乏。随着 2014 年经济低谷的来临，整个行业迅速陷入困境。据福州相对高端的寿山石文化城市场店主介绍，仅 2015 年一年，没有生意的店铺占了大多数。在经济低迷时期，却另有一个市场逆势上扬，就是网络中低端市场的急剧成长。成长最快的一家网络交易平台，月营业额已经过千万。这个市场主要针对的是印章的传统需求，以及白领日常小玩件的新兴需求。他们面对的是一种相对文化性的内在需求，而不仅仅是纯粹寻求投资回报的短视投机需求。在供货一端，也以成长中的年轻雕刻师为主，并大体能根据作品的工艺水准来确定价格，整体市场倾向相对比较理性。只是如何传承与弘扬深厚的传统文脉、并向当代文化眼界充分展开，却依然是一个待发展的方向。

3.当代综合文化眼界的缺失

如果以当代艺术眼界来看，寿山石雕的创意与内涵仍然缺乏与当代文化对话的眼界。

实验艺术家邱志杰为了反驳国际著名学者与小说家艾柯的一句话"独角兽为欧洲文化特有的神兽"，他带领学生团队深入梳理传统文献中的神话动物资源，依托于汉唐动物造型以及西方动物雕塑的双重传统，设计并制作出了一个"一百只独角兽"的想象性木雕作品，每一件都形简意丰、神趣不凡。⑯诚然,邱志杰确实缺少了林亨云面对寿山石材质形色高度不可预料的难题与经验,他只进行了有效创意设计就进入工艺制作。但就动物题材的创作可能性挖掘而言,其抵达的艺术与文化的深广度确实不是手工艺人可以比拟的,其背后所依托的文化资源与艺术眼界确实开阔深邃了许多。

当然,邱志杰的木雕作品也少了几分手艺人最擅长的绝活。对于手工艺造型与木头纹理走向的完美贴合的可能,邱志杰他们大概不如工匠当行。那么,我们目前有没有使邱志杰们与林亨云们互相合作的社会机制与文化氛围?显然比较缺乏。在使当代雕塑艺术与传统工艺进行深入交流与对话上我们仍然有许多工作可以展开。就福建省丰富的雕刻传统而言,以笔者有限的观察,只有2000—2011年的惠安石雕界曾经成功举办过六届中国(惠安)雕刻艺术节,以积极开放的姿态推动了传统民间雕刻与当代雕塑文化的碰撞,并产生了一些可待续发展的成果与方向。可惜只是开了个头,这么好的活动没有得到持续不断的拓展与深化。而文化的根深苗壮,需要深层次的长久交融,需要时间的充分积淀。

借着他山之石,不妨说寿山石雕当前匮乏的不是技艺上的"工匠精神",而是需要远为开阔深刻的全球化时代手工艺发展的艺术与创意的"工艺文化"。而这不是一个人的问题,它远远超越手艺的范围,是一个文化制度如何进行系统建设与优化的问题。

因此,工匠文化是一个复合多维的系统文化,很难作单称的概括与描述,它包含了多层次的物质文化和精神文化,而不同历史时期、不同行当的文化处境差异很大。从相对视野宏观综合的文化产业角度来看,工匠生产涵盖了原材料生产、加工、设计、制作一直到品牌、营销的完整产业链,横跨第一、二、三产业,从农业到服务业,同时涉及多个文化层面。如果仅仅把其中的工艺制作环节单独孤立起来,肯定无法比较准确、清晰而深入地阐述"工匠精神"的文化精髓与问题所在。比如宋代、清代器物中不同的文化态度与审美特质,需要整个产业链、多个文化层面的比较才可以分析得更清晰,包含了从帝王、精英文人到工匠的系统性参与。要清晰分析当前工艺匠作存在着的问题,也同样需要系统的社会机制与产业状况考察,需要通过文化分层的解析,才会有比较准确的问题意识。

"工匠精神"不仅是精细谨作的态度,也不仅是手头劳作的能力,更不是单向适应社会的能力,它还应该包含一个时期精英文化的共性在工艺劳作中的具体展现,包含一定的文化制度的塑造与推动。如果手工艺行业缺乏宽厚而明晰的文化视野,缺乏多个文化层面的相互支援,"工匠精神"就不会呈现出杰出的文化品质。

4.重建工艺雕刻与当代精英文化的有机联系

就寿山石雕而言,中华人民共和国成立以来学院艺术与文人文化的注入催生了一批优秀艺人。可惜优质、开阔文化资源的注入总是过于短暂和有限,行业的短期功利性追求也不断限制着寿山石雕行业的文化视野。很长时间以来,新中国对于传统工艺行业大都是采取"赚钱就扶持、不赚钱就抛弃"的短视行为。以至于行业很难以比较理性、开阔的视野面对当代文化产业情境下的发展定位。以至于在艺术与产业之间,容易走极端化的两极。要么唯利是图,要么谈钱色变。2016年5月,在一次官方举办的《福建省寿山石志》修撰专家座谈会上,笔者谈到寿山石雕研究也需要注意到制度、产业的语境与维度,一位负责会议的著名艺人闻言立即反对:"寿山石雕是艺术,不是产业。"其对工艺文化理解的狭隘性令人印象深刻。

就寿山石雕而言,精益求精的"工匠精神"如果更多停留于手艺技术层面,不打开、汇入更广阔、深邃的文化潮流,不放在一个全球手工艺的新视野中来定位与发展自己,恐怕不容易走出当前行业的整体低迷。在笔者有限的接受了解中,林亨云这样的艺人已经尽到了自己最大的努力,他的执着与坚韧也足以令人感动与尊敬。然而,他的局限性也是显而易见的。他们的文化视野基本局限于一个狭窄的工艺雕刻领域,国家、社会与专业机构也没有真正有效地推动他们同其他艺术门类、研究机构开展常规、广泛而深入的对话。他们只能依赖于极其有限的手段，不断追求技艺性的繁难，这种追求自然地成为其主要内在的竞技动力与指向，这样难免限制工匠文化更丰富的发展可能。

在文化全球化阶段，工艺文化如何在一个全球文化眼界中重新建立与传统、与外来精英文化的深刻关系联系，应是当务之急。就寿山石雕传统的"工匠精神"精神而言，"一相抵九工"的一个"相"字，完全可以打通当代艺术的眼界，其要义本来包含了文化思考。只不过，这个思考与设计的文化资源与参照要有足够的文化深广度罢了。

那么，我们的文化管理部门和手工艺从业者是不是都有这样的文化自觉，是不是在考虑建立一些富于弹性的机制、制度来推动、评价这样的一些更有开创力的工作？就像近些年江西景德镇瓷艺、福建惠安石雕所做的那些工作，他们有意识地推动一些与当代艺术与创意前沿相关的文化与商业活动，初步出现了一些常规化机制，促进了与当代文化精英的互动与沟通。

如果借鉴布迪厄关于"惯习"的社会学分析视角，"工匠精神"不妨描述为一种在特定文化与制度氛围中后天养成的在日常专业工作中呈现出来的行为习惯与倾向。"惯习"概念的重要理论价值在于，它强调了社会行为是制度化所塑造的惯性，包括了一种下意识的，却又有鲜明文化指向的行为倾向。造成一个人的"惯习"，既包括显性制度，也包括隐性制度（指各种不成文的惯例及习俗，也称"非正式制度"）。因此，不同的微观制度环境中，"工匠精神"的养成是不同的。借用这种视角，有助于我们在特定的社会情境与文化脉络下讨论工匠文化的具体问题，而不是大而化之空洞地讨论"工匠精神"。

注释：

①如以"工匠精神"关键词搜索中国知网论文，2013 年、2014 年分别为

一、二篇，2015年十一篇,2016年就剧增至三百八十一篇。关于"工匠精神"的一般内涵没有什么明显的歧见,如果以2016年3月李克强总理政府报告中"精益求精"的精神概括来简单表述,应该不会有歧义。只是"精益求精"仍然是一个丰富开放的概念,至少在政府报告中还强调了一种开拓性的精神,所谓"鼓励企业开展个性化定制、柔性化生产,培育精益求精的工匠精神,增品种、提品质、创品牌"。然而如何从具体的文化背景来看待"工匠文化"则所论甚少。

②目前对林亨云从艺经历描述相对比较完整详细的,是笔者指导的硕士论文,刘慧云的《林亨云寿山石雕研究》(2014),以下如有引用,简称为"刘文2014"。

③刘文2014,第5页。

④刘文2014,第7—8页。

⑤刘文2014,第9—11页。

⑥刘文2014,第12—14页。

⑦刘文2014,第14页。

⑧刘文2014,第15—16页。

⑨刘文2014,第21页。

⑩刘文2014,第16—17页。

⑪刘文2014,第21页。

⑫笔者2015年7月访冯久和于福州高桥支路寓所。

⑬刘文2014,第40页。

⑭刘文2014,第19—20页。

⑮刘文2014,第34页。

⑯可参见邱志杰个人网站 http://www.qiuzhijie.com 中的"作品/装置"。

丹心创新愿　领异求是辉

——谈陈礼忠寿山石雕刻艺术

陆永建

　　当代,是一个开放的概念,包含了高速运转的商业化市场经济、日新月异的信息技术革命、急剧转型的社会结构,以及众声喧哗的文化思潮。在这个各种力量互生暗长、竞相登场的舞台上,艺术也不可避免地夹裹其中而不断翻涌冲决。当我们折服于莫奈对绘画底色和上光的大胆拒绝,惊讶于塞尚对逼真形象和传统透视的勇敢牺牲,钦叹于毕加索和布拉克以抽象派拼贴形式发现物态平展延伸的无限可能时,应该要清晰地意识到:当代艺术正在向着越来越多元而敞亮的方向发展。一方面,它绵延承续而植根深厚,传统文化的精粹滋养越来越成为蓬勃生机的强大支持;另一方面,它联络广泛而纵横交织, 现代精神的审美需求是不断刺激探索新变的原动力。在当代艺术的领域中,一切媒介手段和风格都是允许的,一切探索和实验都没有终结,它既规约又自由,既传承又背离,既纯粹又芜杂。

　　在这种文化生态下, 陈礼忠的寿山石雕艺术探索以独立鲜明的特征,体现了一名当代工艺美术大师真诚而严谨、开放而深刻的时代精神。作为传统造型民俗重要组成部分的寿山石雕刻艺术,无疑是凝萃着中华民族审美情趣和传统文化精神的艺术创造。正如潘主兰在《寿山石珍品选》序中所

陆永建,平潭综合实验区文联主席

说："寿山贞珉，岂惟秀色可餐，其丽质弥足珍视者，盖有五焉，曰润、曰灵、曰莹、曰嫩、曰腻。其或如丽珠肌肤，则石之丰润也；其或如燃犀照水，则石之空灵也；又或冰盘玉碗，则石之晶莹也；又或如春笋雪松，则石之嫩也；又或如脂如腴，则石之凝腻也。如斯尤物，迥非笔墨能尽其名状。"福州晋安区的寿山矿石，以七彩流光、温润丽质的特性，为历朝历代的艺术家提供了绵绵不断的创作灵感，或方寸之间展气象万千，或乾坤百态宣运势磅礴，以性灵而通情、不言却动人的自然美和艺术美的浑然融洽，成为上达帝王将相，中及文人雅士，下至庶民百姓倾慕欣赏、争相收藏的艺术佳品。

这便是陈礼忠与寿山石雕刻艺术相遇的前尘因缘，也是他倾心痴恋并不懈求索的动力源泉。他在自述艺术追求之旅时仍然深刻铭记着那份单纯而朴素的心灵悸动："当然在我那个时候也不可能对这个行业若干年以后发展得怎么样有预见，主要是因为喜爱，一种强烈的喜好，它引导我往前走，而且一步一步都不浪费时间……但我却认为，如果这个东西我看了会感动，我相信也会感动别人，这个信念支撑着我在这条路上一直走下去。"相较于平淡的初心，人们往往更容易对锐意突破的精彩和获取成就的光华投以热切的关注。然而，在我看来，正是这份被感动而又愿意感动别人的笃定信念，包含和积蓄着无比强大的力量，支持陈礼忠数十年如一日埋首石尘飞扬的工作室，在枯燥繁碎甚至艰难辛劳中，探求审美人格的独立清醒和艺术品格的精进升华，在人与石艺术对话空间内涵的持续拓展与不断丰富中，思考中国传统艺术的现代化转型，更思考主体生命的当代语境表达。

所以，关怀现实，立足当下，始终都是陈礼忠秉持的艺术理想。不论是他的人文表达，还是诗意经营，都是对当代审美情感需求和新时代社会精神发展的真诚回应。正如人们所熟悉的，寿山石雕是一个美学传统极其深厚、技艺等相对程式化的艺术。从五千多年前寿山石器物打磨肇始，寿山石的现实实用性和审美艺术性就被逐渐发扬光大，魏晋南北朝的供佛用品、两宋时的石俑、明清的印章钮饰，直至近现代福州寿山石雕东、西流派创作,都显示了寿山石雕刻艺术源远流长的历史。但是,在这名家英才辈出、技艺日臻精进的演进过程中,传统工艺作坊运作的简约低效性、手传口授传承方式的保守陈规性和艺术作品审美旨趣的象征单一性等问题日益凸显,导致出现重材轻艺、价格虚高、质量水准良莠不齐等状况。一方面,寿山石雕刻收藏火热盛行,市场交易活跃;另一方面,寿山石雕刻作品大多仍停留在寓意吉祥的审美倾向,以及弥勒佛陀等博古形象造型上,艺术创新裹足难进,消极延滞。对此,陈礼忠感到焦虑和不安,他大声疾呼要"自觉从文化的高度去推动创新,在创造雕刻艺术的高附加值上下真功夫",并以此为准则,躬身践行,用心用情用力探索和推动寿山石雕艺术乃至整个中国工艺美术的现代化发展。

"艺术源于生活",这个简单朴素的理念,是陈礼忠坚守的信条,也是他致力于探索寿山石雕艺术当代化发展的法宝。他坚信艺术应该扎根于厚实的生活土壤,从最平凡的人事代谢和最朴素的人情冷暖中寻找新鲜活泼的题材和璀璨光华的灵感。所以他从摹刻山水人物入门,以花鸟鱼虫拾阶,坚持承继传统而不囿于陈规,寻源经典而不拘泥教条,在寿山石雕审美立意和造型表现等方面实现了质的突破与创新。可以说,围绕"现实生活"这个关键词,他摸索出了两条艺术表现的基本路径:一是主体个性的诗意张扬。现代社会多元文化最突出的一个审美特征,就是高度重视和强调主体性自由,尤其是信息化时代,网络的技术架构和社会的文化因子相互作用生成的自由、开放和共享的互联网精神,无疑赋予了个体自由和个性张扬更充足的可能、更多的机会和更广阔的空间。在陈礼忠看来,所谓自由而独立的个体生命,应该是建立在对当代社会价值观念和现代文明生活秩序自觉认同和自觉维护基础上,主体个性的实现与发挥,表现在寿山石雕艺术创造上,主要就是对"鹰隼"与"残荷"两个典型意象的发现与开掘。

关于陈礼忠寿山石雕的"鹰隼"与"残荷"系列,业界已有不少评述。论者大多注意到,陈礼忠之所以选择这两个意象并倾力将其打造成自己艺术生命的典型标识,其原因就在于它们的风格气质与创作者主体生命的深层关联。诚然如是,无论是鹰隼还是残荷,相较于描摹还原形态特征的雕刻,陈礼忠更着重表现张扬性情气质的创造,从《啸震沧海》的雄鹰展翼、刚强霸气,到《玉树临风》《群山尽览》的鹰姿威武、庄严凛冽,从《独立枝头》《九天回眸》的孤鹰冷傲、刚烈坚毅,到《家·天下》《呵护》《守望》的灵性通达、柔情温绵……陈礼忠刀下的鹰,不仅有着纤毫毕现的精致形态,更有着自由的生命气质。它们不是被观赏被饲养的生物,而是被珍贵被尊重的性灵。或桀骜不驯,或强劲刚猛,或锐敏灵通,都是创作者自由生命意志的借寓和寄托。而随着他生活阅历的丰富和艺术思考的深入,这种不无锐利的个性张扬逐渐转变为更加自在从容的诗意表达。以"残荷"意象的突破实现了个体生命的进一步沉潜升华。一路走过花开花落、日出月沉的大千世界,坚韧刚毅的陈礼忠,在岁月磨砺中日渐温厚沉广。人到中年的通达与睿智,让他更加澄澈。不是不爱鲜妍缤纷的明媚,也不是不喜灿烂盛放的芳华,只是他更能理解历练过的成熟生命,往往才是最真实自然而孕育无限的状态。所以,他毅然舍弃古典荷花姿态清丽典雅、象征吉祥如意的程式规范,选择看似衰败凋落的秋池残荷,不是为了无病呻吟展示落寞荒凉的萧条,而是为了沉潜深邃发现内涵丰盛的生机,更是为了发扬风骨傲然的气质。他擅长在弧线柔美、蜷曲破损的叶片和弯折缠绕的荷梗边,配辅一只灵动轻巧的翠鸟或情趣盎然的小蟹,运用整体结构的静态布局和意象设置的动态穿插,打破了寿山石雕刻作品一贯以来追求和谐完整的造型结构,以强烈的视觉陌生化反差效果,赋予雕刻作品浓烈的情态意象和鲜明的精神体验。其意义已经超越了个性表达的内涵而具有艺术创新的重要价值,即创作者将感性经验积累的理性思辨灌注于"残荷"这一审美对象,从中呈现新的文化意蕴,创造出既不脱离个别也不同于一般审美经验世界的个别。不仅形成了独具审美个性的艺术形式语汇风格,更创造了突破陈式的独特新颖的艺术典范。在彰显创作者敬畏自然大美、尊重生命自由、深具人文关怀的艺术理念中,实现了传统雕刻艺术的时代跨越。

现实生活给陈礼忠的另一个启示,就是以艺术的形式表现当代集体精神。他的一部分作品如《再造山河》《江山如此多娇》等,完全脱离了花鸟虫草的传统题材,努力呈现具有时代风貌的广阔人生。典型如《天地儿女》这样的大型石雕,在"相石"的构思设计过程中,陈礼忠就立意要"放声讴歌在近百年来民族苦难历史中孕育出来的劳苦大众的时代激情,纵情礼赞中华人民共和国诞生初期像金子一样闪亮发光的国家主人翁高贵精神"。循着这样的思路,整部作品在整体保留原石风貌的基础上,综合运用了圆雕、镂空雕、浮雕等多种雕刻技法,采取航拍远眺的广角视角,以全景式叙事方式,打造云蒸雾绕的苍茫山林,着意设计劳动场景,精细雕刻两百多个形态各异的劳动者,生动表现了劳动人民沿着山路崎岖开掘而上,一路挥汗如雨气势磅礴的火热场面。作品空间结构疏密有度,人物景象错落有致,整体格局开阖纵横,既以翰墨写意手法保留了因石取势、依形传神的自然美感,又以具象雕镂的技巧营造了恢宏壮阔的时代场景,堪称新时期寿山石雕刻艺术的一大创新佳作。

艺术创新是一个形式与内容、技巧和方法、情感和意境和谐统一的整体创造,包括作品的主题规划、意象结构,以及材料选择、表现手法等。我们之所以认为陈礼忠的寿山石雕创新具有时代性,是因为他不仅在立意上求突破,更在形式上求新颖,在技法上求融通。他不满足于圆雕、镂空雕、链雕、镶嵌雕、薄意雕等传统技艺,着意向其他艺术类别学习借鉴,创新艺术表现方法。观赏他的作品,不仅可以看到东方水墨艺术对神韵气象的线条发挥,也可以发现西方传统绘画物象透视、色调明暗和结构比例的有效启发;既可以领悟中国诗词文化的深厚人文意蕴,也能够体验西方思辨哲理的抽象理念逻辑,甚至还有现代雕塑的非现实感符号表达、当代摄影图像处理的造型语言等多种艺术手法的巧妙化用。用他自己的话说,就是"孜孜不倦地朝拜中外艺术殿堂,孜孜不倦地从姊妹艺术门类中学习借鉴技法与经验"。东西方文化的融会贯通,多种艺术门类的广纳博采,给予了陈礼忠更好地发挥和利用寿山石形、石色和石理的丰富启示。正因为他拥有不懈开拓求索的艺术理念和持续创新求变的艺术技法,最终冲破重材轻艺的陈规桎梏,以"石无贵贱""艺有高下"的信念,舍弃对材料的依赖,回归艺术本体,选择寿山石中毫不起眼的老岭石等普通石材,以心点石,以情化石,以意造石。通过对线条、光线、色调、影调的准确把握,创造出具有弹性张力的质感、空间感、节奏感和立体感的佳作。从而达到因石造色、以色呈象的张扬,创造出蔚然光华的艺术世界。

苏步青先生有一句让人印象深刻的话:"丹心未泯创新愿,白发犹残求是辉。"真切表达了努力开创崭新愿景、寻求真理辉煌的坚韧之意。在我看来,这应该是所有艺术工作者应该坚守的一种文化精神。时代风云变幻,历史浩荡更迭,作为人类认识自我与世界主要精神产品的艺术,当然应该顺时应势、与时俱新,以创新为蓬勃的滋养之本,以创新为艺术家不熄的灵魂之光。所谓的"文化自信""文化自觉",不是抱守传统一成不变,而是发挥精粹实现当代转化,是明确文化身份后的不懈跋涉攀越。因此,陈礼忠以关怀现实、立足当下为基点的寿山石雕刻创新,不仅是对寿山石雕行业可持续发展的积极探索,更是对整个中华传统工艺现代性转型的有益实践,显示了当代社会变革和思想文化演进背景下,一个有责任、有担当、有作为的艺术家真诚而严谨的文化姿态。

新文艺群体研究

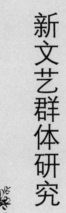

从新语体到争权运动

——福建女性网络作家作品综述

庄　庸　安迪斯晨风

经过二十年的繁荣发展,中国网络文学已经成为一股任何人都无法忽视的文学力量。同时,大力发展网络文艺,以网络文学为重要抓手,也已经成为国家文艺顶层设计中重要的思路、逻辑和智慧。①

在这个前所未有的文艺大变局中,福建省处于一个极佳的战略卡位点上。全球发展大东移,从西方到东方,中国成为未来世界重心的承接地。在"一带一路"国家战略中,闽派文艺处于从古代"海上丝绸之路"起点到"21世纪海上丝绸之路核心区"的重要战略位置,打造中国文艺高峰,提供"作品为世界立法"的故事、思想和智慧。②

当下,福建网络作家与作品群体呈强势崛起的态势,特别是在网络文学成为"超级IP热"重要源泉的当下,福建女性作家创作的大量网络文学作品正在成为引爆社会潮流的IP新宠,出现了许多"W(woman)概念股"中的"爆款作品"。

通过对福建女性网络作家及其作品的深入研究,我们认为这一创作群体已经初具规模化、特征化和差异化和专业化趋势,假以时日,必将成为中

庄庸,中国青年智库论坛执行秘书长

安迪斯晨风,知书网创始人

国文坛不可忽视的一股力量。

因此,我们确立对福建女性网络作家作品进行专题研究,邀请"中国网络文学网生评论家委员会"的评论家们,对福建女性网络作家的作品中呈现出的特质加以总结和剖析:从争权运动,到情感诉求,新语体新文体,成为一种接口。

一、争权运动:构筑梦想的"造梦机器"

我们通常所说的网络文学经常被称作"娱乐文学",将其归为通俗文学的谱系。但事实上,历经二十年的发展,网络文学已经成为一种有着独特写作方式、表现手法、节奏笔法的文学体裁。

大多数网络文学作品的写作目的都带有商业化性质,是为了娱乐、消遣,并不刻意承载深刻的社会价值,所以,它往往不会有沉重、严肃的内核。相反,轻松、欢快等一切可以让读者产生心理愉悦的手法则是创作的核心目标——也就是说,传统的文以载道,让位于娱乐、消遣的讲故事形式。

因此,有人据此提炼网络文学的内核与实质,认为:这是一种欲望之书,是一种以满足读者的欲望为诉求的作品。换而言之,一切无助于读者满足欲望的倾向在作品里都是不必要的。网络文学作品的特征之一,就是为读者制造出一个美妙的梦境,让读者把自己的欲望在作品中以多种形式加以呈现。

谈及欲望,那么自然脱离不开人的先天欲望和后天欲望。先天欲望,典型如食欲、情欲等一系列与生理性舒适度相关;而后天欲望多是在精神层次上的内容,以达到自我满足。在网络文学的创作中,不管是写主角获取权力、财富、名望,还是获得超能、长生不死,或者是配角的尊重、认同和情欲,这些归纳起来,都是对读者欲望的架构和牵引。通过对这些元素的展开,营造出读者的共情,使读者与书中的主角成为情感共同体。

按照这种观点,网络文学就是在为读者编织一个属于个人的"白日梦",满足他在现实生活里不能想、不敢想也想不到的梦。因此,网络文学中的内容是否真实,是否可以对现实生活有映射并不重要。或者说,越真实,往往就越容易失去读者。要知道,绝大多数人在生活中并不如意,看网络文学本就是为了放松、消遣,他们并不想在文中获取怎样的人生经验。一句话说得好:生活本就够无奈了,何必再到书中去找无奈呢? 正如没人愿意看到镜子中丑陋的自己一样。

这种理论和观点有一定的合理性。但若是以此代表整个中国网络文学的基因和特质,则有以偏概全之嫌。事实上,宰制中国网络文学二十年发展史的爽点模式,立足于两个奇妙的基石:一是幻想(YY),二是现实。

这形成了张力:因为立足于幻想(YY),网络文学超越了日常生活的感知,增强我们对现实所创造的奇迹的想象;而中国网络文学看似天马行空、虚幻虚拟的想象,恰恰穿透了日常生活的现实,最具有现实主义精神。

可以说,21 世纪以来,从未有哪种新的文学样式,能够如此体量庞大、力量剧增和内生能量无限丰富,与中国波澜壮阔的时代、现实和生活如此紧密地关联在起来,并以它为原型,映照现实、重塑现实,并反过来参与和影响现实,重新赋予现实以新的秩序、意义和价值,虚构出全新的"第二世界"并为它"立法"。

福建女性网络文学作家番大王创作的《今天也要努力去你梦里》,就鲜明地体现网络文学这种独特的基因和特质。它有一个非常清奇的"脑洞":一个内燃少女在自己阳光男神的梦里,怒刷存在感,就是为了改变自己在对方梦中的存在形态和情感状态。所谓"脑洞",最直观的意思,就是"脑袋开了一个很大很大的洞, 需要超强的想象力才能补充"——形容作家作品或某些人和产品"创意出乎意料""想象超乎常人"。就像本书的主角凌凌七一样,明明是一个内向的少女,却想在对方的梦境之中,改变自己,以及自己现实中的感情。

于是,穿越梦境,让平凡少女凌凌七找到爱情的新大陆。她照着穿梦指南里写的操作方法做,成功进入柏海的梦里,展开了穿越梦境与现实甚至是"梦中梦"的非常之旅。进入人的梦境，分不清梦境和现实的区分，每一层对应一个梦境，利用梦境自我救赎，梦中梦……可以说，这部小说本身也构成了一个造梦的机器，让读者可以去探寻自己内心深处的梦想。

福建女性网络文学作家安然一世创作的《一宠到底》，则以另外一种切口，着力于人基于幻想的现实之旅。它讲述的故事，是一个超一流的影视明星从隐婚到公布自己已婚生子中所面临的一切。故事中描写了影视娱乐界内外的生态圈，折射了圈子内外中人对于这个消息的种种心态。

在这部作品中，作者既创造出了幻想中的完美男主角陆斐，也创造出了幻想中的完美女主角颜夏，更创造出了一个调皮可爱又不失天真的主角儿子——陆昊。这个可爱的熊孩子为作品中添加了一抹更为耀眼的亮色。对于我们远离明星、娱乐这些名词的普通人来说，本书所呈现出的无疑也是一种让人"沉湎在梦想世界"的气息。

就像 2017 年末流行的"恋与制作人"一样，没有多少人会认为李泽言、白起之类会真实存在，但看着他和女主聊天打情骂俏，却映照出我们真实的内在需求，以及这种需求所植根的现实生活和生存境遇。时煜文和丁瑚雨的爱情喂养了一批观望者的吃糖需求，它就是成功的。大影帝与小明星的躯壳，光环的加成作用固然俗气，但效果是有目共睹的。因为，它就像一面哈哈镜，以扭曲却更贴切的方式，映照出我们的生活、生存和生命，以及那种角色、关系和情感的状态，以及更深层的渴求——争取自我的独立、梦想，以及争取这种独立、梦想的权利。

二、从宠爱到女强：重新塑造两性关系中的女性意识

在女性意识觉醒的 21 世纪，重塑两性关系中的新羁绊，尤其从以妥协、牺牲为代价的表面宁静，到强调性别不同延伸的心理机制等方面的差异，再到追求和而不同的平等、圆融氛围，展现的都是新女性对自我、对伴侣、对社会的认识的深化和对性别革命之出路的探索——特别是从"势均力敌的爱情"，到追求彼此的成就和自我的确立。

近十年来,女性频道网络言情小说经历了多次风格和题材上的热点转化,从最早期流行的"虐恋情深",到后来的"霸道总裁文",再到现在更多人喜欢的"甜宠文"和"大女主文""女强文"……一次次流行风潮兴起又潮落,留下了一代代不同的作品。

读者们性别的差异也影响着对特定内容的好恶。一般来说,男性读者对军事、战争、政治、商业等题材有着特殊的偏好。"醒掌天下权,醉卧美人膝"可能是半数以上男性读者的偏好,而这些对女性读者很难构成吸引力。女性读者更喜欢歌颂爱情的作品,家长里短、影视娱乐,或者是宫廷心计类的内容更容易获得女性读者的青睐。

在网络文学这个商业化氛围非常浓郁的环境里,女性意识前所未有地获得了大众的关注与认可,这也是女性题材的网络文学作品之所以能够被称为"W 概念股"的主因。

在福建女性网络文学作家元真羽创作的仙侠主题小说《道长,渡你成仙可好》中,主人公荨娘本是青帝跟前的一幅画化灵而生的掌灯婢女,却因为一场莫须有的罪名被押上锁仙台,抽去仙骨,打入凡尘。幸好,她在凡间遇到了一位宠她、爱她的重辒道长,两人一起修炼,携手成长,最终共赴仙界,成就了美好姻缘。

元真羽在评价自己这部作品的时候,曾向读者介绍:这是一部"慢慢甜"的小说,而不是全篇粘腻的宠文。尽管后来的道士对荨娘简直是无微不至,但恪守着道士身份的底线,表露得并没有那么露骨。然而正是这份克制,使得他们的关系十分的可爱。他们两人之间的一次次甜蜜互动,也成为本书最吸引人的地方。

在福建籍网络文学作家米西亚的作品《谁在时光里倾听你》中,作品女主角陆加尔是一位专门研究行为心理学的天才心理学家,二十五岁就成为全国最年轻的女性心理学教授,被名牌大学 B 大特聘。一次偶然的机会,她结识了一位年轻帅气的人工智能(AI)研究者和发明人,BAU 科技公司的掌舵人靳向东。她对这个气质像冰山一样高冷的总裁一见钟情,却惊讶地发现自己屡试不爽的行为分析法对他完全不起作用。就像文案中所说的:"她能听见世界上任何人的心声,唯独听不见他的!"在女主角陆加尔的猛烈追求下,靳向东很快就沦陷在温柔乡里,和她一起坠入了爱河。然而一次偶然的车祸,却让陆加尔发现自己的真实身份比自己想象得更为复杂,由此又牵出了一个策划数年的大阴谋。

本书以女强文的写法起笔,中间又加入了"甜宠文"和"霸道总裁文"的要素,不但讨好了多种小说类型的读者,而且在写作过程中故事走向的情节转折非常流畅,丝毫也不生硬,体现了作者高超的情节操控能力,也是匠心独运的体现。

这就是我们概括的女性网络文学作家作品类型化的"情感金三角":双强、甜宠、日常向。以三大基本"情感核"为支撑点,就体现了权力之争失衡、均衡、再失衡的动态变化:甜宠;双强,即男强+女强,构建势均力敌的爱情;三是日常向——日常态、生活化、社会类情感构成内核心。

不同的女频文侧重于以不同的情感核为爆点。从 2017 到 2018 年,男强女强"双强"霸屏,但甜宠卖萌仍然是网文主流,日常向情感成为新兴潮流。情感核的变化轴心,就是女性的自我意识与权利(力)之争。

三、创作与阅读的协议:从话语体系到社群羁绊的接口

因为网络文学从欲望之书到梦想之书不停提升的特点,它势必会在表达中侧重欲望释放和梦想达成和时的快感。因此,比起传统文学的含蓄,它更容易直抒胸臆,更侧重感官上的冲击烈度,从而带来更强烈的阅读体验快感和美感。这些同传统文学的严肃性、深沉的思想深度上都有着鲜明的反差。

这必须带来话语体系、叙述模式甚至整个新文体新语体的变革与创新。

比如,遵循大众阅读的习惯,是网络文学的显著叙事特点。作者会尽量避免用一些生僻典故或是一些复杂的词句,同时让叙述语言变得口语化、平实化,而且还会使用一些不太书面的语言技巧,使得读者很容易就读懂作者想表达的内容——就像一个熟悉的朋友在自己身边讲述一个故事一样。

所以我们认为,现在对网络文学的研究中最大的问题,就是局限于文学文本性,而没有想到这种创作和研究其实需要一种"跨学科的、界定不精确"的模式,尤其是大数据、算法和指数中的可视化,影视、动漫、游戏等泛文化娱乐全产业链图像化,以及汉字这种文字本身古文字学中的造像和空间视觉化……而这些元素,在网络文学之中都能得到。

很多人会抱怨,网络爽文的创作者们大多数倾向于使用直白不加修饰的语言,很少会使用古代典故,更不会在小说中随意插入文言文和专业词汇,甚至我们从他们的描写中很难产生具体的人物形象。有评论者把这一现象说成是网络文学创作门槛过低造成的恶果,但实际上,很多网路文学"大神"级作者的学历并不低,在不写小说的时候也可以写得文采斐然,他们在小说中使用的语言写作方式明显是有意为之——言语是解放生生力的重要突破点。

在福建女性网络文学作家江山沧澜创作的小说《我不是废材》中,故事的发生地点是一所超能力学校。虽然是超能力学校,但是并不是每一个学生都具备足够的超能力力量。根据故事的剧情设定,觉醒了超能力的学生寄宿在超能学院,具备了觉醒条件但是暂时没有觉醒超能力的学生寄宿在自由学院。那么作者是怎么描述这个学院的人际关系呢?

> "我觉得这些人脑子简直有病,只是因为男朋友或者兄弟姐妹没有超能力,就瞧不起对方,觉得跟对方在一起很是自甘堕落什么的,真是让人无语!"秦宁义愤填膺地说,"那些嘲笑别人的人是笨蛋,那些被嘲笑几句就真的不再亲近家人的人也是笨蛋!"

> "换作是我,我才不会理会那些脑残的玩意儿呢,又不是有了超能力就意味着比普通人优秀,我家青青就算没有超能力也足够厉害了!"

对于绝大多数网络爽文的读者来说,在长期的阅读过程中他们早已练就了只扫一眼就能捕捉到小说作者传达出的关键信息的能力,所以他们才能保持较快的阅读速度。我们可以认为在写作开始之前,作者和读者就已经订立了一种不成文的协议,作者会特意写出流畅直白、毫不黏滞的文字,读者则可以直接从中提取出"义愤填膺""脑残家人"等关键词,而不会用阅读传统文学时方式来在逐字逐句进行分析,两者各取所需。

这种创作与阅读协议,其实是让作者从自我意识的少女心结,走向社交、社群、社区时代的簇群认同、文化构建和社群治理——

在研究网络文学女性作家作品史时,我们一直在说,任何女性,不管再实际,她一辈子都在做梦,寻找自己的梦中人。这是言情的根本需求,是从十六岁到六十岁,都不曾变更的少女心结。

在当代女频网络文学发展史中,我们曾经把少女成长的三个心结概括为:第一是在父权的体系内寻找身份和位置,第二是在女权的谱系里寻找社群认同,第三是在性别关系里寻找自我意识……

每一部网络文学作品都是某种意义上的作者自传,但每个故事都是发现和求解一群人、一代人的时代的问题。小白文,言情文;总裁文,养成文;虐文,甜宠文……无论贴上什么标签,我们觉得,或多或少,或浅或深,都会触碰到这三个理念之道:

第一是"爱"。一定要是充满情感地写。要把情感写得很细致、细腻。要把"爱"的绑架、冲突、矛盾和战争等写透。要写出最深沉、最纯粹甚至是最无奈的爱。

第二是"自我"。写作、阅读和分享,最根本的,就是要寻找和发现自我——我是谁?我从哪里来?又要到哪里走?最重要的,在这个不确定的时代,我到底处于何种状态?……个人如此,群体如此,整个国家也是如此。

第三是"羁绊"。要写透人心、人性和人际关系,"羁绊"是最好的主题;尤其是当下各种不同类型、阶层和群体的女性,自我意识、两性关系、族群认同……以及在整个时间、空间和命运之中的"羁绊"。

话语体系的变革、叙述方式的创新和新语体新文体的创造,就成为最重要的"接口"。我们相信,这或许是福建女性网络文学作家作品,甚至整个网络文学,一直以来探索和实践的道路,并为自身转型升级,甚至整个新时代新文艺迈向"转场升维"铺好的垫脚石和新跃层。

一如我们在接受中国出版传媒商报的采访时所说,21世纪以来,网络文学W概念股的变化,及其背后女性身心灵成长的变革与分裂,始终围绕着一个轴心:女性争权运动——诉诸各种权利甚至权力资源的赢取。

我们将其概括为三个阶段:1.0分权,2.0平权,3.0确权。

1.0分权:从父权(成熟精英男性)、男权(两性关系和性别革命)和母权(原生家庭)中分化出女性应该拥有的部分权利资源;

2.0平权:在"我—你"为核心的两性关系和整个社会关系,期冀获得平等权利;

3.0确权:并不仅仅是在两性和社会关系中确立女性的自我与群体权利,最重要的女性自身要在不同个体、群体、阶层和世代之间重新划分边界、签订契约,亦即缔造安全边界、新游戏规则和新秩序,这就是确权运动。

当下,女性权利诉求已经走到"确权"前沿,网络文学的主流仍然是"平权"巩固,但整个泛文化娱乐全产业链的W概念股,还停留在"分权"肇始。

需求和供给处于严重的不匹配和失衡与断裂状态。甚至,在IP化中,还出现了从网络文学的平权意识,回到传统影视剧的分权观念——这就是"一夜回到世纪前"。

这就是W概念股的真正变量。从1.0分权、2.0平权到3.0确权,从网络文学到整个泛文化娱乐全产业链,需求和供给之间有一条庞大的接触点轨迹,每一个接触点都可能是超级IP、爆款和现象级产品可能被制造出来的引爆点。

对此,我们的建议是好好研究这种需求–供求的接触点轨迹,然后不停地去做、试错和创新。对未来最好的预测，就是去创造它。

注释：

①庄庸、王秀庭：《网络文学评论评价体系构建：从"顶层设计"到"基层创新"》，福建教育出版社，2016 年 9 月版。

②庄庸、王秀庭：《国家网络文艺战略研究：中国文化强国新时代》，福建教育出版社，2018 年版。

非傻白甜式的女主成长史

——评鱼蒙《重生之弃妇当嫁》

青　釉

　　鱼蒙，福建籍晋江新锐作家，2011 年开始在晋江文学城网站上发表作品，并取得不俗的成绩。目前已经完成的作品有《重生之弃妇当嫁》《重生小娘子的幸福生活》《重生小娘子的美味人生》《重生小娘子的锦绣良缘》《庶女致富手册》《妻有妻道》。这些作品不仅只发表于网络，并且都由台湾出版社代理了实体书籍的出版。

　　《重生之弃妇当嫁》是鱼蒙于 2012 发表的作品。

　　这也算是她早期重生古代系列的开山之作，后改名为《弃妇当嫁》，由台湾狗屋出版社出版上市。

　　《重生之弃妇当嫁》全文并不长，是一部不到三十万字的古代重生文，讲述了这样一个故事：从小因父亲战死沙场而寄居于定国公沈府中的女主宋景秋，和大公子沈君柯一起长大。沈君柯年纪轻轻在战场上便战功累累，引得多少女子为他倾心。但是女主宋景秋早早就嫁于沈家大公子，却不为外人所知……

　　这为全文一开场的巨大冲突埋下了伏笔。当世家公子荣归故里，世家贵族不再满足于毫无任何助力的孤女，为府中大公子求娶家世相当的名门

青釉，本名林洁，网络文学网生评论家

之女,一纸休书结束了这场从未对等的婚姻关系。

但是你能再娶,我又能如何呢?宋景秋操持家中事务十年,最终只得到了"此后各自婚嫁,永无争执"。她无法接受这一悲剧式的故事,在渣男大婚当日一把大火烧去了十年间自己一手壮大的香料行,烧去了自己的心血。临死之前的快意恩仇,仿佛在告诉大家:我宋景秋的骄傲绝不容得如此践踏。

骄傲如斯的女主也正是因为这把大火有了一次重生的机会,重生于一名名为苏白芷的身上——虽然笔者认为:这种情况称之为穿越可能更加合适。毕竟,"重生"从字面上了解是重新过好自己的这一辈子,而换了另一个人的身份用"穿越"二字可能更为恰当。

纵观女频网络小说的发展格局,从万能穿越人士的宫斗宅斗一把好手,到利用自身的科学知识依靠自己勤劳的双手发家致富奔小康;从毫不矫揉造作傻白甜的霸道总裁爱上我,到女强文的兴起……可谓是百花齐放,各花入各眼。

而《重生之弃妇当嫁》一书中并不局限于某种元素,它既有着宫斗宅斗要素,又描写了女主如何发家致富史;霸道皇子爱上我,并不影响着女主成为一代调香名家大师……从类型上来说,它很难有着清晰的界定划分。或许不如从女主入手,称之为一部非典型性、非傻白甜式的女主成长史更为合适。

一、人物性格的自然转换

一部好的小说中人物形象势必是丰满的,没有变化的单薄人物,形象缺少真实的立体感。

《重生之弃妇当嫁》中的人物形象在剧情的推动之下都有一定的转变。原本可能只像一个骨架,而转变之后更为鲜活,也更容易引起读者的阅读兴趣。

下面我们分别从男女主角的性格转换上对此进行探讨。

1.女主从傻白甜到自立自强的自然过渡

女主重生后,在苏白芷身上的性格展现,是更偏向于现代女性中的独立自强的一面。而与之相对应的,是作为宋景秋的前半生的包子人生。

这种包子式的傻白甜和我们传统意义上的傻白甜不大一样。传统网络文学中一般是指爱情故事里的女主角,个性没有心机甚至有些小白,但很萌很可爱,让人感觉很温馨。而包子式的傻白甜则是没有心机,却毫无原则地相信一些人,让自己不断受到压榨式的迫害。

前半生的宋景秋,就是这样一个包子式的傻白甜人设:相信沈家会善待她,相信沈君柯回到京城后,两人能举案齐眉,遇到欺辱时,却一直地退让。

> 日子太久了啊,十年,她竟忘记了曾经他的父亲是个多么骄
>
> 傲的人,她是父亲的女儿,本该一身骄傲。

直到宋景秋的人生尽头,她才意识到一味地退缩和妥协,并不能获得大家的认可,反而给大家留下了胆小可欺的印象。这种压榨可能因为你的退让和妥协,一次次地变本加厉,直到有了压死骆驼的最后一根稻草。人来到这个世界,本该就是一身骄傲。

作为宋景秋时候的女主幼年丧父,对自己家庭的美好愿景,不自觉地就寄托于从小一起长大的沈君柯身上。她从小缺失的,就是家人的陪伴,自然也就对此无比的渴求。所以当沈家用一纸休书驱赶她离开时,彻底打破了这一美好的幻想,成了这最后一根稻草。她只能用自焚这一极端手段,结束了自己的生命。

其实在名家著作中用极端的情景来逼迫人物的办法是十分常见的。人物的情感如果只是在单一的角度挖掘是难以做到引人入胜的。把人物形象放到一个极端的环境中去考验,如果能够浴火重生则能带来更深层次的吸引力。

> 各自婚嫁?他倒是轻易地做到了。她呢?无依无靠,如今又被

人逐出了门。这天地间,哪里还有她容身之处!

对于古代女子来说,没有一处容身之处的窘境是难以想象的。这一极端的考验,对于宋景秋来说,应该算是失败了,因为她最后还是选择了死亡。但是却给后文重生的苏白芷留下下一个契机。经历过了火烧这一极端情节后的女主,给读者们带来的是不一样的感官。从宋景秋到苏白芷可谓是一种跨越式的成长。

成长的主题在网络文学中屡见不鲜,因为作为作品受众的读者随着年龄增长,对于作品中能获得的共鸣点是不同的。而成长这一转变,却能恰如其分地抓住不同年龄层的读者心态。一部好的作品只有成功引起读者的共鸣才能获得好的口碑。重生这一契机,给宋景秋带来的就是一次新的成长。从宋景秋到苏白芷,最为明显的成长,便是性格上的转变。

在心理学中,性格是一个人在对现实的稳定的态度,以及与这种态度相应的、习惯化了的行为方式中表现出来的人格特征。性格是在社会生活实践中逐渐形成的,一经形成便比较稳定,它会在不同的时间和不同的地点表现出来。但是,性格具有稳定性,并不是说它是一成不变的,而是可塑的。性格在一个人的生活中形成后,生活环境的重大变化一定会带来他性格特征的显著变化。

宋景秋和苏白芷这两个角色之间最大的变化便是在亲情诉求之上。前文说道宋景秋对于亲情陪伴的需求大于普通人,而重生后的苏白芷却在这点上形成了完美的互补。

自懂事起便再没喊过的一个称呼在嘴里呼之欲出:"娘……"

那一边站着的一个青涩的少年,欣喜地望着她。她愣愣地叫了一句:"哥哥……"

"娘,哥哥……"她再次咀嚼着这两个词,似是怕惊扰了这美梦,只能小声确认。眼前的妇人拥她入怀时,她终究泣不成声。

老天终究待她不薄,给了她重来一次的机会。

这一世,她叫苏白芷,她拥有上一世未曾享受过的亲情。

她有了全新的人生,一切都还来得及。

在亲情的空白上,苏白芷享受到了一个较为完整的家庭的关怀。母亲和哥哥的存在填补了她在感情上的需求。这一生活环境的重大变化,也促使了她人物性格的转变。

当你对于某类事务的需求不再重点关注之后,势必会将注意力转移到其他事物的身上。对于宋景秋来说,她的注意力都是如何取得他人的关爱。当这份关爱在无意间得到满足之后,即转换为苏白芷的人生之后,她的注意力就集中到了如何更好发家致富,走上新人生。

2.男主从浪荡公子到霸道皇子深情塑造

《重生之弃妇当嫁》虽然是部大女主文,但是在男主角韩寿的人物设定上也颇为用心。

若是盘点网文经典男主形象的几大要素,总是逃脱不了有钱有才华,还有一副好看的颜值。而男主角韩寿的设定上自然不能免俗。但是如果仅仅是这样脸谱化模式的人物设定,自然缺少自己的特色。为了增加本书男主的吸引力,作者同样用了剧情矛盾来推动男主的性格转变,让读者在阅读中更有真实感的代入。而这是固定套路化的写作难以达到的水平。

韩寿本是皇子,母亲死于宫斗之中。皇上为了满足自己一生所爱女子的最后心愿,让他们的儿子出宫,不再困于这京城四面方墙之中。这一身世背景,也是韩寿最初进入读者视野之中时放荡不羁的主要原因。

那男子粗糙的掌心附在她的手背上,她连忙放开手,这下是真恼了:"公子请自重。"

"重?我不重啊!"男子嬉皮笑道,拿过刚才她拿着的胭脂盒塞到她手里,"你喜欢这个?我送给你。"

……

只是看他这样,真不像是正人君子。比那痞子看起来还像个

登徒子,身上还有股清越的女儿香,怕也是在脂粉堆里爬过来的
人。

这是女主苏白芷对于韩寿入眼的第一印象,像是一个万花丛中过片叶
不沾身的浪荡公子。单看这一段的女主心里描述,读者心中对这个角色产
生的第一印象,应该不是固定男主标配的套路。这其实是一种欲扬先抑的
写作手法。作者借由女主感观的变化,来揭示女主对于男主感情上的变化。

她望过去,正好望见韩寿紧闭双目的侧脸,安安静静的,面庞
如玉,连托在那绿地之上,有种惊人的美,一扫原先浮躁的神色,
让她忍不住想起出初见他时,那双冷冽如泉的清澈的眼。

分明是个无欲的人,偏生惹一身红尘。

在后续的剧情推动中,男主借由女主哥哥的同窗好友这一身份,陪同
女主到深山中采摘罕见的草药。这本来是与他无关的事情,但浪荡公子还
是愿意跋山涉水,只是陪同女主上山。这也是女主对他印象改观的第一步。

一个角色,若是从头到尾,都是作为一个完美人设而出现的,难免会给
读者们留下审美疲劳的感觉。这个时候加入一些冲突性的描写,则会很好
地改变这一情绪,让读者的阅读兴趣,得到最大程度的保留。

以陪同女主上山采药为开端,韩寿在女主生活的剧本中的比重大了起
来。但是韩寿这一人物参与女主生活的方式不是点点滴滴的渗透,而是每
次都是以一种英雄的姿态救女主于困境或是为难之中。女主卖药时为了不
将自己辛苦采摘来的罕见草药低价卖给奸商,和耍滑头的商人在言语间起
了冲突,并引来了路上吃瓜群众的围观。韩寿为了解决这一困境,特意请来
了自己的爷爷——作为本地药行的领军人物,他自然是不想参与这桩公案
的,但是自己孙子所托又推脱不得。女主的困境也因此而得到了解决。

韩寿在前期对于女主的帮助,做的都是大事,但是作者明智地并没有
过分渲染这一行为。在前期剧情发展中,女主并不知道问题解决的幕后最
大功臣是韩寿。站在女主角度上,这段情感发展的好感度,是一步一个脚

印,顺其自然发展而来的。而在男主韩寿的角度看,这段感情的发展轨迹则是因为他不断参与,渐渐地更加了解女主的为人处世之道,从而被吸引。如果他没有自动迈出认识了解的这一步,这后续的好感度自然是无法提高的。

而韩寿性格转变的爆发点,也正是随着前期好感度的累积,而不断达到临界点。如前所述,韩寿作为一个皇子,其实是不想过宫廷生活。他觉得这个身份带来的是枷锁和烦恼。但是在遇到女主身处险境,只有皇权能解决,此时,他又何去何从呢?

> 走出天牢时,强烈的光一下刺得她眼睛睁不开。她用手掌遮住眼睛,差点流出眼泪。在指缝间,她突然看到着紫色衣袍、嘴边含着浅笑的韩寿,如天神一般站在她的面前。
>
> 那一刻,她的眼睛突然彻底地湿润了……
>
> 五天不见,恍如隔世。
>
> 身边的牢头已经远远地站着,她在扑入韩寿怀中时,突然听到牢头轻声唤道:“五殿下,苏姑娘我已经带到,若是有其他事情,您再吩咐我。”

苏白芷因为参与皇家香料的评选,被人陷害深陷天牢。韩寿无法,只好恢复自己皇子的身份,从而换取皇上对此案的重新调查。自他取得皇子这一身份之后,女主也仿佛开了上帝金手指,困难会出现,但总是较为容易就能解决的。

伴随着韩寿皇子身份的公开,作者在韩寿这一人物的后期性格的描述上,明显有了很大的不同。前期浪荡公子的形象渐渐得以洗白,转为了“霸道总裁爱上我”的这一行文模式。

作者其实在这两种性格的选择之中十分的取巧。看网文在这十年间的发展,无论是浪子回头,还是霸道总裁的情节,都是为读者所津津乐道的。所以作者在选取了这两种有话题度的人物形象性格加以转换,也增加了文章的张力,在保持自己文章主线的同时,增加了话题的热点程度。

由是观之,《重生之弃妇当嫁》一些剧情的发展设置,虽然在如今看来有所套路化不算特别的新颖,但是在主角人物形象的转变冲突上,还是可圈可点的。

二、配角塑造上的人物群像

一部小说的构成,远远不是只需要男女主角两个人就能完成的。而一部能让读者津津乐道的小说,一定同时拥有写得出彩的配角形象。

这个道理其实不仅仅是在网络文学中适用,我们研读古往今来的名家大作,也会发现这一规律。《红楼梦》中除了贾宝玉、薛宝钗和林妹妹的爱恨情仇让人揪心,其他金陵十二钗的描写也丝毫不逊色,人物形象也入木三分。而在 IP 改编浪潮中处于潮头浪尖的网络文学受到观众好评的女配角也是不少,如最近上映的《南方有乔木》有黑道背景的"大姐大"女配,其讨论热度并不低于女主。

《重生之弃妇当嫁》因为大背景取材于古代种田宅斗,自然也少不了在其他配角形象上的塑造。作者在塑造这些配角形象时,分工非常明确,甚至相互呼应,形成了一种团体感,可以以某一类角色为核心,归纳他们这一众人在文中所代表的形象。

1.以苏白芷母亲哥哥为代表的善意家人

前文我们说道女主性格上的转变,一个很大的契机,来源于重生后的家庭完整美满,而担当此重任的就是苏白芷的母亲和哥哥。

苏白芷父亲早逝,在古代世家大族中孤儿寡母的家庭受到欺压,也是正常的套路。但是当自己女儿生命受到威胁时,即使是原本软弱想以和为贵的母亲也发生了改变——毕竟,为母则刚。

原来苏白芷落水昏迷不醒这几日,姚氏请遍了建州所有的大夫,前前后后花了不少银子,金钱实在周转不开,便同苏清松要那拖欠了几个月的分红。

家中因为缺少适龄的劳动力，日子自然过得并不宽裕，收入原本全靠苏白芷的父亲之前经营的香料行。因香料行的店铺地段和收入一直很不错，便被家族其他叔伯眼红，夺去了经营权，他们只能领取少得可怜的分红。但是在女儿受伤昏厥的期间，她母亲还是不惜家本，请遍了当地的名医。无论花费多少钱都在所不惜，只求女儿能够清醒过来。

作者对这一举动的描写，可能让很多读者不以为然，认为这本就是应该做的事情。但是根据前后文的联系，苏白芷的母亲姚氏只是一个软弱、万事想着退一步海阔天空的和事佬。但就是这样一个原本软弱的母亲，在面对女儿可能再也醒不过这一事实后，能鼓起勇气，向贪婪的亲族们讨要欠他们的分红。只因为这一切所引发的争执，触碰到了她作为一个母亲的根本底线。每个人都有一个自己的舒适区，在一些特殊情节的推进之下，一个人如果若是能走出自己的舒适区而却抗争，就显得难能可贵。

和母亲同步出现的女主苏白芷的哥哥这一形象更为鲜活。因为在作者的人物形象设定中，缺少本应该扛起家中重担的父亲这一男性形象，所以在哥哥苏明烨身上所体现的人物特性，就不仅仅是一个青年男子，更多地糅合了坚毅和责任心等这些在中年男子身上才常见的特征。

和母亲原本软弱不同的是，哥哥苏明烨很明确地意识到自己没有取得功名之前，无法摆脱宗族的束缚。但是无法摆脱，不意味着不能反抗。他还是可以依靠自己双手，给母亲和妹妹带来更好的生活。两耳不闻窗外事、一心只读圣贤书这样的书呆子，绝非他自己的追求。

　　他们正说着话，苏明烨从学堂回来，走进屋子时一直低着头，低声叫了句娘，便想往屋子里躲。

　　苏白芷喊了句"哥哥"。苏明烨一抬头，她便看到苏明烨颧骨上明显的伤痕，乌青青一片，十分骇人。

　　姚氏手一抖，惊呼出声，"烨哥儿，你这是怎么了？"

　　姚氏的手还没摸到苏明烨的脸上，他就已经躲开，先开了口，

"回来的路上跌了一跤，不小心撞到了头，没事的。"

因母亲为了给妹妹看病落入了贪婪的亲戚们的圈套，原本还能领取的分红都被剥夺，苏明烨想通过自己的努力改变家庭生活的窘境。他没有去做什么假大空不切实际的事情，而是捡起了父亲一生钟爱的医书，想通过上山采药换得一点收入。即使这在母亲口中是明令禁止他们触碰的事情。因为父亲就是在一次采药中出了意外，再也没有回来。因此，这一切的行为自然要瞒着家里人。他也是无意间受了伤，才不得不对母亲和妹妹说出实情。

在苏明烨的角色塑造上，我们可以很清楚地看到，他能很明确地认识到自己可为和不可为的事情。甚至即使在冲动之下答应在下次学堂月考中没有取得前三名的成绩就再也不入学堂读书的赌约，他也拼尽全力去做。这样一个积极向上且对自身有着强大自制力的男性人物形象，又如何不讨喜呢？

很多网络小说的读者在现代高压的生活之下都有着大大小小的拖延症，自己身上所缺少的，自然容易寄情于闲暇时所看到的网络小说之中，所以在这类正面人物形象是极其容易得到读者认同的。

2.以贪婪成性的大伯为首的蠢相反派

《重生之弃妇当嫁》中反派角色较为突出的就是大伯一家——古代种田文中少不了的是极品亲戚。

可能考虑到了本书并不是以虐文为主要目的，作者笔下的反派角色都只是表现出一副做了坏事的蠢相，却不是很高明的手段，女主容易破解这一个个他们所设置的陷阱。

近观网络小说的变化，从高智商反派到基本无反派的各类设定和文风都有。作者笔下的这类蠢相反派恰好位于中间。蠢相反派的设置，其实是让读者不是如此揪心地阅读体验，和男女主的形象更容易拉出对比。

"啪"一声响，苏清松拍着桌子站起来，"你说什么？姚氏说明天还钱？"

"真的，千真万确。"李氏将今儿苏白芷赚了十几两银子的事儿一说，又补上了苏白芷的话。苏清松忙不迭地摇头。

"这不可能。清远那个古板，明明穷得快死却总爱装作善人的样子，生前都是赠衣施药，也不见他收穷人的诊金。至于富人那就更不可能欠这么些诊金了。阿九这个小妮子，那是哄着你走呢。"

"甭管她哄不哄了，若是她明儿真那出钱来，那咱们的铺子可怎么办！"李氏焦急了。

"她生蛋我倒信。一夜之间生出白银来？怎么可能！"苏清松不信。

苏清松在全书中给他人的印象就是过于自信。他原本通过借钱给苏白芷一家，想谋夺女主家中的店铺。如果女主不及时归还所借的银两，就会被他通过极其低廉的价格夺去这家店铺。

他不顾亲戚情面，想出了这一不算高明的计谋，算计女主家产。但是他过于自信，并没有想到他们有任何还钱的可能性。他只是派家中的奴仆，盯梢苏白芷一家的日常生活。对于这个算计后续发展的估计不足，也是造成他计划失败的重要原因。

作者对于自己的笔力有着深刻的了解，没有去树立一些高难度、高智商剧情的反派，反而通过这类蠢相反派的设定来推动剧情，这让全书在逻辑程度上是能够自圆其说的。而这类蠢相反派反而更能博取读者一笑。

不是说紧张刺激的情节设定不好，而是说这类轻松阅读的风格，也是会产生意料之外的效果。

3.让人惋惜、行走在灰色地带的沈氏兄弟

有正面和反派人物，文中还有一类难以具体划分阵营的人物形象。

如本书从一开始就出场的沈氏兄弟。造成苏白芷上辈子悲剧人生的沈君柯，是不是一个彻彻底底的坏人呢？可能不同读者心中有着不同的界定。

沈君柯休妻再娶是错,他心中不是不惋惜还是宋景秋时的女主,但是家族重任让他无法摆脱。他临死之前,内心剖白,想到:宋景秋在沈府中过得并不快乐,甚至被这偌大的家庭所拖累,何不放她自由呢?但他沈君柯千算万算,没算到的是人心。他想不到宋景秋的决绝,因为他无法理解宋景秋内心中真正所想要的是什么。

> 我为将多年,杀敌无数。我不信佛不信道,可看到你时,我却信了这天理昭彰。我负了你,于是注定一辈子孤独;沈家负了你宋家,于是从最高处跌落,家破人亡。秋儿,这就是你看到的报应,这全是报应……

悲剧大都来源于沟通的不畅。子非鱼,安知鱼之乐。作者笔下的宋景秋是悲剧的,沈君柯是难以明确界定的。或许将沈君柯说成一个灰色地带之间的人物更为准确。他的悲剧色彩是一出生就带来的。正如女主所说,你生在这沈府之中就是错。

作者写出了沈君柯的矛盾和无力。沈君柯在全书中,只做了一件事情:逼死宋景秋!在作者笔下,其他时刻他都是无力都是挣扎的。从另一个角度而言,这些挣扎的确都是借口,只是为了减轻自己的负罪感而编造出来的。但其实这一切根源的无解才是根本:离不开沈家,放不下沈府的责任,生即是原罪。

在沈君柯这一人物塑造中,其实给了读者想象的余地。给读者们留下一些的思考空间,并不是什么坏事。在书画的创作中,讲究的就是留白之美。或许网络文学创作,也是如此。

作者是说书人,读者们是听书人。每一个情节每一个故事都是清晰完整的话,有的时候丧失了想象的乐趣。不妨留点念想,增加一点回味的空间,更能留住读者。

综上所述,《重生之弃妇当嫁》一书以古代重生种田文为背景,以大女主戏的视角,描述女主一步步成长、改变家庭生活和命运的同时,放下对于前世的各类执念。

在加入"霸道总裁"和"金手指爽文"等网文流行模式之际,作者也通过不同的小人物,给读者们勾勒了一幅古代日常生活的画卷——不仅仅只是爱情,同时让读者们看到在那个架空年代的各类小人物的心里。

这部作品书写人间日常百态,却不给读者们一种压抑感,反而给读者们带了一场较为轻松愉悦的阅读体验之旅,不失为一部佳作。

《宫花厌》：一个小女人的大史诗

香 寒

　　玉葫芦，是一位长居福建的"80后"作者。她自 2011 年开始，在晋江文学网上进行网络写作，如今已经完成总字数超过四百万字的长短作品十余本，且作品大多获得过金牌推荐。玉葫芦擅长依托历史朝代构建架空背景，并在合理的世界观架构下创作长篇古风言情作品。其文风鲜明，具有极强的辨识度，故事跌宕起伏又扣人心弦。

　　《宫花厌》作为作者唯一一部总字数仅十万余字的短篇小说，自然值得比其他作品受到更多的关注——在作者擅长长篇、已经用《太子妃花事记》《老大嫁作商人妇》《沈氏风云》等作品反复证明自己实力、为读者奉献视觉盛宴的基础上，短篇作品能否在逻辑自洽的同时，完整地叙述一个精巧玲珑的故事，成为衡量作者能力的重要评价依据。

　　值得庆幸的是，《宫花厌》不仅匠心独具、精巧玲珑，更以其出人意表的情节发展、扎实流畅的人物塑造、润物无声的深远立意，成为玉葫芦作品中最璀璨的明珠，其意义远超一本普通的古言小说——作者借复仇之名，通过描写女主角阿昭的情感纠葛与日常生活，细致又深刻地对正视命运、认识自我这一文化母题进行挖掘，为读者呈现了一篇波澜壮阔的女性史诗。

香寒，本名张意，天津科技大学学生，网络文学杂食主义者

"幸福的家庭总是相似的,不幸的家庭各有各的不幸。"托尔斯泰的这句话很适合用来描述《宫花厌》女主角司徒昭的经历。在故事的开头,司徒昭就拥有了古言小说中女角色几乎能够拥有的一切美好事物:她生来便含着金汤匙,外祖母是操持朝政多年的太皇太后,母亲是干练而有城府的公主,家族"不仅根系庞大,更手握兵权,在朝中的威望几十年无人匹及";她的成长过程一帆风顺,年少时便嫁与自己喜欢的皇子,而后皇子登基,她也成为皇后,度过了十年金尊玉贵的生活,还诞下可爱的沁儿;从少女时期到为人妻、为人母,她始终没有遇到过太大的挫折,还是个身娇体弱、性格纯善的娇娇女。"自小娇生惯养的人儿,从来未曾吃过半分苦痛。出月子那天着了风,轻易便落了个头疼的毛病。这才把手腕搭在脉枕上没多会,风一吹,就凉凉地打了个喷嚏……"

乍看上去,司徒昭的生活幸福美满,几乎能够满足所有读者对古代女性生活的终极幻想。然而,这梦幻般的美好图景也脆弱得像梦,无情的现实悄然地打碎了幻想:司徒昭的丈夫、皇帝赵慎一直对权倾朝野的司徒家族心存忌惮。太皇太后死后,年轻的皇帝彻底掌握了权柄,昔日"门前车水马龙,院内锦衣冠服、觥筹交错,可谓荣盛至奢"的权臣家族"气氛便忽然沉抑,就连说话都是谨慎措辞","就如同被一层阴影重重笼罩,忽然一个不慎便要翻天覆地"。司徒昭沉迷于对赵慎的爱多年,赵慎却本是冷情冷性之人,早以弟弟赵恪恋慕司徒昭一事为起点,在多年相处中怀着戒备的心理,对司徒昭和她那份真挚热烈的爱不断审视、怀疑,并在一系列他人制造的误会推动下与司徒昭越行越远。司徒昭的母亲广阳公主为司徒昭苦心打点,教她如何确保自己在赵慎心中的地位超过宫中宠妃,要她学会如何保护自己,司徒昭却茫然不知,兀自沉浸在情爱幻想之中。

这是一个典型的旁观者清的例子。但同时,我们又似乎没办法苛责司徒昭:是啊,她一路顺风顺水,习惯了理所当然的生活,触手可及的一切都无不圆满,爱人微妙的疏远、行为变化和宠妃的出现是生命中的最大烦恼,但也能轻易地被赵慎的言行抚慰。或许她隐隐地意识到了什么,或许她感受到了异样的氛围——但不只是司徒昭,我们大多数人不都是如此吗?家庭、事业、生活,人总在追求方方面面圆满无缺,但真正达到这一状态,或自以为达到这一状态时,有多少人会始终保持着"无必要"的审慎,思考这境况未来是否可以持续?有多少人能够真正清醒而客观地看待生活、认清自己的真实需求?

司徒昭在某种程度上就像我们每一个女性的化身:没有重视生活中的异样,更怀着自己可以永远平静度日的心理,对未来毫无考虑,所以跌落尘埃时摔得尤为惨烈——不过一天时间,司徒家被抄,所有亲人死去,赵慎用一条白绫强制终结了她的生命,身后只留下不满一岁的稚子沁儿,在母亲仇人处饱受冷落。

但同时司徒昭又毕竟是幸运的:她重生在了哑婢青桐的身上,而青桐作为故去皇后唯一存活的侍女,因其残疾得以被赵慎放过,受命带着沁儿进入冷宫生活,在被人遗忘之处了却残生,并以此为起点实现了阿昭本人的新生。

从高高在上的皇后到身份卑微、受尽白眼的哑婢,阿昭的生活发生了翻天覆地的变化——之前的她恐怕很难想象自己有朝一日竟能落到这般卑微的境地。但她"死"过一次,不仅在对骤然而至的噩梦的回忆中,意识到了自己第二次生命的可贵,更被独子沁儿寄人篱下的遭遇激发了生活的动力:不过一天的时间,没了母亲的沁儿便由皇宫中最尊贵的孩子变为无人看管、饱受欺凌的弃儿,因离开熟悉环境、感到不适而引发的哭闹是"天生就是冤孽",被抓伤,被异母姐姐追打,连基本的需要都被忽视,还被亲生父亲下了"不能留"的评语……

母子连心,向来高贵骄傲的阿昭重生后,自然对失而复得的唯一亲人倍加珍视。"那婴儿哭啼,阿昭一早上跪在殿外早已听得心肝俱裂。但见沁儿小腿上刺目的一条抓痕,心里头便好似被尖刀划过。忽然之间脑袋空白,竟忘了初衷,跌跌撞撞上前一把将他揽进怀里。"而亲眼见证无情的赵慎"连他儿子的最后一眼都不愿意恩赐"时,阿昭终于明白"这一过去,那前生一切辉煌便成过眼云烟。今后的她,只是一个卑微的哑婢",在步入冷宫之时断绝了对自己曾深爱之人的一切幻想。

昔日司徒昭与今日阿昭,昔日皇后与今日哑婢,昔日后宫与今日冷宫,其间都隔着深不见底的天堑:残破的冷宫充溢着腐朽气息,无数早已流落至此的女人们为了生存可以抢夺死者的金玉首饰,也会对阿昭这个"新人"进行欺凌,抢夺她的生活物资。阿昭进入冷宫的第一夜睡在死人床上,夜半猛然惊醒,便发现视若珍宝的儿子被人扼住脖颈,险些断气……阿昭不得不为了自己和儿子变得更加凶狠、更加强大,一面警惕地守住自己仅有的东西,一面学着沉默寡言、低调行事。但就是在这样凶险的环境中,她还是能够用善于发现的眼睛,寻找生命里为数不多的亮点:

难得是个晴朗的艳阳天,女人们都聚在窄小的前院里晒太阳,那嬉笑怒骂,跑跑攘攘,倒也好生热闹。

外头看冷宫是座死寂的地狱,其实推开门,那门内也有人生。不需要给谁人请安,不需要看尊者脸色,每天睡到日上三竿而起,懒懒地做个简单打扫,然后便坐在枯井旁等待太监送饭;倘若太监忘了送,那便空着肚子骂皇帝,骂司徒家,掐蟑螂,打老鼠……每个人都能找到自己的乐趣。

生活的动力不仅来自于对乐趣的挖掘,也来自于沁儿的情感反馈——这懂事的孩子"没有从前的一点儿娇气,也从不刻意给阿昭添麻烦。冷宫里时常忘了送饭,阿昭把发硬的馒头用开水糊了喂他,他亦乖乖地吃下去。没有玩具也不哭,肚子饿了也不闹,从来不生病,看见阿昭就笑,总怕不小心惹得她不开心",在让阿昭感到温暖、下定决心为沁儿创造美好未来的同时,也一次次地加深了阿昭对于赵慎的恨意:

她要教好沁儿,她不会一直待在冷宫,她要想办法出去。

阿昭想，她一定要让沁儿比赵慎的任何一个儿子都出色。他从她手里拿去的她都要他还回来，他欠她的，都要还她。

她要让他后悔今日的一切所作所为，他想要忘记的，她偏要让他记起。她要让阿昭成为他心中一辈子抹不去的痛，一辈子心中不安。

短短五章之内，玉葫芦不仅完成了一个小的起承转合，将阿昭的复仇动机、复仇对象、复仇目的交代清楚，更用简洁凝练却颇具古风古韵的语言给予了读者极强的代入感。

阿昭身份由皇后变为哑婢，种种寻常认知乃至美好幻想皆被彻底粉碎。这一切似乎来得过于突然和惨烈。但玉葫芦通过对阿昭与沁儿境遇差别之大的详细描写，同时通过运用对比手法最大限度地唤起女性读者对阿昭的同情与认同，令一个有血有肉、敢爱敢恨的鲜明形象跃然纸上——阿昭不仅是一个一心复仇的纸片人，而是个有丰富情感与生活的女人，像屏幕前的女性读者和我们所能看到的大多数女人一样，她在复仇之余也能真正地感受到生活的意义。至此，怀着对阿昭复仇成功与否的好奇与对她未来生活的期待，读者们方能被开头所惊艳、折服，为之沉思，并真正沉浸于一个女人的史诗。

不过，这毕竟也只是个开头，此时的阿昭还有很长的复仇之路要走。她虽完成了心路历程的初步变化，有了复仇之意，本质上却还是那个被"保护得太好"的纯善皇后：出现在冷宫的燕王赵恪对沁儿表现出超乎寻常的关注时，阿昭不明他出现的动机，也没有改变对他的固有印象，听得旁人说他或许值得托付，也只是"心神微微一悸，不动声色地收回眼神"；其后赵恪常往冷宫看望沁儿，打点侍卫对他们母子多加关照，阿昭也只是习惯性地留给他一个背影，"不愿去记起他"，从未意识到他对自己的一往情深。

这样的阿昭空有复仇念头，却根本没想过如何复仇、何时复仇、利用何人复仇，更意识不到自己与沁儿处境危险，浑然不知下一个骤然而至的重大打击近在眼前:宠妃姜夷安认为沁儿是个威胁,便可以仗着身份地位将他抢到自己身边看管,而哑婢阿昭"什么也不是,什么都没有,抢回来也一样要失去",只能眼睁睁任人抱走儿子,"贴着斑驳红漆虚脱在地上,心也随着那声音去了"。再见时更是痛彻心扉:

> 阴天的殿堂里光影晦暗,那锦榻足有七尺余宽长,床底下黑漆漆的看不见人影。阿昭趴在床边沿,好一会才看见沁儿紧紧抱着小仓鼠,一个人孤零零地躲在最角落里。那黑暗中只剩下孩童一双澈亮的眼睛,眍着两朵晶莹泪光。
>
> 阿昭的心一下子就如同被尖刀轧过,眼泪登时便下来了。
>
> 咬紧下唇,轻轻地拍了拍手:"啪、啪……"
>
> 静默了很久,里面才似乎开始有一点点动静。久久的,听到一声细小而喑哑的稚嫩嗓音:"么、么……"
>
> 那是她的儿子。受了伤一个人躲起来的儿子。
>
> ……
>
> "呜哇——"他见到她了才哭。小小的人儿,衣裳上沾着落灰,小手冻得冰冰凉……才去了几天,小脸就瘦成了这般模样。

为儿子挣一个未来, 是阿昭即使在冷宫的恶劣环境中也未放弃的念头。她尽己所能地呵护着沁儿,然而自身无权无势,犹如风中飘萍,便终究没能护得他周全。赵慎对宠妃及其女儿的关怀,与对沁儿流露出的厌恶,更形成鲜明对比,愈加刺激了阿昭已经被沁儿悲惨境遇刺痛的心。而赵慎一声令下便能强制要她侍寝,更无视她意愿,残暴对待她,令曾经沉迷的阿昭彻底认清了他的本性,"甩了赵慎一个耳光,然后从唇中啐出来一口鲜红"。

至此,阿昭对赵慎彻底死心,并在后半部中寻找复仇的实现途径:令沁儿获得太后的注意,与赵恪合作,曲意逢迎赵慎,扳倒姜夷安……最终借成为"妖妃"祸乱朝纲,动摇赵慎的统治,一步一步地实现了自己的目标。

后半部中,随着新人物独孤武的出场与故事的展开,作者在前半部里草蛇灰线的布局越发清晰,格局也更大:前世今生的一切纠葛,都源起于北方大漠里的一场埋伏和随之而来的一个误会,深爱阿昭的赵恪从异族的埋伏圈中救出阿昭,自己却为救人中了毒。唯一能解毒的阿昭本就恋慕赵慎,在赵慎与哥哥们面前被赵恪扑倒时自然羞愤欲死,干脆利索地拒绝了赵恪,将他一人留在荒漠之中饱受折磨,并使她自此留下终身难以痊愈的隐疾。司徒家因这一场埋伏血洗了异族,心怀灭族之恨的青桐与爱人兼师兄独孤武诀别,扮作哑婢只身潜入司徒家,跟在阿昭身侧。童年时原本登位无望、靠娶得阿昭掌握至高权力的赵慎心机深沉、刚愎自用,本就因大漠一幕对阿昭心生芥蒂,后又因为青桐的暗中作梗、宠妃姜夷安的暗自挑拨、司徒家作为权臣的尾大不掉等因素,与阿昭渐行渐远,最终亲手逼死阿昭,却又难以停止对她的思念。

在宫廷这权力斗争的修罗场上,阿昭的复仇历程便全程围绕着赵慎、赵恪、独孤武这三个男人进行:赵慎是她复仇的目标,赵恪是她的合作对象,独孤武本只是与原本的青桐相识,却也因她而或多或少地卷入异国的争位阴谋;但同时,他们不约而同地在阿昭身上寄托着自己的情感,却并不是阿昭生活的重心——毕竟这故事是她的史诗,她自然有自己的选择,而这也令这一场复仇大戏更加精彩,结局走向更加扑朔迷离。

作为阿昭复仇的主要对象,赵慎当然是本书的第一主角。他生性多疑,又有着极强的权力欲望,是以尽管他与阿昭在最初之时就两情相悦,但自始至终,这份情感都不断地被外界因素的乌云笼罩着:太皇太后的垂青,权臣的威胁,弟弟赵恪的虎视眈眈,哑婢青桐的离间,生母西太后与宠妃姜夷安的谋算……重重因素影响之下,赵慎本就不多的真情被一点点消磨殆尽,对少年美好的眷恋终究敌不过自私与权欲,以至于阿昭死时,就站在殿外的他"心里只剩下厌恶",并因此对自己和阿昭的独子也产生了厌倦之情,认为"是她的便不能留,否则将来必然又是一场乱"。

但人世间的情爱是如此轻易便可舍得的东西吗?对赵慎来说,答案是矛盾的。他一厢情愿地将阿昭与她家族存在的痕迹抹消，却因一丝不舍留下了青桐与沁儿，而且能从身边几乎每一处事物联想到阿昭的言行举止，更不用提就连一时兴起、戏谑地召了青桐侍寝时，心里仍是放不下阿昭的影子，"一忽而恍惚，竟好像看到那废后哺乳的侧影，红红娇满，小儿吃缠，浓芳沁鼻"。阿昭与赵慎共度的十数年，到底是从根本上改变了这男人，令他不知不觉中在心底为阿昭留出一方天地。

与阿昭相似的青桐出现，更成为对赵恪的一种提醒——他在无法摆脱对阿昭的爱与思念的同时，一方面不断在青桐身上寻找阿昭的"既视感"，另一方面将自己的情感与期待悄然寄托于青桐身上；几次三番懊恼于青桐不听话、不顺意，却又止不住涉足她生活的反复尝试，终于在她跌落长阶之时忍不住将她揽入怀中，宣告："朕都已经决定忘记你，你却处心积虑又出现在朕的眼前……青桐，你让朕再找不到理由放过你！"

然而这只是阿昭与赵恪合谋的开局——一个在外朝借赵慎实行严苛新政、人心不复之际发展势力，一个在内宫以色侍人、安心当好蛊惑昏庸皇帝的"妖妃"，赵慎一旦入彀，便再难脱身。事实也的确如此：阿昭以无名无分的哑婢之身承宠，宠妃生子、朝臣劝谏、异国求人，皆动摇不了她在赵慎宫廷之中的地位；她不必多费什么心计，只需凭借自己十年来对赵慎的了解，"每出现在一个地方，总要提醒他记起从前"，便能让这原本冷酷又清醒的帝王放任自己陷入回忆，渐渐沉迷，最终在宫破之时以一杯毒酒结束他的生命。

倘若赵慎没有在相处中意识到阿昭就是青桐，这本该是个完美无缺的复仇计划：赵慎身死、赵恪登位，阿昭便可心无挂碍地陪着儿子沁儿成长，或游历天下，或归隐田园，前半生种种，之前没有令她对赵慎有分毫心软，之后也再不会勾起她半点情绪波动。

可偏偏，在二人相处的过程中，赵慎逐渐意识到青桐便是阿昭，不断试图弥补之前的过错，更在结尾处求阿昭"倘若我的死能化去你心中的恨，那么请容我在忘川河岸等你，下一世、下一世你我再做寻常夫妻"。阿昭虽然仍一心复仇，也终究无法下定决心杀死赵慎，于是以一杯假死药瞒天过海。于是一个或许本应酣畅淋漓、一爽到底的复仇故事，有了更多的可能性，也似乎极大地降低了结局的合理性。

不合理吗？也不尽然。从《琅琊榜》开始，网文小说中的复仇类型文数不胜数，多年阅读积累下来，读者早就一遍又一遍地看过了复仇者如何理智冷静地摒弃不必要的情绪波动，如何未雨绸缪、心思缜密地规划，如何步步为营地取得网文开头就可被预判到的胜利。大多数时候，执着于复仇的网文主角们往往"多智近妖"，且杀伐决断毫不留情，几乎要由不同背景、不同性格、不同经历的有血有肉的人，活成精密高效运转的机器。

相比之下，《宫花厌》与阿昭是不同的：毕竟曾是纯善的高门贵女，毕竟曾有十几年的美好情谊，纵使阿昭开头便下定决心要漂亮复仇，她到底还是个活生生的人，并无可能严重突破自己的底线，是以她夺走了赵慎曾自以为最珍视的权力，却还是给他留了一线未来。这选择源于她内心深处对那些年生活的怀念，也是她并未被复仇念头完全绑架，仍然保有正常生活可能的证明。

赵慎是阿昭避不开的劫难，阿昭亦是燕王赵恪的命中注定——昔年堪称任性的红衣少女一个耳光、一声斥责，将赵恪与他初开的情窦一并抛弃在了漠北冷风之中。少年皇子纵使诅咒般地喊出"你会后悔的"，也留不住她一眼回顾，却留下了终身难以痊愈的隐疾和延续多年的无望思念。

阿昭与赵慎的情感从来决绝又分明，爱便爱极，恨便恨极，与赵恪却不然——还在赵恪初次在冷宫接触沁儿之时，阿昭便秉着"不想看见他"的意图，尽量减少与他的正面交锋；听得闲言碎语编排她与看似风流多情的赵恪，她也只"心神微微一悸，不动声色地收回眼神"；接触稍多、赵恪触景生情而在阿昭面前表现对故去废后的思念之情时，阿昭的第一反应却是"从永乐宫中出来没多久，他竟连自己与赵慎的对话都能悉数掌握"，注意到侍卫"竟也不惊讶赵恪的深夜造访"——无论是少年相识、婚后再见还是重生后相逢,她几乎从来没有想过赵恪对自己有情的可能性,只一门心思地思索如何相互利用,以实现自己的复仇目的:

> 有寒夜冷风吹来,将双双的发丝纠缠。阿昭抬起头想要拂开,赵恪却看到她半启的红唇,还有那触不到的眸光……她的世界总是让人难懂。
>
> 心中蓦地荡开涟漪,竟伸出手抚上阿昭的颜:"如果你愿意,我可以带你们离开。如同丈夫照顾妻儿。"
>
> 阿昭摇摇头:"我想去参加后日先帝的祭典。"
>
> 赵恪却不赞许她的主意:"那人已经决定忘记你,你为何还要凑上前去? 须知这一去,或许你就没有了退路。"
>
> "要退路何用? 燕王殿下频频关切奴婢,难道不是也希望我去吗?"阿昭凝着赵恪笑。
>
> 那双眸清澈似水,晶晶亮,却一语将他挑破。
>
> 毕竟十年沧海,彼此都不再是少年,他赵恪下的一副什么棋,她又如何不懂?

由相互合作开始,赵恪逐渐承载了阿昭的种种欲望:起初不过是联手扳倒赵慎的目标成为二人的共识,纯粹的利益交换中夹杂着赵恪对故去之人的怀念;后来阿昭"要把第一次给赵恪。她不想将青桐的最初留给赵慎,即便青桐当真对自己做过什么,他赵慎也不配拥有这份清澈",却意外发现当年是自己造成了赵恪的隐疾,因而心生歉疚,主动满足赵恪的需要;从阿昭单方面行动到赵恪主动配合,二人你来我往,"欲念一来,分不清它到底是爱与不爱,又或者是孤独,只想要将对方刻入骨髓,生不如死生死抵缠"。

奈何建立在利益同盟之上的情感,无论如何都不会比利益分配更吸引人,一个小小试探便能打破脆弱平衡:赵恪要坐稳皇位,取得朝臣支持,就要走像赵慎一样与名门世家结亲之路,将苦恋他多年的女人立为皇后。背负"妖妃"骂名的阿昭纵使留在他身边,最好的结局也不过是像赵慎宠妃一样将一生耗在索然无味的斗争中,于是两世为人的阿昭在明知不可求的情况下决然放弃赵恪的庇护,在完成复仇后以一场大火掩盖踪迹,离开宫廷,徒留得知真相的赵恪对着阿昭的遗物黯然神伤。

《宫花厌》的正文部分以阿昭复仇成功、赵恪登基作为结尾,主要讲述了阿昭周旋在赵慎与赵恪之间,最终实现复仇的故事。倘若加上番外,将整本书作为一个整体来看,这说到底还是阿昭终结过去,重拾美好生活的故事——史诗虽然结束,她的人生却还在继续。皇室出身的赵慎与赵恪是天之骄子,但同时也代表着阿昭想要求得平静生活就需要舍弃的两样东西:年少冲动的激情,与卧薪尝胆的阴谋。

几乎始终游离在正文主体故事之外,只在几个关键场合出现的独孤武,才能够作为平和安宁的代表与阿昭一同经营属于他们自己的生活。

独孤武的名字并未出现在主角栏中,但在与阿昭有复杂纠葛的男性角色里,他占据了相对重要的地位,并与阿昭的关系最为简单:相比于赵慎和赵恪,这寻找自己心爱之人的痴情男子简单得像张白纸,执着又坚定。他认准了阿昭,便一心希望带她离开局势混乱的宫廷、给她以安定的生活,在误会沁儿是青桐所生的情况下心思也始终如一:

> 独孤武桎梏着阿昭,逼她与他对视:"青桐,你若是因为她而故意气我,这样就已经够了!一切并非你所想的那般,三公主先前扮作男子混入军中,我只将她视若兄弟,并无男女之间的情愫。我承认这些日子都在挣扎,也试图想过要放弃你,可是我舍不下,我怕我一离开,最后的你又只剩下一个人,去无可去。青桐,若你肯随我走,这个孩子……我情愿替你养他。不管你曾经做过什么,那些所有的我都选择不计!"

> 年轻的武将目光坚定,并无掺杂一丝旁的犹豫。他看着她半启的红唇,蓦地又想起少年时候的相依为命,明明忍不住想要将

她扣在怀里,暖她,吻她,最后却还是迫自己敛下冲动。他不想给她不好的印象。

独孤武之于阿昭,像映见年轻时自己的镜子——一样认准了便绝不放手,一样敢凭借爱肆无忌惮地选择。于是,即便阿昭复仇心切,即便她可以利用独孤武的帮助实现自己的目标,阿昭本性里的纯善还是发挥了作用,令她将自己的真实身份交代出去,"说着连自己都觉得不要脸的反话,想要激走这个痴情的小子"。但这也没能阻拦独孤武继续默默守护阿昭:他不愿随自己国家的使团离去,悄然弃甲归隐,留在阿昭身侧;见到阿昭与赵恪缠绵,他固然因旧爱的身体与他人纠缠不清,却还是用口不应心的名堂要求阿昭谋求生路,随他离开。

在复仇完成之前,阿昭当然没有离开;但那之后,在番外《后来事》中,她带着沁儿和陪自己长大的老太监张德福出宫,与接应自己的独孤武一起过上了平静的山村生活,更用四年时间双双认清了彼此的心意:

"站住,爷的地盘,来了就不许走!"独孤武赫然跃起,清伟的身影一晃,眨眼便将阿昭堵在墙角,"青瑶,你听着,从今以后我只叫你杨青瑶。"

"那司徒昭呢?"男子硬朗的胸膛抵着阿昭起伏的胸口。阿昭仰着下巴,她知道将要来的是什么,其实她今番一来,便已经做好了准备,然而此刻闻见他身上刚武的气息,心跳却仍止不住加速。

"她死了。"独孤武托起阿昭的腰谷,他这一刻竟是如此霸气,仿若战场上蓄势待发的凛凛战将,"这样久的考验,四年了,难道你还看不到我的心吗?莫非我疼你疼得还不够?"

阿昭心弦绷紧,一错不错地凝着独孤武的眼睛:"还有你的青桐呢,她也死了吗?"

"是,她们都已经死了。只要你肯放下,今生今世,我会待你如发妻。"

三个与阿昭纠葛极深的男人分别对应了阿昭生活的不同阶段:赵慎是年少轻狂的爱恋,赵恪是卧薪尝胆的谋划,独孤武是安宁喜乐的满足。

正文中,阿昭确实游走在三个男人之中,在为复仇奋斗,但最根本的目的还是好好生活——自始至终,与赵慎、赵恪、独孤武如何相处都是她自己的选择,她始终在为自己的明确目标而活。

任凭物质上的尊崇与荣华被怎样剥离,阿昭始终没有停止过对美好生活的追寻,始终没有放弃过对人性的坚守。即使在最艰苦的冷宫岁月,在费尽心机筹谋复仇之时,她仍能为这冰冷现实之地带来一点温暖与幽默,与读者一同为生活中的小瞬间会心一笑:

> 那太监便叫侍卫把门一堵,冷冷地瞥了阿昭一眼:"还想见皇上?见了皇上也没用!问问你身边这哑巴,可能耐,人打了皇上一耳光,没叫你们连坐都是大幸!"
>
> "呱当——"甩甩袖子,把门一锁,一点不留情面。
>
> 连个做饭的地方都没有,这几袋破米拿来做什么用?——
>
> "好个恶毒的奴才,自己想死,还要拉咱一院子姐妹垫背!"
>
> 一双双杀人的眼神剜过来,阿昭连忙比着手势往后退:"那天太紧张,不然把大家的一份也煽了。"
>
> "妈的,没睡你……你倒是现在才肯说!"气得胖子捋起袖管就要扑过来。
>
> 阿昭抿了抿嘴,赶紧抱起沁儿躲去后院捡石头。

保有人性的不止阿昭;暗流涌动的朝堂、金碧辉煌的后宫、几无生气的冷宫,是故事的主要展开地,而有着架空背景的《宫花厌》在网文中也属难能可贵地、几近彻底地为我们还原了真实——没有哪个人、哪件事是被彻底异化的:无论环境多么险恶,有人沉迷钩心斗角、尔虞我诈但心底尚存柔软角落,有人能在自己艰难挣扎求生时仍给人一分温暖与希望,有人冷酷残忍、手段狠辣但饱受自身情感折磨,有人饱经沧桑、只知明哲保身,但也会凭借心底一点良知对落难者施以援手……

通过赋予几乎每个主角和配角丰富的差异化性格,并着重强调了他们在拥有或显赫或卑微的身份之前,都先是一群再普通不过的人,《宫花厌》打破了网文常见的人物塑造片面化规律。

从这个角度来看,《宫花厌》并不是一本狭义上的言情文——它当然贴了言情的标签,但所想表达的却不止于对爱情的探索,而是融合了个人追求、生活需要、人性求索等深浅不一的话题,并借阿昭这位绝对的女主角向读者们展现了一种生活哲思:从始至终,阿昭被爱情蒙蔽过双眼,被怒火冲昏过头脑,为复仇念头放弃过道德,但她仍然会对自己负责,有权利也有能力通过自己的努力创造自己想要的生活,并最终实现了自己的愿望。

我们每个人其实都是阿昭。或许在人生路上会犯错,会迷失,会沉迷外物而走上歪路;但错误并非不可纠正,人生更不是毫无希望,那些被失败和挫折带来的负面情绪也从不是生活的主基调;只要你听从自己的本心,不迷失于欲望与诱惑中,终究能够明白自己想要什么,该做什么,并获得平安喜乐的生活。

《我不可能是废材》：让人思考的动漫式小说

天 气

　　江山沧澜，福建新晋网络作家之一。自从 2014 年 10 月 20 日开始创作以来，已经在晋江上传多部作品。包括《我不可能是废材》《我可能不会爱你》《穿到猎人当作家》《每天都要喂养这群人》等多部作品。有两部金榜作品，两部作品得到过首页强力推荐。作品风格普遍主要集中在都市爱情、动漫元素等风格，少数作品类型是架空历史或者是轻小说等。

　　《我不可能是废材》是江山沧澜第三部已经完结的作品，也是她第一部原创小说。在此之前，江山沧澜仅发布了两部作品，都是衍生类型的带有浓厚动漫元素的言情故事。而《我不可能是废材》是江山沧澜第一次挑战纯原创的类型小说，无论是从故事的世界观、背景描述、人物的价值观、各个人物的角色设定等等，都不再是借助他人作品衍生出来的。可以说，《我不可能是废材》这部作品是江山沧澜创作历程上值得纪念的一刻。

　　本书女主角秦青是一个从小到大都异常聪明的超级学霸，从小就显露出超越常人的天才智商。但为了和双胞胎妹妹秦宁能够在一起日常地生活，她选择和妹妹一起体验普通人的读书经历，在一般的中学里读书，不显山不露水。然而有一天，她们得到了一张来自墓园里的入学通知书。奇怪的

天气，本名王惠翔，网络文学网生评论家、儿童文学作家

时间、特殊的地点……使得秦青和秦宁将这张入学通知书视为他人的恶作剧。没想到，有一天晚上，秦青在睡觉中感受到了脖子上传来一阵又一阵的压力。她睁开眼，发现表情狰狞的秦宁正在疯狂地掐她的脖子。

秦青挣扎成功之后，却发现秦宁又处于安然的酣睡状态。这件奇怪的事情接连持续了几天。起初，秦青以为是秦宁的梦游，她自己也陷入了日常故事中都会有的怀疑之中——虽然是看似和谐的双胞胎姐妹，但两人之中厉害的姐姐却遭到了妹妹的嫉恨。直到有一天，秦青坐在天台边缘晃荡双脚看夕阳，却忽然感到背后有人用力推她。挣扎中回头，发现是仿佛疯了一样的秦宁。可这时，楼下门口突然传来了秦宁的哭喊。秦青转过头，向下看，又看到了目睹一切的秦宁正吃惊地捂着嘴。骤然发现有两个双胞胎妹妹的秦青，错愕诧异之间，失去了挣扎的力气，被背后疯狂的秦宁推下了楼。

但更令人惊讶的是，摔下楼的秦青却被一个打扮酷帅的潮男挥手停在了半空中。对方声称自己是来接秦青秦宁姐妹俩到学校报道的老师……短时间内接二连三的超自然现象，使得学霸秦青情不自禁地考虑起超能力的真实性。就这样，秦青和秦宁一起踏入了这所隐藏在都市之中，普通人认知之外的超能力学校……

一、一部动漫式的视觉小说

《我不可能是废材》具有典型日本动漫的元素；文字上追求着一种直观的、形象化的视觉画面感，具有非常强的娱乐性；对话符合年轻人的审美习惯，惯常使用口头语言来描述，浅显易懂。无论是从故事情节、人物设定、背景世界来看，都像是一部完全文字化的日本动漫。

日本动漫已经有七十多年的历史，动漫产业在全球动漫界占有明显的统治性地位。与其他国家的动漫相比较，日本动漫不仅形式上清俊脱俗、简约纯粹，内容上更加注重年轻人的思考能力，满足年轻人的内心需求。对日本人来说，所有的梦想，小到个人，大到国家，都可以通过动漫这一文化载体来实现，可以说，动漫在日本承载更多的是人文内涵而非单纯的形式。因此，日本动漫以极其鲜明的特质几乎成为所有青少年亚文化形式的载体。日本动漫中出现的"自我""热血""梦想"等强烈的概念，正是迎合青少年所渴望的对自我身份的认同。

轻小说作者新井素子曾在20世纪70年代发出"想要写出《鲁邦三世》那样的小说"的感叹。御宅族研究者大塚英志评论说："在大家理所当然地想要写现实般的小说的时候，她却想要写动画一般的小说。"

正因如此，《我不可能是废材》讲述了一群中二年级学生聚在一所与世隔绝的超能力学院中打闹纷争的故事。光是一听内容简介，就带有很浓厚的日系动漫风格。亲情、友情、爱情这些都是典型的日漫元素，也是日漫里永远都值得尽情歌颂的话题。小说内容中，无论是这个年纪的中二学生们关于自身的敏感、未来的迷茫、青春的感伤，还是日系动漫里惯有的天才哥哥与废材弟弟、超级姐姐与普通妹妹这种亲兄弟亲姐妹之间优秀与普通的矛盾设定，私交不深却神交已久的坚定友情，以及简单但是直截了断的爱情……从小说名字，到各项角色、情节等，都犹如一部动漫。

这类动漫风格的网络小说，最主要的读者是十几岁到二十几岁的年轻人。这类年轻人思维活跃、充满活力，受到动漫文化和网络文化的影响较深，甚至在一定程度上形成了只有处在同一年龄阶段或者受过同样的文化熏陶才能领会的独特用语和表达方式。具体来说，十几岁到二十几岁的年轻人的用语风格随意多样、娱乐性强、充满跳跃感，会使用一些有固定隐喻（此类情形多是受到动漫、网络等文化的影响，形成固定的典故或者"梗"）的手段，来传达言外之意。

而当我们以审视一部动漫的眼光去审视这部作品的话，我们的标准就将不再是传统文学上对情节、故事逻辑以及人物角色的塑造上是否有特点等要求，而是它的背景设定是否足够严密，脑洞是否有趣，人物矛盾是否足够具有意识思考上的冲击碰撞感，故事内核是不是拥有足够的内涵……因为在动漫的创作形式上，随着动漫几十年来日复一日地不断重复、积累、塑造的模型,人物角色和剧情已经是预设好的了,已经具备了一定程度上约定俗成的套路。

就像主角最后不管怎么样一定会拯救世界,男女主人公无论如何历经磨难一定会在一起,一定会有将情感放在心中默默守望和勇于表达大胆追求这两类恋爱类型,黑长直的一定是高冷或者温柔的姐姐,双马尾必然是活力可爱的妹妹等等。因此,一个足够吸引人的脑洞世界和是否能够引人思考的故事内涵,就成为这类动漫风格的网络小说作品的审判标准。

二、简单明了的背景设定

故事性、可读性是这类动漫风格网络小说的核心。在故事剧情的安排上,幻想世界的背景架构,各类奇异生物或是非人类种族的智慧生物,现实生活中不存在的道具、场景以及超自然力量……这种作品会运用各类幻想元素,搭建出一个光怪陆离的幻想世界,带给读者超出现实世界认知的体验。

故事发生在未来世界,虽然时间线设定上远超现在,但是社会发展却与当前社会没什么太大的区别,因为那是一个战后社会。在《我不可能这么废材》之中,作者表明地球遭遇到了外空高档文明的入侵,在地球人类的奋死抵抗之下,人类通过核爆这么一个目前顶级的大规模杀伤武器,抱着鱼死网破、背水一战的心态,终于打败了外空入侵者。而核武器带来的辐射,和外星文明的碰撞,也理所应当地给人类带来了进化。这就是故事之中人类超能力的由来。

值得一提的是,为了让故事更加合理化地发生在学校里,作者花了很多的小心思。所有超能力的人都是战争时期军人的后代,又因为考虑到残疾军人和军功卓越的军人在战后重建社会之中的不同作用,也使得同是英雄烈士,后代却依然有贫贱富贵之差。而超能力血脉埋藏于军人后裔之中,却有的人能够触发、有的人不能够触发这一设定,如同权势财富一般再度将这群人划分出一个阶级。

就像文中写到的：

当时各国将核弹送进飞船的军人们全都是抱着赴死的决心飞上蓝天的。在这个过程中，一些军人因为太过近距离接触外星飞船，身体被飞船中的某些直射辐射击中导致身体产生某种异变，并且吸收了从外星飞船中飘出来的能量物质 R 物质。那种辐射和 R 物质在人体内产生了奇妙的化学作用，于是这些人中有人拥有了超能力。

并不是所有受到辐射直射吸收了 R 物质的军人都立刻拥有了超能力，当时产生了超能力的那些幸存军人仅有人数的三分之一，而剩下的三分之二一生都没有产生超能力，可他们之后生下的孩子有些却在某天突然具有了超能力。

经过多年研究确认，R 物质在 DNA 中有潜伏性和遗传性。也就是说，如果 R 物质是一枚蛋，这枚蛋孵化出来的人就有了超能力，而没有孵化出来的人就是普通人，所以当时所有被检测出来基因被 T 辐射改变并且体内有 R 物质的军人的家族，全都被标记为具有觉醒超能力的潜能家族。

可想而知，这个学校的学生们，在很多年的战争以前，家世背景大体都站在同一个水平线上。却在战后至今的社会，因为权势、财富和超能力，划分出了彼此之间的阶级矛盾。更何况还有这种兄弟阋墙的设定：

新生都是成对或者两个以上的进来的，极少数是没有兄弟姐妹陪伴，自己一个人入学的，而往往两个或者三个之中，只有一个是觉醒了超能力的，觉醒了超能力的孩子被分到了超能学院，而没有超能力的孩子则被分到了自由学院。

国家没有对 R 物质初代携带者，也就是那些幸存下来的英雄们隐瞒 R 物质和超能力的事，就是为了让他们重视子嗣，多生多育。

所以这是一个没有觉醒超能力的秦青进入到被称为废材聚集地的自由学院,不仅备受隔壁学院的歧视,在自己学院中也受到各种不公平待遇,不得不奋力反击的故事。

三、推动故事发展的矛盾内涵

网络小说是一种商业气息浓厚的娱乐向的大众文学产品,同时又受到游戏、动漫等流行文化的深刻影响。它总体的价值取向,就是用轻松娱乐性,来取代长期以来人类赋予文学文以载道的价值观。作者通常所期待的,并不是读者在阅读完轻小说之后掩卷深思,进行更深层次的思考,而是期待读者会说"这个故事很有趣"或是"这个角色很有魅力",期待读者在阅读过程中得到身心的放松。

莎士比亚写《哈姆雷特》时发出"生还是死"之类的终极问题,托尔斯泰写《战争与和平》时思考人类未来去向的深沉思索,陀思妥耶夫斯基在《罪与罚》中对人性的深刻拷问……这些作品背后的深层含义,都不是网络小说作家追求的目标。网络小说的作者们追求的是在叙述故事过程之中获得的满足与愉悦,亦即更加个人化、娱乐化的叙述逻辑。

然而,像《我不可能是废材》这种动漫风格的网络小说却有所不同。尽管这类动漫风格的网络小说,最终的目标同样是追求轻松娱乐性,但它在达成这个目标的手段上却多种多样。受到日本动漫的风格影响,它们通常会弱化丛林法则、弱肉强食的生存准则,而是加大对双方根本矛盾的冲突。与其说是弱者听从强者,倒不如说每个人都有适合自我成长的方式。归根到底,倒有那么一丝"所有人都只是在保护自己,却所有人都遍体鳞伤"的意思。

小说中分别通过由小及大的三个矛盾——个体之间的矛盾、势力之间的矛盾和星球文明之间的矛盾——来推动故事剧情发展。剧情上虽然有落入俗套的"主角必然正确""主角必胜""主角最终必将拯救世界"的情况,但在这一系列的故事发展过程中,不断涌现的矛盾与思考,却让人耳目一新。

1.是否觉醒超能力带来的矛盾

日本动漫在超自然力量的题材上,通常以十几岁的青少年平凡的校园生活展开故事:一方面维持着普通平凡的日常生活,另一方面则有着远超日常生活的"非日常"的一面,一般是以"拯救世界"为非日常的代表。

主人公生活在日常与非日常的间隙之中,本身就是一个矛盾的集合体。十几岁的年龄正是自我意识愈发强大的时候,此时对社会的认知却十分有限,甚至存有抵触心理,但他们对世界却有着强烈认知、掌控的欲望。这种复杂的矛盾心态正是其核心。以这类矛盾心态为基础,人物有时候会是无法认清现实的自大狂,有时候是沉溺自我情感的自艾自怨癖——不仅仅放弃自我成长,同时还不断地伤害着周围的人。

而作者在这种矛盾的基础上,加入了更多的国产青春文学的元素:女生之间的嫉妒,青少年对自我心态上认知的不完全,行为处事的不成熟,以及校园霸凌事件,等等。

前面提到,小说故事的发生地点是一所超能力学校。虽然是超能力学校,但并不是每一个学生都具备足够的超能力力量。根据故事的剧情设定,觉醒了超能力的学生寄宿在超能学院,具备了觉醒条件但是暂时没有觉醒超能力的学生寄宿在自由学院。而又因为国家鼓励带有超能力物质的家庭多生多育,通常进入学校的新生都是成双成对的。这就带来了故事之中人与人之间的第一个矛盾:兄弟阋墙。

"我觉得这些人脑子简直有病,只是因为男朋友或者兄弟姐妹没有超能力,就瞧不起对方,觉得跟对方在一起很是自甘堕落什么的,真是让人无语!"秦宁义愤填膺地说,"那些嘲笑别人的人是笨蛋,那些被嘲笑几句就真的不再亲近家人的人也是笨蛋!"

"换作是我,我才不会理会那些脑残的玩意儿呢,又不是有了超能力就意味着比普通人优秀,我家青青就算没有超能力也足够厉害了!"

秦宁愤愤不平地骂了好一会儿，才终于顺了气。要说在超能学院唯一让她感到不爽的就是这一点了，但是因为这个学院太有趣了，瑕不掩瑜，她还是很喜欢这个学院。

作者更是细致地考虑到了这群人的年龄问题，无论是不是拥有超能力，是不是拥有卓越的家世，这都是一群十几岁的青春少年、中二十足的孩子。在我们现在正常生活的社会里，孩子们的心理健康，尚且是一个不容忽视的问题。生在超能力学校里也有一定的投射：

而有趣的是，两个学院的孩子会渐渐知道这些。试想想，原本在外界的时候，你比你的弟弟妹妹更加努力更加优秀，可性格糟糕整天浑水摸鱼不爱学习的弟弟妹妹却因为觉醒了超能力，未来就注定站在比努力的自己更高更远的你怎么努力也到达不了的地方，你的心情会如何？反过来，讨人厌的弟弟妹妹知道这点后，又会怎么嘲笑这个姐姐？

即便原本是关系很亲密的兄弟姐妹，在知道这种事情后，两者的心态也会产生变化。甚至连父母都很难对孩子们一视同仁，不是对拥有超能力的孩子宠爱有加，寄予厚望，就是对没有超能力那个孩子嘘寒问暖过度关心，这同样是导致双方两极分化的重要原因之一。

最糟糕在于，经过研究表明，超能力觉醒的时间段正是在人体发育最旺盛的时期，也就是青春期。青春期的孩子，本就敏感、脆弱、容易受到影响。大多数进入自由学院的孩子渐渐知道了这种残酷的对比，都会经历这样的阶段：新奇→失落→崩溃→愤怒→堕落→麻木。

这个矛盾，放大了说，是具备了超能力学生的超能学院和不具备超能力学生的自由学院之间的矛盾。当地点作为与世隔绝的学校，超能力又作为当前世界的第一力量，自由学院受到超能学院的嘲笑、打压、讽刺是理所当然的。往小了说，是超能力学生和废材学生之间的个体矛盾，偏偏他们在进学校之前，还有可能是兄弟姐妹，男女朋友……却因为进了学校之后，一墙之隔，人生从此高低。

是否觉醒超能力，除了成为超能力学生与废材学生之间的矛盾之外，这种落差还给超能学院和自由学院之间带来了矛盾。对于具备了超能力学生的超能学院而言，觉醒力量操控火龙横扫千军的学生，自然而然比只能操纵火苗点烟打火的学生来的高贵。即使进入了超能学院，但是超能力薄弱的超能力学生，面对这种落差，也只有通过针对自由学院来满足自身的自卑感：

　　对秦青改变自由学院感到愤怒、不适和恐惧，超能学院那边也有不少人这样，尤其是超能学院的底层人物以及极度偏执地认为，拥有超能力的他们比自由学院这些学生更高贵的那些人。

　　很好理解，在这种事情上极度偏执的人大多是因为极度自卑，而另外那些——人很多时候就是要在对比之中才能感到幸福，尤其是在失意的情况下，只要看到别人比自己更失意更悲惨，他们的痛苦就能减轻一些，甚至感到开心。

　　他们在超能学院越是被瞧不起，他们反而越会去瞧不起自由学院，不断地贬低别人让别人痛苦，来得到快乐，因此他们看秦青很不顺眼，看梦想系的这些学生很不顺眼，因为他们看起来那么快乐，那么有活力，出了社会之后如果成为一个成功人士，恐怕会比他们活得更幸福更自由。

　　真是让人不爽啊，想到这个就非常不爽，明明他们才是拥有超能力的被选中的人，而他们只是孵化不出超能力的废物而已！垃圾就应该有垃圾的样子，像之前那样一直堕落，当一个失败者不就好了吗？

而另一方，原本就已经足够悲观的自由学院，在这种情况下同样产生了内部矛盾:对于觉醒超能力已经绝望的老生们和尚且抱有觉醒希望的新手们之间的矛盾。因为学校位于与世隔绝的地方,又因为自由学院的学生通常并不具备足够的颠覆力量。所以,这里形成了一个凭借家世权贵力量而自由施暴的世界。当绝对的力量不起作用的时候,权势的力量就接管了局面。

"那个女生做了什么?"下楼梯的时候,秦青问林可。

"不知道啊,可能是被同宿舍的看不顺眼吧。"林可声音轻快地说,"你知道的,总是有一些人让人看着很不顺眼,很想打一顿,难道你没有遇到过这样的人吗?"

秦青看林可的视线骤然变得冰冷:"老师不管吗?"虽然在校园霸凌事件中往往老师是最没用的,但是想想黎萍云那模样,不像是会放任这种事不管的人。

"哈哈,老师是我们这里最没有话语权的。在我们这里,一言堂是学生会哦。"

这和皮克讲的完全不一样,说好的在老师的帮助下完成对自己的超能力的探索、控制和发展呢?看林皮克和周娉婷那样,也不像是会让学生骑在头上的人啊。

"那关于超能力——"

秦青声音戛然而止。

因为林可突然转头盯着她,脸上没了笑容,表情阴森森的,眼神有一种难以言说的麻木森冷,好一会儿,她脸上又拉出那种甜美的笑,说:"有一条规矩,在我们自由学院你是必须谨记的——千万千万,不要在这里提起超能力,除非你想在这里没有一天好日子过。"

简而言之,高级超能力学生和低级超能力学生之间的矛盾冲突,因为高级超能力学生的绝对力量,使得低级超能力学生只能通过欺压不具备超能力的废材学生获得自身满足。可是对于自由学院的学生而言,低级超能力学生的差劣水平,使得他们本身不具备能够令人屈服的绝对武力,诸如只能烧衣服的超能力并不能够打败一个训练有素的人。这就导致了自由学院的废材学生具备了反抗超能学院的低级超能力学生的可能性。

可是,因为自由学院的学生一直以来自甘堕落,沉迷内部欺压,这样一来,当秦青通过有效的计划、卓越的智商和超常的毅力,通过训练得到了力量之后,她就有了足够的立足点:一方面,自由学院被欺负打压的学生们需要一个人来领导和反抗那些自由学院里家世显赫却自甘堕落的学生们;在不具备超能力的学院内部纠纷里,秦青只需要足够的训练水平就可以获得相对的统治武力。另一方面,自由学院本身对外又整体受到了超能学院低级超能力学生的鄙视和打击,但是因为低级超能力的薄弱,秦青又可以整合足够的力量进行反抗。在一致对外的过程之中,自由学院又集体站到了一起,接受了秦青的领导。

这种来自故事背景设定和情节发展的根本矛盾,是整个故事逻辑能够发展下去的根基,也是主角第一次的胜利。

2.思想文化之间的矛盾

托尔斯泰在创作《安娜·卡列尼娜》的时候,开始构想的安娜是一个堕落放荡的女人。但是在写作过程之中,人物自身的性格具有了自己的意志,并且按照自身的逻辑走了下去。

这是故事创造有史以来的内核逻辑:作家诞生他的人物,但是人物诞生之后,作家却又失去对人物的控制——他无法左右他的人物只能这样不能那样。人物的诞生是一个宿命式的诞生:人物的诞生,烙印着作家自身的印记,留着他的血液,携带着他的基因密码,却又是一个真正的独立全新的个体,具有自己的生命意志,沿着自我命运轨迹走向终点。

每一个人物,都有自身严密的行为逻辑和思想文化。在《我不可能是废材》之中,除了涉及设定根本的超能力矛盾之外,在小说的中后期之中,还有来自人物内心思想矛盾的碰撞,同样引人深思。

小说中的 X 博士是来自人造婴儿长大的生命体,无父无母,有血有肉,却没有任何一丝一毫的感情。他被培养起来的目的,就是发挥他的智商,打造更高更强的超能力者,即使这需要杀害很多无辜可怜的人。但对 X 博士而言,作为一个无父无母、没有接受通识教育,单纯是为了战争科技开发的机器而言,并没有人告诉他杀害他人是一种无法饶恕的罪过。

是啊,难道他们花了二十几年时间,花费了十五万多条人命,只是研究着玩的吗?既然有了成果,成果能被接受,那么为什么要藏着掖着?之前一直没有开口说,只是因为突然被一锅端心情很不好不行吗?

这样一来,倒是让人觉得他虽然疯狂,但确实是真心为了全人类的。再加上他的模样看上去实在是没有什么威胁力,怎么看都不像是冷血无情的魔鬼,本就觉得他活着比死了更有价值的人,更加坚定了他们留下他的决心。

因此,在经过两个星期的争辩和谈判后,判决投票中,X 以百分之五十九的票数,从死刑变成了无期徒刑。这样一来,神创组织的科研团队成员,也全都从死刑变成了无期徒刑。说是无期徒刑,但其实大家心知肚明,只要是不死,那么在坐牢期间,就会有无数种理由,让他们从无期变成有期,甚至是假释或者缓刑,最后如同无罪之人一样,继续活跃在实验室中。

如果不知者无罪作为一个基础逻辑能够被人接受的话,但这个不知的范围和罪过的范围都无限扩大之后,还能够存在吗?X 博士被制造出来的时候就被剥夺了一切情感,制造者赋予了他专心研究超能力的科技,又不给予他人文共鸣和通识情况下的法律教育等等,他对这一切杀害和研究是不知道界限的。再加上参与实验的志愿者全都是自愿的,那么,当 X 博士的制造者死亡之后,X 博士作为组织的首领,他是所有罪过的承担者,还是同样是这场事件的受害者呢？

这是第一个人类思想文化之间的矛盾冲突。如果说犯罪的冷血科学家还算可以接受范围之内，那么掌握强权的圣人呢？

超能学院的第一名蒋帆毕业之后步入政界，借助家里的权势扶摇直上。当 X 博士的超能力人造科技得到世俗权力的相对认可之后，蒋帆强制性地要求对品行不端的超能力拥有者和坚毅勇猛却没有超能力的废材学生们，进行超能力力量的转移：

> 蒋帆代表司法部起草了一条新法案，并且提交给了国会。这条法案名为《超能力国家分配法》，其核心主旨是剥夺无能的、弱小的、不作为的超能力者的超能力，然后将其分配给有能力支配这份力量，以及能够承受这份力量带来的责任的人。

这条法案在提交之后，因为种种原因不予通过。在这种情况下，蒋帆毅然决然地发动了政变，掌握了最高的政治权力。蒋帆本身就是一个优秀的超能力者，当政治力量和超自然力量的最高水平合二为一之后，蒋帆成为手握强权、一言九鼎的人。通常，这种具备了最高端武力的政治独裁者往往会是一个暴君，可如果，这个人是一个圣人呢？

作者在这里给出的情节走向，使人不禁思考。如果把最高统治者设定为一个圣人，他具备了完全符合当前人类整体利益的优秀判断，能够调控所有资源，并且他的每一个决定都是果断而又正确的，人类确实可以按照他的思路想法，走向绝对坦荡而又光辉的大道。只是，在他的强权下牺牲的，却是"也有权利生存下去的"无辜者，那么，人类是否要接受一个这样的统治者来给人类社会带来进步呢？

3.星球文明之间的矛盾

科幻小说是人类通俗小说中不可或缺的一个类型，人类无时无刻不在仰望星空，揣测宇宙。甚至人类根据自身的行为模式，情不自禁地担忧而怀疑：外星文明入侵的可能性。

《我不可能是废材》的小说中，提到的入侵者就是一个科技高于地球的外星发达文明。尽管他们惧怕阳光的照射，但无论是科技还是力量，入侵者文明都远远高于地球文明。那么，一个在科幻小说之中有史以来一直待命的问题出现了：如何抵抗宇宙高级文明的入侵？

任何网络小说，在涉及外星文明的侵略，地球人类都是奋力地抵抗和反击，本书自然也不例外。但是稍微不一样的是，本书之中，侵略者对自身的侵略行为，是基于对地球文明的足够了解和高级文明带来的坦然：

> 正如秦青所想，它并不认为地球人类有做错什么，换作是自己的家园被外来者侵入，它们也会反击，成王败寇，非常正常，它当然也不会记恨。它们之所以来地球，是因为它发现一直在找的东西很可能在一百多年前不小心掉在地球了，于是它制定了计划，带着族人来到这里。
>
> "我们本来不想将你们赶尽杀绝的，我父亲那一代途经你们这里的时候曾经想要夺取你们的地心能量，但现在这颗星球已经贫瘠到不值得费心夺取。"它说，"我们准备从坐标下手，找到东西后就离开。没想到你们居然进化出了那种力量，先遣部队一开始只是想测试一下我们的力量对你们来说如何，没想到一不小心杀光了那个国家的所有人，导致我的多名直属护卫队长丧命。之后你们对我们的先遣部队赶尽杀绝，我们也只好反击了。"
>
> 且发展到现在，它们已经动了把这些拥有超能力的人都俘虏，让他们成为它们的工具的念头，却没想到他们中居然还有能对抗直属护卫队的精神操控的能力，只有它能对付他们的精神系超能力者，这样一来，恐怕如意算盘要打空了。
>
> 它这么说着，平铺直叙的口气，说得好像现在的一切都是地球人咎由自取。

就像人类向蚂蚁巢穴倒入开水，蚂蚁毫无办法一样。根据现有科技的证明，当真的有高级外星文明到达地球，地球文明是不具备任何反抗能力的。但好在这是小说。在小说的最后，地球文明在牺牲了许多之后，终于杀死了入侵者的王，暂时赶跑了入侵者。

值得思考的是，因为战争的胜利，地球文明也在掌握了星际航行的宇宙飞船科技之后，终于可以向宇宙外部派出考核团队。那么，当入侵与反抗、交流与探索变成一个星球文明与另一个星球文明之间这样巨大的概念之后，再以人类自身的社会逻辑去揣测，是否还具备合理性？这是最后一刻，地球文明向宇宙外部派出考察团时，带走的思考。

小说中三个推动情节的主要矛盾，带来了三个思考。作者并没有给出足够合理的解释。它们最后都随着那些故事中主要人物生命的终结，而一起消散在作品之中。这也是日系动漫的典型风格，不管事情如何发展，不管最后是否拯救了世界，但对于世界、自身的思考，一定要有体现。看这本书，快感不亚于看一部三季的日本动漫故事。

一切小说虚构幻想社会的蓝本都是我们现在生活的人类社会。人与社会、自然，甚至是人与人之间的矛盾冲突会在作品中得到体现，暴露出人性之中恶的一面，同时又塑造出带有命运色彩的主人公，并且巧妙地将人物情感历程同世界的命运联系在一起。善与恶形成鲜明的对比，但是在所谓的善恶之中又掺杂着国家、种族、阵容等客观的抉择，每一次的选择都是一次心路历程的体验。

作品本身尽可能用一种美好的表现方式，尽量回避或者说是影射现实生活，对于丛林法则、优胜劣汰的讨论却从未停止。一方面批判为了所谓的大义来牺牲弱小的一部分，同时另一方面，那些轻起战端、利欲熏心的野心家们最终会被充满理想和希望的一方击败。这样的核心对我们反思自身、争取和谐美满的生活是非常有意义的。

《我不可能是废材》一书从小小的学校故事开始讲起，中间加入了地球内部政府与邪恶科研组织的争斗、地球文明与外星入侵文明接二连三的事件,使得故事波澜起伏、一波三折,事件转化发展之间十分流畅,矛盾巧妙,情节构思精彩瞩目,体现了作者优秀的创作能力。

而且,作为一部幻想未来的小说,作者还加入了一些未来社会的思考元素:当科技发展之后,人作为个体单位被当作工具制造出来,是否还要承担人类社会的法律责任?

当社会发展之后,部分人类本身作为一种资源,是否应该被纳入资源调控分配的范围?

这让读者在阅读小说的过程之中,不但关心女主的个人生活、情节发展,还引起了读者对这些问题的思考,不得不说是网络言情小说之中的优秀作品。

怀金悼玉说红楼

——评《晴雯种田记[系统]》和红楼同人文

苏望舒

秦维桢,是一位创作力相当旺盛的作者。自 2015 年写作开始,创作九部作品,总计两百多万字。她不断尝试新的题材和写法,跨越西方名著和古典名著,著有《穿越之聊斋奇缘》《〈傲慢与偏见〉赫斯特夫人的逆袭》《民国之芷若重生》《晴雯种田记[系统]》等文。

《晴雯种田记[系统]》是作者于 2016 年创作的《红楼梦》衍生小说。全文二十七万字,是作者成绩较好的一部作品。

故事以轻松的笔调,讲述了一个不一样的红楼故事:从星际时代意外穿越到《红楼梦》世界的姑娘苏雯,因为随身携带系统而必须完成系统发布的任务,她化身晴雯,却走上了一条与《红楼梦》原著不尽相同的道路。不再父母不详、遭人怨谤……最终寻回自己的亲人,并拥有了一份美满的爱情。

红楼同人文为何大行其道?这篇《晴雯种田记[系统]》(以下简称《晴》或《晴雯种田记》)又何以具有别样魅力? 我们将试图在对文本和背景的分析中找出一份答案。

一、红楼同人文现象纵览

张爱玲有三恨:海棠无香,鲥鱼多骨,《红楼梦》未完。

苏望舒,本名刘婷,磨铁中文网签约作者,网络文学网生评论家

《红楼梦》自诞生之日起便收获无数赞誉，清人说"开谈不说《红楼梦》，读尽诗书也枉然"，今人则视其为中国古典小说的巅峰之作。它构建了一个庞大的、充满无数可能性的世界，由补天石和太虚幻境营造虚幻感，又依靠无数充盈的细节塑造现实感；虚幻与真实之间，正是文本中提到"假作真时真亦假"，似真似幻，来如春梦、去似朝云。

不独身处民国的张爱玲会遗憾《红楼梦》未完，清朝人更是对此扼腕叹息。除去通行的一百二十回程本，不少人选择动手续书……这些可以算作是最早的红楼同人文：

逍遥子的《后红楼梦》、兰皋主人的《绮楼重梦》、秦子忱的《续红楼梦》、海圃主人的《续红楼梦新编》、琅嬛山樵的《补红楼梦》、归锄子的《红楼梦补》、临鹤山人的《红楼圆梦》、顾春的《红楼梦影》、花月痴人的《红楼幻梦》等，就连借用红楼人物关系的《儿女英雄传》，尽管是为反红楼而存在，处处针对《红楼梦》，但在人物关系、日常生活细节方面，它与《红楼梦》的关系仍不言而喻。

及至民国，有郭则沄《红楼真梦》、张之《红楼梦新补》。张爱玲少年时亦按捺不住，写下几章颇为有趣的《摩登红楼梦》。

近年来，刘心武的《刘心武续红楼梦》、西岭雪的《黛玉之死》、何恩情的《情续红楼》等作品曾引发轰动，安意如的《惜春记》也拥有不低的成就。

以上作品无不表明读者对《红楼梦》的残缺抱以何等遗憾。原著所构建的宏大世界在各种续笔下得以延伸，尽管作品质量良莠不齐，原著世界观变形、扭曲者众，但这些续笔对红楼世界观的延续与创新难能可贵。

进入网络时代，网络文学低准入的门槛为大量作者和缺乏出版渠道的作品创造了良好的环境，涌现大量精品，以晋江文学城为首的"同人小说"创作版块如火如荼，不断给我们带来惊喜。

"同人"一次来自日本动漫文化，指"自创、不受商业影响的自我创作"，拥有较大的创作自由度；后来引申为从一部作品中延伸出来的其他作品。

"同人文"或"同人小说"则是指将原创作品的人物放置在新的环境当中,加入作者自己的想法,衍生出新的剧情,从而展现作者对于原作不同观念的一种文体。

同人文作者大部分为原作读者,尽管在某些同人创作非常旺盛的领域,如《哈利·波特》《红楼梦》及日漫,不乏某些不曾看过原著就凭借一鳞半爪的了解进行创作的作者,但能够为人津津乐道的作品离不开对原著的深刻理解。

目前同人文被分为几大类:

1.前传、后续类。为既有作品创作前传或后续作品,小说角色性格与故事背景尽量靠近原著,在剧情与世界观上延续原著的创作。

2.穿越时空类。可以是作品中的角色穿越到其他时代或作品,也可以是外来角色穿越到作品中。这一类作品在同人创作中争议较大。

3.原创角色类。即虚构一个角色参与原著故事发展,或顺应原著剧情,或对原著剧情施加影响,改变其他角色命运。这一类作品争议较小。

4.原著改写类。一般对原著故事进行整体或者部分改写,延续原有故事背景和大致剧情,对人物进行相应的增删,人物动机、心理状态有所改变,从而使整个故事与原著有所不同。

《红楼梦》作为中国古典小说的巅峰,其世界观架构完备,人物众多,剧情复杂,本就是同人创作的热门之选,八十回后的缺失更是给同人创作提供了无限可能性。仅晋江文学城标签为"红楼梦"的同人文就有四千余篇,起点中文网及其他为数众多的网站也有作者进行红楼同人小说创作,数量极为庞大。

相较原创作品而言,同人作品的优势在于可以借用、延续原著世界观和角色形象,使得作者在创作时拥有相当大的便利。目前国内较为兴盛的同人作品原著有《哈利·波特》《红楼梦》《霹雳布袋戏》及金庸武侠、日本动漫等,无不具有高度完善的世界框架、丰富的剧情和鲜明的人物形象。

仅以《红楼梦》而言,同人作者们无须再去创造一个庞大的家族,描写家族中各具特色的人物形象,只要不偏离原著形象太远:写到王熙凤,人人都晓得她是"凤辣子","一双丹凤三角眼,两弯柳叶吊梢眉,粉面含春威不怒,丹唇未启笑先闻";写到贾探春,只这三个字就能勾起读者"俊眼修眉,顾盼神飞,文采精华,见之忘俗"、"玫瑰花又红又香,只是刺扎手"的回忆;便是原著只提了一笔的卜世仁夫妇,对待外甥贾芸的刻薄、吝啬,也令人印象深刻。《红楼梦》原著的复杂、宏大与细致,为同人创作者提供了无数细节与材料。

在清末及民国的大量《红楼梦》相关作品中,以续写型最多,兼有少量原著改写。而关于《红楼梦》的网络同人创作,由于时间跨度大、数量多,上文提到的四种类型均有涉及:

1.前传、后续类,以前传居多。代表作有:半卷舒帘的《贾敏的红楼生活》、喝壶好茶嘎山糊的《重生老两口悠闲红楼生活》、石头与水的《红楼开国风云》、寒夜初雪的《穿成宝玉他爷爷》、爱玲粉丝的《红楼前传之我是二太太》等。上至贾源、贾演时代,下至贾敏、贾政少年时,均可成为故事发生的背景。这些人物在原著中或正面出现,或出现在别人的描述中,因此似曾相识,又如久别重逢,比起全新的人物来,更具亲切感。读者很容易将对《红楼梦》的感情投射到这些同人作品当中,接受它们的世界架构,演绎出或与原著关联,或与原著不同的故事。

2.穿越时空类。这一类作品多流行于同人文早期创作当中,并且良莠不齐,精品往往被大量的意淫作品所淹没。较为优秀的代表作有:我想吃肉的《宝玉奋斗记》、听风扫雪的《红楼攻略》、金子曰的《红楼之土豪贾赦》《红楼之熊孩子贾琮》、duoduo 的《红楼之凡人贾环》、银灯照锦衣的《红楼八卦周刊》、双面人的《红楼小婢》、夜雨惊荷的《红楼多娇》等。均为现代人穿越成为《红楼梦》的主角或配角,或改变自身命运,或挽救整个家族,或改变社会结构、推翻不合理的社会制度——《晴雯种田记》也属于此类。另一类则是角色自身因缘巧合之下重生或穿越到幼年、童年,反思自己在原著故事线中所犯的错误,避免悲惨的命运,这一类的代表作有:香溪河畔草的《红楼之凤还巢》《红楼之贾琏》、八月桂花的《红楼一梦之凤鸣朝阳》、阿幂的《红楼之凤哥传》、木天道境的《借贾修真》、爱玲粉丝的《宝钗重生记》、中华田园喵的《红楼之重生黛玉》等。

3.原创角色类。创造原著中不存在的角色,改变原著剧情走向,代表作有 callme 受的《红楼还珠兄弟配》、duoduo 的《红楼林家子》、唯琜的《红楼小丫鬟》、夜雨惊荷的《红楼夜话》、石头与水的《红楼之林家谨玉》、鱼头小闲的《红楼之林氏长兄》、太极鱼的《红楼之臻玉》、文绎的《铁血林黛玉》、时槐序的《公子林砚》、冰蛇的《许阳的十八世纪》、Panax 的《红楼之宠妃》等。读者往往要求原著角色的言行心理与原著一以贯之,但对于原创角色往往较为宽容,使得这一类作品拥有了更为宽松的创作环境和广阔的发展空间。

4.原著改写类。鹿门客的《一代文豪林黛玉》颠覆红楼同人文固有的套路,所塑造的林黛玉形象,并未失去原著中的灵动、高洁;且在原著基础上拥有了全新的生命力,从锦心绣口的闺阁弱女成长为巨笔如椽的反封建斗士;把封建社会锦绣绮罗下的一切肮脏、罪恶、血泪撕开来放到太阳底下给读者看……其带来的意外与震撼,足以使其在红楼同人文当中占据相当重要的一席之地。

二、对原著世界观的继承与创新

秦维桢这本《晴雯种田记》选择最为讨巧的穿越原著角色类型,借助晴雯身份及原有社会关系,在原著世界观基础上又有所创新。

例如晴雯原是赖嬷嬷的丫鬟,经原主人举荐成为贾母的丫鬟,最后成为贾宝玉身边的大丫鬟之一,便是延续原著剧情,但又丰富了许多细节。《勇晴雯病补孔雀裘》一节堪称原著中最经典、最著名的场景之一,作者在《晴》中也给出了晴雯精通刺绣技能的合理解释。

《晴》开篇便是随表哥吴贵逃荒的晴雯几乎被饿死,借住在京郊农户家中的情节。作者对农户家中的描述相当细致而合理：

> 屋子里收拾得很整洁，墙角一座四四方方的旧衣柜，有些褪色的木桌上还摆着一个针线笲，里面放着几样针线碎布。苏雯半躺在土炕上，身上盖着一床浆洗得有些发白的旧被子。

> 墙角的乞丐现在肚子很饿，满脑子的肉包烧饼；迎面走来的小货郎盘算着去乡下兜售针线花粉，他在近郊的农户之间人气很旺；瞎眼的算命先生闭着眼睛扯了把胡子，嘴里叨叨不停，但实际上他只想从坐在他跟前的大胖子身上捞一笔。

短短几章，便写活了初从星际到红楼世界的苏雯，憨厚朴实的表哥吴贵，农户王家懂事的大女儿王大妮和天真的二女儿二妮。

情节似乎正在缓慢地偏向种田文，但来自系统的任务不断提示，苏雯必须接近贾府，成为晴雯，一步一步接近晴雯那可怕的命运：

> 苏雯跟着虚空中的教学动作，亦步亦趋、依样画葫芦地仔细下针、挑线。不知不觉一个小时过去了，等她抬起头时，才发现脖颈酸涩难当。她摁了摁脖子，想起王大妮教她绣花时说的话。

> 原来王大嫂一直不希望大女儿学刺绣，只让她学学缝线打补丁就好。王大嫂总说，只有傻女人才给人当绣娘，绣娘一辈子只能给别人绣衣裳，到头来自己却用不着一针一线。

> 苏雯扶着脖子表情有点怔忪。连系统发出电子音，播报刺绣术点数增加一点的消息，她都没注意到。

> 晴雯病中深夜补雀金裘，最终也不过是香消玉殒的早夭结局。贾宝玉说晴雯是芙蓉花神归位，不过是在自欺欺人罢了。果然像王大嫂说的，一针一线都没能用着。

尽管赖嬷嬷一开始就打定主意要把晴雯送去贾府，本文却没有略过苏雯在赖家的生活。在这里她经历过一次被诬陷，显示出于原著晴雯所不同的特质。

原著《惑奸谗抄捡大观园》一节："到了晴雯的箱子，因问：'是谁的，怎不开了让搜？'袭人等方欲代晴雯开时，只见晴雯挽着头发闯进来，豁一声将箱子掀开，两手捉着底子，朝天往地下尽情一倒，将所有之物尽都倒出。"刚极易折、强极则辱的形象跃然纸上。

《晴》一文中，苏雯性子也强，却比晴雯多出几分智计：

苏雯眼中寒意大盛，冰冷的视线在房间里转了一圈，冷笑道："为什么我非得让你们来抄捡我的箱子，说不定有人正等着栽赃陷害。到时趁着翻箱子的时候，把赃物混进我的箱子里，我岂不是百口莫辩。"

到了这份上，彼此都没有顾忌颜面的需要了，苏雯撕破脸直白地捅了出去。系统发布了那坑爹的临时任务，她这次绝壁是不可能完成的。

海棠蹙眉为难道："我们本是不想惊动赖嬷嬷，这才想私底下把这事私了了。既然雯儿妹妹不肯让大家看你的箱子，那就只剩一条路了。待我等将实情秉明赖嬷嬷，由她来裁夺吧。"

她的话音刚落，便有一两个小丫鬟迟疑了。私下闹一闹是小事，把事情捅到主人家那，怕大家都吃不了好果子。这下便有人想打退堂鼓了。

"你们不必威胁我。我行的端做得正，我不怕。我有一个万全的法子，不必劳烦赖嬷嬷。我这法子不但能找到内贼，还能找回金镯子。"苏雯冷然道，小脸凛然，眼神中精光慑人。

赖嬷嬷今天去上香了，身边只带着一个婆子。等她回来，黄花菜都凉了。即便到时赖嬷嬷不追究偷窃之罪，苏雯却怕自此开了缺口，以后是只狗都能从她身上咬下一块肉。

石榴大喜过望，急忙问道："什么法子？你快说。你若帮我找回镯子，今后我必定将你当作自家妹妹看待。"

苏雯复杂地看了她一眼,若不是有读心术在,她简直要为石榴喝彩了,就凭这演技真该给她颁一座影后奖。

　　"法子,我等会再说,这会为堵住大家的口舌,我自己把箱子搬出来。省得你们都觉得我心虚了,我清清白白一个人,不能就这么让你们随便泼脏水。"苏雯转身在自己床底拉出一个小木箱子,翻开盖子,在众人眼皮底下,抱着箱子倒了个个,一咕隆把所有东西都倒在地上。除了几件旧衣服,竟是什么也没有。"

　　之后晴雯小试牛刀,很快寻找出偷东西的人,既奠定了她在丫鬟中的地位,也使得人物形象更为立体、鲜活。

　　进入贾府之后,《晴》并没有具体地描写晴雯在贾母身边如何得宠,又怎样讨得宝玉的喜欢。相反,晴雯虽是宝玉的丫鬟,却不大往他身边去,反而与林黛玉关系很好,又多次参与进北静王、林如海等人所谋划的大事当中。

　　原著对四王八公不过几笔带过,外头的大事仅仅是元春封妃,大观园封闭、安全,成为曹公专注描绘怀金悼玉故事的主舞台。想要在故事情节、人物塑造乃至于衣食住行等细节方面超越原著显然是不可能的,因此秦维桢另辟蹊径,在延续原著世界观的基础上,对原著未曾提及的事件进行大胆猜测、补全,虽在红楼梦中,却开拓出红楼之外的另外一方天地。

　　在作者新开拓的故事线中,北静王水溶掌管锦衣卫,要做孤臣、忠臣;林如海因江南盐政弊案而处境危险;皇帝亲自与太上皇一系博弈、争斗等。政治斗争的惊心动魄与大观园里的花红柳绿形成鲜明对比,而贾府其实逃不过政治大局影响——大观园正是为贤德妃元春所建,林黛玉的一举一动也牵动着林如海的心肠,进而影响到更多人。在这个过程中,晴雯与北静王合作,穿针引线,终于送出关键证据,为皇帝、北静王一系的胜利奠定基础。

　　原著中提到过四王八公的后代,"坏了事的义忠亲王老千岁"、大明宫掌事太监戴权、凤藻宫的夏太监、江南甄家、冯紫英、卫若兰、仇都尉之子等,均被作者挑选出来,编织出全新但又合乎情理的剧情。

从春秋时期,管仲推行官山海政策开始,盐政就逐步地开始完善成熟,成为一个国家控制力强弱的重要象征。本朝盐政承袭前朝的纲法,施行官督商销制。林如海就是扬州巡盐御史,堪称一方要员,也是当今皇帝安插在江南地区的一枚至关重要的钉子。

此时的"纲引",又叫"盐引",是在盐业官营的背景下,官府向盐商发放的经营许可证。这是一张神奇的纸片,有了它,盐商才能从事盐业经营。此外,若这一年的"盐引"额度不够,还可把第二年的额度提前发给盐商,收取一定费用,以此变相增加盐引数量,叫作"预提"。

水溶调查的案子便是与预提这项规定有关。前年,皇帝收到了巡盐御史林如海的一封秘奏,称前任两淮盐政预提了六十万两银子,但户部却不曾收到这笔银子,也没有相应的记录。皇帝心中大震,即刻密令水溶带领属下亲赴江南,配合林如海,一暗一明调查此案。

水溶秘密调查了一番,越是调查越是触目惊心,其中牵涉到的朝廷要员、皇亲国戚不胜枚举。他与林如海不敢擅专。林如海此次回京叙职,暗中却是要向皇帝秘密禀报此事。

不想,林如海刚一入京,便遭遇刺客,端是险象环生。为了避免打草惊蛇,林如海对外只宣称水土不服染了小恙,闭门谢客,连贾府都不曾递帖子,更不说与女儿林黛玉相见。水溶见林如海在自己眼皮底下出了事,也是惊骇莫名。京城里,明里暗里无数只眼睛都盯着林如海。为了林如海的安全,水溶不敢轻举妄动,行踪越发隐匿。

这时候晴雯出现了,水溶心头一转便确定,晴雯就是那个传递消息的合适人选。

这种对原著世界观的衍生非但无损于原著的魅力,反而使原著中不曾写到的部分显得更加扑朔迷离、引人入胜,更显示出作者相当的知识储备和大局观,使《晴雯种田记》一文不仅局限于小丫鬟晴雯寻找幸福生活的简单故事,也掺杂进了士大夫阶层所关注的家国天下理念,故事变得更为丰满和可信,逻辑性更强,更具有可读性。

三、为读者造梦,弥补原著缺憾

《红楼梦》原著仅余八十回,除去这一令人叹息数百年的遗憾外,更令人唏嘘的是美好角色的悲剧。“千红一哭”“万艳同悲”,女儿不在“痴情司”便在“薄命司”,太虚幻境之中,竟没有一个“幸福司”“欢乐司”,纵一时欢愉,终免不得命运凄凉、愁云惨雾。

悲剧的感染力固然强大,带来绝高的艺术体验,但读者在被感动之余,未免感到不甘,想要改变,想要圆满。不甘是红楼同人创作的原初推动力,而《红楼梦》未能完成、人物命运缺一结论的现实,为红楼同人创作提供了巨大的想象空间。

曹公少年时代养尊处优,才有了令人目眩神迷的朝阳五凤挂珠钗、酸笋鸡皮汤与合欢花浸的酒;后来家破人亡、薄粥为食、卖字为生,看尽世态炎凉,才有了怀金悼玉的主旨,注定角色无法挽回的悲惨命运。

曹公的经历为读者所无法经历,大部分读者都无法接受美好逝去的悲凉,无论如何都要留住那些烈火烹油、鲜花着锦,要挽留女儿们短暂的青春与美好的生命。因此绝大部分红楼同人文都将主题定为“拯救”,用自己的想象力造出一种不一样的结局,至少在一个故事中,悲剧是可以避免的。

读者化不甘、惋惜与心痛为动力,因为不忍林妹妹泪尽夭亡、三姑娘远嫁异国、死的死散的散、白茫茫大地真干净的结局,于是有了《许阳的十八世纪》里来自异世的许阳,有了《铁血林黛玉》中刚健质朴的文四姐,《借贾修真》中跳出贾府局限的李纨,《红楼多娇》中闲云野鹤的邢岫烟,《红楼之凤还巢》里幡然悔悟、从头再来的王熙凤,也有了各种各样的林哥哥、林弟弟、林姐姐……

脂砚斋早有定论:袭为钗副,晴为黛影。晴雯名列《金陵十二钗又副册》之首,相貌、技艺均十分出色。拌嘴、撕扇、补裘几回将她骄傲又刚烈的性情展现得淋漓尽致。她眼里揉不得沙子,看着妖娆却不过"白担虚名",《俏丫鬟抱屈夭风流》一节,那两根葱管似的指甲何等惊心动魄。但凡具备同情心,有怜香惜玉之意,哪一位读者会不希望晴雯避开这场劫难?

在《晴雯种田记》当中,为改变晴雯命运,作者秦维桢赋予她大有来历的父母,让她不再父母不详、身世不明、无依无靠;又给她一个看似十分厉害,实则强弩之末的系统,在让她拥有优势的同时又不会因为优势太大而脱离剧情逻辑,成为辗转压剧情的玛丽苏式女主;最后,晴雯自身的智慧、善良令她充满魅力,吸引了男主角水溶,尘埃落定后,他们终成眷属。

在网络小说的语境下,穿越往往是改变自身命运的契机。穿越者或征战天下、平定四方,建立不世功业,坐拥三宫六院;或发明机器、改良稻种,长袖善舞,获得多位强者青睐,爬上人生巅峰。相似的套路一度为人所诟病,"古人是否一定比今人愚笨"的议题引发一次次热议,一些网络小说作者开始寻求突破和创新,力求摆脱套路,创造独属于自己的剧情和角色。

表面看来《晴》也是穿越者一帆风顺获得强者青睐的套路,但在字里行间,我们能够体味到作者对人生、对历史的认知是较高的。她赋予晴雯独特的灵魂,让她在跳出王朝社会女性局限性的前提下,又对她们报以理解之温情。赖尚荣逼娶丫鬟石榴事件极大地震撼了晴雯的内心,她终于明白自己来到红楼世界并不是为了体验逝去的古代,不是为了用自己超前的智慧和经验辗压、鄙夷生活在痛苦中的普通人,更不是为了在不平等的世界里,利用不平等的规则去压迫别人。她终于明白自己生命与穿越的意义:

> 她也不点灯,只在黑暗里坐着,倚靠着炕上的迎枕暗暗出神。
> 上辈子她觉得自己生病了,这是一件苦事;只能躺在病床上孤独
> 地玩游戏看书,她亦觉得这是一件苦事;情愿早一日结束生命便

早一日得到解脱。亲人充满愧疚的爱,对她来说只是一种不堪重负的负担。

她大哥送了她一本绝本的红楼梦……她病中无聊看了《红楼梦》,却只觉得里面的女子都是傻了不成,个个眼睛只盯着贾宝玉,林黛玉和薛宝钗自不必说,连贾宝玉身边的丫鬟们也是挣得头破血流。她恨她们作践自己,觉得她们浅薄,现在想来,真正浅薄的人是她自己。

她叹息着,在黑暗中用双手摸索自己的脸庞,这是一张全然陌生的脸。她已经很久没有照过镜子里,只怕一照镜子,就把心底的邪念都照了出来,无所遁形。

"S007,你带我来这个世界,到底是为了什么?为了体会这方寸之间挣扎的痛苦,还是这种避无可避的命运……"晴雯在脑海中幽幽地叹息道。

S007:"你要是问我月球上有没有嫦娥,我可以回答你没有……此外无可奉告……"

晴雯听它这么回答。也不气恼,隐隐约约有种抓到什么的感觉,她摇摇头轻笑:"不,你已经给我答案了。"

不管是人定胜天还是人为刍狗,她的命运从一开始就是自己的选择。

在 S007 问她选择毁灭还是重生的那一刻开始,所有的一切都是她自己做出的选择。虽然 S007 一开始强迫自己做任务,强迫自己进了贾府卖身为奴,然而这一切不正是她自己选择去做的吗?

她一直被 S007 推着走,一直觉得自己被坑了,但是做出选择的人是她自己,换句话说,她更应该抱怨自己坑了自己。

……

她没有资格去轻视任何一个人，即使是一向单纯冲动的麝月，她丰富的内心也足够装下一整个宇宙。

尊重生命，尊重每一个有血有肉的角色，是作者应当拥有的胸怀。秦维桢借晴雯之口，道出了原该人人都明白的道理，借她崭新的命运，为我们弥补朱颜辞镜、挽断罗衣的遗憾。《红楼梦》未完，关于《红楼梦》的故事也不会完结，由一本原著衍生出无数超乎人们意料的剧情，连晴雯这等小人物也拥有了自己的本传，且能拥有自己的幸福。

一个时代的作品洗不去时代的印记。《晴雯种田记》中，看不到清朝的压抑黑暗，没有张爱玲时代的光怪陆离，亦不同于20世纪文学的流行。它是独属于网络时代的作品，深深打着这个时代的烙印，轻松愉悦的文风，正是我们这个时代昂扬向上精神的体现；善良而不失原则的女主角苏雯（晴雯），正是我们身边千千万万拥有良好教育的女孩儿；晴雯与北静王水溶的爱情，全无封建的影子，更像是志同道合的自由恋爱。《晴》之所以能改写红楼剧情，为当今读者造梦，何尝不是现今读者追求自由、实现价值的具象化？

未完的《红楼梦》与断臂的阿芙洛狄特均因缺憾而独具美感，而为今人审美趣味服务的《晴雯种田记》与众多同人作品也具备令人感动、喜爱的特质，虽不能与原著相比，也如曹公所述，可于酒酣睡足之际供把玩，暂得一份逃脱世俗的乐趣，令读者感到原著的美，也在原著悲剧中得以慰藉。

四、不拘泥原著氛围，写出自己特色

有人认为最好的同人文，是最像原著的同人文，模仿原著笔调、延续角色语气心理。但想要模仿《红楼梦》是极为困难的事情，仅有少数作者能够做到，例如眉毛笑弯弯的《红楼之风景旧曾谙》非常出色地采用了章回体与白话的写法，显示出作者强大的文字功底与知识储备。但某些时候仍免不了文字不够雅驯，露出不似曹公的一面来。

更多作者选择自己熟悉的写法，仅在某些惯用词、惯用句式上头保留原著的用法,延续原著华彩章节细致、严密、繁华的氛围。如《红楼夜话》《红楼攻略》均采用正剧的写法,尽管全用现代汉语文法,仍令人感到古色古香的意蕴。木天道境的《借贾修真》的文字也十分具有中国古典小说特色。

另外一部分作者则更加摒弃原著氛围,力求仅仅保留故事背景,其故事情节、景色器物描述、人物对白全部被作者个人特色所沾染。这样的故事往往与原著剧情差别更大,自由度更高。

例如冰蛇的《许阳的十八世纪》,作者仿佛拉家常似的娓娓道来,原著剧情在整个故事当中分量不足十分之一;而银灯照锦衣的《红楼八卦周刊》书如其名,轻松活泼,借主角思维活动夹杂大量作者本身的思考与吐槽,令读者禁不住要莞尔一笑;文绎的《铁血林黛玉》的表现手法甚至有些西化和翻译腔,与修真的设定相映成趣;鹿门客的《一代文豪林黛玉》《晴雯种田记》更偏于第三种风格,尽管它延续了《红楼梦》的世界观,但拓展空间更大,故事自由度相当高。在人物称呼方面,对贾母不再称"老太太"而叫"老夫人",人物对白也没有可以模仿原著,而是写出了作者的个人特色:

吴贵今天特意告了一天假,专等赖嬷嬷来接人。

苏雯身无长物,只把几件旧衣服包了起来。吴贵进了屋,又往她的小包里塞了包黑乎乎的糖块。

他张着嘴对苏雯说:"我没东西可给你的,这包糖是我昨个街上买的,给你路上甜甜嘴。以后在赖家好好服侍嬷嬷,别想着出来。你本该当个小姐似得过活,是哥哥太没用了,不能让你享福。"吴贵脸上的愧疚愈发浓了起来,锁着眉头笨嘴笨舌又絮絮叨叨地解释着。

苏雯抬眸看了他一眼,说道:"我省得。这不是你的过错。便是我的亲哥哥也不过如你这般。"

吴贵不知道,其实他与雯儿的情分确实已经到了尽头。

曲未终人已散。雯儿已经消失了。

因着雯儿与吴贵的情谊，苏雯决定若今后有能力便帮他一把。不让他娶多姑娘，不让他变成终日酗酒的浑人。

"表哥，你今后把酒戒了吧。码头收工了，也别把钱都花用在酒水上头。好好攒点钱，找个好姑娘。"苏雯终是不放心，嘱托吴贵道。

吴贵有些好笑，被表妹板着脸说出的这番童言稚语，逗得暂时忘记了离愁："小丫头，闲事少管。哥哥都晓得喽。再说哥哥哪里有钱像那些懒汉整日喝酒闲谈。"

吴贵此时未满弱冠，不到二十岁，年轻的脸上还有很多对未来的憧憬和希冀。苏雯暗暗放了心，心想她便花一分心神盯着，总不会让他又走了老路。

任何创作都是作者自身认知、趣味的具象化，尽管红楼同人文依托原著，但在很大程度上仍可以体现出作者的创造力。秦维桢这本《晴雯种田记》依托原著而不拘泥于原著，活灵活现地写出了：本该成为多浑虫但在一开始还十分善良的吴贵；在贾府丫鬟众多的情况下，仍能凭借独特个性令读者过目不忘的赖家丫鬟石榴；风趣幽默的北静太妃；一度心理扭曲但被晴雯拯救的贾环……

原著中北静王水溶仅正面出场一次，宛如寺庙中泥塑木胎一般庄严、温雅。作者也赋予他更多少年人的心性与挣扎，更多属于人的特质，感情的发生由此显得自然而然，作者的布局能力及笔力可见一斑。

越是临近结尾，作者个人特色愈发浓厚：

世间轮回自然有它的规律，不是人力可以控制的。时空运转也有它固定的轨迹，把这段时空放到整个银河系，整个宇宙，不过是沧海一粟，禁不起一点水花。

晴雯靠在水溶怀里，仰头看头顶莹洁的月光，突然用手指捅了捅水溶："你说你当时为什么带我来看落月泉？"

水溶笑而不语,低头,唇瓣落在晴雯的脸颊上,亲昵地蹭了

蹭:"你猜猜看? 猜猜看我那时候是不是就对你心怀不轨了? "

《晴雯种田记》的故事结束于贾府被查抄这个仿佛无法避免的结局,但令人心痛的角色已经得到拯救,晴雯也已找回她的亲人,得到属于她的爱情和幸福。这个故事已然成型,在某一个维度中,悲剧未曾发生,这便是读者所需要的慰藉。

秦维桢用她的笔为读者圆了一次梦,展现出作者思考的深度与广度,谋篇布局的能力与相当不错的笔力。我们希望她能够继续运用自己的才华,写下更多属于她的原创故事。

图书在版编目(CIP)数据

　　福建文艺评论.2018年.第一辑/陈毅达主编.—
福州:海峡文艺出版社,2018.9
　　ISBN 978-7-5550-1648-9

　　Ⅰ.①福…　Ⅱ.①陈…　Ⅲ.①文艺评论—中
国—当代—文集　Ⅳ.①I206.7—53

　　中国版本图书馆 CIP 数据核字(2018)第 198249 号

福建文艺评论　2018 年第一辑

陈毅达　主编

责任编辑　蓝铃松
出版发行　海峡文艺出版社
经　　销　福建新华发行(集团)有限责任公司
社　　址　福州市东水路 76 号 14 层　　　**邮编**　350001
发 行 部　0591－87536797
印　　刷　福州力人彩印有限公司　　　**邮编**　350012
厂　　址　福州市鼓楼区福飞路义井村池前 10 号鼓东工业小区
开　　本　787 毫米×1092 毫米　1/16
字　　数　250 千字
印　　张　19.5
版　　次　2018 年 9 月第 1 版
印　　次　2018 年 9 月第 1 次印刷
书　　号　ISBN 978-7-5550-1648-9
定　　价　80.00 元

如发现印装质量问题,请寄承印厂调换